旧物录

85个消亡之物的故事

[英]芭芭拉·彭纳 等 编著
丁宇岚 译

后浪

Extinct
A Compendium of Obsolete Objects

中国友谊出版公司

图书在版编目（CIP）数据

旧物录：85个消亡之物的故事 /（英）芭芭拉·彭纳等编著；丁宇岚译. -- 北京：中国友谊出版公司，2025.2. -- ISBN 978-7-5057-5999-2

Ⅰ. I561.65

中国国家版本馆 CIP 数据核字第 2024NP6096 号

著作权合同登记号　图字：01-2024-3729

Extinct: A Compendium of Obsolete Objects, edited by Barbara Penner, Adrian Forty, Olivia Horsfall Turner, Miranda Critchley was first published by Reaktion Books, London 2021.
Copyright © Reaktion Books 2021.
Rights arranged through Big Apple Agency, Inc.

书名	旧物录：85个消亡之物的故事
作者	[英]芭芭拉·彭纳 等
译者	丁宇岚
出版	中国友谊出版公司
发行	中国友谊出版公司
经销	新华书店
印刷	北京盛通印刷股份有限公司
规格	880 毫米 ×1230 毫米　32 开 14.25 印张　367 千字
版次	2025 年 2 月第 1 版
印次	2025 年 2 月第 1 次印刷
书号	ISBN 978-7-5057-5999-2
定价	98.00 元
地址	北京市朝阳区西坝河南里 17 号楼
邮编	100028
电话	（010）64678009

目录

序 1

声音测位器 13
动感办公室场所噪声调节器：
马思齐特球 19
气幕屋顶 25
全塑料房屋 29
含砷壁纸 35
阿伦德尔印刷画 39
石棉水泥圆形屋 43
烟灰缸 49
空气铁路 53
出租马车费地图 57
中央供暖系统 61
"吸盘车"查帕拉尔 2J 67
腰链 71
拍手开关 77
贯通钥匙 81
协和式飞机 85
飞行汽车 91
自动拟人机 95
赛博协同控制工程 101
灯光轨迹摄影 105
独眼巨人 1 号 111

斗拱 115
戴马克松房屋 119
爱迪生的反重力内衣 125
电铸母版 129
费雪木塞玩偶 135
立方闪光灯 139
水上飞机 145
玻璃幻灯片 149
火星仪 155
液压管道 159
"住宅环境" 165
"蜂鸟"出租车 169
白炽灯泡 173
广播电视柜 177
因瓦卡汽车：残疾人专用车 183
柯达克罗姆胶卷 187
拉突雷塞印字 193
脑白质切断器 197
曼彻斯特便桶系统："多莉·瓦登" 203
机械复写器 209
医学蜡模 213
备忘录 217
牛奶勺 221
迷你光碟 225

迷你终端 229	辛克莱 C5 单人电动车 335
月亮塔 233	裙夹 341
尼基妮 239	计算尺 345
"言简意赅"钢笔 243	一字螺丝刀 349
北巴克斯单轨铁路城市 247	空间框架 355
德国紧急状态币 253	史丹利 55 组合刨 361
煤成油 259	电话桌 365
视觉信号机 263	电传打字电报机 369
纸质飞机票 267	剧院电话 375
纸衣服 271	"思想城市"电动汽车 379
帕斯拉里尼交感罗盘（蜗牛电报）277	特龙布墙（集热墙）385
相变化学贮热管 281	背心塑料袋 389
自动钢琴 287	超高温烤架 393
气动邮政系统 291	紫外线人工沙滩 397
宝丽来 SX-70 297	竖式档案柜 403
公共长度标准 301	水袋 407
火风琴 307	信笺文具包 411
写实蜡像模特 311	齐柏林飞艇 415
红环、利特通和 CAD 迷你画图软件 317	
	参考文献和拓展阅读 421
游泳服："人船" 321	致谢 447
放血器 325	图片版权 449
传菜窗 329	

序

芭芭拉·彭纳、阿德里安·福蒂、奥利维娅·霍斯福尔·特纳和米兰达·克里奇利

> 自然选择[i]纯粹以每种生物的利益为其作用的依据和目标，因此，所有身体与精神的天赋，都趋向于完善而发展。
>
> ——查尔斯·达尔文《物种起源》(1859)

本书讲述了一系列旧物，它们曾来过世上一遭，如今却已烟消云散。在这些旧物中，有些人工制品和技术曾经无处不在，另一些仅停留于概念或雏形，几乎从未真正存在于世。我们感兴趣的不仅是这些物品为何消失——有些物品我们曾经很熟悉——还有这些物品的消失给我们创造的这个世界带来了何种启示。

物品和技术消失的过程，人们有时称之为"淘汰"（obsolescence）[ii]，有时称之为"消亡"（extinction）[iii]——我们选择关注"消亡"这一类型。"淘汰"和"消亡"的含义中都包含了对物品如何消失、为何消失的某种设想，而忽略了其他相关的可能性；"消亡"一词显然是从物竞天择和进化论中借用的，就像所有的类比一样，这种借用使某些事情更清

---

i 自然选择是一种进化机制，更适应环境的生物更有可能存活下来，并将有助于其成功的基因传递下去。这一过程导致物种随着时间的推移而发生变化和分化。——译注（如无特殊说明，本书注释皆为译注）
ii 指事物不再流行、不再有用，逐渐过时、淘汰的过程。
iii 通常指一个物种的终结，以物种中最后一个个体的死亡为标志。

晰,而令其他事情更模糊了。经济学家阿马蒂亚·森[i]警告说:"达尔文关于进步的一般理念……可能误导了我们的注意力,而这种误导对当代世界产生了重要影响。"[1]

在将达尔文进化论思想中的"消亡"概念用于人工制品时,会出现一种混淆,即认为只有最合适的最佳物品和技术才会留存下来。在这种预设的模型中,设计跟自然界的生物一样,像一台永远前进的优化机器,不断向着完美进步;这意味着物品的消失(物品确实在消失)是因为自身不完善或不能够适应环境。然而,本书的目的之一,就是探究并质疑这种看似正确的必然性。

本书的另一个目的,是用消亡之物唤回人与世界相处的其他方式和可能性。为何消亡之物适合这项任务?我们认为,在这些消亡之物被发明出来的那一刻,技术和物品肯定正以某种方式在向前推进。设计和生产的行为是预期性的;一件被构想或被制造的物品上必定烙印着未来的需要、需求或某种它可能帮助实现的生活方式。正如建筑理论家比阿特丽斯·科洛米纳[ii]和马克·威格利[iii]观察到的:"设计是一种构思,是塑造某些东西,而不是发现它;是发明某些东西,并思考它的可能结果。"[2]这种对未来的构思可能不是英雄主义或乌托邦式的;实际上,更多时候它都是平凡而简陋的。最终,即使是最微不足道的设计的消亡,也代表了有一条没有人走的路,一个改变了航向的、没有实现的未来。

通过本书收集的 85 个案例,我们会发现,对于事物为何消亡,有无数明智的解释。然而,在思考这些已逝之物的目的和原理时,我们遇

---

[i] 阿马蒂亚·森(Amartya Sen, 1933—),因对福利经济学的贡献获得诺贝尔经济学奖,而后获得印度政府颁发的印度国宝勋章(印度第一级公民荣誉奖)。
[ii] 比阿特丽斯·科洛米纳(Beatriz Colomina),建筑史学家、建筑理论家和策展人,普林斯顿大学建筑史教授、建筑学院研究生院院长、媒体与现代性专业创始人。
[iii] 马克·威格利(Mark Wigley),新西兰建筑师、作家,曾任哥伦比亚大学建筑、规划和保护研究院院长。

到了未能实现的未来的幽灵,这些关于未来的构想被证明是毫无根据、短暂和误入歧途的——或者,就像威廉·加迪斯对自动钢琴的描述(见287页)那样,它们是一种预言,展示了某种糟糕的未来。尽管这些事物已经消亡了,它们身上依然烙印着关于未来的不同可能性,有些可能性是我们乐意忘却的,另一些可能性则在当下重新与我们发生关联。

我们相信,研究消亡之物能给现在的世界提供很多参考。技术史的叙述往往关注创新,强调充满命运感的新奇和幻想,不太关心废弃之物或失败的探索。但本书认为,假如我们也思考一下进步的背面——矛盾、淘汰、意外、破坏和失败(这些都是现代化不可或缺的部分)——事物的历史会变得更为丰富。思考这些问题可以为理解现代化的运行模式提供新的视角,我们特别关注这一点。

达尔文的《物种起源》出版于1859年,在伦敦世界博览会举办的8年之后。相比于其他单项的活动,世界博览会起到了一种索引的作用,反映着与工业化进程相伴随的材料变革、向工厂化生产的转变和新能源的运用。博览会不仅展现了过去20年间的技术进步和各种商品(参见129页的《电铸母版》),而且预示了未来的发展情况。最令人难忘的是水晶宫[i]这座建筑本身,它革命性地展示了钢铁、玻璃和预制组件[ii]的发展潜力。

工业资本主义[iii]的很多矛盾和悖论也在世界博览会上充分表现出来。通过国际性的展商名录,世界博览会传播了自由贸易和开放市场的理念;然而,它还带有强烈的殖民属性,展现出对商品、垄断市场和廉价劳动力的依赖。很明显,世界博览会的成果从一开始就无法平均分配。

---

[i] 水晶宫(Crystal Palace),伦敦世界博览会的展览场地,建成于1851年,最初位于海德公园,是一个以钢铁为骨架、玻璃为主要建材的建筑,英国19世纪建筑奇观之一。
[ii] 指预先制作的零部件,可组装成各类物品,方便运输和批量生产。
[iii] 工业资本主义(industrial capitalism)始于18世纪60年代的产业革命,它使工厂生产系统迅速发展,其特点是生产流程内部和生产流程之间的劳动分工更加严格和复杂。

对于那些关注社会问题的人来说，新的生产方式和城市化给人类和环境造成的可怕影响已经显而易见，这种影响即便不在水晶宫内，也在伦敦的大街小巷中蔓延着。

通过这些矛盾，我们开始理解进化论和进步叙事在现代化过程中扮演的重要角色：自然选择（物竞天择，适者生存）的理论将资本主义的影响合理化，并推动其进一步传播。这就是文化历史学家刘易斯·芒福德[i]的观点，他在里程碑式的著作《技术与文明》（1934）中指出，进化论在工业社会中的作用不是解释技术变革，而是使资本主义带来的不公平正常化。在达尔文的理论模式下，资产阶级的富裕证明了他们的力量，也证明了他们有权利剥削弱者的劳动力。芒福德注意到"适者生存"这句话是无意义的同义反复——"适者生存，生存的就是'适者'"——他讽刺地指出，（同义反复的问题）"并没有减少这个原理在社会领域的有用性"。[3]

但在绝大多数情况下，进步叙事都毫不理会这些负面的讨论。与芒福德把维多利亚时代的社会秩序称为"尖牙利爪"不同，一种把资本主义描述得更为仁慈的说法出现了，这个观点认为（很大程度上现在仍然是这样）资本主义振兴了所在的地区，带来了就业机会，改善了全民的基本生活条件。技术革新和基础设施的改善被定义成资本主义创造利益的运作机制；它们带来了更便利的交通和更快捷的通信，根据这个理论，它也使大众更有知识、更平等、更容易管理。

由于进步有那么多优势，抵制进步很容易被认为是危险和反常的。哲学家德尼·狄德罗[ii]完全相信机械发明能保证人类的普遍进步，他困

---

[i] 刘易斯·芒福德（Lewis Mumford, 1895—1990），美国历史学家、科学哲学家、文学评论家，以其对城市和城市建筑的研究闻名。

[ii] 德尼·狄德罗（Denis Diderot, 1713—1784），法国启蒙思想家、唯物主义哲学家、美学家、文学家、翻译家，百科全书派的代表人物，主编了《百科全书，或科学、艺术与工艺详解词典》。

惑不解地对那些妨碍进步的人写道:"人类的思维是多么古怪!……头脑不相信自己的力量。他们陷入了自己制造的困难。"狄德罗为自己史诗般的《百科全书》(这套从1752年开始陆续出版的书收录了数百幅关于制造技术的版画插图)辩护,并留下一句名言:"随着后辈受到更好的教育,他们可能会变得更有道德、更幸福。"[4]尽管狄德罗辛勤记录的大部分行业在蒸汽时代到来之后将面临改造或淘汰,但他对进步的信仰奠定了这个时代基础。

到了19世纪中期,人们普遍相信进步论。这是乐观的大众出版物(比如《伦敦新闻画报》)的主要内容,这些刊物坚定不移地支持发展,以毫不动摇的热情描绘大都市的突飞猛进(刊物的插图为后来的我们理解超前的维多利亚时代提供了帮助)。在应用于狄德罗称之为"机械艺术"的领域(包含从农业到铁器铸造的各类技术)时,新兴的"消亡"概念和相应的对完美的信仰,将技术进步描绘成一种受内在驱动而不可抗拒的积极力量。

我们在颇有影响力的现代主义设计史学家西格弗里德·吉迪恩[i]的著作中可以看到这个概念。吉迪恩的《机械化的决定作用》(1948)是少数几种对工业艺术的描述接近百科全书水准的著作之一,他在其中含蓄地用达尔文主义的术语讨论了日常设计在形式和风格上的进化。在一段颇有代表性的文本中,他以夸张的语言描述了洗脸池如何奋力变成合适的形状:"经过几十年的努力,洗脸池终于摆脱了家具的皮囊,就像果仁从外壳中脱颖而出。"吉迪恩认为,随着工业的进步,摒弃维多利亚时代对"装饰的嗜好"是合理而必然的。他解释说:"只有大规模生产的搪瓷和陶瓷制品出现,自然的形式才有了真正的突破。"

---

i 西格弗里德·吉迪恩(Sigfried Giedion,1888—1968),瑞士历史学家和建筑评论家,代表作有《空间、时间和建筑》《机械化的决定作用》。他是海因里希·沃尔夫林的学生。

这段话所描绘的变革模式很引人注目，工业化进程中被设计出来的产品仿佛是从机械化发展中自然诞生的，没有人类参与其中，吉迪恩因此称自己处于一个"无名者"时代。自然的形式是通过线性、单向、非个人的进化过程建立起来的；旧的形式将被抛诸脑后。在同一段落的后面，吉迪恩绝望地声称，把浴室设备重新纳入家具的趋势是"故态复萌"、退步和不自然的。[5] 洗脸池的装饰问题中充斥着道德色彩：设计的发展等同于社会进步；朴实无华的洗脸池证明了文明的前进。

以进化论模式解释技术创新的思想基础并非没有争议。第二次世界大战之后，在企业采取计划淘汰制（或者"有计划的消亡"，也就是说，故意逐步淘汰一种产品，来鼓励人们购买另一种产品）的刺激下，从塑料制品到宝丽来相机等创造发明如潮水般涌现，把消费主义推到了新的高度。20世纪60年代，社会上出现了坚决反对这种策略的意见。反文化运动[i]非常惋惜传统手艺、传统行业和社会关系的消失，特别反对伴随着资本主义生产而来的自然资源浪费现象。

在拒绝绝对的进步之外，设计师们还接受了适用技术[ii]的理念，试图创造出消耗少量资源、积极回应当地社区需求的产品。适用技术运动的权威、经济学家E.F.舒马赫[iii]在其著作《小的是美好的》（1973）中指出，西方的旁观者倾向于将西方的成功标准——比如西方的消费标准、价值体系和行为模式——强加给物质条件、制约因素和文化完全不同的

---

i　20世纪中叶兴起于英国和美国，而后在西方国家广泛传播的社会运动，它拒绝传统习俗和权威，主张和平、爱和社会正义。

ii　适用技术（appropriate technology），又名"中间技术"，比高端技术简单一些，但又能够适应一定的环境、文化、经济，有一定现代性。大多数适用技术都有环境友好、高能效、小规模的特征。

iii　E.F.舒马赫（E.F. Schumacher, 1911—1977），德裔英国统计学家和经济学家，曾任英国国家煤炭委员会首席经济顾问，并于1966年成立了适用技术发展集团。他的代表作《小的是美好的》（*Small Is Beautiful*）被《泰晤士报》评为二战以来最具影响力的一百本书之一。

国家。最终结果是，即使殖民地国家摆脱殖民统治获得了独立，国际发展机构推广的技术解决办法也往往会使这些国家重蹈殖民时代权力关系的覆辙。适用技术强调本地化解决方案和专业技能，可以打破从中心到边缘的自然进化流动模式。

设计和技术史学家也对进化论模式提出了质疑。20世纪80年代，阿德里安·福蒂批判了吉迪恩对机械化的生物学解释，他强调说："人工制品的设计不是由某种内在的基因结构决定，而是由制造它们的人和工业决定的。"[6] 女性主义学者坚持认为，设计史强调生产的技术层面而忽视消费者反应是一种失职。支持行动者网络理论[i]的科技史学者则追溯了相互联系和分散的行动者所推动的（或未能带来的）技术创新。（在本书的语境下，布鲁诺·拉图尔的《阿拉米斯或技术之爱》〔1993〕值得一提，这本书研究了一个失败案例，颇有影响力。）最近，研究种族和建筑环境排外本质的学者揭露并强烈抨击了社会达尔文主义和优生学对工业设计、建筑和城市规划的决定性影响。[7]

然而，尽管进化论模式遭到了原则性的反对，它们在当代文化中仍有吸引力。事实上，计算机、自动化和人工智能的崛起只会加深人们对进步的信仰和对技术创新的崇拜。我们生活在一个产品层出不穷并且不断升级的时代。进化论模式能够持久的一个原因在于发明首先会注册专利；每项发明都需要援引"现有技术"，也就是它所借鉴的先例，强调了创造发明是基因链一环的概念。但更笼统地说，正如历史学家吉尔·莱波雷[ii]观察到的，关于不断创新的故事反映了讲述者或销售者的

---

[i] 行动者网络理论（Actor-Network Theory），社会学家米歇尔·卡龙和布鲁诺·拉图尔等人提出的社会学分析方法，认为科学技术实践是由多种平等的异质成分彼此联系、相互影响、相互建构成的网络动态过程，这里的"行动者"可以指人，也可以指非人的存在和力量。

[ii] 吉尔·莱波雷（Jill Lepore, 1966— ），美国历史学家、哈佛大学教授，也是《纽约客》的专栏作家，主要撰写美国史、法律、文学和政治相关的文章。

既得利益："从事销售预测的人需要把过去描述成可预测的……在未来学家书写的历史中，机器还在不断发明出来。"[8]

本书对不断创新的叙事持怀疑态度，重要依据之一来源于历史学家（也是本书的撰稿人之一）大卫·埃杰顿的著作《老科技的全球史》（2006）。在这部开创性的著作中，埃杰顿通过追踪全球范围内实际广泛使用的技术，彻底颠覆了关于技术进步的典型叙事。正如他所言，从以创新为中心的历史转向以实用为中心的历史，不仅会打破进步的观念，而且会改变对现代性产生最大影响的物品清单。埃杰顿列出的重要技术清单包括许多通常不会列入"改变世界的十大发明"的物品，其中有"人力车、安全套、马、缝纫机、纺车、哈伯－博施法[i]、氢化煤、硬质合金工具、自行车、波纹铁、水泥、石棉、滴滴涕、链锯和冰箱"。[9]

虽然我们探索消亡之物的角度跟埃杰顿不同，我们关注中断的进程而不是持久的发展，但本书很大程度上支持他极具独创性的看法。埃杰顿观察到，几乎各地都有悄悄留存下来的陈旧技术，因为它们方便应用、操作成本低廉或非常适合当地的情况。这一点在我们的项目初期就得到了证实，当时我们不得不面对这样一个事实，即很难找到真正消亡的物品。进入消亡之物的世界，就是进入死灰复燃的世界，几乎没有物品会完全消亡。许多物品会休眠，等到环境变化时，以另一种形式出现或在另一个地方复活；埃杰顿关于煤成油加工的文章（见259页）就说明了这一点。即便物品本身已经消失，许多物品也会留下残余的蛛丝马迹，以设计特征、语言或行为习惯的形式存在。

审视本书写到的物品也证实了埃杰顿的另一个重要看法：进步论线性叙事的基础是虚构的。技术和设计的发展并不是按部就班、放之四海

---

[i] 一种通过氮气及氢气制造氨气的方法。1908年，该实验首先由弗里茨·哈伯进行。1910年，卡尔·博施成功把这个实验商业化。哈伯因此项发明获得1918年诺贝尔化学奖。

而皆准的进步,而是走走停停、迂回曲折、跳跃式前进,有时会捡起很久以前放弃的发展路线。现在,我们正处于强调深层地质时期的人类世时代[i],消亡的概念变得更为复杂:气候变化加速了各种事物的消亡,但我们知道,人类的痕迹将长期存在。消亡并不是灰飞烟灭。正如生态环境作家大卫·法里尔所说:"现在,整个大气层都留下了我们的痕迹,它就像一个巨大的化学踪迹化石,记录着我们的旅程和消耗的能源。"[10]

基于上述原因,我们意识到不能对本书应该收录哪些内容过于武断。我们开始邀请各行各业的作者,包括策展人、评论家、艺术家、建筑师和学者,来确定并撰写各种规模的消亡之物的案例。为了简单起见,我们将这些案例研究统称为"物品",包括跟身体、家庭、工作场所和城市等现代生活的关键因素有关的工具、设备、建筑物和基础设施。随着稿件的提交,我们放弃了消亡意味着物品突然完全消失的想法。在许多案例中,即使生产停止了,物品也在继续使用;另一些物品由爱好者和收藏家保存,他们重视物品作为古董的价值;在本书写作的过程中,甚至有几种消亡的物品,尤其是齐柏林飞艇,由于众筹又重新面世。[11]更正规的情况下,很多物品由遗产机构和科学与设计博物馆保存。

只要知道某件物品的运作原理,理论上总能够使它复原,或者把它移植到其他地方。随着这个项目的推进,我们逐渐不太关心撰写的物品是否完全消失(无论如何这几乎无法证实),我们更关注最初是什么原因使它走向了消亡。我们鼓励作者严谨地确定导致物品消亡的各种进程和力量(这往往比我们起初想象的复杂得多),而不是把消亡看作自然而然发生的事情。因此,这些消亡之物的案例研究很难简单分类或解释。为了便于理解,我们提出了六种类型的消亡——失败(Failed)、过

---

i 指人类活动对气候及生态系统造成全球性影响并改变了地质的时代,大致从19世纪或更早的时期开始。

时（Superseded）、停用（Enforced）、失效（Defunct）、休眠（Aestivated）和空想（Visionary）。

我们一开始认为"失败"的物品是一个大类别，它们因为不起作用而不再流通。然而，书中只有几个案例中的物品是因为灾难性的或惊人的技术事故而消亡的，其中最著名的是协和式飞机。其实，更有代表性的类别是"过时"，物品被更"先进"、能更有效地实现同样功能的型号所超越。然而，关键是新型号往往以截然不同的方式执行功能，它强调在某样事物消亡后，随之而去的不仅是物体，还有相关的技能、习惯和行业协会形成的网络。这是创新有时会遭到抵制或需要很长时间才被接纳的原因之一，所以一些工业设计师坚持认为，为了被人们接受，新产品必须植入旧产品的元素。工业设计师亨利·德赖弗斯[i]再次向达尔文致敬，将这种形式称为"生存"。[12]

"停用"类别中的消亡之物最明确、最容易追溯，这些案例中物品的消亡是由政策或管理部门的核心转变导致的，他们的干预起到了决定性的作用，无论是消除某件物品或某种习惯，还是推广某种技术或基础设施来取代另一种技术或基础设施。这些物品消亡的正式理由，可能是经济或环境原因，可能是为了保护资源或公共安全，也可能是政治决策的结果。这些物品大部分仍然有技术上的可行性，仍可能在有限的范围内使用，但是，人们不再接受相关的风险或成本，它们显然被逐渐淘汰了。这里提到的主要物品是烟灰缸（见49页）和背心塑料袋（见389页）。

因为"失效"而消亡的物品，并没有"停用"那么突然而怪异，最经常"失效"的是商品。有时候，由于对市场的误读和缺少消费者购买，失效的物品从来没有畅销过。有些物品不能大规模生产，或者不能以合理的成本继续生产下去；另一些需要更大规模的基础设施，但这些

---

[i] 亨利·德赖弗斯（Henry Dreyfuss，1903—1972），美国设计师，人体工程学的奠基者和创始人。他的设计生涯与美国贝尔电话公司紧密相连，对现代电话的外观有重要影响。

基础设施从未建造起来。有些物品会对使用者造成危害，或者它们最初存在的理由已经消失了。大量物品只是变幻莫测的时尚和美学的牺牲品，尽管它们可能作为古董继续流通。有时候，在物品本身失效后，与之相关的使用习惯却流传下来。例如，视觉信号机在拿破仑战争后几乎废弃了，但戴维·特罗特认为，视觉信号机建立的通信形式——私人信息的公开表现——今天仍然普遍存在（见263页）。

有计划消亡的案例——比如，立法禁止某些物品存在——总是以公共利益的名义进行，它本身成为进步的证据，同义反复地证明进化论模式的正确性和现代性。有时消亡似乎确实是一种进步，例如，我们不会想要复原含砷壁纸（见35页）或者脑白质切断器（见197页），但是，我们应该对总是接受这种正当性保持警惕。在很多案例中，物品的消亡显然是武断且充满意识形态的；比如，智利牛奶勺代表了一项改善儿童营养的健康倡议，该倡议在军事政变后被废弃了（见221页）。中国的斗拱在20世纪初失效了，传统的木结构被据说更先进的钢铁框架取代（见115页）。但是，斗拱也说明消亡之物有着复杂的来世。在斗拱失效后不久，一群中外建筑师把它看作中国文化的正统代表而重新复原。现在，它以石头或混凝土的形式出现，人们欣赏它的象征意义而非结构功能，使它成为书中的"休眠"物品之一。在自然界，"Aestivated"指的是生物在恶劣的环境下休眠、等待复苏的状态。为了使这个类别符合"休眠"的条件，我们规定整个物品必须复兴（而不是它的组成部分），但它不必以完全相同的形式出现；它可以通过改变材料来重现，以适应当下的条件或需求。

综上所述，本书研究的案例呈现了一幅变幻莫测的图景，强调了技术的成功必须在很大范围内得到各种力量的支持。这一点可以通过电动汽车的例子来理解。这里讨论的最早的电动车型"蜂鸟"出租车（见169页）出现在1897年，另一款车型"思想城市"电动汽车（见379

页）于1998年上市，并最终于2008年迭代。这两款车型都可以驾驶并有吸引力，因为它们有望改善环境（"蜂鸟"打算消除"不卫生的马匹"的不良影响）。然而，两者都没有成功。当然，今天的特斯拉横空出世；虽然把特斯拉公司成功的原因归结为单一因素（比如一位卓越的领袖）的故事娓娓动听，但它显然是经济、技术、环境、政治和社会因素汇集在一起的结果。考虑到早期设计中某些更出色的方面（"思想城市"更新后的车型95%由可回收材料制造），我们很难认定特斯拉是最佳产品或者受天意眷顾的产品。

然而，在整理、区分消亡之物故事中的机遇和损失时，我们有可能疏忽了它们更大的价值。研究消亡之物不可避免地会遇到很多限制：成本的限制、缺乏政治方面的支持、市场固有的保守主义和想象力的集体失败。然而，消亡之物也同样包含着潜力和刺激，可以说这是它们最具吸引力的方面。这在"空想"类的提案或技术原型中最明显：有些物品以实验性、开玩笑的方式探索技术的可能性；另一些则着手表达对未来设计或未来社会不同的、更自由的想象。偶尔，它们也会成为对进步本身的嘲弄：爱迪生的反重力内衣（见125页）以经久不衰的方式调侃了人们对英雄发明家的崇拜，因为许多人一直相信比尔·盖茨和埃隆·马斯克等公司技术乐观派能解决全世界的问题。

最后，许多消亡之物充当了备用品和资源库，在大大小小的方面为我们解决问题提供了不同的视角：如何处理城市问题，如何可持续地储存和运输淡水，甚至如何屏蔽工作场所的噪声。这会引起很多联想，但本书并不是未来技术方案的"参考指南"。这些文章最引人入胜的地方在于，它提醒人们，消亡之物不仅代表技术，而且代表不同的思维方式、生产方式、与世界互动的方式，以及对身体、技艺、复制品、美、艺术、交流、运动、休闲、爱、阶级、文化身份、自然和人工智能的不同态度。最终，每一件消亡之物都体现了一种对未来的想象，即使物品本身被淘汰了，这些想象仍然向我们敞开着。

声音测位器
布里约尼·奎因 [i]

过时

声音测位器（Acoustic Location Device）最初是在一战期间研发的，一开始被作为对抗空袭的早期预警系统的组件使用，不过，它几乎很快就被用于大炮的导引技术。简单来说，声音测位器的设计类似巨大的喇叭或贝壳，可以增强操作员的听力，让操作员仅凭声音就能定位和追踪目标。

20世纪早期战乱频仍，许多国家研制出了各种造型怪异的声音测位器，很难总体描述（不过日本有一种特殊的声音测位器，以"战争喇叭"知名，这是个恰当的表述）。图1中展示的是一台德国制造的格茨声音测位器，跟1929年英国陆军部从C.P.格茨公司购买的、用来跟本国当时的型号比较的声音测位器类似。它可以快速拆卸，高效地装载到车上，然后搬到别的地方。原始的格茨声音测位器主要用于引导聚光灯照亮空中的飞机，使地面上的枪炮可以瞄准。但是，操作员需要在完全安静的环境下才能工作，他们无法忍受周围任何声音的干扰，比如谈话或枪炮声。

对于声音测位器最早和最清楚的使用记录是在始于1915年的伦敦齐柏林飞艇防御战中。海军上将珀西·斯科特爵士负责指挥伦敦的空

---

[i] 布里约尼·奎因（Bryony Quinn），作家、编辑，东伦敦大学、伦敦传媒学院和伦敦皇家艺术学院的语境研究与设计研究讲师。她的研究重点是造型和空间的倾斜：倾斜的物体、斜坡、对角线、偏离，等等。（为方便阅读，作者简介以脚注的方式放在每篇文章的第一页，后文同。）

图1：英国使用的格茨声音测位器，1937年。

防,并对英格兰东南部海岸线和高地进行周密侦察和战备。在一战早期,虽然高射炮和加农炮的设计有所改进,但随着频繁而恐怖的伦敦空袭升级,到1915年9月时,这些武器已不足以保卫伦敦。因此,斯科特邀请艾尔弗雷德·罗林森分享相关经验——罗林森在陆军和海军都服役过,且在前一年冬天协助组织了巴黎的空中防御工事。

罗林森在关于这个时期的著作《伦敦防御,1915—1918》(1923)中说,敌军显然在寻找安全的进攻方式,"在我们的炮火射程内,主要利用云层的保护,尽可能使他们的飞艇'隐形'"。当然,这些枪炮可以向大致可知的方向发射子弹和炮弹,但这种攻击不能真正威慑目标。罗林森认识到,主要问题从一系列基本问题中浮现出来:"如何有效击中一个看不见的物体?"他接着很快提出一个更深层次的问题:"如果看不见它,如何知道它在哪里?"

罗林森接受过传统的战争训练,能够通过视觉分辨友军和敌军,区分活动目标和毫无防御的树。但现代战争的状态改变了这一点,因为空军可以在黑暗或云层的掩护下轰炸小镇和城市,跟以往所有的战争相比,现代战斗发生的距离极远,使得目标更难以辨认。罗林森继续说:"答案简单得幼稚……因为,我们用眼睛无法瞄准,就得用耳朵瞄准——假如我们需要开炮的话。"

根据各种记录,最早投入实际应用的声音定位装置出现在英国,它的设计类似两个留声机喇叭朝同一个方向固定在可以绕水平面自由转动的轴上;喇叭和轴绕着旋转的地方有个罗盘,操作员被安置在这里;最后,连接监听器的两根管子穿过转轴固定到喇叭内。"这样才能把一个人的脑袋与转轴连在一起,"罗林森不动声色地说,"把监听器管子的两端插入耳朵'听',然后操作员将脑袋和转轴转向听到声音的方向。"再通过电话把几台"听音机器"(罗林森对操作员和设备的称呼)测到的方向通知司令部,标出敌人的踪迹,直到敌人进入等待着的高射炮射程范围内。

声音测位器足以与一系列可以延伸人类感官的军事技术并列：望远镜可以延长视线来侦察远处进军的敌人，戴夜视镜者能看见光线照不到的东西。声音测位器通过声音让监测区域覆盖所有的地貌和海岸线。令这种装置区别于望远镜的新颖之处是它能够探测到视线之外的运动。声音可以通过反射绕过或穿过固定或不透明物体，利用这一特性，声音测位器可以有效地绕过或透过山丘和山脉、大型建筑、云层等遮蔽物，"看见"前进的敌人。

最早的声音测位器最少可以由一名管理员操作，是便携式的。因此，它们与庞大的（更宏伟的）声镜（sound mirror）不同。现在英国海岸线上仍然有很多声镜，这些固定的永久结构出现得比声音测位器稍晚一些，也使用了声音测位技术。然而，20世纪30年代早期，随着雷达的问世，便携和固定的声音定位系统走向了同样的结局。雷达的原理与通过声音识别目标类似，但它是通过无线电信号来探测敌军的活动地点的。

两者的目的都是定位一个看不见的目标，（在设计中引入屏幕之后）雷达可以高效地将无线电信号转变为供多人观察的视觉图像，而声音测位器利用声音（而不是光）将目标的形象直接投射到操作员的脑海中却产生了一种奇怪的影响。它让每一位使用者都面临着关于"转达"的心理问题。信息在不同感官之间转换时会发生变化，虽然"听音机器"取得了最初的成功，但不同的人对同一声音进行定位的精确度存在差异。

这类设备的准确度依赖于操作者的敏锐度，操作者根据敌人行动的声音来确定它的方向、高度和范围。这种依赖性以及由此产生的主观差异问题在最初使用声音测位器时就被注意到了，人们也因此提出了一个令人诧异（但徒劳无功）的解决方案。罗林森问道："我们最应该相信哪类人的听力？我们应该怎样找到这类人？"他声称："在'听觉'领域,盲人总是最优秀的。"因此,有些盲人成了最成功的操作员,他们能"看见"其他人看不见的东西。然而,最终这项技术未能克服个人对声音理解的差异,以及来自其他声源的干扰,从而推动了对操作员的主观性没那么敏感的技术——雷达的发展。

20世纪30年代,声音测位器和雷达是同时被使用的,直到无线电信号的准确性和可靠性超过了声镜和"战争喇叭"。同时,为了降低操作员主观性的影响,各国也发展出了不同的声音测位器变体:有些仪器把巨大的"贝壳"直接固定在操作员的头上,名为"人体抛物面反射器";还有些仪器实验了蜂窝状结构和奇异的工艺曲线,直到几十年后科幻电影进入主流电影院,人们才再次看到这些东西。然而,这些都无济于事:20世纪40年代初,各种人工声音测位器(比如格茨公司曾经生产的和罗林森曾经支持的那些)就已经被淘汰了。

图 2：场所噪声调节器，赫曼米勒家具公司，美国，1975 年。

动感办公室场所噪声调节器：马思齐特球
克里斯滕·加勒诺 [i]

失效

二十世纪六七十年代的泡泡和圣诞彩球；悬在郁金香形底座上的蛋形椅（意大利设计梦想的"感官剥夺子宫"）；《六号特殊犯人》中在海滩上弹跳、呼啸着追逐帕特里克·麦高汉的漫游者 [ii]；新官僚主义时代的私人圆顶办公室（建筑电讯学派 [iii] 设计的充气塑料套装）；潜伏在地平线上的雷达天线罩；从太空中看到的巨型蓝色"弹珠"——从天花板上的安全摄像头到奇特的塑料座椅，球体随处可见，白色的、透明的、阴险的、无所不知的。它们也都暗藏着某种形式的感知能力：控制和平静，观察和报告。

还有一种球体栖息在办公室格子间边缘，被称为"场所噪声调节器"（Acoustic Area Conditioner），非正式的名称是"马思齐特球"（Maskitball）。场所噪声调节器最初的概念是由赫曼米勒家具公司（位于密歇根州安娜堡市）的设计师罗伯特·普罗普斯特和杰克·凯利作为动感办公室系统的一部分提出的。1975 年开始，它被当作解决噪声问

---

i 克里斯滕·加勒诺（Kristen Gallerneaux）博士，声音研究员、博物馆馆长和艺术家。她的专著《高静态、最后期限：声音幻觉和今后的物品》（2018）可通过奇异吸子出版社和麻省理工学院出版社获得。
ii 《六号特殊犯人》是一部融合了科幻和悬疑元素的电视剧，1967 年于英国首播，并在世界范围内产生了较大的影响力。帕特里克·麦高汉在剧中扮演一位被囚禁在村庄的情报人员，而漫游者是一个白色的球形机器，负责监控、管制困在村庄的人。
iii 建筑电讯学派（Archigram），20 世纪 60 年代英国前卫建筑团体，以科技和想象为灵感进行创作，对后来的未来主义等流派有重要影响。

题和保护隐私的装置销售。据当时担任赫曼米勒家具公司系统开发主管的凯利说，起马思齐特球这么个有趣的名字是因为"当时是一个篮球赛季"。"从发音上来说，马思齐特球也很好玩。"[1] 在短暂的寿命中，马思齐特球是市场上调节办公室噪声污染最好的产品。

作为20世纪办公室设计传统的变革者，动感办公室的伟大创新在于设计方法的整体性。在普罗普斯特看来，当时的办公室已经变成了混乱的荒地，到处是关进隔间的员工、临时布置的家具和成堆的杂物。动感办公室尝试以独立的单元组成模块化系统，布置出可变的、透气的工作空间，让杂物堆放在视线之外。普罗普斯特说："人们不应该像种在盆里的洋葱一样坐着。"[2] 普罗普斯特的设想催生了现代办公室的格子间。然而，1964年格子间被采用之后，工作场所出现了新的噪声干扰问题，这本身就需要引起设计的关注。

处理开放式办公室噪声问题最好的方法是什么？一种方法是把现有的扬声器和发声器拼凑在一起，形成昂贵且特殊的声学系统，这需要声学工程师的专业技术来安装和维护。另一种方法是所谓的"嘘声系统"，使用背景噪声来抵消其他噪声——这是普罗普斯特在1963年观察到的现象。他对一位工程师同事描述了这样一种情景：他坐在餐厅里，背对着坐在附近大声讲话的人，周围的声音模糊了这个人说话的声音。普罗普斯特写道："我特别感兴趣的是，这家餐厅并不十分吵闹，但在这种情况下，背景噪声的干扰效果非常强。"[3]

基于普罗普斯特的想法，一台声音装置原型机被制作出来，随后，6台场所噪声调节器在赫曼米勒家具公司中首次安装成功。1975年，25台场所噪声调节器夹杂在其他动感办公室降噪配件（天花板瓷砖、地毯、窗帘、屏风和植物）中出现在赫曼米勒公司的销售数据里，这是第一批售出的场所噪声调节器。格子间隔板由几层有静音效果的打孔金属、玻璃纤维和布料组成，本身应该可以"调节"房间的声音。在理想情况下，马思齐特球会点缀办公室，安装在2.03米高的墙板上，每个间隔3米至3.5米。增加马思齐特球能够加强私密空间的隐蔽性，使人无法辨认声音的来源。

马思齐特球可以插入墙壁上的电源插座，低维护，低成本。人们还可以根据隐私需求或一天中哪些时段更嘈杂，随意调节低音和高音。高频率的声音从装置顶部发出，遇到天花板反弹下来，然后分散开来跟周围的聊天声音混合。中低频率的声音从马思齐特球的中部扩散出来，自由消散。

为了避免传统消音系统烦人而重复的声音，马思齐特球的电路中有一个调幅器，可以让声音进行随机变化。《动感办公室声学指南》（1972）解释说，在马思齐特球被成组使用时，它们的声波会相互交错，让人感觉愉快、自然和舒适。白噪声需要在预设的范围内才能起作用。为了避免马思齐特球被用作"办公室斗争的武器"，它的音量上限是50分贝，超出这个标准的噪声被认为会导致思维疲劳和交流障碍。[4]

马思齐特球并不是第一台白噪声机器。在电子产品消费领域，1962年吉姆·巴克沃尔特发明的玛帕克睡眠伴侣（2010年更名为"多姆"）才是第一台。然而，玛帕克睡眠伴侣看上去就像翻过来的狗碗。与巴克沃尔特不同，普罗普斯特对思考白噪声机器看上去应该怎么样的问题一直很感兴趣，他认定它应该"在外观上不唐突，作为隐蔽的声源也不尴尬"。[5]

在凯利参与商讨之后，该装置采用了超现代的白色球体外形。凯利认为，球体是"挂在空中最不令人厌烦的形状"；重要的是，它也是隐藏电子设备的最佳形状。[6]马思齐特球的两个半球中间有一条带有扬声器孔洞的带状条纹，这使它显得更加圆润。马思齐特球不透明的外壳中包含晶体管电子元件，作为太空时代的新来者，吞噬噪声的马思齐特球与充满圆形格子间转角的办公室很契合。它装扮并美化了声音。马思齐特球的广告宣传册上写道："你看到它,才会听到它。你听到它,才会相信它。"[7] 马思齐特球设计者的天才之处在于,他们认识到保留一些工作中忙碌的声音是有价值的。这些声音是某个组织在听觉上的鲜明特征,传递了"这就是我们,我们在做什么",比过于死寂的声音造成的尴尬真空更好。噪声调节器必须要有一定量的背景声音,通过缩小背景声音自身发射的频率和恼人的办公室噪声之间的差距,才能产生噪声调节的效果,也就是说,我们需要噪声来消除噪声。

虽然马思齐特球在20世纪80年代初停产了,但它的效果很好。我们不清楚赫曼米勒公司停止生产马思齐特球的原因,特别是市场需求并没有消失;动感办公室不仅在继续生产,而且它的开放和协作的工作模式已经被广泛传播。今天,灵活的共享办公室已经成为常态。但是,很多办公室采用了工业时尚美学的风格,比如打磨的混凝土、吊高的天花板、裸露的金属空调通风系统和开放的办公桌,这在声音上是一个噩梦。20世纪的打字机敲击声和电话铃声已经被21世纪的笔记本电脑键盘声和设定为震动的智能手机嗡嗡声所取代。

即使马思齐特球要处理的问题是持久和普遍的,解决办法也已经改变了。问题的对策变得更有针对性和个性化,而不再是以系统为基础的解决办法。人们使用新一代的设备来创造声学孤岛。为了消除回声,员工们会用降噪耳机把自己隔绝起来,发出"我正在聚精会神"的信号。噪声调节器最基本的功能——提供背景音频流来盖住噪声——在似乎无穷无尽的应用程序、流媒体音乐服务、白噪声和背景音乐播放列表中找到了新生命。

白噪声是自然的,是我们在子宫里听到的第一种声音。想象一下自己在贝壳里,周围的环境音像波涛一般轻拂过来。如今,白噪声是一种处方。作为一名慢性失眠症患者,我每晚伴着身边由谷歌家用迷你智能音箱微扁的球体播放的雨声和静电噪声入睡,这种音箱是马思齐特球的近亲。最近，当我迷迷糊糊睡去时，脑子里被一个事实困扰：虽然大约有 1800 台马思齐特球被售出，但它们似乎都消失了。除了罗伯特·普罗普斯特的档案和赫曼米勒公司的宣传材料中仅有的一台原型机之外，马思齐特球仿佛从未存在过。无论是在 eBay，还是在世纪中期现代主义[i]古董市场或跳蚤市场中，你都找不到一台马思齐特球。它们是不是在某个秘密的办公用品废物填埋场里蹦来蹦去呢？

"好吧，谷歌：你能告诉我，马思齐特球都去哪里了吗？"

---

i 世纪中期现代主义（Mid-century Modern），1933—1965 年在美国发展起来的一种现代主义设计风格。

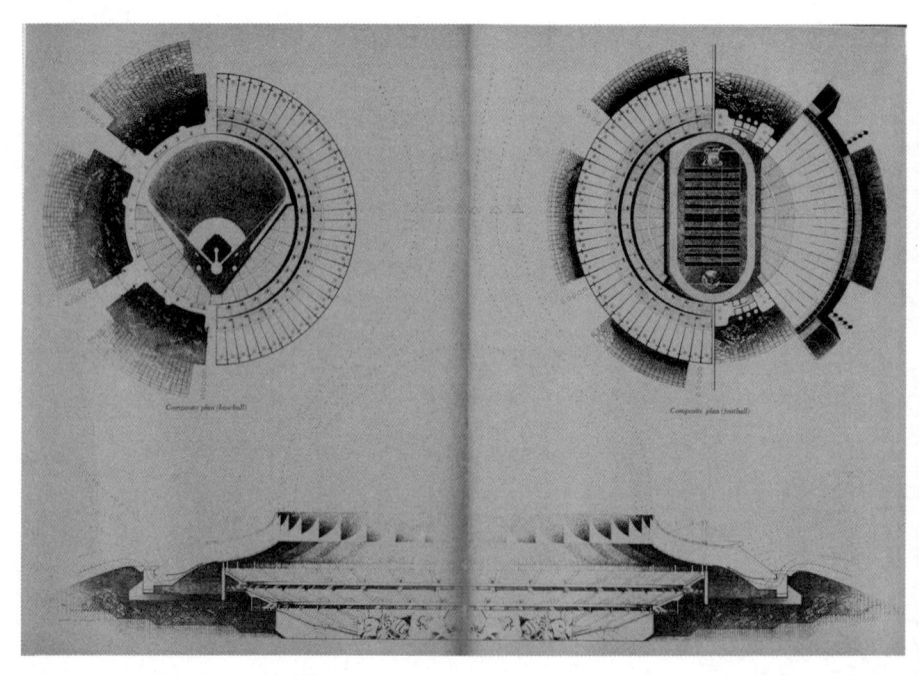

图3：有气幕屋顶的露天体育场平面图和剖面图，彼得·戈林，《加拿大建筑师》，1971年11月。

气幕屋顶
劳伦特·斯塔尔德[i]

空想

在关于现代建筑的许多愿景中，建造没有实体的建筑是人们最执着的愿望之一。19世纪关于玻璃建筑的讨论中，人们期待出现"肉眼看不见的墙壁和天花板"，让建筑消失在"固体形状"的空气里。到了20世纪初，我们离没有实体的建筑前景更近了。瑞士评论家西格弗里德·吉迪恩在描述勒·柯布西耶[ii]20世纪20年代的建筑特点时写道："空气流过它们！空气成为建筑的组成部分！"

然而，只要建筑仍用玻璃封闭，建筑消失在空气中就只是比喻，而不是实际的设想。直到二战之后，完全无实体的建筑概念才开始变得可行。在1958年发表的《当代艺术的普遍发展规律是非物质化（而非无物质化）》中，德国建筑师维尔纳·鲁瑚和法国艺术家伊夫·克莱因联合设计了关于热空气屋顶的多种提案。这些提案最初是为一家剧院（位于德国西北部的盖尔森基兴）前的咖啡馆建造顶棚而提出的。一年后，在德国中部巴特黑斯费尔德的修道院废墟上建造圆形剧场时，他们又重新提出这一设计，该设计可以在物理层面使雨改变方向，还可以让雨水

---

i 劳伦特·斯塔尔德（Laurent Stalder），苏黎世联邦理工学院建筑史学家。他的研究和著作主要集中于建筑史和建筑理论与技术史的交叉领域。
ii 勒·柯布西耶（Le Corbusier，1887—1965），建筑师、室内设计师、雕塑家、画家，是20世纪最重要的建筑师之一，功能主义建筑的泰斗，被称为"功能主义之父"，代表作有朗香教堂、萨伏伊别墅、马赛公寓等。

蒸发。鲁瑙从现代百货商店的风幕机[i]和有空调的开放式办公室得到启发，希望在未来的某个时候，能对整个户外环境实现同样的气象控制。理查德·巴克敏斯特·富勒[ii]设想的城市屋顶是玻璃穹顶，鲁瑙认为它们应该覆盖着"压缩空气天棚"。[1]因此，鲁瑙的项目不是用透明的墙和天花板保护人工生成的舒适室内环境，而是更激进地让建筑体本身消失，变成一系列由相应的鼓风设备产生的气流。1980年，英国建筑师锡德里克·普赖斯和加拿大建筑师彼得·L. E. 戈林共同构思了"空气屋顶"项目，由此这种执着的追求持续到了20世纪的最后几十年。普赖斯提出了一种装置设想，使用涡轮机产生的气流阻挡体育场和其他公共空间外面的雨和雪。

然而，二战后先锋派设想的空气屋顶能否实现要依赖于20世纪初的发明。1903年2月28日，旋转门的发明者、美国机械工程师西奥菲勒斯·范坎内尔为风幕机注册了专利，并于1904年11月8日获得专利法律保护。这项发明旨在"提供一种阻挡风、雪、雨和灰尘进入敞开的门的方法，就像关门起到的保护作用一样，但不会像门一样在阻挡自然元素时妨碍行人的自由出入"。这个系统由一系列"喷嘴"组成，可以安装在地板、天花板上或它们的两侧，有尖嘴的部分向外侧突出，可以在保护入口的同时不妨碍人群流动。在确定这一目标的同时，风幕机还明确借鉴了旋转门的设计，将入口和出口分隔开来，实现了完全的无障碍通行。

范坎内尔的发明为众多用于墙壁和屋顶的风幕原型机奠定了基础，这些风幕原型机有的性能更加强大，有的有额外的防护功能：用于商店门口的双层可调节的空气幕（1911）是抵御突如其来的阵风的完美典

---

[i] 风幕机（air curtain），也叫空气幕，一种通过高速电机带动贯流风机或离心风轮产生强大气流，形成一道"无形门帘"的空气净化设备。

[ii] 理查德·巴克敏斯特·富勒（Richard Buckminster Fuller，1895—1983），美国哲学家、建筑师和发明家。

范；防虫门（1923）有 5 根垂直的空气柱，可以"捕捉和消灭"害虫；防虫防尘组件（1924）显然配有空气顶，由桌子和上面的架子组成，顶部和两侧都用空气幕保护；还有艺术家拉斯洛·莫霍伊-纳吉为电影院投影构思的气幕（1927）。在克莱因和鲁瑙的发明之前，两次世界大战之间还出现了两项使用空气幕或空气顶来分隔整个房间的专利：1932年在德国获得专利的"房间封闭技术"，它使用"动能"驱动水平或垂直的"空气墙"；1939年在法国获得专利的"在大气场内不用实体墙界定有限区域的方式和方法"，它通过体育场的例子说明空气幕可以将公众看台和运动场的气象状态分隔开，同时不妨碍视觉或听觉。

从 20 世纪 50 年代开始，风幕机成为百货商店和其他公共建筑的标配，并在 1960 年发展到顶峰，当时纽约的泛美航空公司航站楼入口处的空气幕有 27 米宽；但另一方面，气幕屋顶很大程度上仍仅仅是科学研究的对象。从 1968 年开始，多伦多的航空航天研究所主导开展了对空气屋顶可行性的探索。随研究报告一起提出的还有各种具体的建筑应用模型：横向气流覆盖的内部空间、圆锥形气流覆盖的临时庇护所、水平气流保护的人行道，以及最突出的、由垂直渐变的环形空气幕屋顶遮蔽的体育场。[2] 除了空气运动产生的噪音（这限制了该系统的普遍应用）外，水的偏转也是一项特殊的挑战，直到 20 世纪 80 年代中期，多伦多的工程师们都在努力解决这个问题，对于气幕屋顶或气环屋顶都是如此。[3]

气幕屋顶的研究止步于小规模的环形空气幕屋顶原型机和多伦多一个停车场抽气系统上方的空气顶棚。除了电弧炉[i]的空气幕等少数例外，它很少有实际应用。虽然它被放弃的原因从未被明确说明，但它似乎注定要失败，这不仅因为技术上难以实施，最重要的原因是，它的能源需求太大，用气幕屋顶覆盖一个直径 100 米的体育场估计需要 1 万至 3.6

---

i 电弧炉（electric arc furnace），电极与炉料间产生电弧用以熔炼金属的炉子。

万千瓦的能量。然而,气幕屋顶在20世纪建筑中的典范意义恰恰就在于它对能源的依赖性,这一点在流行语"开关"(on and off)中得到了充分的概括。这意味着气幕屋顶的设想虽然没有实现,但它的概念仍然具有强大的生命力,代表着对建筑规则的彻底变革——建筑不再是建造的艺术,而是房屋实现各种性能的规范。这样那样的技术可能会消亡,而潜藏在其中的概念却可以长存。

20世纪80年代建筑界就放弃了带有空气屋顶的项目,然而,随着人们对空气的潜力、空气污染和空气匮乏带来的危险有越来越多的认识,当代哲学界也越来越关注空气。吕斯·伊里加赖的重要论文《空气的遗忘》(1983)以及年代更近的彼得·斯洛特戴克的《空气生命》(2002)和布鲁诺·拉图尔的"空气控制"理论(2005)都鼓励人们重新定义这种至关重要的"非物质",但与之相关的重要概念——空气建筑却很少受到关注。这十分令人惊讶,因为无论实现与否,空气屋顶都是比各种哲学评论更有效的认知工具,因为它可以让空气作为环境、物质、材料和能量同时显现出来。

全塑料房屋
卡萝拉·海因[i]

失败

20世纪初,以人造高分子聚合物为基础的塑料被发明出来,此后设计师和建筑师一直痴迷于将之应用到建筑中。起初,他们对塑料用途的设想范围很广,从小型的电灯开关和家具到整体的窗户和墙壁等都有。但在二战之后,建筑师和化学公司开始联合探索用塑料建造整个房屋。对建筑师来说,完全量产的全塑料房屋似乎为住房短缺问题提供了解决方案,也是进行造型实验的机会;而对化学公司来说,全塑料房屋看起来是一种很有利益空间的塑料应用方式。他们的合作带来了一批全塑料房屋,这是充满希望的未来主义值得纪念的标志。1968年芬兰建筑师马蒂·苏罗宁研制的"飞碟屋"是最成功的案例之一。尽管如此,全塑料房屋之梦还是很快就破灭了。虽然塑料确实重塑了家庭环境,其形式却跟最初的设想完全不同。

20世纪50年代末和60年代初,全塑料房屋的实验达到了顶峰。其中最著名的可能是由麻省理工学院建筑师马尔温·古迪和理查德·汉密尔顿设计、由孟山都化学公司赞助的"未来之家"。它坐落于加利福尼亚州的迪士尼乐园,肯定有上百万游客看到过它。"未来之家"于1957年开放,是一栋119平方米的吊舱结构建筑,弯曲的塑料墙从混

---

[i] 卡萝拉·海因(Carola Hein),荷兰代尔夫特理工大学建筑史和城市规划学教授。她撰写、编著的书籍有《劳特利奇规划史手册》(2017)、《港口城市:动态景观与全球网络》(2011)和《日本的城市、自治与分权》(与菲利普·佩尔蒂埃合著,2006)。她对西山卯三的《对城市、地区和国家空间的思考》(2019)也有贡献。

图4：孟山都公司的"未来之家"，马尔温·古迪和理查德·汉密尔顿设计，加利福尼亚州阿纳海姆迪士尼乐园，1957年。

凝土底座上悬臂式突出。这是为20世纪50年代一对父母和两个孩子的典型家庭设计的，建筑平面为十字形，厨房在中心。它是模块化的，并且安装灵活，这跟理查德·巴克敏斯特·富勒的设计类似——通过超声波洗碗机、可视电话和原子食物保鲜技术等能让典型的全职妈妈生活更轻松的新技术，为1986年的人们展现了未来生活的景象。房屋中还陈列有微波炉等小型家居用品，这些物品在很久以后可以用塑料制成。"未来之家"通过新的形式和技术成为现代生活方式的典范：清洁、实用且有趣。

不管"未来之家"的一些发明现在看来多么古怪，它都是设计、生产和教育领域的重要人物经过多年严肃且艰苦的合作研究而创造出的成果。它也具有非常重要的战略意义，因为孟山都公司跟其他很多靠战时订单发展起来的生产商一样，都在想方设法使自己的产品多样化，以适应和平时期的市场。该公司把注意力转向了各个领域，住房是其中之一。孟山都公司和麻省理工学院紧密合作，资助工作室"对未来最大限度地将塑料的固有特性用于房屋制造的可能性做出预测"。到1956年，该计划已经取得一定进展。麻省理工学院宣布，在孟山都公司的资助下，其房屋工程和建造部门正跟建筑系一起设计和建造一座塑料的"明日之屋"，它的"结构形态和建筑设计携手并进，由于塑料材料相对较新且未经实验的结构性能，大量先锋的建筑结构设计是必要的"。[1]

对麻省理工学院的教授们来说，合作的目标是开发出在建筑中使用塑料的综合结构方法。孟山都公司塑料部门的罗伯特·K.米勒提出了塑料在建筑和设计中的多种潜在用途："只要我们能够想象、公众能接受生活的新概念，未来塑料在建筑中的运用就是无限的。"[2]还有哪里比迪士尼更能使公众接受这种综合的方法呢？参观者的数量保证了"未来之家"有很高的曝光度。1957年，也就是开放的第一年，平均每周有6

万人进入这座建筑。1967年建筑拆除时，已经有约2000万人参观过它。几乎没有哪个设计可以比"未来之家"更好地体现战后繁荣时期的技术乌托邦主义。

20世纪60年代，欧洲建筑师约内尔·沙因和让-邦雅曼·马内瓦尔等人也设计了全塑料房屋。和他们的美国同行一样，新材料和对技术的普遍信仰似乎给当时的政治、经济和社会问题提供了完美的答案。分布最广泛的塑料预制屋是飞碟屋，这是一种易于供暖、可以建造在严峻地形上的滑雪小屋。它由玻璃纤维加固的聚酯纤维构成，看起来像架在高跷上的飞碟。它的设计师认为，到20世纪80年代时，整个街区都将由塑料房屋构成。然而，最后建造和出售的塑料房屋不到100栋（留存下来的更少，尽管遗留下来的那些被世界各地的收藏家珍藏）。[3] 居住在独立预制小屋里的前景，既不能吸引买得起足够大的土地建造独栋住宅的买家，也不能满足国家资助的密集型多层住宅计划的要求。

全塑料房屋的失败还有其他原因，20世纪70年代的石油危机和塑料建筑成本上升可能在其中发挥了某些作用，不过塑料房屋的终结在更早的时候就开始了。早在1965年，美国建筑师R. D.盖伊就曾悲叹"完全由塑料制造的房屋似乎已经消失了"。他把这种失败归咎于建筑商之间缺乏配合，所有建筑商都坚持使用自己的工业体系，尽管事实上它们多半"考虑不周、不合时宜、缺乏基础研究、忽视国家要求，且通常丑陋不堪"。学术界也应该受到批评，他们没有显示出在该领域的领导力："建筑师没有'行业规则'可参考，也找不到有建筑结构设计的教科书。"[4]

然而，合作止步不前的主要原因是塑料制造商对建筑师在房屋和建筑领域的影响力不抱幻想了，原因很简单：建筑师缺乏大规模生产房屋的必要筹码。后来，塑料制造商尝试了一种新方法。他们没有追随建筑师主导的整体预制房屋和可重复的综合设计结构，转而生产更小的、各不相干的家庭用品，比如塑料浴室用具、绝缘材料、窗户、家具、地砖、乐高玩具和玩具屋等产品。他们以家庭用品为重点，把风险降到了最低：如果产品失败了，研发成本和资金投入很少，但假如他们成功了，潜在的市场却很大。

这种直接的方法要求塑料制造商更加关注承包行业和消费者。实际上，塑料用品的广告直接面向消费者，尤其是妇女儿童，现在他们被视为家居用品市场的重要部分。富美家浴室组合梳洗台就是这样一款产品，它的广告标语是"太糟糕的爸爸"——它是妇女和女孩的必需品，洗手池周围有一个柜子，抽屉里放毛巾、换洗衣物和药品。德拉鲁公司生产的富美家板材是一种容易清洗、持久耐用的抗热塑料贴面板。这款讲究的产品的目标客户是年轻女孩，她们跟母亲结成同盟，请求父亲给她们一个洗漱、化妆和穿衣的地方。当地的富美家制造商（在电话簿的"塑料"栏目可以找到）可以根据家里的妇女和女孩选择的色彩和图案来制造浴室组合梳洗台。最后，连爸爸们也可以在梳洗台前享受刮胡子的乐趣。

正如富美家浴室组合梳洗台表现的那样，塑料并没有创造住房革命。与建筑师最初的希望不同，塑料最终以更日常和琐碎的方式进入家庭，改变了战后的室内家居，使之变得更柔和。虽然"未来之家"的综合构想没有实现，但塑料仍然遍布"未来"生活的里里外外，成为战后大众消费的性别化景观的背景条件。

图5：用舍勒铜砷绿印刷的蔓藤花纹壁纸，英国，19世纪。

含砷壁纸
露辛达·霍克斯利[i]

失败

德国裔瑞典化学家卡尔·威廉·舍勒在进行砷化铜实验时的发现给室内装饰界带来了一场风暴，也在不知不觉中导致了许多人的死亡。1778年，他发明了一种鲜艳的绿色颜料，这种颜料有舍勒绿、翠绿、巴黎绿和砷绿等各种名称。

19世纪早期，两项重要的变革令英国室内设计师兴奋不已：一是发明了可以生产长条壁纸的机器（以前是小方块壁纸），二是取消了纸张税。突然之间，壁纸变得便宜了。1851年世界博览会上有一些壁纸制造商参展，此后，被维多利亚时代的大多数人称为"纸墙幔"的时尚在各个阶层流行开来。虽然在其他许多欧洲国家使用含砷颜料是不合法的，但舍勒绿作为一种壁纸颜料却越来越流行。

在英国，砷染料的问题最早是在工厂中暴露出来的，工人们遭受了神秘的健康问题困扰。从呼吸（制造植绒壁纸时使用的）含砷量很高的粉尘引起的肺部问题到接触砷染料引起的皮肤问题，从颜料通过割伤或擦伤进入血液引起的砷中毒到砷刺激鼻腔和眼睛引起的疼痛发炎，疾病的种类五花八门。由于疾病的情况千差万别，也由于工人的权利经常被

---

[i] 露辛达·霍克斯利（Lucinda Hawksley），作家、主持人和讲师。她的著作包括艺术家莉齐·西达尔、凯特·佩鲁吉尼（原姓狄更斯）和路易丝公主的传记，以及《狄更斯与旅行》（2021）、《狄更斯与圣诞节》（2017）、《前进，女性，前进》（关于选举权运动，2013）、《查尔斯·狄更斯和他的圈子》（2016）、《作家在国外：从奥地利到乌兹别克斯坦的文学旅行》（关于历史旅行写作，2017）、《中邪：维多利亚女王时代家居中的墙纸与砷》（2016）。

忽视，起初企业很大程度上对这些问题置之不理。不过，医学界越来越关注这个问题。早在19世纪50年代，《英国医学杂志》和《柳叶刀》上就出现了关于含砷壁纸危害的文章。然而，又过了20年，设计师、制造商和公众才开始听他们在说什么。

尽管砒霜（含砷的化合物）是众所周知的灭鼠药，英国家庭普遍用它来消灭害虫，人们却仍然用含砷颜料给墙壁、织物装饰、家具、衣服和儿童玩具上色。砷绿甚至被用于食品着色，这经常造成致命的后果。在壁纸领域，舍勒的翠绿色一直是最受青睐的颜色之一。

维多利亚时代中期最著名的壁纸设计师是威廉·莫里斯，他不仅以室内设计作品著称，而且还跟拉斐尔前派运动深有渊源。他发起了工艺美术运动，并以慈善活动而闻名。他创办的莫里斯、马歇尔与福克纳公司（后来简化为莫里斯公司）使他的名字成为壁纸的代名词，而他最喜欢的颜料之一就是砷绿。虽然现在的历史仅仅把砷和绿色联系在一起，但实际上它用于大部分壁纸颜料的生产，这意味着在维多利亚时代早期和中期，几乎所有的壁纸都掺入了大量毒药。

1862年，英国各地的报纸报道了一位名叫安·阿梅莉亚·特纳的3岁女孩之死，她住在伦敦东区的莱姆豪斯。这个悲剧引起了很多人的关注，因为她是一家四个孩子中最后一个死去的。起初，丧子的父母和当地社区被告知，孩子们的死因是白喉。然而，安·阿梅莉亚生病之后，当地一位医生开始质疑先前的诊断，因为白喉的传染性很强，但邻居没有一个生病。很快，人们发现四个孩子都死于由家中的绿色壁纸引起的砷中毒。

这时，很多记者展开宣传攻势，曝光壁纸厂工人致命的健康问题。然而，企业和购买壁纸的公众仍在忽视这个问题。消费者想要砷绿色的纸墙幔，设计师也非常乐意效劳。让人们了解含砷壁纸的危害最大的障碍在于，并非每个生活在其中的人都会生病，生病的人得病的方式也都有所不同。科学家花了很长时间才发现，除了孩子舔墙壁的危险之外，主要的威胁是在潮湿（尤其是发霉）的环境下，壁纸会散发出看不见的含砷气体。然而，呼吸这种气体的人也不是都会中毒。例如，假如整个家庭生活在一间糊了含砷壁纸的房间里，有时仅有少数家庭成员因为呼吸含砷气体而生病。这使许多人认为神秘疾病的根源不可能是糊了壁纸的墙壁。

莫里斯和他的商业伙伴爱德华·伯恩·琼斯都用含砷壁纸装饰居所，他们和家人都没有受到明显的负面影响。莫里斯对公众对无砷壁纸日益高涨的强烈要求感到怒不可遏，不过当公众开始用钱包说话时，他明智地听从了。

1859 年，高瞻远瞩的威廉·伍拉姆斯公司生产了最早的无砷壁纸，但当时几乎所有其他生产商都对这家公司的示范视而不见。然而，19 世纪 70 年代，精明的商人莫里斯了解到顾客不再信任含砷颜料，他选择向压力低头——1875 年，莫里斯公司跟生产商杰弗里斯公司一起在新的壁纸目录中骄傲地宣称，现在他们所有的壁纸都不含砷。

英伦三岛从来没有通过立法禁止生产含砷的壁纸，含砷壁纸在英国的淘汰完全是通过医生和记者的宣传普及以及公众观念的变化达成的。然而，尽管公众改变了心意，莫里斯和其他许多设计师却为只有砷才能创造出的华丽色彩消失而惋惜。莫里斯私下里把公众的愤慨比作马萨诸塞州的萨勒姆猎巫事件[i]。1885 年，在莫里斯公司转而生产无砷壁纸的 10 年之后，他在给朋友托马斯·沃德尔的信中写道："难以想象，比对砷的恐惧更愚蠢的是：医生们害怕砷，就像人们害怕女巫的影响一样。"

---

[i] 1692 年 6 月至 1693 年 5 月发生在美国萨勒姆小镇的巫术审判事件，有 200 多人被指控，其中 20 多人被迫害致死。

图6：乔尔乔内《卡斯泰尔弗兰科》祭坛画（又名《圣母子加冕与圣方济各和尼卡西奥或利贝拉莱》）的阿伦德尔协会彩色平版印刷画，原始画框，1879年。

阿伦德尔印刷画
塔尼娅·哈罗德[i]

失败

见多识广的艺术评论家约翰·罗斯金第一次看到阿伦德尔协会制作的《卡斯泰尔弗兰科》（约 1504 年，乔尔乔内绘制）祭坛画的彩色平版印刷品时，评论说它"分明是一件艺术品"。[1] 尽管他从未见过原作，却毫不犹豫地把这幅根据水彩摹本印制的画作归入艺术的范畴。这幅印刷画是摹本的复制品，于 1879 年被送到阿伦德尔协会的主顾手中。当时人们已经越来越多地用摄影来记录艺术品，不过该摹本的制作过程却没有使用任何照片。

我们可能会认为，阿伦德尔协会从 1856 年开始发行的彩色印刷复制品很快就会被摄影取代。但实际上，该协会"孜孜不倦、有鉴赏力地收集艺术品的最佳范例，并把它们带给成百上千的英国人"，一直持续到 1897 年。

《卡斯泰尔弗兰科》祭坛画的印刷复制品捕捉色彩的准确度达到了前所未有的水平。从 15 世纪开始，印刷品可以复制油画的线条和色调，甚至试图暗示色彩，但它们一直是单色的。直到 18 世纪，雅各布·克里斯托夫·勒布隆[ii] 等人才开始尝试彩色雕版工艺，但此后的颜色也都

---

i 塔尼娅·哈罗德（Tanya Harrod），设计史学家，她也撰写有关工艺和艺术的文章，是《现代工艺杂志》的联合主编。她的著作《最后一个理智的人：迈克尔·卡杜——现代陶器、殖民主义和反主流文化》（2012）获得了 2012 年詹姆斯·泰特·布莱克纪念奖的传记类奖项。

ii 雅各布·克里斯托夫·勒布隆（Jakob Christoph Le Blon，1667—1741），画家、雕刻家，发明了三色和四色印刷系统。

是手绘的。

阿伦德尔协会发行的彩色印刷画证明了从19世纪30年代发展起来的彩色平版印刷技艺的逐渐完善。首先，受过极高教育的艺术家有很强的临摹能力，比如维也纳艺术家爱德华·凯泽，他受雇为乔尔乔内的油画绘制水彩画摹本。作为生产（人们实用地形容为）"学术"印刷品的团队成员，他创作出一幅极大简化了的图画，图画尺寸与产出的彩色平版印刷画相同。随后，他把水彩画送到伦敦给协会的委员会审查，获得认可后，再送到柏林的施托希和克拉默印刷公司，该公司是阿尔伯特亲王的首席艺术顾问路德维希·格吕纳为协会挑选的。摹本的图样是指南，而艺术指导或"视觉化师傅"的判断在解析水彩画的色彩构成和确定印刷顺序方面起到了关键作用。然后，印刷公司会使用多达30块石版和色彩丰富的墨水复制水彩画。

阿伦德尔协会制作的彩色印刷画主要复制文艺复兴早期意大利、德国和荷兰的油画和壁画，可以列入有史以来最精美的非摄影彩色复制品之中。它们进入世界各地的博物馆和艺术学院，并以自身的价值被上流社会和中产阶级家庭珍藏。

威廉·莫里斯在哈默史密斯（位于伦敦西部）的克尔姆斯科特宅邸书房中挂着一幅阿伦德尔协会在1888年印制的《春》（约1477—1482，波提切利绘制）的彩色印刷画。1895年4月，在奥斯卡·王尔德的财产拍卖会上，阿伦德尔印刷画跟油画、青花瓷和托马斯·卡莱尔[i]的书桌一起列入了预售海报。19世纪80年代，收藏家查尔斯·德鲁里·爱德华·福特纳姆为《春》、《教皇西克斯图斯四世任命巴托洛梅奥·普拉蒂纳为梵蒂冈图书馆馆长》（1477，梅洛佐·达·福尔利绘

---

[i] 托马斯·卡莱尔（Thomas Carlyle，1795—1881），英国散文家、历史学家、哲学家，代表作有《法国革命》《论英雄、英雄崇拜和历史上的英雄事迹》《普鲁士腓特烈大帝史》等。

制）和《卡斯泰尔弗兰科》祭坛画等阿伦德尔协会彩色印刷画装上画框，跟 16 世纪意大利石膏装饰木箱等古董一起放在希尔宅邸的书房（位于米德尔塞克斯的斯坦莫尔）里，现在这些艺术品存放在牛津大学的阿什莫林博物馆。

因此，我们必须想象一下过去的世界：当时拥有区别于原作的复制品是文化资产的象征；复制品被看作重要的教育用品；世界各地的人像对待艺术品原作一样在国家和地区的报纸杂志上严肃地批评和讨论复制品，当地的古董学究和文人阶层还会把复制品当作研究对象。

阿伦德尔协会的《卡斯泰尔弗兰科》祭坛画还告诉我们，在 19 世纪下半叶，甚至到 20 世纪时，摄影作为复制工具的价值还没有被艺术史学家完全接受。早在 1866 年，温琴佐·马尔凯塞就写下了"摄影的崇高胜利"[i] 这句话，但也有持异议的人，比如美国的理查德·奥夫纳[ii]。"遗憾的是，"奥夫纳在 1927 年写道，"很大程度上，摄影是一种阐释。它跟一般艺术实践的共同之处在于，成果是由操作者的灵感和天赋决定的，而照相机只是决定因素之一。"[2] 虽然他建立了艺术品摄影档案（如今仍然保存在纽约大学美术学院），但他对摄影的局限性非常敏感。在 1944 年的写作中，研究中世纪壁画的历史学家欧内斯特·威廉·特里斯特拉姆也推荐艺术品的忠实素描，认为素描使"耐心、细致入微和坚持不懈地仔细观察"成为可能，他补充说，"正因为如此，好的素描对壁画的记录比照片更有价值"。[3]

今天的报纸和杂志不再经常讨论艺术品照片的质量。严肃的收藏家通常也不会把装上画框的复制品挂在家里。现在很少有人会像罗斯金那样，花一个周末研究阿伦德尔协会彩色印刷版的布兰卡契礼拜堂壁画

---

[i] 原文为：le nobile conquiste della fotografia。
[ii] 理查德·奥夫纳（Richard Offner，1889—1965），艺术史学家，致力于研究文艺复兴时期的佛罗伦萨绘画。

41

（原作位于佛罗伦萨卡尔米内圣母大殿），然后说明智的摹本教给我们的跟邂逅艺术品原作一样多。

但是，也许我们应该注意工业设计师克里斯蒂安·巴曼1949年在《彭罗斯年鉴》上发表的深刻见解：

> 阿伦德尔印刷画甚至不是直接的临摹；它是对摹本的临摹……根据现代摄影的标准，指望这样一幅印刷品完全复制原作是天方夜谭；但是，作为摹本，它们跟我们最好的荷马和但丁的译本具有同样的学术和思想品质。[4]

坐在 PowerPoint 演示文稿前，或者翻动插图艺术书时，我们忘了胶片摄影和数字照片也是一种摹本。阿伦德尔印刷画过时的奇异和美丽值得我们重新审视。由于现代主义的鉴赏要求体验艺术品的独特性（要么眼见为实，要么通过摄影这种明显没有中间介质的媒介），到了20世纪初，阿伦德尔印刷画已经被看作维多利亚时代的回忆。

瓦尔特·本雅明[i]在1935年至1936年写道，摄影复制品缺乏原作的灵韵，实际上削弱了原作的形象。然而，他所预见的摄影和电影占支配地位带来的价值颠覆并没有成为现实。艺术品真迹从未像现在这样被崇拜。虽然阿伦德尔印刷画已经不再生产了，但它们本身没有消亡，因为它们仍在被公共机构和私人收藏；然而，它们的确证实了一种灵韵的消亡，这种灵韵是艺术品原作最好的摹本曾经拥有的。

---

[i] 瓦尔特·本雅明（Walter Benjamin，1892—1940），德国著名思想家、法兰克福学派重要人物，代表作有《机械复制时代的艺术》《发达资本主义时代的抒情诗人》《单行道》等。

石棉水泥圆形屋

汉娜·勒鲁 [i]

停用

圆形尖顶茅屋（rondavel，在南非荷兰语中叫"rondawel"，一种圆形单间建筑，通常用泥土筑墙、茅草做屋顶）并没有消失，至少在南非乡村没有消失。它的圆锥形结构能高效利用材料，长长的茅草和盖茅草屋的人都很常见，房屋本身也很舒适。圆形尖顶茅屋的使用范围模糊了语言、阶级和种族的界限，甚至这个词不确定的起源——无论是rodavallo、rundtafel，还是dewals——都暗示了它跟开普殖民地[ii]的葡萄牙、荷兰或马来西亚盖房子的人有着各种各样的联系。除了这个怪异的名字之外，圆形尖顶茅屋被广泛接受很可能是因为它很像（假如不是起源于）非洲大陆北部班图人的居所。很少有其他建筑结构像圆形尖顶茅屋这样，跟殖民地及其建筑文化有着千丝万缕的联系，却依然在情感上对所有人如此重要。

19世纪的传教士，比如约翰·史密斯·莫法特，对非洲本土的圆形居所感到不安，部分原因是原住民聚居的场所支持很难在长方形、多房间的房子里维持的一夫多妻制。与此同时，来自欧洲的移民有时也会委托建造这样的房屋，于是，"欧洲人和茨瓦纳人在美学形式上的互相挪用，导致了边远地区住房风格逐步趋同……（其中）蕴含着空间的构

---

i 汉娜·勒鲁（Hannah le Roux），南非金山大学建筑与规划学院副教授，建筑师、教育家和理论家。她在各个领域的著作都重新审视了非洲建筑中的现代主义项目，探讨现代主义项目在非洲的转变如何为当代设计提供概念模型。

ii 1806年至1910年期间英国在南非境内的殖民地，包括开普敦及其邻近地区。

旧物录

图 7-1：艾弗莱特公司产品目录中的石棉水泥圆形屋，南非，1974 年。

建和体验方式，也就是说，生活在圆形或者椭圆形里面"。[1]

　　即使在有更广泛的建筑技术可以使用之后，白人建筑师仍会选择圆形尖顶茅屋来表现传统，比如 20 世纪 40 年代为非洲教师建造的马梅罗迪校园。[2] 今天，这种混合了非洲和欧洲殖民地特征的建筑在海滩度假村和野外风格的酒店中很常见，维持着人们对丛林生活的幻想。圆形尖顶茅草屋凉爽、阴暗的内部在夏季为人们提供休憩的场所，度假村有时候会把圆形尖顶茅屋作为平价住宿的选择提供给客人。它们很难用直墙分隔出不同区域，因此往往用作卧室，分散在长方形的浴室和厨房区周围。然而，这种休闲的用途通常是暂时的，长期居住在农场或乡村的圆形尖顶茅屋里的几乎总是非洲黑人。农户可以雇用农场劳工来建造圆形茅屋，不需要规划，还可以使用当地的茅草和黏土，这样就不必为劳工建造更多的现代房屋。

与此同时，有一种现代商业圆形屋也发展了起来，并被当作圆形茅屋的替代品广泛销售，直到几十年后，它才悄悄停产。20世纪70年代，斯密德亨尼家族的瑞士埃特尼特公司旗下子公司艾弗莱特公司出版了一系列产品目录，全面介绍了石棉水泥圆形屋的技术细节。从20世纪50年代开始，该公司控制了南非石棉水泥建筑材料的生产。我们现在不清楚屋顶建材套装或者完整的圆形屋建材套装是何时出现的，但1974年的小册子称："艾弗莱特石棉水泥圆形屋现在已经使用很多年，因为它们美观的外表和功能性佳的设计，其受欢迎程度与日俱增。"它们在南非随处可见——在农场、酒店和度假村，作为住处、商店、更衣室、办事处和漂亮的村舍。

艾弗莱特石棉水泥圆形屋顶有三种尺寸，常规内部直径分别为3.7米、4.9米和6.1米。楔形的屋顶板材通过卷边加固，相邻的卷边叠在一起，再用螺栓固定在呈辐射结构的钢桁和钢椽上。直径4.9米的屋顶建材套装包括440千克石棉水泥板和132千克钢承重结构，聚拢处是一个锥体圆环，再盖上一个17千克的屋顶盖。艾弗莱特公司还提供一种完全预制的2.4米高的八角形结构，包括架在钢支柱之间的石棉水泥板、绝缘材料和天花板，还有门框和窗框。

什么原因促使农民和度假村业主选择（在1972年花885.55兰特[i]）购买圆形屋建材套装，而不是在当地建造的自然建筑？产品目录说明，它的吸引力在于石棉水泥材料"不燃、不腐、防鼠、防蚁"，再加上两人两天内就能搭建起来和"容易拆卸"的特点。在南非自然度假村的发展过程中，当地盖茅草屋的人离开了家乡，国家公园便采用了这项技

---

i 南非货币单位。

术。这些圆形屋分布在铁路沿线，也符合南非空间发展的逻辑，采矿业和农业中心跟国家铁路线的站点重合。在半沙漠地区，比如没有茅草生长的北开普省矿产小镇库鲁曼和普里斯卡，货运火车会装载石棉纤维离开，再满载石棉水泥建筑材料归来。

到20世纪70年代中期，石棉和致命疾病之间的联系成为公众关注的议题，也带来了商业风险，艾弗莱特圆形屋注定要慢慢消亡。20世纪60年代，南非的医学研究证实了石棉和癌症之间的联系。1974年，对该材料的禁令开始生效。[3] 就在那一年，美国启动了第一起针对建材公司的法律诉讼，理由是该公司在没有警告的情况下销售石棉水泥以及让该产业的工人暴露在致癌纤维中，这导致了主要制造商在集体诉讼中被停业。

图7-2：遗存的半间艾弗莱特石棉水泥圆形屋，南非科尔普勒菲斯伯格，2019年。

可能是因为艾弗莱特公司由于"财务限制"直到1996年才开始研制替代品，2002年之后，石棉水泥才从该公司在南非销售的产品中淘汰掉。石棉水泥圆形屋消亡的滞后还与下述事实有关：国际社会对使用石棉的禁令很晚才把屋顶建材包括在内，而埃特尼特公司的股份被转卖给了公众不太关注的当地企业。1994年南非大选之后，获胜的政党承诺"为所有人提供住房和工作"，当地生产的廉价石棉水泥屋顶仍然有一席之地。

　　石棉水泥圆形屋是南非低成本房屋历史上的奇迹，后者通常使人联想起一排排火柴盒般的长方形住宅。但是，曾经被石棉水泥屋取代的圆形尖顶茅屋的原型正在复兴。开车去马塞卢或夸祖鲁的乡村转一圈，你会发现非洲村庄的主人们重新开始在聚居的村落中用泥土和茅草建造圆形尖顶茅屋，他们有时保留这些空间来跟祖先交流。他们把濒临消亡的圆形尖顶茅屋带回人间，回归它原本的形式，展现了建筑物的整体性与象征性之间的关系，并且没有石棉水泥圆形屋的毒性。

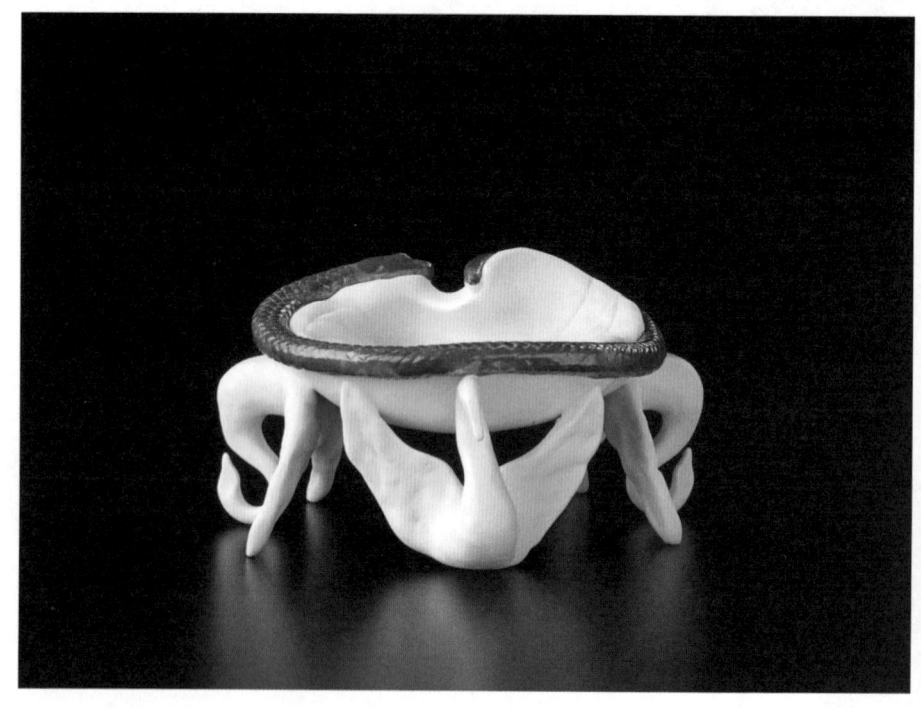

图 8：萨尔瓦多·达利为印度航空公司设计的烟灰缸，朱尔·泰索尼埃装饰，瓷器，法国利摩日制作，1967 年。

烟灰缸

凯瑟琳·斯莱瑟[i]

停用

我母亲有一个精美的烟灰缸。它被放在齐腰高的架子上，形状像个镀铬的碗，上面有网格状的盖子。在20世纪60年代的郊区客厅里，这样一个烟灰缸颇为引人注目，它微微散发着烟味，像一个圆鼓鼓的奖杯，只要打火机一闪，就能投入使用。除了作为被动的容器之外，它的重量还暗示了一个更邪恶的目的——可以用来砸人。

我母亲抽烟，跟当时所有人一样，她喜欢的香烟牌子是金边臣。金边臣香烟金光闪闪的包装跟烟灰缸铬合金的银光相映成趣。烟灰缸不仅优雅别致，而且非常实用，把不雅观的烟头藏在烟缸里。就像许多烟民的必需品（烟嘴、打火机、烟匣）一样，它的设计也让抽烟这种逃避现实的混乱行为显得堂而皇之。

我还留着那个烟灰缸。它象征着某个特定的时代和氛围，就像一个镀铬的玛德琳蛋糕，它似乎太奢华了，不该扔掉，尽管由于当时与现在的文化差异，我们再也没有用过它。它跟我多年来从餐厅和酒吧顺走的十来个烟灰缸一起，形成了我的私人"烟灰缸博物馆"，默默见证着过去那个更简单的时代和不那么健康的乐趣。

关于烟草和吸烟的历史有很多文献记载，然而，作为艺术品和人们的欲求之物，烟灰缸却更加默默无闻。15世纪后期，烟草从新大陆传

---

[i] 凯瑟琳·斯莱瑟（Catherine Slessor），建筑评论家、编辑和作家。在进入建筑新闻行业之前，她接受过建筑师的专业教育。她曾是《建筑评论》杂志的编辑，并为《观察家报》《Icon》《Dezeen》《建筑师杂志》等众多刊物撰稿。她曾和一位激进的吸烟者一起生活了19年，收藏有世界级的顺手牵羊的烟灰缸。

入欧洲，平凡无奇的"烟灰盆"随之诞生。人们最初抽烟斗和雪茄，克里米亚战争爆发之后，吸纸卷烟草的形式变得流行起来，当时的英国士兵模仿奥斯曼帝国的战友，开始用旧报纸条卷烟草。1883年，大规模生产香烟的先驱、美国人詹姆斯·邦萨克把以自己名字命名的邦萨克卷烟机器出口到英国。

尽管烟灰缸的雏形在现代之前就出现了，但是，直到20世纪初越来越多女性开始抽烟之后，人们才开始有意识地设计这种"珍玩"[i]。作为一种现代"进步"生活方式的承载物，烟灰缸从公共领域进入私人的家庭生活空间，它的外观和装饰也随之获得了更多的关注。新艺术和装饰艺术运动[ii]成为特别丰沃的土壤，艺术家和建筑师不约而同地参与其中。1967年，萨尔瓦多·达利为印度航空公司设计了一款限量版的利摩日瓷[iii]烟灰缸，形状是一条蜿蜒的蛇和几只扭动着的天鹅围绕着一个贝壳（他要了一头幼象作为报酬，由印度航空公司从班加罗尔运到西班牙）。丹麦跨界设计师阿尔内·雅各布森设计了一款经典的世纪中期现代主义烟灰缸，它没有达利的设计那么华丽，使用了简洁的不锈钢半球形式，可以通过翻动半球把烟灰和烟头倒进缸身藏起来，从而保持了一种北欧式的整洁。雅各布森还设计了一款灵车，真可以说是八面玲珑。

当时，烟灰缸已经成为令人垂涎的纪念品。20世纪90年代，身为美食家的餐厅老板特伦斯·康兰接管伦敦圣詹姆斯大街名流云集的夸利诺餐馆后，10年之间有25000个独特的Q形金属烟灰缸被"手指灵活"的食客顺手牵羊。也就是说，大约平均每天7个。这不足为奇，因为优

---

i 原文：objet de délice。
ii 新艺术运动，19世纪末到20世纪中期广泛流行于欧美的艺术风格、潮流，强调自然元素的装饰性，打破了艺术和工艺之间的界限，艺术设计进入了日用领域；装饰艺术运动最早出现在第一次世界大战之前的法国，结合了前卫的现代主义风格和精致的法国工艺，代表着奢华、魅力、繁荣以及对社会和技术进步的信念。
iii 法国中部城市利摩日出产的瓷器。利摩日从18世纪开始生产瓷器，以高质量的白瓷著称。

美的烟灰缸不仅是日用品，而且是珍稀的美物，被赋予了情感意义。它是一种纪念品：关于一餐饭、一杯酒、某个地点、一段时光、斯人和彼时。众所周知，过去人们还能在飞机上抽烟时就经常从协和式飞机上顺走烟灰缸。有高端料理界"坏男孩"之称的马尔科·皮埃尔·怀特任职于梅费尔的米拉贝勒餐厅期间，在自己标志性的鱼形烟灰缸底部印了一条简洁的禁令："马尔科·皮埃尔·怀特私人所有"。然而，无济于事。

怀特的遭遇说明，为顾客提供精美物品并不值得。一代又一代酒吧老板本能地觉察到，最好的酒吧就是便宜又肮脏的犄角旮旯。在远离手工吹制的、浮华的穆拉诺[i]玻璃器皿的世界里，英国小旅馆里塞满烟蒂的沉甸甸的玻璃烟灰缸中是令人熟悉而厌恶的日常。它通常有窨井盖大小，打架的时候用起来也很顺手。玻璃容易清洗又耐用，是特别有用的烟灰容器。相比之下，塑料易燃而且容易脏，比如法国咖啡馆常见的黄色里卡尔三角形烟灰缸，任何尝试在里面熄灭香烟的人都可以证明这一点。

当年到处都是烟灰缸，那些日子派头十足、令人陶醉，它们装饰着餐厅的每一张桌子、酒吧的每一个吧台和起居室的每一个餐具柜。如今，它们落魄成了固定在办公室门外肮脏的金属洞口，哆哆嗦嗦的老烟枪们在离开电脑屏幕休息的规定时间里，聚在一起悄悄抽上一口。烟灰缸不再在英国人的午餐和鸡尾酒派对上站岗放哨，也不再是汽车、火车和飞机的标配，它正在走向消亡（至少在英美国家如此）——这是英国从 2007 年起禁止在封闭的室内场所吸烟的附带损失。2003 年纽约实施禁烟令之后，佩姬·努南在《华尔街日报》上写道，对瘾君子来说，不能在酒吧里吸烟似乎特别残酷，因为那是"你能够做一个隐士、非主流、反抗者、浪费时间的人、波西米亚人、逃避现实的人、游手好闲的人、叛逆者、讨厌鬼、异教徒的最后的公共场所"。

---

[i] 意大利威尼斯北部岛屿，以色彩斑斓的穆拉诺玻璃器皿闻名于世。

电子烟等替代品的出现在某种程度上填补了空虚，催生了自己的装备和配套用具。雪茄仍然在某些大亨之间流行，需要特制的烟灰缸来使点燃的雪茄完全保持水平，这样它才能均匀地燃烧。雪茄品鉴之外是更混乱的大麻吸食者的领域，正如相关网站所称，他们总是"需要一个化为灰烬的地方"。尽管如此，前进的方向很清楚：烟灰缸已经从身份的象征变成了有关秘密、羞耻和阴谋的物品。（当然）因为，烟灰缸不仅是社交娱乐的附属品，也是死亡的警告，提醒你正在与死亡共舞。世界卫生组织将吸烟列为全球首要可预防的死因，它在发达国家仍然是头号杀手，在桌子上笑里藏刀，像个刺客一般阴魂不散。

就像《日落大道》中想入非非的诺尔玛·德斯蒙德被困在想象出来的聚光灯下一样，烟灰缸注定不会奇迹般卷土重来。它穿越了 20 世纪，就像调味品的瓶瓶罐罐一样寻常；如今，它躲在讽刺家和恋物癖者井井有条的餐具柜里。也许有一天你制造一个烟灰缸，人们会由衷地对它的功能感到困惑；也许它本来就是不必要的。美国演员约翰·古德曼回忆起 1991 年拍电影时，富有传奇色彩的"好烟民"彼得·奥图尔[i] 给他的建议。休息时，古德曼向奥图尔借烟灰缸，奥图尔带着他独特的漫不经心把烟灰弹到地上，宣告："把世界当作烟灰缸吧，伙计。"

---

[i] 彼得·奥图尔（Peter O'Toole，1932—2013），英国电影演员，在 1962 年经典电影《阿拉伯的劳伦斯》中饰演一战英国军官劳伦斯而享誉全球。他曾四次获得金球奖，并在 2003 年获奥斯卡终身成就奖。

空气铁路
尼尔·麦克劳克林[i]

失败

1784年到1825年间，詹姆斯·瓦特、理查德·特里维希克、乔治·史蒂芬逊和罗伯特·史蒂芬逊等富有创新精神的英国工程师研制了蒸汽机车和金属轨道，为世界各地的铁路发展奠定了基础。这些机车和轨道的主要缺陷在于火车头。火车必须携带能源的原理是低效率的，因为带动引擎和燃料消耗了系统总能量的50%，它的重量还会压坏轨道，要求铁路变得更重、更昂贵。创新的关键在于优化引擎的重量、引擎对铁轨的抓力和钢铁轨道不断增加的强度三者之间的关系。

有些工程师试图从概念层面解决这个问题，考虑如何完全去掉火车头。乔治·梅德赫斯特提出了一种用真空管道运送人和物品的系统构想，概念上就像一个活塞：车辆前面产生真空，气压差牵引车辆向前运动。19世纪30年代，造船工程师约瑟夫·达圭勒·萨穆达和瓦斯工程师塞缪尔·克莱格合作提出了一种可操作的系统方案。他们画了一根直径23厘米的铸铁管示意图，铸铁管位于两根铁轨之间，跟铁轨平行。活塞靠压力差拉动通过管道，并用杆子跟运动的车厢连接，拖动车厢。为系统提供动力的引擎位于铁路旁的建筑物中，沿着铁路线排列开。

新系统首先在都柏林郊区的多基村投入使用。空气铁路把乘客从附近的金斯敦镇拉到山上的村庄，然后利用重力使车厢驶回来。这条铁路由查尔斯·布莱克·维尼奥尔斯利用萨穆达的专利设计而成，能

---

[i] 尼尔·麦克劳克林（Niall McLaughlin），建筑师，1962年出生于日内瓦，在都柏林接受教育，在伦敦工作，任教于伦敦大学学院巴特莱特建筑学院。

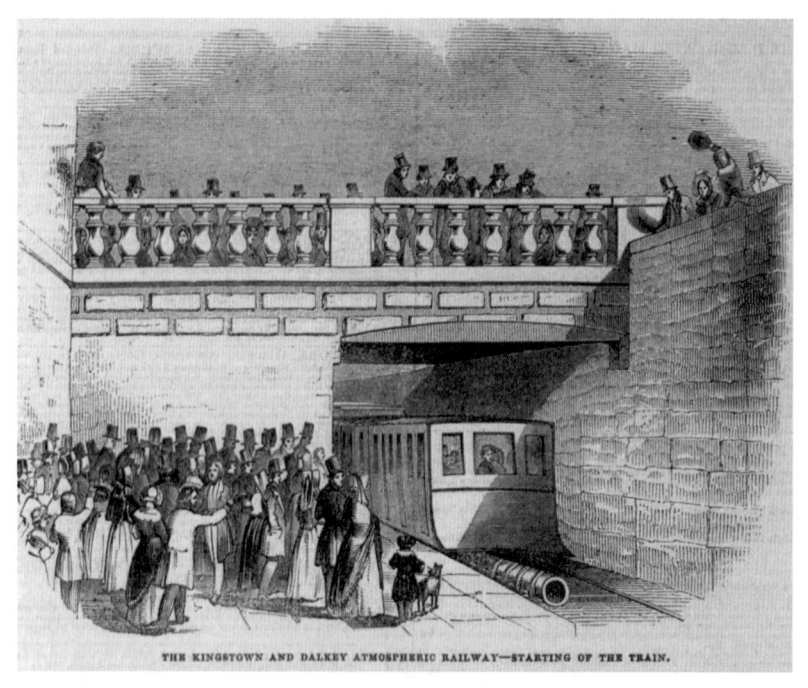

图9-1：金斯敦和多基之间的空气铁路，《伦敦新闻画报》的版画，1844年1月6日。

载客200人，以每小时48千米的速度平稳前进。这项新奇的发明吸引了许多旅客来进行一日游。跟火车旅行联系在一起的肮脏烟灰与煤尘完全消失了，迅捷、安静的加速带来了令人惊叹的新体验。那种感觉仿佛"嗖"的一下到了未来。工程系学生弗兰克·埃布灵顿在金斯敦无意中松开了一节单独车厢的刹车，于是他短暂地保持了世界陆地速度的最高纪录。他以令人恐惧的速度被吸到了山上，仅仅75秒钟后就抵达了多基。

这一小段轨道的最大成功是证明了相对轻松地驶过明显的斜坡是可能的。火车头重量大，开在稍有斜度的轨道上就容易打滑。萨穆达的系统为开挖路堑更少、建筑成本更低、效率更高的轨道设计提供了可能。

工程师蜂拥到多基，考察它的运行状况。伊桑巴德·金德姆·布鲁内尔是参观者之一，他曾经受邀给德文郡一条地形复杂的路线设计铁路。他对该系统充满了乐观的热情，而竞争对手乔治·史蒂芬逊的观点完全不同，后者怀疑纵向活塞的可靠性，也不相信所谓的高效率。他称之为"巨大的骗局"。

布鲁内尔和萨穆达在空气动力的基础上设计了南德文郡铁路，1848年，铁路的第一段开始运行。但是，该系统的缺点很快暴露出来。运动的活塞和牵引车厢的拉杆之间是用蜂蜡和牛油密封的皮革装置连接的。牛油在夏天融化、冬天冻结，成为老鼠的美味。管子里的真空使皮革变得干燥，密封经常失效。泵房必须为经过的每一辆列车提供动力，假如列车晚点，就会造成燃料和劳动力的浪费。乘客旅行的单位费用高得离谱。铁路沿线安装电报提醒动力站列车即将到站，但这不足以解决问题，布鲁内尔最终在股东会议上建议中止这个系统。这对他的声誉是一个重大打击，也是他的职业生涯中代价最大的失败。然而，我们很难不去反思，这个伟大的失败包含了一项超前的综合技术系统的所有要素：一条包括车厢、真空管道和电缆的铁路。

南德文郡铁路维持了不到一年。几年后的1854年，多基铁路也关闭了。现在，它是一条浓荫遮蔽的小径，通往山村，被称为"金属路"，路的尽头是有着美丽名字的"空气路"。在德文郡，该项目被称为"大气雀跃"，你能在那里找到古老的发动机房遗迹。它们由布鲁内尔设计，是引人注目的建筑，有堂皇的大厅和钟楼大的烟囱，带有一种飞扬的乐观主义。难怪后来斯塔克罗斯的动力站被当作教堂，持续了一个多世纪。如今，人们可以坐在马路对面的空气铁路旅馆里，为希望和智慧干杯。

多基空气铁路在小说中也有反映。弗兰·奥布莱恩是20世纪爱尔兰超现实主义和讽刺作家，他把对铁路的迷恋写进了书里。他的小说

图 9-2：英国迪德科特铁路中心的布鲁内尔铁路管道遗迹，2011 年。

《多基档案》（1964）的主人公是一位疯狂的空想家，他设计了一个抽掉空气的密封容器，来帮助威士忌迅速熟成。

空气铁路跟许多已经消亡的物品一样，仅仅是诞生在了错误的时间。从概念上说，它去掉了笨重的火车头，为铁路运输问题提供了漂亮的解决方案。它的失败在于皮革和牛油，以及没有参考当时的其他方案。1841 年，罗伯特·戴维森的第一辆电动机车加尔瓦尼因为电池的动力不足而废弃。又过了 40 年，电动火车才在柏林获得众所周知的成功。如今，列车由电缆提供动力，而没有移动的引擎。在上海建成的磁悬浮系统利用磁场将车厢悬浮在轨道上方。埃隆·马斯克在韩国研发的最新铁路技术将磁悬浮推进的电动车厢置于真空管中，最大限度地减少空气阻力，传闻说这种系统将产生比航空飞行快 6 倍的速度。回到多基，曾经是"地球上速度最快的人"的埃布灵顿会为此举起一杯威士忌祝贺。

出租马车费地图
保罗·多布拉什切齐克[i]

过时

人们很容易忘记，出租马车的历史比机动出租车的历史更长，而且，在很长一段时间里，乘客都依赖印刷的信息来计算车费。在伦敦，最早能租借的车辆是17世纪初投入使用的出租马车。1694年，这种出租马车开始受特派员监管，由他们根据距离和时间来调整价格。18世纪初出现了为乘客提供的印刷信息，最初是雕版印刷在城市地图上的票价清单和车辆规定，后来是法律要求每辆出租马车必须携带的单独票价簿。然而，无论出租马车票价簿设计得多好，无论是放在口袋里还是在出租马车上查阅，使用起来都有明显的问题。小册子里的信息很难被快速找到，还需要翻页、查阅索引、记住终点站和出租马车站。

著名的伦敦地图绘制者威廉·莫格和爱德华·莫格在维多利亚时代中期出版了一系列邮政区和出租马车费地图，试图解决这些问题。他们在传统的伦敦地形图上叠加了间隔半英里[ii]的网格线、邮政区域标志，还有围绕查令十字街的半径4英里的区域（以黑色圆圈表示），标志着每英里的车费从6便士变成1先令。此外，地图边缘还有定位辅助：顶部和底部是字母，两边是数字。地图的33页索引中列出了3000个地方，并指示读者如何使用地图。首先，人们要在索引中找到目的

---

i 保罗·多布拉什切齐克（Paul Dobraszczyk），伦敦大学学院巴特莱特建筑学院的作家、研究员和助教。他的著作包括《未来之城：建筑与想象》（2019）和《死亡之城：城市废墟与破败奇观》（2017）。

ii 英制长度单位，1英里约1.6千米。

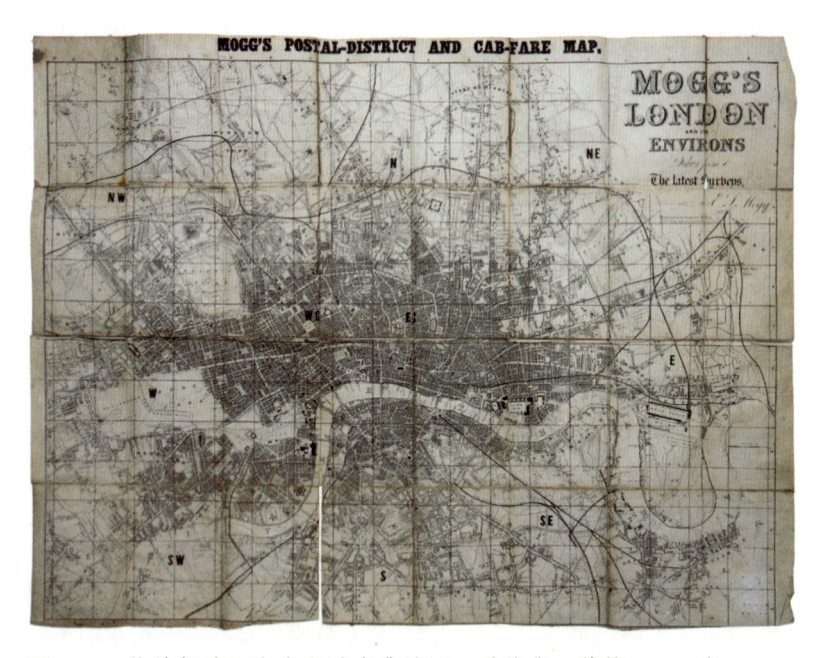

图10-1：伦敦邮政区和出租马车费地图，爱德华·莫格，1859年。

地，记住那个方格的字母和数字。通过查阅地图和匹配地图边缘的字母和数字，使用者可以"立刻"找到需要的地方。这个过程是否比翻书更省力有待商榷。尽管如此，出租马车费地图在19世纪下半叶数量激增，为了在一个迅速扩张、日益复杂的大都市方便地计算车费，人们想出了各种巧妙的解决方法。有些绘制者在地图上画满了同心圆甚至三角形，来帮助使用者更快地计算车费；还有些公司利用出租马车费地图的新奇价值来销售产品，把它印在从旅行指南到手帕等各种日常用品上。

在维多利亚时代的伦敦，游客经常被警告要当心无良出租马车夫宰客的危险。1853年之后，伦敦警察厅开始管制票价，主要原因是1851年世界博览会期间的出租马车夫普遍宰客。出租马车费地图为存在多年的问题提供了一个简单的解决方案，但它的依据本质上是一个悖论——虽然警方根据距离固定了费用,但无论从花费的时间还是选择的路线来看,每段行程的情况都不同,不难理解这导致了乘客和车夫之间的无数争吵。19世纪70年代初的警方报告里有一位特殊的乘客,这位不同寻常的女人拥有狄更斯式的名字:卡罗琳·贾科梅蒂·普罗杰斯太太。普罗杰斯太太总是要测试出租马车夫的诚实,方法是行驶1英里到确切的边界,然后询问车费。后来,她变得非常令人害怕,只要大喊一声"普罗杰斯太太",附近能听见的每个出租马车夫都会猛冲着逃窜进小巷;她是如此臭名昭著,甚至讽刺杂志《笨拙》[i]都用一幅漫画来报道她的事迹。[1] 普罗杰斯太太似乎无比了解伦敦各处的路程,依据是她自己编的一本总是放在口袋里的车费小册子。然而,到了1890年,连她也厌倦了不断的争吵,据说她"没有在治安法庭露面"就付了马车费。[2]

1891年,德国人弗里德里希·威廉·古斯塔夫·布鲁恩发明了现代出租车计价器,1897年首次在出租汽车上使用,标志着为出租车乘客印刷信息的时代一去不复返。到了1914年,所有新的出租汽车(当时数量已经超过了出租马车)都要求安装自动计价器(taximeter,现在常用的"taxi"或"taxicab"是出租车计价器〔taximeter cab〕的缩写),对无关紧要的印刷信息的需求就减少了。然而,我们失去了一些有价值的东西——所有的自动化技术都是如此——人类根据自己的想法在城市中寻路以及处理微妙的社会关系所需的技巧,还有一个多世纪以来地图绘制者和活版印刷工人的聪明才智与创造力。业已逝去的是一种复杂而丰富的图文传达方式,它曾经用来调解社会关系以及人与城市的关系。

今天,出租车计价器以各种方式跟计算机控制的卫星导航系统连接,后者相当于现代版的维多利亚时代印刷地图,只是没有它们的多

---

i 《笨拙》(*Punch*)杂志,英国老牌讽刺刊物,最早出版于1841年。

图 10-2:"出租马车夫休息处。贾科梅蒂·普罗杰斯太太进来了。精彩的场面!",出自《笨拙》(又名《伦敦喧闹》),1875 年 3 月 6 日。

样性和视觉吸引力。电子地图向司机和乘客显示"正确"路线,出租车计价器显示相应的车费。智能手机上的在线车费计算器可供任何人使用,询问车费不再是乘客和司机之间礼貌交流的必要形式。然而,即使有了所有这些技术,出租车出行价格的不确定性仍然存在:外面的城市永远不能保持有序,以确保每次旅行都是根据相同的变量进行。无论何时坐上出租车,我们都得听凭这座无法控制的城市摆布——维多利亚时代的人非常清楚这一点,而且当时的地图绘制者和使用者珍视的技能仍然是我们需要的。

中央供暖系统

马里奥·卡波[i]

过时

在古罗马的工程技术失传后的几世纪里,中世纪欧洲的家庭供暖都只有糟糕的临时措施:有些建筑的房间里有壁炉,在条件允许时人们会生火。后来出现了火炉,除了辐射热量之外,还可以产生热空气、热水或蒸汽;本杰明·富兰克林和少数其他人很快发现,这些气体或流体可以在一段距离内输送热能,从而将热能的生产和本地消耗分开。合乎逻辑的下一步是把更大的炉子或火炉藏在锅炉房(通常是地下室)里,然后将它产生的热能和热水输送到整栋房子或多层建筑之中——这种系统通常被称为"中央供暖"。随着工业革命技术逻辑的发展,通过集中和大规模生产来为整个城镇街区甚至城市家庭供热成为可能,只要输送成本和相关热损失低于更高效、更清洁的工业级供热工厂所节省的成本,就能获得更大规模的经济效益。1882年,纽约市蒸汽公司开始运营,继承这项事业的爱迪生联合电气公司至今仍在向曼哈顿大部分地区输送用于供暖(以及越来越多的其他用途)的蒸汽。

在实现远程生产热能并通过大型基础设施输送给居民之后,家庭温度的舒适程度就取决于家庭内部的各种温度控制技术——电气供暖装置和燃气炉可以随意开关,热水散热器和蒸汽散热器通常有可以开关的阀门或自动阀门,通风口也可以随意打开和关闭。然而,在其他

---

[i] 马里奥·卡波(Mario Carpo),伦敦大学学院巴特莱特建筑学院和维也纳大学应用艺术学院的建筑史和理论教授,著有《印刷时代的建筑》(2001)和其他书籍。

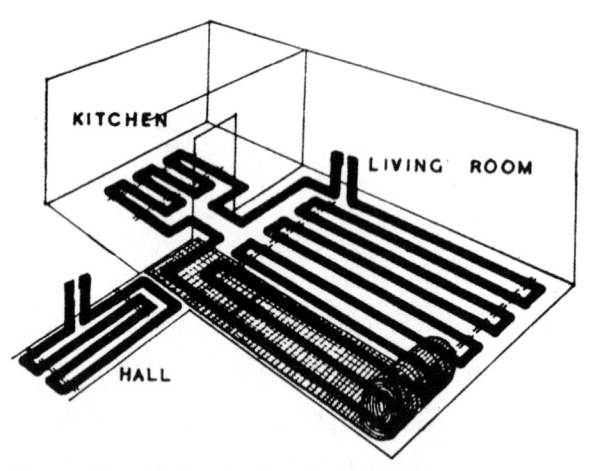

Electrical floor heating showing circuits of cables.
Section of floor showing heating cables in screed.

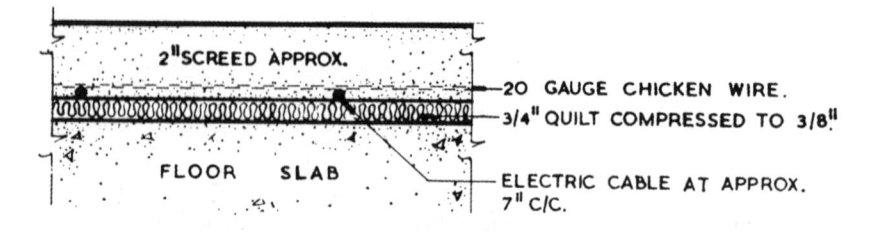

图 11-1：巴比肯住宅区电地暖中央供暖系统示意图，伦敦，1959 年。

供暖模式下，局部控制的作用微乎其微；对某些中央供暖系统来说，个人自由调控室温几乎是不可能的。在世界的很多地方，长期以来不能自行调控的标准化供暖并不是支配性的技术原因造成的，而是一种社会、政治和意识形态的选择。

与许多其他 20 世纪现代主义神话一样，标准化、统一和通用的热环境概念出现在 20 世纪 20 年代，勒·柯布西耶的早期作品中就有最纯粹的构想之一。[1] 柯布西耶计划把所有人类完全封闭在净化的 18℃

恒温环境中——无论何时何地,今天看来就像疯子的幻想。然而,对至少两代现代主义者来说,这是一个现实的、可操作的设计灵感,在从网格球形穹顶到压缩空气旅行等许多现代生活的范例、经验和文化技术中都有体现。20世纪中叶的地暖(一种相对较新的中央供暖模式)似乎最适合实现和表达这种典型的现代主义之梦。在设计恰当的情况下,地暖可以提供温和、各向同性、均匀的恒温热量;它是隐形的,却无处不在:由于热惰性(由不同表面之间的温差导致的实际热量传递中的延迟),它对热量的供应或需求的变化反应缓慢,因此在"始终运行"模式下效果最好。地暖是一种终身供暖方式,由某个仁慈的上级机构通过无形之手平等地提供给所有公民,并由一个遥远、冷漠且不可触及的中央管理机构进行独家控制和管辖。

与古罗马火炕供暖系统(热量来自建造在地板下面的烟道,这是工业化之前许多东方国家主要使用的技术)不同,现代地暖使用嵌入地板的小型热水管。1907年,英国的一项专利描述了一个类似的系统,名为"供暖嵌板",该系统似乎主要在瑞士使用,还有传闻说二战之前欧洲和美国就有使用地暖的迹象。著名建筑结构工程师奥斯卡·费伯战前在伦敦英格兰银行的一些房间里安装了供暖嵌板,战后不久又在重建下议院时安装了供暖嵌板。[2] 钱伯林、鲍威尔和邦公司从1955年开始设计伦敦巴比肯住宅区,他们选择地暖技术来为住宅区的2014套公寓供暖,并在所有楼层铺设电缆而不是热水管,这在规模上是史无前例的,在当时看来肯定是大胆而稀奇古怪的。供暖系统未经讨论就获得了批准,从1963年建造住宅之初,该公司就努力建设供暖系统,直到1976年该住宅区的最后三幢高层住宅楼完工。巴比肯供暖系统是在1956年至1959年之间设计的[3]——1956年也是英国第一部《清洁空气法》颁布、苏伊士运河能源危机爆发、英国第一座核电站落成的年份,这也许解释了为什么他们会选择电力供暖,而不是使用火力。

1959年，建筑师们进一步解释说，该住宅区无处不在的地暖只打算提供统一的"背景环境"，居民可以在此基础上"根据自己的喜好"，自由使用电炉或取暖器增加个人供暖，但费用由他们自己承担。[4]

时至今日，巴比肯住宅区的大约4000名居民在感觉公寓温度高到不舒服时，也还可以自由地打开（某些）窗户。这是他们获得的全部自由。早在19世纪30年代就出现了简易的双金属恒温控制器，1886年起它被用作电器开关。恒温控制器与大部分中央供暖技术完全兼容，然而，巴比肯的技术文件中从未提及这些。电视遥控器意味着后现代主义的崛起，这是媒体研究中的老生常谈。房屋恒温控制器在直接作用于人体的环境控制中引入了选择、差异、变化和精细定制，成为现代主义中央供暖的对手和宿敌。第一个恒温系统是18世纪末在法国研发的，为家禽育种提供稳定的温度，但是，现代的机电恒温器（以及

图11-2：霍尼韦尔T-86圆形恒温器，亨利·德赖弗斯设计，美国，1953年。

今天的电子、网络恒温器）允许并鼓励热量配送中可控的变化，如今的后现代居民期望温度（就像数字经济中的其他任何东西一样）能够根据需求来供应——根据需要，以及需要的时间和地点。[5]通过机器制造标准化的温度环境、让所有人在全部时间里拥有相等的中央调控热量的政治和意识形态项目，已经被扔进了技术和社会历史的垃圾箱。

图12：查帕拉尔－雪佛兰2J原型赛车的车手维克·埃尔福德在驾驶座上，加拿大－美国挑战杯赛里弗赛德站，1970年1月11日。

"吸盘车"查帕拉尔 2J
埃里克·A.G.伯恩[i]

停用

从 20 世纪 60 年代中期开始，在不到 10 年的时间里，宽松的比赛规则和技术的飞跃使赛车运动处于工程学发展的前沿，速度和危险的指数级增长令观众感到非常刺激。没有什么比全国电视转播并受到普遍欢迎的加拿大-美国挑战杯赛更戏剧性地展现了这一点。跟欧洲大奖赛"贵族马戏团"里那些轻捷的赛车不同，加拿大-美国挑战杯赛依靠的是大排量引擎的猛力，在北美赛道上巡回比赛时吸引了大量观众。

1970 年，吉姆·霍尔和哈普·夏普制造小组推出了绰号"吸盘车"或"吸尘器"的查帕拉尔 2J。它代表了汽车机械下压力发展的分水岭，这种技术使得路面摩擦力增加，汽车能够以更快的速度过弯道。除了 650 马力的雪佛兰 ZL1 铝发动机提供的巨大推力之外，这辆汽车还配备了辅助的二冲程 45 马力的雪上摩托发动机，这个发动机是从自行榴弹炮上拆下来的，为两台大直径风扇提供动力。风扇每分钟从车底抽走 273 立方米空气，并产生 998 千克的向下压力，把汽车牢牢吸在地面上，跟气垫船的原理正好颠倒过来。车体表面用由美国国家航空航天局（NASA）研发的聚碳酸酯材料莱克桑（Lexan）帘布密封，通过

---

[i] 埃里克·A.G.伯恩（Eirik A.G. Bøhn），研究早期现代印刷文化的艺术史学家。他与玛丽·伦丁和蒂姆·安斯蒂共同编辑了《埃及肖像》（奥斯陆历史博物馆，2018）一书，并策划了同名展览。

滑轮和缆线系统跟汽车悬架协调运作。这很有效。杰基·斯图沃特[i]驾驶这辆汽车在纽约沃特金斯格伦州立公园初次亮相后，目瞪口呆的竞争对手们说："吸盘车"飞驰过弯道时，两台风扇呼啸着把汽油、灰尘和赛道上的碎片飞溅到周围的汽车上。

在公众的想象中，查帕拉尔 2J 史无前例的呼啸声代表着对速度边界的暴力越轨，以及明显在本土研发的超凡机械技术。这款汽车把家庭车库创业精神和航空航天技术融合在一起，向美国公众展示了有志向的个体似乎无限的工程才能。然而，在很大程度上，霍尔和夏普的项目背后隐藏着雪佛兰的秘密援助，媒体对这些合作关系轻描淡写，只有雪佛兰的内部通讯刊物《科尔韦特新闻》（1970 年 8/9 月刊）例外。该刊物的图片特写详细描述了汽车的吸力装置和莱克桑裙边，并声称："在接下来的四页中，你看到的汽车也许是人们设计和制造的最不可思议的赛车——新型的查帕拉尔 2J。它将彻底改变所有人对赛车的概念。当然，除非有些扫兴的人联合起来禁止它。"[1] 从太空计划的崇高数字，到兰德公司[ii]对正在进行的越战的量化分析，这是一个迷恋数字分析的社会。该报道以一种熟悉的科学语言告诉读者，汽车下压力是在得克萨斯州米德兰海拔 3000 英尺[iii]的地方测出来的（从某种程度上来说，这是对一个粗略的试错过程进行的误导性描述）。

雪佛兰的新闻通讯描写了从灵感到数字辅助构造的设计过程，颂扬了花园棚屋里的机械师和企业力量之间友好的分歧：

假如风扇倒转，会发生什么？它不是悬浮在空中，而是紧贴

---

[i] 杰基·斯图沃特（Jackie Stewart，1939— ），英国赛车运动员，大英帝国荣誉勋章获得者，绰号"飞翔的苏格兰人"。

[ii] 兰德公司（Rand Corporation），美国以军事为主的决策咨询机构，被誉为美国的"思想库"。

[iii] 1 英尺为 30.48 厘米，3000 英尺为 914.4 米。

地面。崭新的。新颖的。未经试验的。到计算机上看看涉及哪些设计参数。编程。重新编程。从计算机中涌出大量统计数据,给查帕拉尔汽车提供了他们想知道的……事实上,有生命、有血有肉的工程师和机械的计算机之间爆发了一场竞争。设计的结果由两位有生命的工程师和一台计算机共同完成。[2]

虽然汽车工业的吸引力主要在于技术进步,但是赛车本质上是跟个人英雄主义联系在一起的。令人欣慰的是,就赛车而言,在不久的未来,沾满汽油的手指仍将支配数字技术。

查帕拉尔2J就像一个怪兽般的杂交物,它恰恰代表了汽车和改装机械师之间的结合(两者都是美国个人主义的象征),也是NASA和军工复合体强大力量的体现(它把军事和NASA结合在一起)。查帕拉尔2J也有完全属于自己的风格,这跟技术上高端与低端的混杂是一致的,为赛车与生俱来的视觉戏剧性贡献了无限可能。查帕拉尔2J前端保留了跟加拿大–美国挑战杯赛联系在一起的基础楔形,它跟竞争对手在设计上的不同之处在于乏味的盒子状后部和遮盖起来的后轮,这使人联想起重工业的形状,而不是跟速度相关的流畅的空气动力学。在赛车起跑线上,独特的黄色、橙色、糖果红和海洋蓝色汽车占据了主流,而查帕拉尔2J的白色涂装、漆黑细节和裸露的铝制中央面板使人联想起熟悉的太空旅行美学。这种造型毫不掩饰汽车的两种相辅相成的推力——一种力量推动汽车前进,另一种力量把它压向地面。

查帕拉尔2J既是传统赛车,又是吸盘,视觉上跟竞争对手明显不同,比它们噪声更大,过弯道时速度快50%。但是,成就吸盘车的技术融合并不容易,这导致它受到很多机械问题的困扰。霍尔后来解释说,正是这种混杂的特点带来了最大的挑战:"我认为最困难的问题在于,这就像在同一个空间里拥有了两辆汽车。"[3]尽管技术故障导致了一系列损失，但无论查帕拉尔 2J 何时出现在赛车起跑线上，都会受到粉丝的极大欢迎，它成为一个时代的缩影。自由规则激发了异想天开的创新，指向了一个速度更快的未来。著名赛车手布赖恩·雷德曼在查帕拉尔 2J 初次亮相前几个月接受采访时，表达了具有自我意识的赛车先锋时代的精神，他解释说："我们每年都说，汽车在这样的赛道上不可能开得更快了，但它确实更快了。"[4]

然而，那些扫兴的人最终还是有发言权的。他们逐渐意识到，随着汽车的个人主义追求新奇的表达形式，缺乏限制性的规则会带来不公。加拿大－美国挑战杯系列赛事灵活的规则一开始使查帕拉尔 2J 这样的汽车成为可能，但很快就禁止了它。"吸盘车"问世一年后就被美国赛车俱乐部禁止了——这个决定标志着查帕拉尔 2J 和吸力辅助原型车的消亡。不久之后的 1974 年，加拿大－美国挑战杯系列赛事本身也停办了，相比之下更缺乏生气、赛车种类趋同的方程式 5000 取而代之。从那时起，它所代表的私人研发的工程技术和先锋的 DIY 个人主义在吸引美国公众来到赛车场方面发挥的作用也日渐降低。

腰链
艾里斯·穆恩[i]

过时

腰链（Chatelaine）是一种佩戴于腰间的链条饰品，使用者可以把怀表、钥匙和小装饰品等挂在上面。从中世纪开始，男女都使用腰链，它是现代钥匙圈的前身，在18、19世纪成为一种标志性的时尚佩饰。根据每个时代变幻无常的品味，它的形状和材料一直在变化。最终，腰链成为时尚的牺牲品，在20世纪随着腰身的放松而消亡，被宽敞、形状多样、能装下各种东西的口袋以及越来越多人使用的单肩包取代。

"腰链"一词源于中世纪法语中对城堡女主人的称呼；后来，它也指代女主人挂在腰间的一串钥匙，是家庭管理者的象征。直到1828年，人们才开始用"腰链"来形容这种佩饰，但是，腰间悬挂的物什在18世纪就已经很流行了。18世纪时，金匠、钟表匠和玩具制造者——金属小配饰和贵重物品的制造者及零售商——塑造了围绕着腰链的一整套词汇。他们为链条、珠串、固定钩、匣子（盒子）和配件做广告。配件有三种基本要素：弯曲的扣子，前面有装饰，后面是平的，用钩子挂在腰间；链条把扣子的前端连接到容器上；通常一个大匣子侧面有放鼻烟、糖果或顶针的小容器。精美的洛可可风格腰链可以镶嵌钻石和宝石。抛光和钢材切割的腰链也变得时尚起来。英国制造商马修·博尔顿等工业企业家为腰链设计了钢表链、玩具和配饰，

---

i 艾里斯·穆恩（Iris Moon），纽约大都会艺术博物馆助理馆长，做过大量关于18、19世纪欧洲建筑和装饰艺术的演讲，并发表了很多相关的文章。

图 13-1：带日历的腰链，钢、金、蓝玻璃，可能产自法国，18 世纪晚期。

从他在伯明翰的苏豪制造厂[i]大量出口到法国。

不同于18世纪的很多受行会控制、数量有限的奢侈品，腰链由迥然各异的组件和材料制成。悬挂的配饰可以更换。使用者可以用新的组件替换坏掉或陈旧的组件。大约在18世纪50年代，切尔西瓷厂[ii]制作了小巧玲珑的瓷器印章、小饰品，以及动物和丘比特形状的糖果盒，它们的顶部有环，这样就可以挂在链条上。袖珍的丘比特身上镌刻格言"爱战胜一切"[iii]，可以换成小刀或镊子。新旧组件可以放在一起。

腰链还表达了性别身份：女性挂实用的必需品，男性挂奢华的钟表。在那个时代，口袋是隐藏在女人裙褶深处的单独附件，腰链让工具容易被找到，并且看得见。装有金剪刀、针、小刀、小勺子、镊子的镶黄金和玛瑙的雕花匣子是身份的象征，它们时尚而实用。与此对照，威廉·贺加斯[iv]的版画经常描绘家庭主妇戴着挂在巨大铁环上的一串钥匙，象征她们对管理家务一丝不苟的态度。受到18世纪花花公子文化的影响，男人的腰链变得富有争议。他们的背心口袋里塞满了印章和钥匙，还有一对怀表——一个真的，一个假的。巴黎男人会去上课来"学习如何在走路时让小玩意弄出叮叮当当的最大响声"。[1] 大约1772年，一帮时髦的伦敦纨绔子弟[v]在去意大利壮游[vi]之后，开始穿奇装异服，并把佩饰看作集体身份的关键因素。纨绔子弟必备的佩饰

---

i 苏豪制造厂（Soho Manufactory），工业革命初期位于英国伯明翰的一家早期工厂，率先采用装配线原理进行大规模生产，1766年开始运营，1853年被拆除。

ii 切尔西瓷厂，英国第一家瓷器制造厂，成立于1743年左右，主要面向奢侈品市场生产精致的软质瓷器。

iii 原文为Amor Vincet Omnia。

iv 威廉·贺加斯（William Hogarth，1697—1764），英国著名画家、版画家，他是欧洲连环漫画的先驱，作品题材广泛，许多作品都有讽刺含义，被称为"贺加斯风格"。

v Macaroni，原意为意大利通心粉，这里引申为纨绔子弟。

vi Grand Tour，指16世纪以来欧洲的作家、艺术家在意大利的一条文艺复兴文化旅行线路，蒙田、拜伦、雪莱、歌德、王尔德、司汤达、托马斯·曼等文化巨匠都曾走上这条旅行线路，在意大利寻找灵感，进行文学创作。

包括正装剑、纸一样薄的带扣皮鞋、小巧的三角帽和巨大的胸前花饰，腰链也在其中。他们引入了所谓的"通心粉挂饰"。佩戴者去掉了普通腰链中间的扣子，将链条宽松地挂在腰前，形成轻柔的线条，不经意地模仿了通心粉的形状。钟表和坠饰在松开的两端撩人地悬荡着。

图13-2：汉娜·梅利·凯勒（约翰内斯·科内利斯·凯勒夫人）戴着腰链的肖像，佚名画家，约1790年，布面油画。

图 13-1 所示的样品很可能出自法国，是 18 世纪末的典型腰链，展示了腰链既是钥匙和印章的聚合物，也是多愁善感的载体，而两者都承载了象征意义。金匠会在贵金属腰链上烙上标记，这件便宜、没有标记的样品则表明 18 世纪下半叶流行用钢和蓝色玻璃制作佩饰。背后的扣子可以舒适地放在腰部，下面的 7 根链条连接微型螺旋开瓶器、装饰性蝴蝶结和小钥匙，比较粗糙的钢链可能是后来添加的。[2] 不同寻常的是，中间的圆盘上有个日历（而不是时钟）：圆形的珐琅盘上，法语星期几的缩写刻在一串日期旁边，可以通过转动中央的星形小表盘调节。尽管钢质地朴素，但扣环上的一对鸽子和倾倒的花篮看起来还是柔情似水，也许日历的用途是加速两位恋人相会间隔时间的流逝。

腰链是一种组合佩饰，并且能够适应不断变化的时尚体系，所以它从衣橱中消失特别令人惊讶。直到 19 世纪末，它还醒目地出现在女性的纤纤细腰上，但到了 20 世纪，它几乎消失了，如今只有钥匙链扣还在使用。最终尘封了腰链的历史的是一种不同的手持物品——皮夹子（或手袋）。然而，今天很少有人意识到，20 世纪后期的时尚配饰曾经悬挂在腰链叮当作响的链条上。

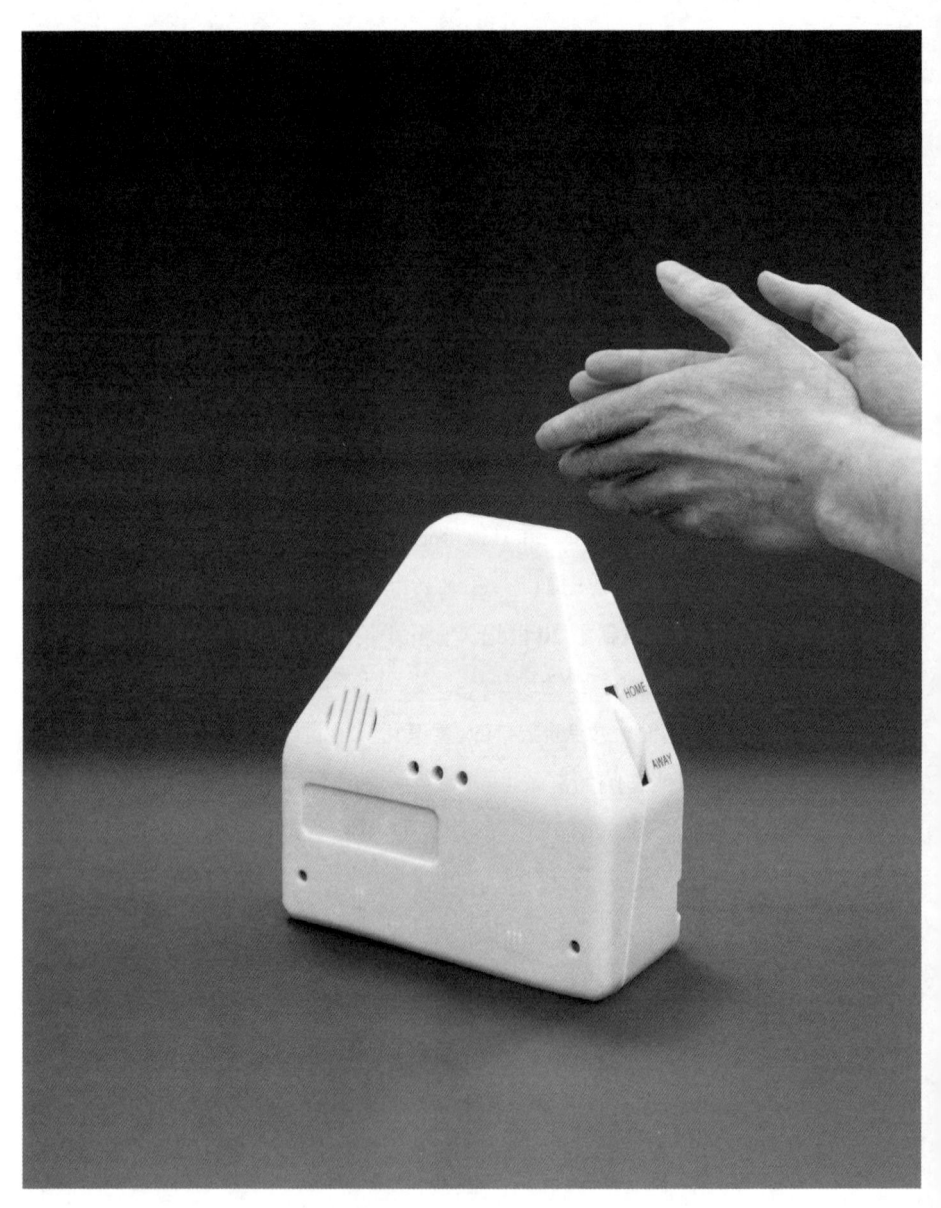

图 14-1：拍手开关，约瑟夫公司，美国，约 2000 年。

拍手开关
查尔斯·赖斯[i]

失效

"拍手开,拍手关,这就是拍手开关!"很少有广告词比这句话更空洞又准确地描述了一件物品的功能。20世纪80年代中期,美国商人乔·佩多特把拍手开关投入市场。这是一种可以通过拍手打开和关闭电器的声控开关,它可以直接插进电源插座,看上去就像一个插座转换器。开关上面可以插两个电器,每个电器由开关内不同的程控击掌序列控制。拍手开关的卖点是方便:你不用离开躺椅或床,就能开电视或关灯;回到黑漆漆的家中,只需击掌就有一片光明。拍手开关还有安全方面的设计,在"离开"模式下它也会响应声音,但过一会儿,它就会关闭并重置。拍手开关把家庭指令简化为纯粹的瞬间行为:拍手要求马上行动。要不是拍手开关的市场营销中充斥着幽默感,这样的举动会令人感到很尴尬。

现在,我们可以跟亚马逊的Alexa、谷歌智能助手和Siri交谈,通过智能手机远程调控家里的诸多装置,拍手开关带来的便利显得古色古香。然而,它不应该简单地被看作一种过时的新奇玩意。正如注册的设计专利所显示的,拍手开关是自动化和遥感技术创新链的一环,这些技术在今天的智能家居领域达到了顶峰。1985年,拍手开关申请的第一项专利是"声音激活电灯开关",专利的特别之处在于对"装饰

---

[i] 查尔斯·赖斯(Charles Rice),悉尼科技大学建筑学教授,著有《室内的显现:建筑、现代性、家庭生活》(2007)和《室内城市主义:建筑、约翰·波特曼和美国市中心》(2016)。

性设计"的简化，也就是开关的外观。[1] 这个装置最初被称为"伟大的美国开关"，发明者们聘请佩多特帮助进行市场推广。佩多特发现这个开关并不好用，插在上面的电视机很容易短路，于是他买下了开关的所有权利，并雇了一位工程师重新设计它的内部构造。[2]

1993 年申请的第二项专利是"对不同的声音信号做出反应并激活开关的方法和设备"，其中包括描述拍手开关的感应与开关技术如何工作的流程图。[3] 评估员在审查专利申请时要研究现有技术，也就是说，它跟其他申请类似或相关专利的发明之间的关系。拍手开关的第二项专利引用了 11 项相关专利，包括 1978 年纽约大学申请的"安装在轮椅上的控制设备"、1979 年的"声控焊接系统"，以及 1986 年的"电信终端的声控操作方法和设备"。此外，档案还记录了后来的专利对该专利的引用情况。目前，有 89 项专利引用了拍手开关的第二项专利，包括 1998 年加拿大国家航天局申请的"安装可定位、可编程、多功能、多位置控制器的内部控制台"、2001 年的"鼓励在厕所设施中保持良好个人卫生的声控系统"、2003 年美泰公司申请的"玩具和其他娱乐设备的声音探测控制电路"、2003 年 Skybell 科技公司申请的一大批跟门铃有关的专利，还有 2014 年苹果公司申请的"基于声音信号建立的计算机系统网络"（这可能是最有趣的）。

这样一系列互相关联的专利颠覆了人们对创新和技术发展的常规理解。自动轮椅跟工业机器、机械玩具、太空技术、门铃和苹果公司的物联网发展联系在一起，一切都是通过作为新奇玩意投入市场的声控开关实现的。这种建立在公开和保护双重制约下的专利体系的天才之处在于将各种各样的发明联系在一起。保护意味着许可专用；公开意味着允许发明公之于众，这使后来的发明和应用在实现差异化的同时还能受到保护。特定的物品可能会消亡，但是，发明的模式将沿着分岔的小径继续发展。

图 14-2："拍手开！拍手关！"现在销售的拍手开关包装盒，约瑟夫公司，美国。

在这些专利不为人知的历史轨迹中，拍手开关是一个关键的起点。从这一点开始我们可以看到智能物品的发展路线。拍手开关使我们产生一种仿佛在跟物品进行交流的感受，无论交流方式多么原始。然而，拍手还是一种单向的命令。现在，Alexa 和生产它的公司开始发出不同的声音。它们倾听、记住我们的需求，把这些需求存储为数据，由此构建出关于我们的喜好和行为的复杂图像。苹果公司在 2014 年申请的声音网络专利"通过使用声音信号建立设备之间的数据交流"，表明情况已经发生了变化：从拍手发展成了机器之间的互动密码。[4] 过去的指令语言今天以数据描述为媒介。

佩多特的约瑟夫公司仍在销售拍手开关，现在它成了一件怀旧、俗气却有魅力的物品，近期的一款是《星球大战》中的达斯·维德形象的开关,煞有介事地讲述了开关物品时使用"原力"的故事。尽管如此,由于后来那些相关发明的出现,拍手开关显然已经从功能上消亡了。它出现在电视营销的全盛时期,如今,它在社交媒体上几乎没有存在感。它来自数据开始之前的时代,只是一个增强型开关,不是收集和共享信息的设备。现在,除了仿造的达斯·维德的邪恶声音,它不跟其他设备交流。然而,面对诡计多端的 Alexa,也许这种滑稽的先驱应该表达出批评。我们是否低估了家庭自动化的黑暗面呢?

贯通钥匙
本·范登普特[i]

过时

"Schliesszwangschlüssel"或"Durchsteckschlüssel"在德语中是"公寓大门钥匙"或"贯通钥匙"的意思，它看上去像一件超现实主义艺术作品。这把钥匙当然不是艺术品，实际上，从20世纪第二个十年到60年代末，它都被用来锁住和打开柏林及市郊的出租营房（廉租房）和公寓住宅外面的大门。现在，当时柏林的门锁系统仅仅作为一种历史遗留的技术还在使用。它已经被对讲机、小键盘和其他数字控制装置取代，这些装置不需要有形的钥匙就能保障公共大门的安全。

图示的公寓大门钥匙长约10厘米，上面刻着柏林克芬公司的名字，这家公司于1912年获得了该设计的专利，并以发明者约翰·施魏格尔的名字命名为"施魏格尔系统"。1893年，艾伯特·克芬接管了施魏格尔总部在威丁的公司。这种贯通钥匙看起来很古怪，它的两端各有一个钥匙头，而不是像普通的钥匙那样，一端是钥匙柄，另一侧是钥匙杆和钥匙头。这种钥匙没有钥匙柄，但有一个可以挂在钥匙圈上防止丢失的钥匙帽。左右两边的钥匙头除了槽开在相反的两侧（用来转动门锁的不同部分）外，其他部分是一样的。

应用贯通钥匙的门锁本身有两个锁孔（而不是一个），在门的两侧各有一个。其中一个锁孔像通常一样是垂直的，上侧的圆形契合钥匙

---

[i] 本·范登普特（Ben Vandenput），艺术史学家和城市规划专家。目前在比利时根特大学建筑与城市规划系撰写题为《维克多·雨果的大象》的博士论文。

图15:"65号"贯通钥匙和钥匙帽,克芬公司,柏林,约1930年。

杆,下侧的三角形插入钥匙头。钥匙杆可以插入门另一侧的锁孔的同一个圆孔中,但是,插钥匙头的三角形孔是水平的,跟前面一个三角形孔呈 90 度夹角。要打开门锁,你必须把钥匙插入垂直的锁孔,然后逆时针旋转 270 度。这样打开了锁,但无法拔出钥匙,因为第一个钥匙头不再对准垂直的锁孔。然而,与此同时,第二个钥匙头对准了水平的锁孔。因此,保持门锁打开的唯一方法是把第二个钥匙头插进水平的锁孔。然后,居民进入公寓,在门的另一侧找到伸出锁孔的第一个钥匙头。取回钥匙的唯一方法是把它再次转到垂直的位置,这样既锁住了门,又取下了钥匙。最终,钥匙从门的一侧到另一侧"贯穿"了整把锁。

这样,公寓大门钥匙就迫使居住者把公寓门锁上,并随身携带钥匙,而不是把钥匙随处乱丢或忘在门上。这也意味着只有携带钥匙的人才能进入公寓。施魏格尔系统在更大范围内监管着居民,防止人们丢三落四,这取得了巨大的成功;二战之后的 20 年里,它的流行达到了顶峰,有超过 20000 个住址使用贯通钥匙。但到了 20 世纪 60 年代,由于柏林墙的出现,柏林城东部不再使用这种产品。克芬公司总部所在的威丁位于西柏林,它在普伦茨劳贝格和腓特烈斯海恩的许多客户以及潜在客户就联系不上了。21 世纪第二个十年,大约有 8000 套门锁系统还在使用,此后,这个数字迅速下降。

为什么这种为了提高安全性和防止丢失的特殊钥匙在柏林广泛被使用,但从未兴盛于柏林之外?要理解这一点,还得揭露 19 世纪后期柏林房屋投机市场的特殊本质。1871 年德国统一后,尤其是经历了 19 世纪 80 年代的农业萧条之后,柏林吸引了许多离开乡村的劳动力到这座新兴首都的工厂里工作。在接下来的 50 年里,租给城市新雇工的经济型公寓或出租营房像雨后春笋一般在市中心拔地而起。在没有政府中央规划的情况下,房地产开发商非常乐意利用这个局面。威丁、莫阿比特、新克尔恩和克罗伊茨贝格新建的出租公寓都是为了获取最大利润设计的，大多数情况下是非常简陋而拥挤不堪的宿舍。[1] 矩形出租营房的中庭通向各种住宅的公用楼梯，包括俯瞰街道的多房间公寓和楼房后部的多数单间宿舍。中庭的大部分空间都挤满了工作室和公司，包括木工车间、刷子作坊、印刷店，甚至煤气厂。

　　这些建筑物总是太拥挤，几百人在有限的空间内生活和工作。德国社会学家维尔纳·桑巴特发现，1906 年在柏林约有 43% 的人口住在单间公寓里。公寓的单个房间里通常住着 6 个人以上，甚至超过 11 个人挤在两个几乎不通风的套间里。三分之一的柏林市民负担不起廉租公寓飞涨的房租，人们开始想尽办法从公寓里赚钱，多半是白天把公寓转租给妓女、短工以及各种各样的寄宿者。[2] 桑巴特和其他研究者得出结论，这样的环境对家庭生活没有好处。正如精神病学家汉斯·库雷拉在 1900 年所说的，为了维护家庭团结，公寓必须提供最低限度的空间，"建立一个封闭的家，防止外来因素的扰乱，隔离外界的观看"。[3] 另一位研究不同家庭共同居住和临时寄宿者的批评家提出警告，这种混住会导致"危险因素"的出现，"户主家庭跟租客住得如此邻近，可能会陷入色情处境"。[4]

　　恰恰在人们对保护家庭生活的担忧暴露之后，公寓大门钥匙出现在市场上。从这个意义上说，它不单单是为记性差的人设计的门锁装置。它是跟安全、管理和保护联系在一起的，作用与"安静的门卫"类似——在柏林，后者指的是挂在公共门厅墙上的镜框里、详细描述了谁住在出租大楼的哪层楼、哪间公寓的名单。19 世纪的柏林不像巴黎和维也纳，没有真实的门卫。在很长一段时间里，公寓大门钥匙代替了警惕的目光和牢牢掌控的手，热情地扮演着门卫的角色——谁进入了哪间公寓、跟谁在一起？谁在走廊里徒然徘徊？

协和式飞机

托马斯·麦奎兰 [i]

失败

旧物的消亡并不意味着物品的失败,而是支持它们存在的那个世界消失了。比如协和式飞机。自从 2003 年 10 月它最后一次飞行以来,人们为失去它而发出的悲叹已经变成了陈词滥调:它的外观漂亮而奇异,速度比任何其他商业交通工具都更快,性能也更先进,它实现了现代世界的梦想。我们清楚地看到,在 20 世纪 60 年代能够实现的事情——3 小时之内从伦敦飞行到纽约,现在已经做不到了。

协和式飞机的设想来自冷战。20 世纪 50 年代初,英国空战委员会推断,敌军的一架新型喷气式轰炸机可以在地面上的任何人将其击落之前携带有效负荷轻松抵达伦敦。其中一种解决方案是让超音速拦截机以 3 马赫[ii]的速度飞行——这个速度是喷气式轰炸机的 3 倍多。但是,民用市场展现了更大的潜力。英国在商用喷气式飞机方面落后于美国,但在超音速飞行领域仍可一争高下。100 名乘客以超音速飞行是一个技术先进的社会的大胆梦想——进步,民主,高速。

这个时期的英国航空技术极其卓越,才华横溢的德国空气动力学家迪特里希·屈歇曼在战后来到英国,更是让英国航空如虎添翼。科学整装待发。但是,科研费用很昂贵,英国政府希望有国际合作伙伴来分摊成本。美国有自己的计划,婉言谢绝了。幸运的是,法国人感

---

i 托马斯·麦奎兰(Thomas McQuillan),奥斯陆建筑与设计学院建筑学教授,也是该学院建筑研究所的负责人。

ii 马赫是速度与音速的比值,音速在不同高度、温度与大气密度等状态下具有不同数值,所以马赫的具体速度不是固定的。3 马赫即三倍音速。

图 16：协和式飞机，英国首次飞行，费尔福德，1969 年 4 月 10 日。

兴趣且有资源。英法两国达成了一项协议，一位工程师18岁的儿子提出了一个适用于两种语言的名字，于是，在1962年，这个错综复杂、政治敏感并且非常昂贵的项目开始了。

协和式飞机在应用科技完成飞行任务方面堪称典范，但是，在详细资料披露后，它遭到了社会各界的强烈反对。两国的纳税人都付出了高得离谱的代价——60亿美元的研发成本，也就是说，在整个协和式飞机编队服役期间，分摊到每一位超音速飞机乘客头上的成本是2400美元。（相比之下，波音747的研发成本约10亿美元，每位乘客仅28美分。[1]）此外，飞机在超音速飞行状态下会产生音爆，在地面上听来就是令人恐惧的爆裂声。它还耗费大量燃料。票价呢？你买不起。

协和式飞机的一切都是奢华的。皇家时装设计师哈代·埃米斯爵士为空姐设计了制服，款式典雅、剪裁精良；工业设计师雷蒙德·洛伊设计了装饰几何图案的餐具，立刻成为经典之作，艺术家安迪·沃霍尔都鼓励大家顺手牵羊（"这是收藏家的藏品"）；大厨保罗·博古斯设计了菜单，包括松露蛋龙虾、鸭肝酱和法国精选奶酪在内的七道菜大餐，烹饪方式源自"新法餐"[i]。从1976年的首次飞行开始，它就成了精英阶层——摇滚明星、国家元首和金融家的领地。协和式飞机就像一辆空中超级跑车，融合了精良的技术和奢侈品，但却以最不光彩的方式失败了。

2000年7月25日，一架麦道DC-10飞机从巴黎戴高乐机场起飞时，飞机引擎罩上的一小块金属掉在跑道上。5分钟后，法航协和式F-BTSC飞机的第二号轮胎从金属碎片上碾过并断裂，轮胎碰到了装满燃料的三角翼底部，并撞破了油箱。飞机从跑道上起飞时，油箱燃烧起来，喷出一道流动的火焰。飞机失去了控制。协和式飞机向右翻滚，撞到了罗莱布鲁酒店，爆炸蔓延成巨型火球，109名乘客和机组人

---

i　新法餐（nouvelle cuisine），20世纪70年代初兴起于法国的新式法餐料理。

员遇难。[2]

这是协和式飞机 24 年来唯一一次坠毁,震惊了整个航空界。总共 14 架飞机停飞。在接下来的一年里,人们集资进行了密集的调查和工程设计,改装了整个协和式飞机编队。有人会说,这件事敲响了该项目的丧钟。但是,当时它还没有彻底失败:英国航空公司和法国航空公司立即着手升级所有协和式飞机,使用有凯夫拉纤维[i]内衬的燃料箱和新的防爆轮胎。新标准的目标是让协和式飞机在 2015 年之前重新开始服役。经过一年的整修,编队已经准备好了。英国航空公司进行了几次试飞,飞机越过大西洋,绕冰岛返回。协和式飞机回归在即,航空公司为相关人员安排了一趟庆祝航班。机舱中的气氛一片欢乐。但当飞机返回希思罗机场时,乘客们却听到了可怕的消息——那天是 2001 年 9 月 11 日[ii]。

协和式飞机继续垂死挣扎,但它终究是失败了。航空业陷入一片混乱,而且,不幸的是,协和式飞机的一些重要客户就居住在世界贸易中心——大约有 40 名乘客,每年飞行几十次。两年内,英国航空公司和法国航空公司都停止了这项服务。法国的维修合作伙伴(以前是法国南方飞机公司,现在是空中客车公司)正在制造自己的"协和式飞机杀手"空中客车 A300,拒绝继续为协和式飞机提供服务或零件。在这场象征性的打击下,新的标准宽体飞机迫使纤长的超音速飞机退出了市场。主张人人平等的现代航空获得了胜利,它有安全协议,并且决心不走奢侈路线。

但所有这些因素——飞机失事、"9·11 事件"、廉价航空——只是证实了由来已久的事实:协和式飞机在问世时就注定要消亡。协和式

---

i 美国杜邦公司研制的一种防火纤维。
ii 指 "9·11 事件",2001 年 9 月 11 日发生在美国纽约世界贸易中心的恐怖袭击事件,两架被恐怖分子劫持的民航客机分别撞向美国纽约世界贸易中心一号楼和二号楼。

飞机只生产了20架，14架商用飞机和6架原型机，航空公司的潜在客户一开始的兴奋感很快消失了。工作室和实验室被解散，工程师们去做别的事情了。人们没有生产更多协和式飞机，也没有计划要这么做。

世界在变化，协和式飞机试图占领的市场消失了。曾经支撑它的设想烟消云散，推动技术进步的伟大企业成了明日黄花。随着气候变化成为时代的议题，燃烧成吨飞机燃料而不遭报应的天真已经消失。富人有私人飞机，而对普通人来说坐飞机是一件遭罪的事情。

图 17：康维尔四座飞行汽车，亨利·德雷夫斯设计，联合－伏尔提飞机公司制造，美国，1947 年。

飞行汽车
埃米莉·M. 奥尔 [i]

空想

1946 年 7 月 12 日，飞行员拉塞尔·罗杰斯驾驶康维尔 116 型飞行汽车原型机在加利福尼亚州圣迭戈城外的林德伯格机场上空飞行。这辆克罗斯利双门跑车展开 12 米的双翼在空中滑翔了 1 小时，表现良好，飞行 72 公里消耗了 5 升燃料。林德伯格机场以曾在附近飞行的著名飞行员查尔斯·林德伯格[ii]命名，自 1928 年建成以来，见证了许多飞行实验。它是第一个获准供包括水上飞机在内的所有类型飞机使用的机场，逐渐形成了飞行实验的传统。康维尔飞行汽车遵循了这个传统。

1940 年，设计师西奥多·P. 霍尔在世界上最轻的汽车车顶上安装了一架单引擎运载飞机。这是康维尔 116 型飞行汽车的第一架原型机，后来，他把飞行汽车卖给了联合 – 伏尔提飞机公司（后来称为康维尔公司）。一些发明家跟霍尔有类似的想法，他们梦想在空中实现不需要航线的交通，为现代日常生活带来效率、创新和速度，霍尔追随着他们的脚步。随着二战爆发，116 型飞行汽车的研发工作停止了，但是，战后人们又重新开始研发，设计工作得益于战时产品的材料和技术转

---

[i] 埃米莉·M. 奥尔（Emily M. Orr），纽约库珀·休伊特·史密森尼设计博物馆助理策展人，主要从事现当代美国设计方面的工作。她拥有伦敦皇家艺术学院及维多利亚和阿尔伯特博物馆的设计史博士学位。

[ii] 查尔斯·林德伯格（Charles Lindbergh, 1902—1974），美国飞行家、作家、发明家、探险家和社会活动家，1927 年曾驾驶圣路易斯精神号飞机，从纽约横跨大西洋飞至巴黎，成为历史上首位成功完成单人不着陆飞行横跨大西洋的人。

让。随着装配线能力的提高和工业材料（如铝、塑料和木材层压板）的使用，包括康维尔公司在内的许多厂商在自我驱动下进入新的产品领域，以满足战后富裕而渴望提高生活水平的公众的需求。在这种新范式之下，工业设计公司成为生产商和消费者之间的中介，预测和迎合着市场的欲望和需求。

1944年，美国一流的工业设计公司亨利·德雷夫斯设计事务所受邀协助研发康维尔公司的下一代陆空两用飞机——118型飞行汽车，这是面向新消费者的新产品。以旅行推销员为代表，更有时尚意识、流动性强的美国白领阶层是这项发明的目标受众。亨利·德雷夫斯档案中的宣传照片显示，飞行汽车（去掉了飞行装置）的车身随意停放在一栋郊区住宅前，传达出康维尔飞行汽车可以多么轻松地融入日常生活。

汽车车身夸张的空气动力学造型体现了战后的未来主义精神。在加利福尼亚州帕萨迪纳市的德雷夫斯设计事务所办公室里，经验丰富的汽车设计师斯特罗瑟·麦克明和制图员兼模型专家查尔斯·格里用黏土制作了从1/4比例到全尺寸的汽车模型。手工模型制作和工程图纸研发相结合，以及对工业材料的巧妙运用，创造出一个带有机翼的灵巧的流线型车身。118型飞行汽车的宣传册介绍了线条流畅的飞机组件在载重和结构方面的功能："一根大型无缝铝合金管用于机翼，一根用于尾梁，较小的铝合金管用于尾翼梁。"汽车车身采用了玻璃纤维，广告宣传称其"比钢更坚韧，比铝轻20%"；玻璃纤维还有"固有的消音性能"，能够"安静操作"。[1] 这些技术事实在宣传文案中被作为卖点宣扬，再加上详细的设计图纸，使消费者对飞行汽车的设计故事产生兴趣。

康维尔飞行汽车的乘坐舒适度依赖于飞行员兼司机座位的专业设计，而德雷夫斯设计事务所在研发以用户为中心、平衡安全性和易用性的产品过程中声誉日隆，两者一拍即合。德雷夫斯设计事务所的设计强调了人的因素，重要的工业设计项目包括：G型电话听筒（1948年获得专利）；约翰·迪尔可调节拖拉机座椅（20世纪50年代），研发过程中咨询了肌肉骨骼疾病专家珍妮特·特拉维尔博士；普通美国人"乔和约瑟芬"的拟人化图表（20世纪50年代）；书籍《为人的设计》（1955）和《人体度量》（1960）。设计事务所充分思考了人体形态跟设计的关系，为人体工程学设立了新的行业标准。

从第一架原型机开始，所有的飞行装置和控制元件被设计成一个可整体拆卸的单元，这样康维尔飞行汽车的航空设备在维修时，汽车仍可以继续使用。切断简单的插口，就可以完成从飞机到汽车的转换，汽车的系统和电路都不会断开。德雷夫斯设计事务所在战争期间精于驾驶舱设计，改进了仪表盘和控制元件的分辨度和触感，同时优化了空间，让飞行员感觉舒适，并且更易操作。康维尔飞行汽车有独立的汽车和飞行控制系统；飞行装置安装在从上方向下摆动的控制杆上。

1947年，飞机在试飞中意外耗尽了燃料，试飞失败后，康维尔飞行汽车的命运急转直下。此前同意为该项目提供资金的投资者退出了。1948年1月，飞行汽车修复一新，两架原型机恢复试飞，但该设计从未投入生产。康维尔公司和德雷夫斯设计事务所设计的康维尔飞行汽车在地面行驶方面获得了成功；这款汽车式样时尚精巧，并且很容易适应完善的交通系统，能够在"大路上疾驰"，在操作和经济实惠方面甚至比凯迪拉克和福特的车型更胜一筹。[2] 然而，对于个人飞行新技术的日常使用来说（不管是否安全可靠），没有尝试过的天空领域才是更有挑战性的环境。

康维尔飞行汽车出现在"伴侣号"人造卫星[i]发射前几年。在宣传

---

[i] "伴侣号"人造卫星（Sputnik），1957年10月4日发射的世界第一颗人造卫星，标志着人类航天时代来临。

手册上，一对夫妇站在地面上，飞行汽车正处于公路模式，他们向有机翼的汽车挥着手。在远处，一枚火箭直冲天空，暗示着两种航空发展之间的技术联系和共同的文化背景。这幅插图向消费者展示了康维尔飞行汽车将幻想变为现实的能力。

尽管康维尔飞行汽车和飞行史上的其他发明已经烟消云散，但是，在设计师和工程师们面向未来的梦想之中，肯定仍有对随时起飞的私人定制飞行的想法和追求。NASA有一个发展"按需移动"的项目，满足当下人们对个性化和即时性便利设施的迫切需求，但目前仍然主要应用于无人驾驶的遥控设备，比如无人机。与此同时，大多数太空航行项目不再载人。正如亨利·德雷夫斯设计事务所几十年前帮助康维尔公司认识到的那样，航空设计中最难满足的是人的因素。尽管如此，想象中的飞行仍然对人有强烈的诱惑，总部位于弗吉尼亚州的极光飞行科学公司（"推动'按需飞行'向每个人开放的世界领头羊"）的首席执行官最近向NASA的受众宣布："我们有充分的证据证明，只要跨越了使用便捷的门槛，人们就真的想要飞行。"[3]

自动拟人机
莉迪娅·卡利波利提 [i]

空想

艺术史学家海因里希·沃尔夫林[ii]曾经说过"我们通过跟身体的类比来判断每一件物体",自动拟人机(CAM,Cybernetic Anthropomorphic Machines)的故事就是一个令人不安的例子。它在很多方面是一种自我镜像,反映了人类作为一个物种如何超越身体和领地来想象物质与精神的主权。[1]在美国海军研究办公室的工程心理学项目和华盛顿的陆军机动装备研究与发展中心的共同支持下,自动拟人机作为在极端条件下增强力量和耐久性的人机结合原型机,在纽约斯克内克塔迪的通用电气公司总部进行了研发。[2]20世纪50年代至70年代,通用电气公司研发的一种自动拟人机将人体包裹在外骨骼式盔甲中(也叫"外框架""外甲壳"或"动力装甲"),在液压发动机或气动系统的驱动下,外框架通过增强肢体运动的力量,强化了穿戴者身体的功能。这些拟人机被称为"主-从"机器。它们不是自主操作的,而是人类"主人"的机械复制品,像巧妙操纵的木偶一样响应人体的运动。

这类机器人不仅完美地展现了技术的优势(也就是说,使用外部

---

i 莉迪娅·卡利波利提(Lydia Kallipoliti),建筑师、工程师和学者,她的研究重点是建筑、技术和环境政治的交叉领域。她是纽约库伯高级科学艺术联合学院的建筑学助理教授,著有《封闭世界的建筑》(2018)。

ii 海因里希·沃尔夫林(Heinrich Wölfflin,1864—1945),瑞士美术史家、美学家,西方艺术科学的创始人之一,主要著作有《文艺复兴与巴洛克》《古典艺术》《艺术史的基本原理》等。

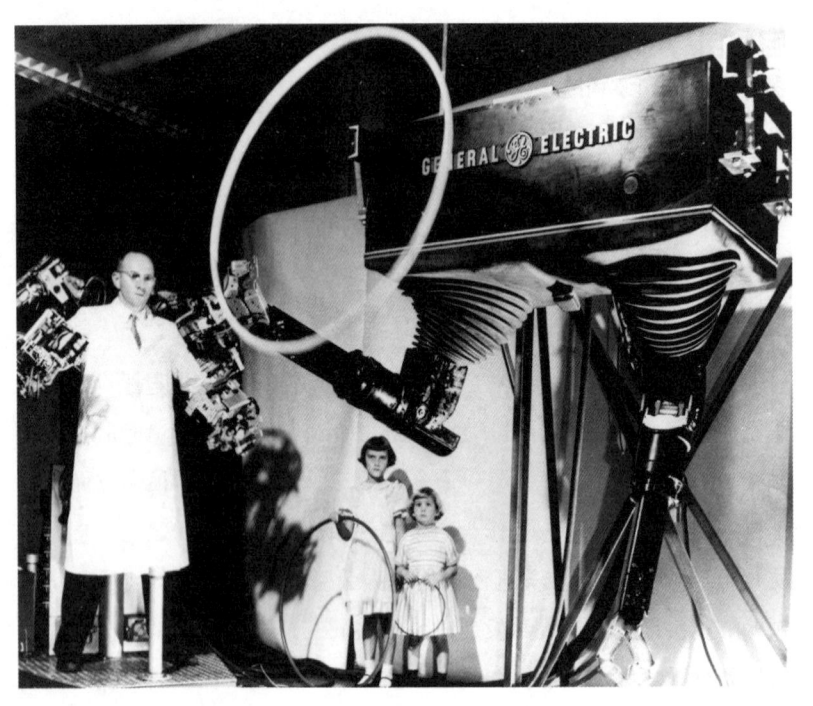

图18：在纽约斯克内克塔迪的通用电气公司总部举行的首次自动拟人机会议上，自动拟人机的发明者美国工程师拉尔夫·莫舍使用"勤杂工"机械手远程控制呼啦圈和锤子的旋转，1958年。

的机械手臂和义肢来增强身体的力量），而且体现了人类劳动的外部化和工具化转变。自动拟人机展现了一个现代主体：电信技术提高了他的能力，他与劳动的需要虚拟地联系在一起，与此同时，他摆脱了体力劳动有时需要的粗糙、肮脏和粗暴的行动。"主–从"拟人机的魅力并不在于能严谨地完成费时费力的任务，而在于它们与生命体的特征和运动有着神秘的相似之处，比如，鸡的身体在运动时就会本能地保持昂首挺直。事实上，这些机器是令人不安的生命形式，因为它们对敏捷、痛苦和反抗的模仿超出了执行任务的范围。

通用电气公司的自动拟人机项目之父是美国工程师拉尔夫·莫舍，

他开创了一系列人机结合实验。在美国海军和陆军的联合支持下，莫舍在通用电气公司开发了利用仿生机电身体部件的"人体增强"项目，目标是为战争和太空探索设计外骨骼盔甲。莫舍的自动拟人机包括：1956年的"好好先生"；1958年的一组由操作员远程控制的机械手臂"勤杂工"（如图18所示）；1962年名为"步行机"的行走机器；1969年四条腿的"行走卡车"；最后是1965年到1971年逐渐演变的"哈迪曼"（HardiMan）。"HardiMan"是"人类增强科学研究与发展"（Human Augmentation Research and Development Investigation）的首字母缩写，加上"机械手"（manipulator）一词中的"曼"（Man）。经过有动力装置、包裹人体的外骨骼结构的一系列实验，它演变成现在的样子；"哈迪曼"是远程控制的，但是也允许使用者直接坐在"哈迪曼"的骨架里，增强举重技能和力量。

虽然设计机器人原型机最初的意图只是让它们在危险的放射性区域执行机械任务，但是，莫舍额外添加了使它们更逼真的特征，并赋予它们人类行为特有的犯错能力。为此，他用与人类神经系统相连接的机器进行了研究，来复制"犹豫"的逻辑。莫舍想象人机结合（我们的神经元将欲望转化为运动）就像某种婚姻关系：人和机器结合成一个亲密的共生体，作为一个综合系统行动。为了进一步完善这种结合，他将力反馈的特点应用到自动拟人机上，并重新命名为"感官反馈"。莫舍的机器将减轻的力反馈给操作者，让他们能感受到自己控制的义肢跟周围环境的互动。

通用电气公司广泛宣传的第二个特点是控制和灵巧。用莫舍的话说，自动拟人机"能以人类的信息和控制系统的敏捷，结合机器的力量和强度，响应不规律的力量和动作模式"。[3]虽然自动拟人机力气很大，但它们也很灵巧和有礼貌。1956年5月28日的《生活》杂志刊登了一张"好好先生"温柔地帮助漂亮的露丝·费尔德海姆穿上外套的照片。在通用电气的各种文件中,莫舍绘制了一系列示意图,戏剧性地描述了缺乏人类感觉的强大机器人产生的危害,这些机器人破门而入,拆毁墙壁,无恶不作。在他的草图中,人类的运动神经系统会帮助机器人对反馈力做出反应,借此控制力量的运用。然而,在幕后工作中,他为了控制那些"机械孩子"呕心沥血、忧心忡忡。档案照片中,他在费劲地指挥那些"奴隶"时汗流浃背,这引出了一个问题——在人和机器的关系中,究竟谁是奴隶?

尽管自动拟人机比波士顿动力公司的机器人系列(2013年被谷歌收购)出现得更早,但莫舍设想的那种刻板的增强力量——创造一个作为奴隶的复制身体——已不再流行。值得注意的是,虽然人们广泛使用义肢和增强身体功能的可穿戴设备,但它们不依赖于力反馈,力反馈在现代设计中基本消失了。在取消力反馈后,人们操控机器人执行繁重任务时的控制感与精确度变模糊了,感同身受的能力也消失了,我们与机器失去了直接联系。取而代之的是"虚拟现实"和"增强现实",它们投射出一个基于模拟和媒介的领域,与人类的神经系统和身体的互动没有关系。媒介的普遍存在也投射出一个冷漠和无动于衷的现代主体,跟这个主体恰恰相反的是,我们对人类生命的脆弱也产生了愈加错误的预估。

自动拟人机的设计方法跟人类的行为举止密切相关,并加以模仿,却没有预见到未来的景象。自动拟人机也暴露了一种根深蒂固的情感,这种情感推动了把自动拟人机设计成具有增强能力的人类复制品的早期实验。20 世纪 30 年代,哲学家何塞·奥尔特加·伊·加塞特认识到,文明世界诞生了一种新人类——自然人:"新人类想要一辆自动汽车并尽情享受,但是,他认为这是伊甸园之树自然生长的果实。在灵魂深处,他没有意识到文明有着人造的、几乎不可思议的特性,也没有把他对工具的热情延伸到使它们成为可能的信念上。"[4] 自动拟人机利用神经连接使机器再现"自然"人类动作的渴望，反映了类似的"伊甸园"冲动。然而，使身体动作转化为机械动作的方法和工具没有留存下来。当人类的感同身受让位于机器的优化时，汗流浃背的主人的皮肤感受到的机器反作用力一去不复返。

图 19：赛博协同控制工程，功能齐全的操作室模型，1∶1 比例，智利圣地亚哥，1973 年。

赛博协同控制工程
雨果·帕尔马罗拉[i]和佩德罗·伊格纳西奥·阿隆索[ii]

这幅20世纪70年代早期的智利赛博协同控制工程（Cybersyn，Cybernetics Synergy）的罕见照片展现了操作室的景象。在萨尔瓦多·阿连德总统任期（1970—1973）内创立的赛博协同控制系统试图通过控制论统计系统软件将所有的国有企业和实业公司实时连接起来，提供对各级信息的访问，从而实现空前程度的中央管理控制。操作室房间设计成六角形，里面有七把旋转扶手椅，扶手上有遥控指令按钮，部长、专家和工人可以使用一系列特别设计的视觉代码，通过墙上的屏幕进行交流。虽然照片看上去像斯坦利·库布里克[iii]电影中的场景，但它是一个功能齐全的真实空间，是当时智利的国民经济操作中心。

工程的进展情况会定期更新汇报给总统，并向他提供系统处理的数据。最初，人们临时在圣地亚哥的一个仓库里建造了功能齐全的操作室模型。在那里，阿连德录制了一段演讲，阐述了该工程的目标：

---

i 雨果·帕尔马罗拉（Hugo Palmarola），智利天主教大学设计师（2004）、墨西哥国立自治大学拉丁美洲研究博士（2018），获设计史学会学生论文奖（2018）。他与佩德罗·伊格纳西奥·阿隆索合作，在第14届威尼斯建筑双年展（2014）上获得银狮奖。他们是《水泥板》（2014）和《巨石之争》（2014）两本书的作者，也是在斯德哥尔摩建筑与设计中心举办的"飞翔的板材——混凝土板如何改变世界"展览（2019—2020）的策展人。

ii 佩德罗·伊格纳西奥·阿隆索（Pedro Ignacio Alonso），智利天主教大学建筑师和理学硕士，并拥有建筑协会的建筑学博士学位。

iii 斯坦利·库布里克（1928—1999），美国电影导演、编剧和制片人，是电影史上最知名、最有影响力的人之一，代表作有《2001太空漫游》《发条橙》等。

> 我决定亲自负责这次发布会,因为我对操作室的发展倾注了持续而深入的关注……你看到的是一群专门研究管理问题的智利工程师 18 个月以来紧张工作的结果。他们能够创造出全新的工具来帮助我们完成经济管控任务。政府第一次有机会在现代科学,特别是电子计算机的帮助下处理非常复杂的问题……你们今天将要看到的东西是革命性的,不仅因为这是世界上首开先河的创举,更是因为我们正在有意识地努力让人们拥有科学的力量。[1]

阿连德政府的大规模国有化计划创造了对组织机构新技术的空前需求。作为国家推动建设社会主义经济的一部分,政府推广了实验性控制论模型,以改进工业管理的决策过程。

赛博协同控制工程的理论基础是英国科学家斯塔福德·比尔教授的研究。比尔是一位心理学家和哲学家,是现代控制论的先驱之一。当时的智利政府产业发展机构技术主管费尔南多·弗洛雷斯邀请他来到智利。1971 年 11 月的第一个星期,比尔跟阿连德总统见了一次面,此后,他定期前往智利参与该工程。多年来,他的研究重点是创建一个名为"可行性系统模型"的控制论组织模型,试图将人体神经系统的原理应用到组织管理的信息控制和决策过程中。比尔和弗洛雷斯提出的系统重要特点之一是能够使用当前的数据来协调不同的国有实业公司和工厂的高层管理决策。

赛博协同控制工程的实施委托给了智利技术研究所的一个多学科团队,以及国家计算机信息企业。乌尔姆设计学院[i]的德国设计师居伊·邦西佩领导的智利技术研究所工业设计部门为该项目开发了一个

---

[i] 乌尔姆设计学院建于 1953 年,位于德国乌尔姆,在德国设计史中有着特殊地位,被称为"新包豪斯"。

操作室，用户可以跟复杂的工业信息系统交流。设计人员包括乌尔姆设计学院的外国研究生，以及智利大学工业设计专业和智利天主教大学平面设计专业的智利学生。总统府内将建造一个操作室，还有一些复制版操作室安置在不同部门。操作室的战略意义在于，它是计划经济各种各样的要素之间的多系统接入平台。比尔解释道：

> 假如这个名字让人想起战争指挥部，那完全是有意为之。因为在操作室中，信息以非常图表化的方式实时显示，以便迅速做出决策，整个局面的概况会清楚地呈现在人们面前。[2]

1972年3月，计算机处理了第一批数据，至少三分之二的国有企业被纳入该系统。最终，赛博协同控制工程和操作室在当年12月落成了。然而，智利的政治和经济日益不稳定，除了管理紧急事务之外，赛博协同控制工程没有其他用处，也从未成为有效的经济计划工具。

虽然其他国家也开发了类似的技术，但智利赛博协同控制工程的概念和目标是独特的。20世纪60年代初，苏联试验了名为"全国自动化系统"（OGAS，"国民经济核算、规划和管理信息收集与处理自动化系统"的俄文首字母缩写）的类似项目，承诺通过消除腐败、发现低效率、增加收集和分析的信息量、提供更好的信息获取途径来改善国家治理。此外，它还提供了新的监督和国家控制形式。[3]

苏联开设了成千上万个计算机中心来分析信息，但它们从未互相联网。另一个系统——美国的阿帕网（ARPANET，高级研究计划署网络）构思于1963年，是一个能在战争环境下安全有效地发送信息的全国性计算机网络。赛博协同控制工程结合了这两个系统的基本要素，既是网络，又是收集经济数据制定经济计划的工具，在这方面它是前所未有的。

1973年9月10日，星期一，邦西佩和赛博协同控制工程团队的部分成员前往智利总统府拉莫内达宫跟阿连德开会，准备在那里建造操作室。总统没有出席会议；当天，他召开了一次部长特别会议，之后宣布打算举行公民投票。第二天，军事政变导致阿连德政府下台。拉莫内达宫的操作室从未开放，奥古斯托·皮诺切特政权怀疑发展赛博协同控制的政治动机，拆除并抛弃了整个工程。图示的照片和其他几张照片是通过扶手椅和指尖管理整个国民经济的前景仅存的遗迹——这是一种未曾实现的中央集权数据收集和计划经济的空想，实际上，它现在也不可能在世界上任何地方实现。

灯光轨迹摄影
芭芭拉·彭纳[i]

失效

很少有图像比灯光轨迹摄影（Cyclegraph）更完美地概括了现代性的矛盾和偶尔的荒诞。灯光轨迹摄影主要出现在20世纪第二个十年到50年代，是美国科学管理运动中很受欢迎的工具，也是工作和家庭中效率研究的主要内容。

在灯光轨迹摄影的制作过程中，一名熟练工人戴一个电灯泡待在黑暗的实验室里，灯泡通常戴在手指上。一张曝光时间很长的照片拍下工人完成一项特殊任务的过程。最后，照片上的弧线灯光轨迹记录了从头到尾执行一项任务的动作范围和距离。为了测量距离，工人的动作会投影在交叉线平面上（交叉线平面通常通过双重曝光形成：使用相同的底片，先拍摄网格，然后拍摄任务）。这些图像的目的是使熟练工人完成一项工作的整个动作轨迹清晰可见，无论是铺砖还是洗碗，这样动作就可以被研究、复制和改善。

这些方法最早是在美国发展起来的，是工业管理新"科学"的特征。19世纪90年代末，该领域的鼻祖弗雷德里克·W.泰勒呼吁对工作进行系统研究。然而，泰勒的方法集中在时间上。为了制止工人"磨洋工"（故意慢吞吞地干活），他考察了工厂里的工人，把他们的

---

[i] 芭芭拉·彭纳（Barbara Penner），伦敦大学学院巴特莱特建筑学院建筑人文学科教授。她著有《浴室》(2013)，并与人合编了许多关于性别、空间和建筑的书籍。她是《场所杂志》的特约编辑。

图 20：高效率的熨烫轨迹，普渡大学运动和时间研究实验室的灯光轨迹摄影，约纳·迈利摄影，《生活》杂志，1946 年 9 月 9 日。

工作分解成独立的要素，并对它们进行计时：例如，据他计算，仅铲土就包括了 50—60 个独立的定时动作。这些要素加在一起，就得出了每项工作应该耗费的"适当"时间，泰勒称，管理者可以根据这些信息，给予完成定量的工人更优厚的工资。但是，熟练工人不同意这种说法，他们认为这是不学无术的旁观者制定的专横目标。泰勒和他的研究适得其反地迅速成为反对资本主义剥削的靶子。

事实上，应用灯光轨迹摄影的并不是泰勒本人，而是他的门徒和后来的竞争对手弗兰克·吉尔布雷思及其妻子、心理学家莉莲·吉尔布雷思。吉尔布雷思夫妇将令人反感的泰勒主义管理方式人性化，他们认为与劳工合作提高工作绩效是更有效的方式。他们没有试图加快工作节奏，而是专注于优化动作、发现冗余的动作，教给工人更简单、更不容易疲劳的工作方式。正如设计史学家西格弗里德·吉迪恩指出的，吉尔布雷思夫妇的教育目标促使他们发明了新的胶卷和摄影方法，以便分析和干预工作步骤。[1]灯光轨迹摄影是他们典型的方法：用照片把熟练工人的动作轨迹拍下来，展示给不太熟练的工人，他们通过视觉（弗兰克·吉尔布雷思称之为"通过眼睛学习"）和对三维线性运动模型的感知来学习动作。[2]

灯光轨迹摄影不仅在工厂中使用，而且很快就进入了家庭领域。20世纪第二个十年，克里斯蒂娜·弗雷德里克等家庭工程师将科学管理技术带到美国家庭中，后来很快被欧洲采用。这些技术试图将家庭主妇改造为工厂工人，但是，有一项重要区别很少被提及：家庭主妇没有工资。20世纪20年代，莉莲·吉尔布雷思进入家庭工程领域后，开始系统地应用以动作为导向的研究，最常见的是在厨房中。合理规划家庭工作空间，配备正确的工具，目的是为"操作者"——家庭主妇——创造合理的工作流程，让她们可以花费最少的精力完成日常琐事。这样，家庭主妇就能找回追求爱好的时间和精力，她们真诚地称之为"幸福时光"。

科学家政管理的前景很有吸引力，受到大肆炒作。图示的这幅重印的灯光轨迹照片是受《生活》杂志委托拍摄的，当时该杂志的发行量为1300万册。这样的研究因为显而易见的科学性获得了权威，从艾蒂安－朱尔·马雷[i]到埃德沃德·迈布里奇[ii]等人因此做了一系列大量的身体动作研究。然而，即使是在灯光轨迹摄影最流行的时候，人

---

[i] 艾蒂安－朱尔·马雷（Étienne-Jules Marey，1830—1904），法国科学家，在心脏内科、医疗仪器、航空、连续摄影等方面的工作卓有成效，是摄影先驱之一，也是对电影史有重大影响的人。
[ii] 埃德沃德·迈布里奇（Eadweard Muybridge，1830—1904），英国摄影师，因使用多个相机拍摄运动的物体而闻名，在摄影史上最早对摄影的瞬间性进行了探索。

们也知道它的作用是有限的。家务和工厂里的劳动完全不一样；大多数家务，比如做饭，通常不是重复地做一件事，而是同时做许多不同的事情，并且有孩子在周围。即使可以单独研究一件家务活，灯光轨迹摄影也不能传授跟具体技巧相关的知识，比如，如何熨烫有亮片的人造丝上衣（翻面后低温熨烫）或褶边窗帘（先熨褶边，一点一点慢慢地熨）。[3]

然而，灯光轨迹摄影的作用并不在于传播专门的知识和技能。吉尔布雷思夫妇认为，他们研究发现了一种具有普遍适用性的动作，在很大程度上超越了特定任务的限制。而且，与其他形式的图像相比，灯光轨迹摄影更能把理想动作的要素传授给各个工种的工人。正如《生活》杂志的文章强调的，优秀的家庭主妇做所有的家务活时都使用"清扫式手势"，而不是"拉扯"或"用力擦洗"的手势，强调了流畅动作的省力效果。[4] 这种对流畅运动超越一切的强调表明，从冰箱到吸尘器等家用电器都在精简，家务劳动也同样需要精简。它也被美化了。灯光轨迹摄影使高效的家务劳动变得富有美感，安静的家庭主妇们像鲁道夫·拉班[i]的舞者一样，以优雅、流畅的弧线完成任务。无论如何，家庭主妇的身体被巧妙地融入一个更大的（再）生产体系中。

灯光轨迹摄影将一气呵成、使人获得情感满足的劳动模式奉若神明，最终导致了失败。二十世纪六七十年代，女权主义者引领时代潮流。他们将家庭工程研究斥为伪科学，认为幸福持家的美好想象助长了女性的自我疏离感，分散了她们对家务劳动不平等的关注。女权主义学者猛烈抨击家庭经济学家的技巧，而女权主义艺术家则积极解构

---

i 鲁道夫·拉班（Rudolf Laban，1879—1958），匈牙利现代舞理论家、教育家、人体动律学和拉班舞谱的发明者、德国表现派舞蹈创始人之一。

他们流畅的视觉体系。艺术家玛莎·罗斯勒在《厨房符号学》(1975)[i]中，演绎了从 A 到 Z 的日常厨房用具词汇表，她的动作变得越来越不和谐而失控——谁能忘记她恶狠狠地拍击一个夹汉堡包器？这是对灯光轨迹摄影把劳动拍摄成抽象逻辑流程图的反击。在连续的抗议和批评的压力下，灯光轨迹摄影的理性家务模式和作为一门学科的家庭工程学遭到质疑，到 20 世纪 70 年代时终于土崩瓦解。它被后泰勒主义的灵活家务劳动模式所取代，我们今天就生活在这种拥有自身的理想、美学和不平等的模式中。

---

[i] 在 6 分钟的行为艺术录像《厨房符号学》(1975) 中，罗斯勒穿上围裙假扮成烹饪节目主持人，以生硬的方式模仿了风靡于 20 世纪 60 年代美国家庭主妇中的厨房节目。

图 21-1：赞比亚宇航员为月球之旅进行训练，ITN 新闻电影定格画面，1964 年 11 月 14 日。

独眼巨人 1 号
坦迪·勒文森 [i]

空想

1964 年 10 月 24 日,数千人聚集在卢萨卡庆祝赞比亚的独立。假如联合国教科文组织回应了该国最机智的自由斗士之一爱德华·穆库卡·恩科洛索的拨款请求,当天还可能发射独眼巨人 1 号(Cyclops 1)宇宙飞船。用恩科洛索自己的话来说:"独眼巨人 1 号将会飞到七重天外深不可测的太空。我们的后代——黑人科学家们——将继续探索无限的天空,直到我们控制整个外层空间。"[1]

在外行看来,独眼巨人 1 号是一个原始的航天器,只有一个舷窗的油漆金属桶。1964 年 11 月 14 日,英国 ITN 电视台的一名记者站在这艘飞船旁边,嘲笑它是"一群疯子"的杰作。飞船机组成员也令人难以置信:"受过特殊训练的太空女孩"马塔·姆万巴、赞比亚"头号宇航员候选人"戈弗雷·姆旺戈和 10 只"也受过特殊训练"的猫。[2] 人们没有被有限的资金、不完善的推进系统和逃跑的学员吓住,国家独立后,他们继续在赞比亚科学、空间研究和哲学学院进行准备工作。自命为院长的恩科洛索设计了一套严格的训练计划,宇航员每天都被安排在飞船里受训:"他们坐在一个 40 加仑 [ii] 的油桶里面,然后,我把油桶滚下……山坡。这给他们带来一种穿越太空的感觉。我还让他们在一根长

---

[i] 坦迪·勒文森(Thandi Loewenson),建筑设计师和研究员,他通过设计、虚构和表演质疑了我们感知和生活的领域,并推测了在我们中间可能出现的世界。
[ii] 英美制容量单位,英制 1 加仑等于 4.546 升,美制 1 加仑等于 3.785 升。

绳子的末端荡秋千。当他们到达最高点时,我就割断绳子——这产生了自由落体的感觉。"³

黑白电影镜头将我们带回卢萨卡的琼加山谷。我们在平整的草坪上看到一个十二三岁的男孩向独眼巨人1号跑去。在靠近飞船时,他屈膝双脚向前跳了进去。恩科洛索将双手放在男孩的头部两侧保护他,然后,人群将飞船抬向空中。接着,地面工作组轻轻地左右摇晃"火箭"(独眼巨人1号)。后来,一群人推着姆万巴和恩科洛索在绳子上越荡越高,姆万巴看上去很高兴。也许这就是报道所称的用于发射独眼巨人1号的穆罗洛系统试验:"我们把绳子绑在高高的树上,然后,慢慢地把宇航员摇晃着送进太空。目前为止,我们已经前进了10码ⁱ远的距离。当然,通过加长绳子,我们可以走得更远。"⁴他们确实要发射火箭去月球,然后去火星,但是,这枚火箭显然是为了一个更崇高的伟业而建造的。

图21-2:赞比亚宇航员为月球之旅进行训练,ITN新闻电影定格画面,1964年11月14日。

1965年,恩科洛索除了担任学院院长外,还被任命为肯尼思·卡翁达总统在新成立的非洲解放中心的个人代表,这个中心是该地区流亡自由斗士的总部。作为赞比亚解放运动和二战的老兵,恩科洛索负责通过协调活动和提供援助来支持自由斗士,并监督他们在赞比亚的

---

i 英制长度单位,1码约0.9米。

活动。学院和中心的地点是分开的，但是，恩科洛索同时担任领导者，表明两者在意识形态上是联系在一起的。赞比亚自由斗士卡思伯特·科拉拉的回忆进一步说明，独眼巨人1号和学院的航空演习在解放运动训练中也发挥了体能作用："当他制造一个大桶……把它从蚁山上滚下来的时候……我看到了他的智慧。这太令人兴奋了。"[5]

作家纳姆瓦丽·瑟普尔认为太空计划"既是一个真正的科学项目，也是一个幌子"，恩科洛索的儿子认为学员训练技巧是"为独立做好准备"："他在这个项目中授课，但没有被英国政府发现。他教育年轻人，使他们思想活跃。"[6]在恩科洛索的儿子的描述中，跟反重力训练同时进行的还有一个政治行动计划，学员们前往坦桑尼亚进行政治宣传、制造爆炸物并烧毁桥梁。

关于赞比亚太空计划的报道中充斥着公然的种族主义，有时还配有漫画，把恩科洛索和他的宇航员描绘成一丝不挂、长着动物嘴脸的怪物。独眼巨人1号支离破碎，被错误地描述成一个木桶。这些描绘露骨地揭示了当时西方主流社会对非洲人的智力和身体的态度——他们被认为是原始和滑稽的——而解放运动所斗争的对象正是这些偏见。

姆万巴没有登上火星，太空计划也没有那么单纯。然而，赞比亚人有独立飞向太空的可能性，也有可能摆脱在地球上受奴役的现实，这两种想法是密不可分的。我们不清楚独眼巨人1号的命运究竟如何；1988年7月，赞比亚能源、运输和通信部的通讯告诉我们，该方案没有得到官方支持，属于"自然死亡"。[7]无论如何，当时这个国家正在经历激进的变革，也许消失的计划正是服务于这个目标的。这个空间计划确实存在，拥有名称、工作人员、宇宙飞船和严格的训练制度，它要求人们重新审视非洲的各种可能性。独眼巨人1号不仅是一个圆桶、一个火箭，而且是一种赢得思想自由的解放工具。独立不仅是对土地和领土的控制，而且是对太空的拓荒，从中可以想象现在和未来的可能性，而不是局限于过去触手可及的一切。

图 22-1：沈阳故宫（现为联合国教科文组织世界遗产）大殿的斗拱，1625—1636 年。

斗拱
广裕仁、爱德华·丹尼森 [i]

休眠

某些事物的存在早已超越了它们原本的功能，消亡只是更广阔经历中的一个小插曲。以朴素的衬线字体[ii]为例，它诞生于画家的笔下或石匠的凿下，如今存在于印刷和数码字体中，源远流长，但完全不具备两千多年前的原始功能。斗拱也是如此，在中国传统建筑中，它是连接屋顶和柱子的重要承重构件，创造了独特的飞檐翘角。斗拱主要是一种建筑构件，承载着典型的中式屋顶，反映出居住者的社会地位——这是一种东方的式样，就像书法一样成为遍及全球的"中国特色"。斗拱在社会和建筑方面有着极其重要的双重意义，在实用功能消亡很久之后，仍然代表着现代中国建筑的某种精髓。

要了解斗拱以及它的消亡和不朽的遗产，必须认识到中国悠久的建筑传统和（建立在儒家思想之上）等级森严的社会制度之间有着重要而特殊的关系。这种关系是一种社会组织体系的缩影，它对建筑环境有着史无前例的影响，根据社会地位实施的严格规范，决定了从城市规划到家庭空间安排等一切外在形式。

斗拱兴起于公元前11世纪的西周，在唐代（618—907）达到了鼎

---

[i] 广裕仁（Guang Yu Ren）和爱德华·丹尼森（Edward Denison），他们在伦敦大学学院巴特莱特建筑学院将学术工作与专业实践相结合，他们获奖的研究重点是挑战经典的历史，并已在20多本书中出版。
[ii] 衬线字体（Serif）在字的笔画开始、结束的地方有额外的装饰，而且笔画的粗细会有所不同。

盛，庞大的木结构代表着中国木建筑工艺的顶峰。斗拱由许多相互连接的构件组成，最重要的两个构件是"斗"和"拱"。"斗"是一个正方形的基础构件，上面楣梁状的"拱"形成了一个悬臂，可以支撑相连的拱或屋顶横梁。斗拱结构的完整性不靠紧固件，而是靠精确的木工和重力。经过切割，每一块木料都与相邻的构件严丝合缝，在屋顶的压力下纹丝不动。这种建筑结构固有的弹性也能有效抗震，为整个木框架提供稳固度。

从古至今，斗拱在中国一直象征着建筑与社会地位之间的重要联系，但是，直到12世纪初出版的建筑典籍《营造法式》中才明确了这些规范。这本书的宗旨是提高建筑行业的效率，根据居住者的社会地位，极为详细地列出了相应的建筑构件尺寸。中国的建筑具有整体性，比如，斗拱的大小决定了屋顶的大小，而屋顶的大小又透露出主人的地位。最大的斗拱只有皇帝才能使用，它可以铺成五层，形成最深的屋檐和最大的屋顶。相反，宗庙等礼制建筑只能使用三层以下的小斗拱，形成较浅的屋檐和较小的屋顶。

在唐朝的鼎盛时期，中国传统建筑形式流传到日本并繁荣兴盛，斗拱开始逐渐缩小，到了宋代（960—1279），斗拱变得越来越小巧玲珑而具有装饰性。随着中国封建制度的衰落，斗拱具体代表权威的逻辑也随之消亡。

20世纪初，随着钢筋混凝土取代了中国历史悠久的木结构建筑，现代建筑师也取代了建筑工匠。中国的建筑行业有着无与伦比的文化多样性，欧洲各国、美国和其他亚洲国家的建筑师都参与到当地的建筑行业之中，他们（包含第一代中国建筑师在内）中的许多人（但并非所有人）都对建筑在精巧的斗拱之上的传统中式屋顶的消亡感到惋惜。现代中国建筑应该采取何种形式？在试图调和这个不可调和的问题的过程中，除了最顽固的现代主义者之外，几乎所有人都从中式屋顶中获得了灵感，有些人甚至试图复兴它，尽管用的是混凝土。

这种做法在整个亚洲都很普遍。在中国，许多年轻的本土建筑师用非结构性的斗拱模型来装饰他们的设计，一些外国建筑师甚至试图复兴中式屋顶，包括亨利·墨菲[i]，他的"中国建筑古典复兴"风格流传至今。在日本，下田菊太郎等建筑师推广了"帝冠式"建筑风格，实际运用于日本不断扩张的东亚殖民帝国，因此这种屋顶具有了某种政治意味。中国管辖下的公共建筑设计和建造也采用了类似的方法。1927年之后，南京的设计竞赛规定某些建筑必须按照"中国风格"来设计，这让一些当地建筑师非常气愤，比如，陈占祥[ii]在1947年形容这种设计看起来"像和平时期的皮卡迪利广场[iii]穿上了音乐厅里中国官吏的俗艳戏装一样令人惊讶"[1]。宾夕法尼亚大学毕业的中国建筑师童寯[iv]也表达了类似的观点，他嘲笑现代建筑保留中式大屋顶就像留满族辫子。他在1937年嘲讽地写道："中国屋顶盖在最新式的结构上，看上去如辫子一般累赘多余。奇怪的是，后者现在是受嘲讽的笑柄，但中式屋顶却仍然受到顶礼膜拜。"[2]

1949年之后，关于现代"中国风格"的争论又持续了下去，此后一直潮起潮落。今天，这场争论的遗产以石头或混凝土斗拱的形式凝固在中国各地的建筑外立面上，斗拱失去了原有的功能，却通过设计形式传达出中国特色。即使是那些对粗浅复制斗拱深感憎恶的建筑师，也会使用这种以斗拱元素装饰的大屋顶。无论是中国飞速发展

---

[i] 亨利·墨菲（Henry Murphy），美国建筑设计师，主持了南京的城市规划，是中国建筑古典复兴风格的代表性人物。

[ii] 陈占祥，中国城市规划专家，1950年与梁思成合写《关于中央人民政府行政中心区位置的建议》，即"梁陈方案"。

[iii] 皮卡迪利广场（Piccadilly Circus），位于伦敦西区，是索霍区的娱乐中心，周围剧院、餐厅、商场云集。

[iv] 童寯（1900—1983），著名建筑学家、建筑教育家，中国第一代杰出建筑师，中国近代造园理论和西方现代建筑研究的开拓者，著有《随园考》《江南园林志》等。

图 22-2：中国银行大厦上复兴的斗拱，上海，1937 年。

的城市（如深圳）中的都市建筑，还是 2010 年上海世博会中国馆这样的样板建筑，抑或在获得普利兹克奖的中国建筑师王澍的创新设计中，斗拱风格一直流传着。

戴马克松房屋
巴里·伯格多尔 [i]

失败

　　虽然最终解决房屋短缺问题是一种鼓舞人心的力量，不断激励着现代主义建筑师提出理想的房屋设计原型，但是预制房屋的基因似乎决定了它转瞬即逝的命运。预制房屋在远离建筑工地的工厂里生产，然后运送到建筑工地，通常是一边组装房屋，一边准备预制件。实际上，这是一段由错误的开始、破产和一连串失败的试验组成的历史。如果我们将20世纪的一些预制房屋项目不断进步的实验作为一系列成功案例从历史中剥离出来，这个问题就显得更加尖锐，特别是它们在登上历史舞台时，曾经大张旗鼓、受到广泛关注，看似前景一片乐观。32岁的理查德·巴克敏斯特·富勒就是一个例子，他是一位不知疲倦的美国建筑师和发明家。1927年，他拿着工厂生产的预制样板房模型拍摄照片，该样板房被命名为"戴马克松房屋"（Dymaxion），有着前所未有的设计和无与伦比的轻盈。这个名字融合了动力（dynamic）、最大（maximum）和张力（tension）的概念，富勒说它是史无前例的发明，在动力学设计上可以与汽车相匹敌（他还发明了戴马克松汽车），以极简的住宅还击了欧洲的效率理念，结构系统使用了主要用于桥梁设计的拉索。后来，富勒说："我只是发明，然后等待人们需要我发明的东西。"所有的构件都悬挂在中央的柱子上，楼板在更大范围内不需要结

---

[i] 巴里·伯格多尔（Barry Bergdoll），哥伦比亚大学迈耶·夏皮罗艺术史教授，纽约现代艺术博物馆建筑与设计部门前总策展人。

图 23：建造在堪萨斯州罗斯希尔威奇托附近的威奇托住宅的正面外观，约 1949 年。

构支撑，比起勒·柯布西耶当年的设计和路德维希·密斯·凡德罗[i]战后的设计有过之而无不及。

  起初，富勒的理念没有获得公众支持，后来他回归实验室，重新拿起了绘图板，并在二战后开发了戴马克松房屋的 2.0 版本。然而，他设计的两款房型都没有投入生产。它们仍然作为古怪的发明而闻名，人们很大程度上没有认识到它们未开发的潜力，不过最近人们对工业生产建筑的案例重新产生了兴趣：作为先锋的是 Dwell 杂志的流行，以及瑞典宜家和日本无印良品的套件屋——这是美国邮购先驱西尔斯·罗巴克公

---

[i] 路德维希·密斯·凡德罗（Ludwig Mies van der Rohe，1886—1969），德国现代主义建筑大师，包豪斯学校校长，提出了"少就是多"的建筑设计理念。

司早期成功的房屋营销在 21 世纪的再现。富勒开玩笑说："毛毛虫身上没有任何东西告诉你，它会变成蝴蝶。"虽然他认为高级版的戴马克松房屋——1944 年生产的威奇托住宅——比第一版戴马克松房屋更漂亮，战后成立的富勒住宅公司也进行了大量的宣传，然而，威奇托住宅却没有获得成功。杂志报道和宣传影片称，威奇托住宅可以根据重量定价，而不是以材料的品质来定价，它的费用可以像车贷一样在 5 年内付清。但有多少消费者愿意购买铝制房屋，或者把汽车停在用同样的金属建造的房子前面呢？也许人们可以接受一辆度假时使用的清风房车[i]，但是，它没有固定家宅的真实"感觉"。

预制房屋是大西洋两岸现代主义建筑师的圣杯，勒·柯布西耶申请的专利中出现过相关主题（也是他为 1923 年出版的《走向新建筑》辩论的宣言主题），他在书中将汽车生产与同样需要高效率的房屋生产进行了比较。该书出版的同一年，在魏玛的首次包豪斯展览中，瓦尔特·格罗皮乌斯[ii]和他在包豪斯的同事们展出了预制设计项目。当时，美国在工厂制造房屋方面的进步得到了欧洲出版物的赞扬，特别是 1909 年建筑师格罗夫纳·阿特伯里在纽约皇后区的森林山花园进行的混凝土预制件系统试验。但是，富勒的尝试与先前美国建筑业和欧洲先锋派试验的区别在于，他对工厂制造的房屋可能打破传统的家宅形象有着开放的想象。更重要的是，他试图将电力、供暖和通风等必需的子系统合为一体，把建筑变成住宅；事实上，他甚至认为可以通过设计本身进行优化，而不是在交付和组装后进行改良。此外，宣传片中的内置机械服装存储系统令潜在的购买者着迷，而且，新型房屋提供的前所未有的现代化便利远不止这一项。

---

[i] Airstream caravan，Airstream 是美国著名房车品牌，以圆角抛光铝制车身为特色。
[ii] 瓦尔特·格罗皮乌斯（Walter Gropius，1883—1969），德国现代建筑师，建筑教育家，现代主义建筑学派的倡导人和奠基人之一，包豪斯学校的创办人。

在 1927 年的最初版本中，整个戴马克松房屋悬浮在地面上，让房屋从昂贵而耗时的地基和潮湿地面中解放出来，因为轻盈的铝住宅造型可以让空气进行最大程度的流通，甚至仅凭形状本身就可以自然调节温度（美国的夏天有时很闷热，富勒想象这是一个巨大的卖点）。热驱动的涡流会把冷空气吸进房子，空气通过头顶的一个通风口和房子表面的第二道通风口流通。今天我们面临着各种环境问题，耗电最少的温度调节似乎更有吸引力。富勒的发明确实在各方面都很有效率：房子可以在几个小时内建成，因为建筑结构是吊在中央柱子上的；这么轻的建筑运输成本非常低；构件的高效设计意味着整个套件可以装进一辆卡车。它甚至轻到可以用飞机或齐柏林飞艇运输。房子的大部分存储空间都内置在结构中，还有一个预制的浴室组合，配有"厕所套装"和"喷雾"淋浴喷头。富勒构想了一个灰水[i]系统，今天我们迫切地意识到它所保护的水资源的珍贵。他宣称，居住者可以每天使用不到一杯水洗澡。

在战争后期，美国政府开始资助那些能够从生产军备的战时经济转向满足紧急住房需求的公司，此时，富勒再次转向了预制房屋的研究。他设计的威奇托住宅模型与戴马克松房屋截然不同，说明他渴望从解决现代住宅问题的因素出发，而不是通过怀旧来决定房屋的造型，这样的房屋可以用卡车运输，新主人可以根据方便的操作指示组装房屋。尽管有些人认为他的灵感来自亚洲的蒙古包，但是，事实上，这种中央通风口像大南瓜茎一样上升的新的弧形外观是根据空气动力学计算出来的，目的是改善通风，让房间自然冷却，而不是将轰炸机升到空中。实际上，整个房屋都是在堪萨斯州威奇托市的比奇飞机公司改造后的工厂生产的，假如富勒的生产目标能够实现的话，广告称，房屋价格为每磅[ii]50 美分——总价约 6500 美元。他希望每年生产 5 万—6 万栋房屋，

---

i 指房间中厕所用水之外的废水，可二次利用。
ii 1 磅约 454 克。

但最终只建造了两栋原型房屋。

从人们最初的反响来看，威奇托住宅前景乐观，1946年制作的宣传片已经说服了大量美国人，让他们相信房子可以分期付款，而且永远不需要重新粉刷。虽然富勒住宅公司成功地吸引了股东，并且在6个月内收到了35000多份主动订单，但富勒不愿意在每一个细节都完善之前投产。重型全钢的拉斯特朗房屋[i]是科德角殖民地式房屋[ii]的工业化版本，富勒的戴马克松房屋则采用了完全相反的模式，它创造了一种未来的造型，而不是历史的工业化复制品。无论是由于富勒的完美主义（导致他从失望的投资者手中回购了许多股票），还是由于美国政府迅速取消了战后对工业生产住房的补贴（导致拉斯特朗公司破产），迄今仅有两栋戴马克松房屋生产出来。讽刺的是，其中一栋至今仍保存在密歇根州底特律附近的亨利·福特博物馆[iii]。"你永远无法通过反抗现实来改变任何事情。想要有所改变，"富勒调侃说，"就要建造新的模型来淘汰旧的模型。"

---

[i] 拉斯特朗房屋（Lustron House），二战后美国发展起来的一种以搪瓷涂层钢板为材料的预制房屋。

[ii] 科德角殖民地式房屋（Cape Cod Colonial），起源于17世纪北美新英格兰的一种单层建筑，有三角形屋顶和大型中央烟囱，装饰极少。

[iii] 亨利·福特博物馆（Henry Ford Museum），美国最大的室内与室外历史博物馆，馆内陈列了交通运输业的相关展品。

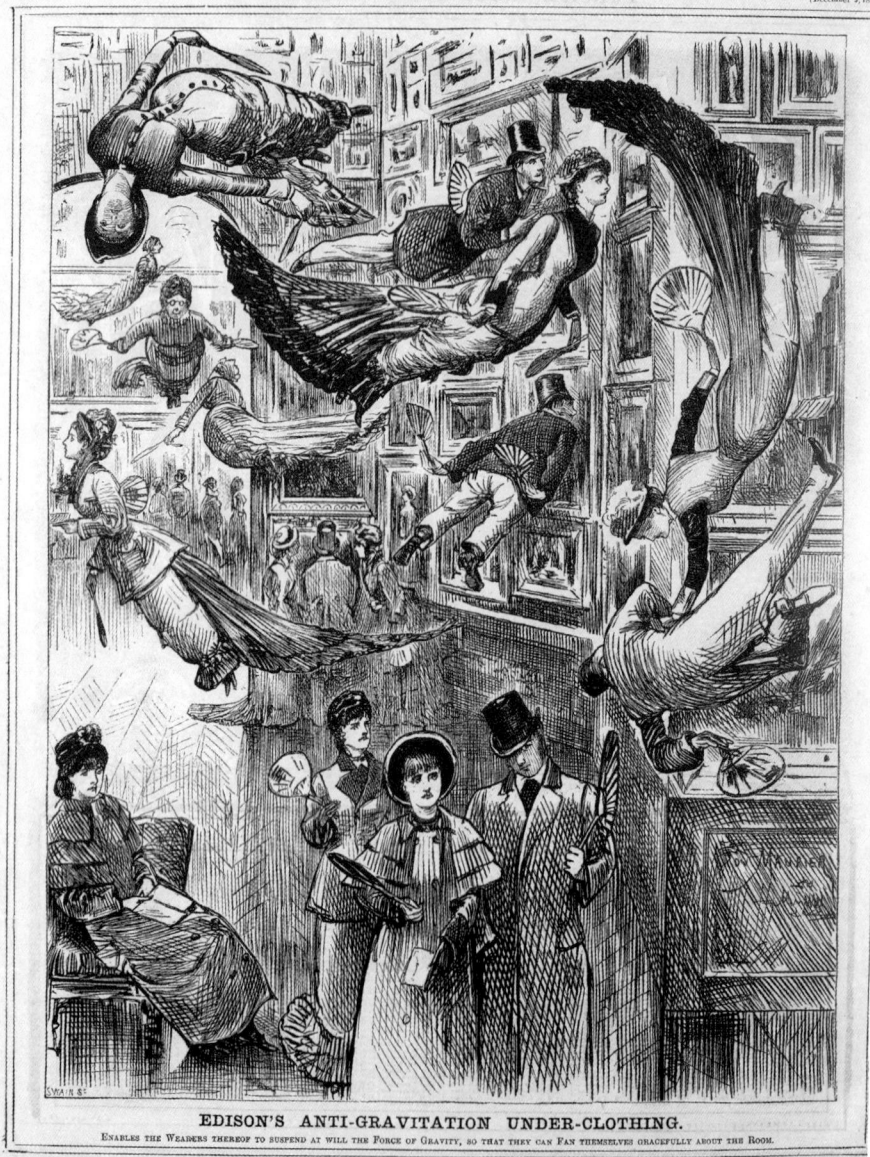

图 24：爱迪生的反重力内衣，《笨拙》杂志 1879 年年鉴，1878 年 12 月 9 日。

爱迪生的反重力内衣

鲍勃·尼科尔森[i]

空想

英国皇家艺术学院年度展览的开幕式一直是维多利亚时代伦敦的夏季重头戏。成千上万名游客列队穿行在美术馆里，雄心勃勃的艺术家争夺着拥挤的展墙上最令人梦寐以求的位置。观众可以轻松平视那些获得最佳"显眼"位置的作品，但是，不太幸运的作品就挂得很高，观众不得不伸长脖子，抬眼仰望天花板。英国艺术家们忧心忡忡了一个多世纪，担心被皇家艺术学院的布展委员会"高高挂起"而蒙羞，直到1878年12月《笨拙》杂志预测明年会出现一个惊人的解决方案："爱迪生的反重力内衣"将很快"使穿着者摆脱重力，随意飘浮"[1]。据说，任何人穿上这样一套高科技美国内衣，只需手持风扇的轻柔气流推动，就能够在房间里轻松飞行。乔治·杜·莫里耶[ii]配的一幅漫画描绘了维多利亚时代的时髦人士优雅地飘向美术馆的天花板，仔细查看展墙上哪怕是最高处的画作。

当然，这是一个笑话。反重力内衣只存在于想象中。这是19世纪70年代末维多利亚时代的幽默作家梦想出来的许多奇异装置之一——那个时代，世界似乎陷入了"发现狂热"之中。[2] 1877年，亚历山大·格雷厄姆·贝尔发明的电话面世，引起了媒体的疯狂报道，记者、科学家

---

i 鲍勃·尼科尔森（Bob Nicholson），老笑话档案馆馆长，研究维多利亚时代流行文化的历史学家，现就职于兰开夏郡艾芝西尔大学。

ii 乔治·杜·莫里耶（George Du Maurier, 1834—1896），英国小说家、插画家，著有《软帽子》《彼得·艾伯特逊》等。

和读者纷纷对这项惊人的新发明将如何改变人类的交流方式提出自己的猜测。此后，维多利亚时代的报纸和杂志经常刊载关于举世瞩目的新技术的报道，以及这些技术背后的"天才发明家"令人崇拜的故事。连咖啡机和钟表等日常消费品的广告商也抓住了公众心理，宣称他们的产品是革命性的"新发明"。

万众瞩目的核心人物是美国发明家托马斯·爱迪生。1877年，他发明了第一台能够记录和重播声音的设备——留声机，从此声名远播。关于这个重大发明的消息几个月之内传遍了全世界，爱迪生的名字变得家喻户晓。大西洋两岸的报纸天花乱坠地把爱迪生的发明描述得更像魔术而非科学。人们给了他现代"巫师"的称号，记者们蜂拥来到他在门洛帕克的研究实验室，盼望一睹美国"梅林"[i]工作时的风采。他的每一项声明都被报纸像法律条文一样剖析、解读并广泛传播，这些报纸"每天都在期待他公布创造了新的奇迹"[3]。1878年秋天，爱迪生宣布计划开发一种持久耐用的电灯泡，承诺以低廉的成本取代室内煤气灯，人们的兴奋达到了狂热的高潮。同年12月《笨拙》杂志刊登那幅漫画的时候，爱迪生已经稳妥地成为国际名人、维多利亚时代的硅谷科技救世主，他注定要用革命性的新技术改变世界。"有了这样一位天才，"苏格兰的一家报纸称，"没有什么东西是创造不出来的。"

这种"发现狂热"为散布谣言者、恶作剧者和讽刺作家提供了肥沃的土壤。比如，《纽约每日画报》戏谑地报道说，爱迪生发明了一种"食物制造机"，能够"用空气、水和普通的泥土制造饼干、肉类、蔬菜和葡萄酒"。很难说这是最巧妙的恶作剧；这篇文章是4月1日发表的，结尾真相大白，作者在去爱迪生的实验室参观的路上睡着了，后来做了这样一个梦。然而，几家轻信的报纸将其当作事实进行报道，爱迪生啼笑皆非地收到来信，询问什么时候能买到他不可思议的新发明。这些倒

---

i 梅林（Merlin），英国亚瑟王传奇中的魔法师。

也罢了,爱迪生的真实采访也充满了夸夸其谈,自吹自擂地预言了他的发明具有改变世界的力量,尽管这些发明还远远没有应用于商业领域。他曾向一位美国记者暗示,他的"空中喇叭"(aerophone,巨大的扩音器)可以安装在自由女神像嘴里,用来广播《独立宣言》,"声音响到曼哈顿岛上的每个人都能听到"。英美媒体广泛报道了这个胆大包天却不太可能实现的设想。

爱迪生是一个聪明的自我宣传家,善于展现令记者兴奋的角度——英国评论家认为这种积极进取的品质是典型的美国人的特点,但也使人想起推销蛇油的奸商形象和 P. T. 巴纳姆[i] 等马戏团"骗子"。实际上,爱迪生的国籍是他声名鹊起的重要原因之一。他成名之时,欧洲评论家不断地把美国想象成一个新事物的熔炉,一个充满新鲜思想、实践和技术的年轻国家,美国公民被灌输了一种不安于现状、"勇往直前"的力量,这种力量似乎在推动他们快速奔向未来。虽然维多利亚时代的一些人热情拥抱了现代美国文化,但另一些人却因为它漠视传统而愤怒,而且他们不相信新事物的优点。《笨拙》的幽默作家通常属于后一类人,当爱迪生的一些稀奇古怪的想法没有实现时,他们很快就把他当作笑料。1878 年年底,爱迪生的万众瞩目的电灯还没有公开亮相,这位美国发明家喜欢"吹牛皮"的脾气,激发了《笨拙》杂志的灵感,嘲讽地捏造了他那些异想天开的发明。这些漫画不是对爱迪生的天才的另一首赞歌,而是对陷入"发现狂热"的歇斯底里的所有人的讽刺。

想象出来的东西,比如"爱迪生的反重力内衣",本质上是昙花一现的。它们大多数只能作为一个笑话或谣言而存在,随后便转瞬即逝。然而,还有一些想象之物重获新生。19 世纪 70 年代许多讽刺作

---

i P. T. 巴纳姆(P. T. Barnum, 1810—1891),美国马戏团老板,以展现畸形人表演而闻名,擅长通过在报纸上发表煽情内容,来对民众进行舆论操控,被称为"巴纳姆效应"。

品中荒唐可笑的发明，跟现在日常生活中的科技产品有着惊人的相似之处。同一本《笨拙》年鉴上的一幅漫画表现了"爱迪生电话影像机"，它可以"传送光和声音"，使相隔很远的人们能看到和听到彼此。这幅漫画描绘了一对年迈的英国父母跟他们在锡兰（现在的斯里兰卡）的孩子交谈，使用的设备极像维多利亚时代版本的视频会议软件。19世纪的其他幽默作家想象过放在各种会说话的物体里面的爱迪生留声机，比如帽架（用来责骂犯错误的丈夫）和路灯柱子（用警察的声音驱赶流浪汉），它们在现代监控系统或物联网中也毫无违和感。《笨拙》杂志的竞争对手之一——《逗趣》杂志的一位撰稿人想象，他在参观爱迪生的实验室时遇到了一只（电力驱动的）机器"看家狗"，这只狗现在化作了波士顿动力公司机械狗的形象。一位英国讽刺作家甚至声称，爱迪生发明了一台名为"笑话机"的幽默写作机器——现代计算机科学几乎能达成这样的极限挑战。有时候，对未来最滑稽的想象最终也可能实现。也许，我们不用等待喷气背包和悬浮滑板出现，而应该把希望寄托在反重力内衣上。

电铸[i] 母版
安格斯·帕特森[ii]

失效

1854 年 5 月 17 日，维多利亚女王、阿尔伯特亲王、维多利亚长公主和爱丽丝公主参观了肯辛顿的戈尔之家。光阴荏苒，现在那里是阿尔伯特音乐厅的所在地。他们在刚落成的工作室里，花了两个小时观看两件综合了科学和艺术的革命性新发明——摄影和电铸的展出。[1]

接待他们的是政府科学与艺术部的总负责人亨利·科尔，他是 3 年前在附近的海德公园举行的万国工业博览会[iii]的发起人。科尔刚任命世界上第一位专业博物馆摄影师查尔斯·瑟斯顿·汤普森监管戈尔之家的摄影工作室。他把电铸工作室外包给了著名的金属艺术品制造商埃尔金顿公司[iv]，后者是用电流来创作艺术品的先驱。接下来的 3 年里，两个工作室用纸和金属完美复制了该部门收藏的以及为临时展览借来的艺术品。戈尔之家的复制品将当时鲜为人知的艺术品推向了公共领域；在私人收藏物归原主之后，各种复制品使世界各地艺术学院和博物馆的艺术家与参观者得以同时研究同一件艺术品。

---

i 通过电解使金属沉积在铸模上制造或复制金属制品（能将铸模和金属沉积物分开）的过程。

ii 安格斯·帕特森（Angus Patterson），伦敦维多利亚和阿尔伯特博物馆高级策展人，负责 1450 年至 1900 年间的欧洲金属工艺品、武器和盔甲的收藏。安格斯与阿利斯泰尔·格兰特合著有《博物馆和工厂：V&A、埃尔金顿和电气革命》(2018)。

iii 即 1851 年的伦敦世界博览会，又名"水晶宫博览会"，是世界上第一次国际工业博览会。

iv 埃尔金顿公司，伯明翰银器和镀银制品制造商，创立于 1836 年，英国最知名的银器工坊之一。

图 25-1：盘子复制品的电铸母版，电铸版（电铸铜），埃尔金顿公司，英国，1854 年。

这个装饰性盘子的电铸母版或铜制模型是在王室参观前后制作的，还处于复制的半成品阶段。原件是 1698 年在汉堡制作的镀金银器，由该部门在 1853 年购得（维多利亚和阿尔伯特博物馆 1153 – 1853 号藏品）。这个电铸母版是用原件翻模的模具制作的，使用电流将铜从溶液中沉淀到模具上。以后的模具可以用这种固体铜沉淀物来制作，从而避免重复使用原件。然后，对再次翻模的复制品进行打磨，并使用同样的技术电镀或电镀金，制造出电铸复制品。电铸母版是原件的复制品，通过它可以制作其他电铸复制品。

在 1840 年首次获得专利时，电冶金被比作炼金术。当时科尔正面临挑战，要为新建立的政府设计学院的艺术家和学生寻找坚固、精确的艺术复制品，电冶金为他提供了一种工业解决方案。电铸和摄影一样，是一种能完美再现原件外观的技术。埃尔金顿公司的电镀工艺品是电力革命最早的商业应用，后来，该公司在伯明翰的工厂成为工业旅游胜地。

距离戈尔之家几百米远的地方，南肯辛顿博物馆（政府科学与艺术部的展馆，维多利亚和阿尔伯特博物馆的前身）正在修建之中。艺术品原作跟石膏模型、电铸复制品和照片一起展出，创造出一部国际艺术百科全书。博物馆藏品旨在以三维原始资料的形式给艺术家和设计师带来灵感，并培养公众趣味，以开拓国内和国际市场。今天，最鲜明的例子是 1873 年开幕的"模型庭院"[i]。馆内还有多达 1000 种鲜为人所见的电铸母版，它们是作为某项教育计划的遗迹保存下来的，该计划持续到一战爆发，那时新兴的现代性力量突然终止了一切。

1910 年，维也纳建筑师阿道夫·路斯[ii]发表了题为"装饰与罪恶"的演讲，这是现代主义的早期宣言。该文以几种语言发表，反映了在围绕装饰理论进行了数十年的辩论之后，国际上对极简主义的合理性日渐达成共识。在灾难性的第一次世界大战之后，社会普遍厌烦一心研究过去的传统艺术教育，路斯富有影响力的演讲强化了这一思潮。世界各地的艺术学院和公共博物馆采用的"南肯辛顿体系"利用了工业化带来的改革热情，却依然拘泥于对历史风格的模仿。对科尔来说，这个铜电铸母版上缠绕的枝叶能给寻找灵感的艺术生带来启发，但对路斯来说，它

---

[i] 模型庭院（Cast Courts），维多利亚和阿尔伯特博物馆的一个著名展厅，陈列了维多利亚女王收集的诸多世界著名雕塑的复制品。

[iv] 阿道夫·路斯（Adolf Loos, 1870—1933），奥地利建筑师与建筑理论家，现代主义建筑先驱，他提出著名的"装饰与罪恶"的口号，主张建筑以实用与舒适为主。

是奢侈、邪恶和堕落的。他的设计方式使传统的装饰品显得多余。

1899年，南肯辛顿博物馆更名为维多利亚和阿尔伯特博物馆，它的功能从配备了示范作品的教育机构转变为收藏原作的宝库。复制品的合法性受到了质疑。就像今天的数码扫描一样，电铸母版也日渐陷入版权纷争中。1913年，博物馆和埃尔金顿公司在模具所有权问题上发生了激烈的争执，使得电铸版计划告终。原作拥有者对非法复制品的投诉促使博物馆召回了埃尔金顿工厂生产的所有铜电铸母版。维多利亚和阿尔伯特博物馆的大量电铸复制品和母版被转移到地下室。二战之后，炸毁的博物馆里缺乏空间，879个被形容为"相当无用"和"状况糟糕"的电铸复制品卖给了米高梅电影公司，它们被作为精确的复制品使得包括《宾虚》(1959)在内的一系列故事片富有真实性。[2]

电铸技术的新鲜感也转瞬即逝。早在1848年，科学家罗伯特·亨特就断言："电铸的应用已经从科学家手中转到了制造商手中。"[3]伯明翰议员哈里·豪厄尔斯·霍顿在5年后写道："电解沉积物的样本，比

图25-2：展示了电磁发电机和电镀容器的埃尔金顿电镀车间，《插图和艺术杂志》第I卷版画，1852年。

如奖章等，被当作珍品展览的时代几乎已经过去了。"随着埃尔金顿公司获得了世界范围内的电铸和电镀的专利，奢侈品的生产变得更加普通，实业家们开始为这项技术寻找其他应用。1865年，詹姆斯·巴莱尼·埃尔金顿为电解提纯使铜的纯度几乎达到100%的方法申请了专利。1869年，世界上第一家电解铜提纯车间设在埃尔金顿公司位于斯旺西附近彭布雷的炼铜厂内，实际上，他们的电解提纯金属的方法一直沿用至今。假如电是19世纪晚期电力革命的生命血液，那么纯铜线就是它的动脉系统。

铜电铸母版是科学、工业和电力革命的产物，是工业现代化的缩影，而科学、工业和电力革命从文化、经济和社会方面改变了维多利亚时代的英国。铜电铸母版是电解技术的首批商业应用之一，现在这项技术似乎比以往更加现代化，也在文化上更有价值。假如我们拆开一辆电动汽车，会发现生产电路、微处理器甚至铸造车身的许多技术直接源自埃尔金顿工厂的研究和发明，而当时新兴的南肯辛顿博物馆为这家工厂培育了成熟的市场，引导了公众的观念。

图 26-1：费雪"小人玩具"，约 1970 年。

费雪木塞玩偶

马克·莫里斯 [i]

如果你在20世纪60年代末到80年代初之间长大，你可能玩过费雪玩具，特别是"过家家"玩具套装。假如有人问你这些玩具屋的居民"闻起来"或"尝起来"怎么样，尽管似乎很奇怪，在你童年记忆深处，会浮现经典小木塞玩偶的气息和味道。这些玩偶简化了的身体是用车削的黄松木制成的，上面插着球形脑袋，通常是塑料做的。它们都是极佳的触觉学习对象，大小和形状跟香槟软木塞差不多，形状简约、触感良好、味道柔和。这些玩偶没有可以活动的四肢，甚至没有画上去的四肢。"母亲"和"女儿"削出鼓起的轮廓代表裙子，而"父亲""儿子"和"狗"只有最简单的圆柱形身体，就像衣夹娃娃一样。我们甚至很难把费雪玩具家庭称为娃娃，而这正是它们吸引人的地方。

1930年，费雪玩具公司成立于纽约东奥罗拉，由赫尔曼·费雪、海伦·舍勒、欧文·普赖斯及其妻子、童书插画家玛格丽特·埃文斯·普赖斯共同创立。费雪玩具公司的成功很大程度上归功于不复杂但工艺精良的木制和塑料玩具，以及玛格丽特设计的鲜艳动人的印花贴纸。年轻的未来建筑师们特别喜欢费雪玩具，因为"过家家"系列专注于建筑。木塞玩偶最早出现在"便携玩具"套装的第一个系列——1968年的"农场过家家"中，后来的商标名为"小人玩具"。一年后，"住宅

---

[i] 马克·莫里斯（Mark Morris），建筑师、历史学家和策展人，英国建筑联盟学院教学主管，著有《建筑模型：结构与微模型》（2006）。

"过家家"上市。它的成功催生了"学校过家家""医院过家家""机场过家家""城堡过家家"和"村庄过家家",再后来,费雪玩具公司不可避免地跟商业合作伙伴联名,推出了"芝麻街"套装和"麦当劳过家家"系列。

跟费雪玩具公司的大多数产品一样,"住宅过家家"玩具套装是不分性别的,最初的包装上有一个小女孩和男孩一起在玩玩具。跟玩具屋收藏家们珍视的真实版家具微缩模型不同,这个房子里附带的塑料家具非常简单。餐椅和安乐椅低矮的椅面上挖出圆桶形状,可以容纳玩偶的底座。家具是用模具制作的,没有贴花或细节,但在设计上跟房间墙壁和地板的贴花图案融为一体,视觉上有衔接。覆盖房子内部和外部的印花图案共同创造并延伸了房子和各个房间的特征。建筑和室内设计元素简单清楚地表现了20世纪60年代流行的家居空间。蓝色地毯和大壁炉是客厅的标志,厨房地板铺着仿地砖的油布,配着表面有瘢痕的松木橱柜,石墙内置双烤箱组合。父母的卧室里镶着木质护墙板,侧墙上有五斗橱(五个抽屉的柜子)和步入式衣柜。孩子们的房间是亮黄色的,铺着编织地毯。窗户上要么有百叶窗,要么有系着红色蝴蝶结的褶边窗帘。印花贴纸代表的世界比简易小人和塑料家具的世界更加精致,也更使人浮想联翩。直到后来的"林中小屋过家家"(1974—1976)等设计中,玩具和图案之间的不协调问题才得以解决。"林中小屋过家家"的厨房显然设计成了立体的内置厨房,炖锅和调料罐永久粘在锅灶后面的挡板上;整个厨房是一块压模的金色塑料。同样,壁炉只有一部分模型,印花贴纸区分了燃烧室和厚实的石头壁炉架。

"过家家"玩具系列的寿命非常长,还会偶尔稍加更新。比如,"住宅过家家"的贴纸图案在1980年明显变化,变成了仿都铎风格的外观,而不是原来的荷兰殖民地风格。玩偶的材料也发生了变化,身体像脑袋一样是塑料的,而且有印花图案,但形状跟以前一样。黄松木和塑料玩偶可以在玩具套装里交换使用，一直到20世纪80年代中期，波士顿律师和消费者保护倡导者爱德华·M.斯沃茨出版了《致命的玩具》(1986)，并喊出口号"保障孩子的安全，避开成千上万威胁生命的玩具"。《致命的玩具》书中提到了很多种玩具，但是，斯沃茨特别抨击了费雪公司，他不仅在书中提到了费雪公司的几款产品，还单独在封面上展示了该公司的"小人玩具"。在斯沃茨的夸张书名下，费雪小人面带呆板笑容的照片显然意图激起千层浪，就像拉尔夫·纳德[i]革命性的《任何速度都不安全》(1965)一样。书中强调了费雪玩偶可能引起窒息的危险，并附上了修订版的海姆立克急救法[ii]示意图，专门告诉人们怎么让孩子把木塞玩偶拧下的脑袋从喉咙里咳出来。

虽然斯沃茨的书追求耸人听闻的效应，但它确实突出了真实的安全问题。纽约的史蒂文·G.在亚马逊发表的一篇文章中回忆了1988年他7岁时与"小人玩具"相遇的经历：

> 我把狗、爷爷、两个小孩和妈妈吃掉了，还把巴士司机吞进了喉咙，突然，我无法呼吸了！妈妈发现我的时候，我已经开始昏厥。幸运的是，妈妈的书架上伸手可及的位置有斯沃茨的《致命的玩具》，她很快翻到了关于"小人玩具"的部分，阅读了专门针对"小人玩具"窒息事故的海姆立克急救法的详细说明。[1]

这本书显然是窒息儿童的救星，但是，对费雪玩具公司来说却是一场公关噩梦。当时，费雪公司的所有者是桂格燕麦公司。彻底的重新设计完全改变了木塞玩偶的外观。"胖墩小人玩具"胖了一倍——胖到孩子不

---

[i] 拉尔夫·纳德（Ralph Nader，1934—），美国工艺事务组织主席、律师、作家、公民活动家、现代消费者权益之父，曾催生汽车召回制度。
[ii] 美国医生海姆立克发明的急救方法，主要用于抢救由于异物阻塞气道而发生急性窒息的患者。

能放进嘴里，而建筑和配件却都随之变成了"棚户区"。三角形林中小屋的建筑现实主义一去不复返；系列玩具的"适合"年龄不再有任何模棱两可之处。这些玩具新的安全外观表现出一种卡通形象，正好干脆放在幼儿区。

　　改良后的玩偶型号在市面上转瞬即逝。桂格燕麦公司把费雪卖给了美泰公司，后者很快放弃了胖墩木塞玩偶，转而推出了柔软的塑料和橡胶单体娃娃，这些娃娃虽然保留了夸张的胖墩形象，却跟原来的费雪玩偶毫无共同之处。现在的费雪系列玩具完全是塑料的，将量产玩具跟古老的木制玩具传统和工艺相连的昂贵松木消失了。对现在的品牌来说，印花贴纸的作用微不足道，缺乏玛格丽特·埃文斯·普赖斯的艺术性。木塞玩偶消逝的真正悲剧是，费雪以建筑为灵感的玩具也随之消失了，这些灵感曾经通过眼睛、手指和（遗憾的是）小嘴巴，偷偷溜进了孩子们的想象中。

图 26-2：卡拉·K.比格达，费雪玩具家庭，2018 年，水彩，带托架的硬质画板。

立方闪光灯
哈丽雅特·哈里斯 [i]

过时

柯达立方闪光灯（Flashcube）是一个旋转立方体，它的四个镜面格子里面都嵌有微型闪光灯。从20世纪60年代中期开始，业余爱好者可以使用它进行家庭室内摄影。它还降低了以前的闪光灯可能造成伤害的风险。立方闪光灯的前身是一次性冷光闪光灯泡，这种灯泡看上去很像家用灯泡，但发光的同时也可能爆出玻璃碎片。它的脆弱掩盖了暗含的暴力——灯泡里面有镁丝和氧气，按相机快门时产生的电流一旦迸出火星，就会产生大量余热，经常会造成疼痛的烧伤。记忆应该是鲜明的，而不是痛苦的。一次性冷光闪光灯泡的前身是闪光灯（flash lamp），它有更大的风险。在按下快门时，如果有飞溅的玻璃碎片进入眼睛，摄影师和拍摄对象都可能被划伤甚至失明。在更恶劣的情况下，摄影师甚至会在准备闪光粉（一种金属燃料和氯酸盐等氧化剂的混合物）时丧命。闪光灯在市场上维持了大约60年的主导地位，直到1929年闪光灯泡取而代之。1965年，对更加安全和简便的需求推动了立方闪光灯的诞生。

伊士曼柯达公司之所以发明立方闪光灯，还因为该公司希望给新近广受欢迎的业余摄影相机提供一种配套的闪光灯，这种相机受到白

---

i 哈丽雅特·哈里斯（Harriet Harriss），英国注册建筑师、纽约布鲁克林普瑞特艺术学院院长。她的著作包括《激进教学法：建筑教育与英国传统》(2015)、《按性别分类的职业》(2016)、《室内设计的未来》(2018) 和《建筑后的建筑师》(2020)。

图27-1：用于傻瓜相机的立方闪光灯，伊士曼柯达公司，约1977年。

人中产阶级家庭（20世纪60年代广告的目标人群）的热捧。立方闪光灯跟柯达傻瓜相机合作，具有适应性、便携性和易用性，大众不需要学习技术或专业知识，就可以进行室内摄影。傻瓜相机对室内活动和室内空间带来了巨大的影响。人们可以拍摄和分享室内空间，展示模范的家庭关系，暴露出曾经是最私密的建筑（家庭空间）中的理想美学和社会秩序。在立方闪光灯的杂志广告中，一个女人柔情地抚摸着立方闪光灯，这将其定位成捕捉家庭生活的女性科技产品。在立方闪光灯令人眼花缭乱的光线下，各家各户都登上家庭情景剧的舞台，表现着他们的核心家庭身份。

立方闪光灯

苏珊·桑塔格[i]在观察表演现象时，有先见之明地注意到："人们需要通过照片来确认现实和强化经验，这是一种人人上瘾的审美消费主义。"[1]上瘾的特征是重复，立方闪光灯的使用者可以按／拍摄、按／拍摄、按／拍摄、按／拍摄、扔掉、重装、按／拍摄、按／拍摄、按／拍摄、按／拍摄、扔掉、重装……直到用光一包三个闪光灯。没有亮度、对比度或眩光的控制，红眼是不可避免的，这无意间造成了许多场景中的邪恶气氛。每拍一张照片，立方闪光灯会发出轻微的咔嚓声，就像折断许愿骨一样尖锐而细微。有四个格子的方盒会在一瞬间有点烫，然后变得冰冷，接下去永远沉默。每次铝丝点燃，立方闪光灯的爆炸都控制在内部，塑料外壳完好无损。为了避免照片模糊，拍摄对象在拍照前要一动不动，但几秒钟后，他们就会暂时失明，家庭情景暴露在强光下。

假如摄影者在扔掉用过的立方闪光灯之前看一看，他们会注意到里面的烧焦痕迹，就像玩具屋里的深平底锅着火后留下的焦痕。立方闪光灯中帮助镁燃烧的铝元素是现代化的关键物质之一，它通过家用产品和工业产品的进步、空军力量和登月塑造了20世纪。它重量轻、坚固、无磁性、耐腐蚀。然而，铝的灿烂乌托邦也有黑暗的一面。[2]铝是一种神经毒素，摄入后会导致阿尔茨海默病——一种为了捕捉记忆设计出来的物品，是由一种会侵蚀记忆的物质制造的——这听上去既像魔法，又充满讽刺。生铝是从铝土矿中提炼出来的，铝土矿是一种非晶态（无定形材料）的黏土岩，露天开采提炼需要清除周围的所有天然植被，会破坏当地野生动植物的栖息地和食物，还会造成土壤侵蚀和河流污染。铝土矿开采加剧了非洲、印度和加勒比地区的资源争端，引发了跨国公司的贪婪和愤怒。铝体现了我们时代的致命矛盾：便宜、有趣和方便的消费主义带来的是不可降解的有毒垃圾。也许这就是废弃的立方闪光灯最

---

[i] 苏珊·桑塔格（Susan Sontag，1933—2004），美国作家、艺术评论家，著有《论摄影》《反对阐释》《激进意志的风格》等。

能阐明的现实。

当然，彼时的消费者登记簿上没有这些。他们只是想要一种不会只闪一次就废弃的闪光灯。实际上，早在1931年，电气工程教授哈罗德·埃杰顿[i]就已经研发了一种解决方案，比立方闪光灯早了30年。他的电子闪光灯是一种电池驱动的设备，能够自带能源并整合到照相机机身中，这种产品从20世纪60年代末开始主导消费市场。它完美地适用于多种用途，不会造成废弃物损害，很快就取代了立方闪光灯，

图27-2：柯达277X126式傻瓜相机，附带魔方闪光灯盒，1977年。

---

i 哈罗德·埃杰顿（Harold Edgerton，1903—1990），美国麻省理工学院电气工程教授，高速摄影先驱，第一个拍摄彩色高速照片的摄影师。他于1931年发明了电子频闪技术，这使他的曝光能够精确到百万分之一秒。

成为拍摄家庭生活的首选设备。因此,20世纪70年代,立方闪光灯的主要制造商、柯达的子公司西尔瓦尼亚电子产品公司将其停产了。作为军事研究和其他监控形式的主要承包商,该公司回归了主要产品线——侦察直升机的航空电子系统,以及为坠机飞行员提供的个人紧急无线电设备。

虽然立方闪光灯的生产线已经终止了,但宣称立方闪光灯已经消亡是否还不够诚实?用它们拍摄的家族回忆消逝了吗?正如雪莉·特克尔[i]观察到的:"我们从是否有用、是否美观的角度看待物品,或是从必需品、虚荣装饰的角度考虑它们……(但是)却很少从情感生活的伴侣或激发思想之物的角度来看待它们。"[3]立方闪光灯的铝丝需要一百年才能降解,而塑料外壳需要一千年才能降解。然而,用立方闪光灯拍摄的照片过半个世纪就会腐朽,这使它捕捉的室内家庭记忆比用来创造它们的物品更容易消亡。因此,立方闪光灯纯然的刺激说明虚荣和暴力是不可丢弃性的基本伴生物。缓慢降解的废弃立方闪光灯可能失去了使用价值,但是,它就像一盏微弱颤动的警示灯,提醒我们:我们设计的物品使自己沉溺于永生的自我陶醉中,然而,它只会终结我们的生命,而不是延长它。

---

[i] 雪莉·特克尔(Sherry Turkle, 1948—),美国麻省理工学院社会学教授,麻省理工学院科技与自我创新中心主任,哈佛大学社会学和人格心理学博士。

图 28：泛美航空公司的波音 NC314BC18603，"扬基快船"，约 1939 年。

水上飞机
大卫·埃杰顿[i]

失效

在20世纪30年代末,一直到40年代,最大的远程飞行器是水上飞机(Flying Boat),它们可以在水上起飞和降落。水上飞机的机身设计使其不仅可以飞行,而且可以浮在水上航行,速度比普通船只快得多。泛美航空公司和帝国航空公司(1940年起更名为"英国海外航空公司")运营着最长的水上飞机航线,宽敞的客舱可以搭载数十名乘客,通常还有卧铺。它们被视为长途航空的未来。据说在二战期间,英国海外航空公司的总经理还建议在新的伦敦希思罗机场跑道旁建造一个供水上飞机降落的巨型潟湖。[1] 民航业本来可能会继续依赖水上飞机,考虑到这一点,我们才会觉得跑道和陆上飞机是了不起的创造发明,而不是理所当然的航空方式。在军方的推动下,对混凝土跑道的基础设施投资使得天平倾向了陆上飞机的发展。然而,假如不是因为战争,这一切可能不会发生,或者不会发生得这么迅速。

许多航空史被20世纪30年代的道格拉斯DC-3等小型陆上飞机的流线型外观所误导,但外观不是一切;(就最大起飞重量而言)20世纪30年代的大型水上飞机比陆上飞机重了两到三倍,开创了重载远程飞行的先河。它们的起飞重量非常大,同等重量的陆上飞机需要漫长而坚硬的跑道,而当时无论是军队还是繁忙的机场都没有这样的跑道(比

---

[i] 大卫·埃杰顿(David Edgerton),著有《历史的震撼:1900年之后的技术与全球历史》(2006;2019)《英国的兴衰:20世纪的历史》(2019)。

如，英国在两次世界大战之间的主要机场克罗伊登机场就只有草地跑道）。封闭水域通常能提供约1.6千米的免费跑道，世界上许多地方都有足够大的港口、湖泊（如非洲的维多利亚湖或伊拉克的哈巴尼耶湖）或者河流，可以成为水上飞机的基地。纽约市内就有一个水上飞机基地：新建的纽约城市机场（拉瓜迪亚机场，1939年）美轮美奂的海空航站楼。然而，它也有明显的缺点——适宜、没有杂物的水域往往在远离人们生活的地方，而且海水会腐蚀飞机。另一个问题是，漂浮在水面上的船体并非最适合空中飞行。但是，水上飞机不需要昂贵的跑道。最终这些问题得到了平衡。

水上飞机不仅开拓了新的远程海外航线，而且在许多情况下取代了小型陆上飞机。对于（大型远程水上飞机最热情的使用者）英国人来说，确实如此。20世纪30年代末的四引擎帝国水上飞机的起飞重量约20吨。1939年，每周有3架水上飞机飞往南非，另外3架飞往澳大利亚。战争期间，帝国航空公司拥有大约40架水上飞机，远远超过其他国家或航空公司。相比之下，后来该公司只订购了12架同样大小的陆上飞机（这些飞机被宣传为"世界上最大的陆上飞机"），它们用巨大的轮子在草地上行驶。

虽然英国人是大型水上飞机的主要使用者，但他们并没有给水上飞机带来最伟大的创新。德国和法国制造了更大的水上飞机，尽管数量比较少。美国的"帝国航空公司"——泛美航空公司——使用水上飞机进行了距离最远、载重最大的飞行。从20世纪30年代开始，泛美航空公司启用10架西科尔斯基S-42水上飞机飞往里约热内卢等地。1935年起，4架马丁M-130水上飞机从旧金山起飞，途经珍珠港和一系列美国岛屿，抵达马尼拉和中国的某些城市。20世纪30年代后期出现了38吨的巨型波音314（制造了12架），比所有美国在二战中的轰炸机（除了波音B-29之外）和所有陆地运输飞机（包括道格拉斯DC-4在内）都要大。

二战使得大型四引擎水上飞机蓬勃发展，可以在辽阔的海域上进行远程海军侦察。日本制造了150余架水上飞机，美国200余架，英国700余架。人们还设计了军事和民用的新型超大水上飞机。德国造了4架非常大的六引擎水上飞机，其中一架将近100吨重，是战争期间制造的最大的飞行器。法国造了11架70吨六引擎的拉泰科埃尔631水上飞机，这些飞机的安全记录非常糟糕，1955年时被全部召回。英国造了两架56吨肖特"桑德兰"水上飞机；美国海军造了7架75吨马丁"火星"水上飞机。最著名的水上飞机是霍华德·休斯[i]的180吨的"云杉鹅"号，它由木头制造，是历史上最大的水上飞机，但从未投入使用。有史以来最大的金属水上飞机是英国的桑德斯－罗"公主"号，它有10台涡轮螺旋桨发动机，在1952年首次飞行之后，也没有投入使用。

然而，空袭在现代战争中越来越重要，这意味着水上飞机时日无多了。人们了解到硬跑道可以增加飞机的最大起飞重量，从而增加轰炸机的负载或航程，于是建造了更多的长跑道来适应越来越重的轰炸机。水上飞机无法与之竞争，它不仅在空中效率方面不如陆上飞机，而且永远不会有足够的保护水域来部署众多的轰炸机（英国通常每天出动1000多架轰炸机）。这样的转变是非同寻常的。1939年，英国只有9条军用硬飞机跑道，到1945年已有数百条硬跑道了；1939年最长的飞机跑道有1830米，到了1945年，英国修建了4条2700米长、30厘米厚的混凝土跑道，其中包括希思罗机场的一条跑道。[2] 这些浩大的工程在世界各地都有类似的案例，包括1948年开放的纽约艾德怀尔德机场（现在的肯尼迪国际机场），跑道长度与前者差不多，花费6000万美元巨资，相当于今天的5亿余美元。

水上飞机并不是乍然衰落的。战后，英国人再次引领潮流，让一

---

i 霍华德·休斯（Howard Hughes，1905—1976），美国企业家、飞行员、电影制片人、导演、演员，1932年成立休斯飞机公司，1938年创下91小时的环球飞行记录。

支新的航空编队投入使用。英国海外航空公司对27吨"桑德兰"水上飞机（名为"桑德灵厄姆"水上飞机，分为不同的型号，比如"海斯"型和"普利茅斯"型）和35吨肖特"索伦特"水上飞机进行了改装，总共有大约60架水上飞机（尽管比任何时期都少）投入飞行。但是，陆上飞机有更多的跑道可以使用，飞机运行成本较低，而且不需要专门的飞行员。20世纪40年代末，英国海外航空公司已经成为一家以陆上飞机为主的航空公司，并在1950年完全停飞了水上飞机。泛美航空更早放弃了水上飞机，陆上飞机DC-4客机从1946年就开始飞越大西洋和太平洋，但直到20世纪40年代末出现了DC-6客机、"同温层巡航者"和"星座"等美国飞机，民用陆上飞机才开始比波音314水上飞机更重。

大型水上飞机的历史并没有完全结束，它还在某些基础设施不太发达的地区或消防等专业领域被使用。澳大利亚、新西兰、塔斯马尼亚、阿根廷、乌拉圭和挪威的航空公司在客流量非常低的特殊地点仍使用20世纪40年代的英国水上飞机，一直沿用到20世纪60年代甚至更久以后。1950年，一家新的航空公司接管了英国海外航空公司的南安普敦基地，飞机主要飞往没有机场的马德拉群岛，直到1958年停飞。水上飞机的研发并没有完全结束。20世纪50年代，美国海军造了11架75吨的水上飞机（尽管这些水上飞机只服役了两年）。俄罗斯人和日本人造了40吨的水上飞机。最近，一架54吨的中国涡轮螺旋桨水上飞机投入使用，用于消防和其他领域（它可以在海上航行）。但是，从20世纪40年代开始，水上飞机最重要的功能已经消亡了。它曾在一个航班和飞机跑道都很少的世界里，代表了航空工业的巅峰，但是，新的混凝土世界涌现了大规模的民用航空，让它无法继续维持下去。

玻璃幻灯片
丹尼尔·M. 艾布拉姆森 [i]

过时

进行一场关于艺术史的玻璃幻灯片讲座，需要很多人参与。演讲者在昏暗的礼堂前面，指着屏幕要求放映"下一张幻灯片"。然后后面的放映员把金属托架滑进一台厚重的投影仪，迅速将上一张幻灯片放到一个长木盒里，再把下一张幻灯片插入空槽中，等待教授接下来的招呼。在艺术史课堂上，两台投影仪同时操作是司空见惯的，这使任务难度增加了一倍。在几小时前或几天前，讲师或助教会在一张灯台上，从艺术史系的幻灯片图书馆中整理出几十张幻灯片。教员们聚集在那里，在专业的幻灯片管理员、教务人员和学生助手的协助下，对成千上万张幻灯片进行编目、贴标签、装裱、包装、修理、归档和重新归档，这些幻灯片存放在图书馆宽敞的木抽屉柜里。图书馆收藏中的玻璃幻灯片可能来自图书馆的全职摄影师，他们从书籍、其他印刷品和照片中翻拍图片；也可能来自教员，他们使用自己夹在玻璃板之间的图片；或者从制造商那里订购，他们销售专业拍摄的世界名画图片，每张大约 2 先令或 1 美元。

在 19 世纪 70 年代幻灯片进入艺术史课程的很久之前，魔术幻灯演出就已经是欧洲人和美国人的一种娱乐方式。幻灯片是 17 世纪晚期在德国发明的，被用于宗教教诲、小型家庭娱乐和流动小贩的表演，他们用油灯来映照彩绘玻璃幻灯片，透过简单的镜片来投影。后来，在 19

---

[i] 丹尼尔·M. 艾布拉姆森（Daniel M. Abramson），波士顿大学艺术与建筑史系的建筑史教授。他最近的著作是《过时：一部建筑史》(2016)。

图29：狮身人面像和哈夫拉金字塔的玻璃幻灯片，原先收藏于美国康涅狄格学院艺术系，约20世纪30年代。

世纪80年代和90年代，先进的投影和摄影技术结合城市化和商业化休闲活动，将魔术幻灯表演变成了大众娱乐。复杂的投影仪组为成千上万的观众创造了精彩绝伦的视觉效果，他们渴望看到关于日常生活、新闻时事、圣经和远方的图像。

艺术史学家们使用玻璃幻灯片以类似的公开演示方式塑造了学科的未来。第一位演示者是19世纪70年代卡尔斯鲁厄理工学院的布鲁诺·迈耶，在接下来的10年中，普林斯顿大学和牛津大学分校也有教师追随他的授课方式。后来的几十年里，玻璃幻灯片放映技术在艺术史学科中逐步推广。哥伦比亚大学的教授直到1912年才开始使用幻灯片。

然而，玻璃幻灯片还是对艺术史的现代化作出了根本性的贡献。摄影使艺术史学科科学化。有了玻璃幻灯片，专家学者能够跨越时间和空间，"客观"地研究艺术和建筑，并为它们排列顺序，根据创作者、形式、材料、内容和风格等类别进行分析，这是有限的原作收藏和不精确的印刷复制品无法实现的。在摄影图片被引入艺术史的同时，艺术史专业第一批研究生课程也开始了，这并非巧合，标志着艺术史学科现代地位的确立。照片或印刷品等小型复制品每次只能展示给少数观众，但玻璃幻灯片可以投射到大屏幕上，因此，这种新的科学方法能够将作品展示给更多的观众。众所周知，艺术史学家海因里希·沃尔夫林对投影图像进行配对，建立了艺术史的基本比较方法。

玻璃幻灯片还给艺术史增添了戏剧性的元素。它在大型讲座中的使用唤起了参与者的主观感受。电影《蒙娜丽莎的微笑》（2003）开头，一位野心勃勃的20世纪中叶艺术史学家凝视着一张玻璃幻灯片，象征着她渴望精通这门专业。对于那个世纪的观众来说，他们对艺术及艺术史的爱好往往始于这样的场景：昏暗的讲堂中，一个权威的声音讲述着屏幕上的一系列图片。跟艺术品的虚拟投影图像的邂逅对人们的未来有着重大影响，正因如此，艺术史幻灯片讲座产生的价值甚至高于原作本身。我们渴望在环境中（从尚未营业的美术馆到美国西部沙漠的地景艺术[i]）对艺术品本身产生直接的体验——在孤独和沉默中，在时间之外和现场中。

20世纪20年代，虽然玻璃幻灯片作为大众娱乐已经销声匿迹，被电影取而代之，但它在学院派艺术史上确立了稳固的地位。大西洋两岸的多家公司为欧美的艺术史学院和博物馆供应标准的艺术史图片，改进了幻灯片的清晰度，并提供先进的投影仪和其他设备。意大利阿利纳

---

[i] 又名大地作品或大地艺术，从环境艺术演进而来，把大自然稍加施工或修饰，使人们重新注意大自然，从中得到与平常不同的艺术感受。

里[i]等著名公司与德国、法国、美国和英国的企业竞争——仅伦敦就有30多家公司，纽约的公司数量是伦敦的一半——供应数以万计的玻璃幻灯片，而且还有不同的国家规格：供应英国市场的8.3厘米正方形幻灯片和供应美国市场的8.3厘米×10.2厘米幻灯片。英国人也经常用单个投影仪放映双图像幻灯片，而美国的标准是用两个投影仪放映单图像幻灯片。此外，芝加哥艺术学院的赖尔森图书馆等收藏机构把幻灯片借给普通公众，更广泛地传播艺术和艺术史知识。20世纪30年代，柯达的科学家在感光乳剂、染色和分层技术方面进一步创新，生产出更小、更轻的35毫米透明幻灯片，装在5厘米×5厘米的硬纸板或金属相框内。这种幻灯片的尺寸是原来的1/3，重量只有1/30，生产成本更低。彩色幻灯片和黑白幻灯片的制作一样方便，存放和放映也没那么烦琐。它使艺术和艺术史更加大众化，使不太富裕的机构和学院得以配备可用的教学资料。从20世纪40年代末开始，玻璃幻灯片逐步被更小的幻灯片取代。此外，小型幻灯片使用的旋转式放映机可以进行有线遥控，这也使幻灯片放映员纷纷下岗。

尽管如此，仍然有人坚持使用玻璃幻灯片。直到20世纪60年代，伦敦考陶尔德艺术学院和其他地方的教师还公开抵制小型幻灯片，因为它的色彩跟原作不一致。哈佛大学的幻灯片图书馆员直到20世纪70年代都一直购买黑白玻璃幻灯片，因为它们特别的清晰度和投影尺寸。晚至20世纪90年代，这所大学的一位建筑史学家还在偶尔使用玻璃幻灯片，以便更好地展现伟大作品的形态；幻灯片放映室需要为两种幻灯片规格配备一系列投影仪，还需要一名现场放映员。在21世纪的第一个十年，5厘米×5厘米幻灯片问世半个多世纪后，玻璃幻灯片才完全消失，然后突然之间，由于数字化设备的出现，5厘米×5厘米幻灯片也

---

[i] 阿利纳里公司，世界上最古老的摄影公司之一，1852年在佛罗伦萨成立，在20世纪具有相当的国际知名度。

很快被历史遗忘了。

　　玻璃幻灯片首先用于大众娱乐，后来又出现在学术界。尽管人们通过屏幕图像了解的世界广阔无垠，但是，创造出玻璃幻灯片并受其影响的社会和技术环境已经逐渐消失。现在，任何地方的教师都可以独自坐在电脑前，在几分钟的时间里从全球服务器下载图片，把它们插入到PowerPoint中，走进教室讲课，再将文件存储在自己的电脑上，以备日后重新使用。幻灯片是商业公司、幻灯片图书馆和工作人员用缓慢、协作、费力的方法制作的，现在，它成了笔记本电脑上的一种瞬时、私人、大众的"非物质"现象。

　　然而，玻璃幻灯片作为手工艺品的精神力量依然存在。一些重要大学的收藏品被存入档案，而不仅仅是被数字化或弃掷逦迤，这使得感兴趣的学者可以研究原始资料——比如幻灯片标签上创作图像的摄影师和公司的名字，正是这些图像帮助建立了艺术史这门学科。在同样的自我反思脉络中，著名当代美国黑人艺术家西亚斯特·盖茨使用了（2009年芝加哥大学捐赠给他的）60000张玻璃幻灯片创作自己的装置作品，试图重新评价西方艺术经典及文物。[1] 幻灯片讲座仍然是理解艺术的主要途径，并且不再局限于教室。在博物馆里，语音导览模仿了讲堂里的体验，演讲者的声音依然顽固地植入我们的耳朵——哪怕我们凝视着艺术品本身，在人群中与世隔绝地聆听着。玻璃幻灯片也许已经消亡了，但它的展示还在继续。

图 30：埃米·英厄堡·布伦的火星仪，有石膏表面、使用清漆油墨的手工彩绘混凝纸，美国，1909 年。

火星仪
露西·加勒特[i]

空想

这个球形仪乍一看可能很眼熟，但它展示的不是地球，而是 20 世纪初的火星表面景象。它是由一位鲜为人知的女性——丹麦业余天文学家埃米·英厄堡·布伦——制作的。布伦在一个资产阶级知识分子家庭长大。她的父亲是一名退伍军人，写过园艺和养蜂方面的书籍，参与过当时的政治活动。她受过良好的教育，但没有被允许上大学，因为她患有当时被称为"神经衰弱"的慢性病，大部分时间都在床上和医院里度过。

布伦一生致力于政治、神学和科学方面的著述。她对美国天文学家珀西瓦尔·罗威尔[ii]的理论特别感兴趣，而罗威尔是受到意大利天文学家乔瓦尼·维尔吉尼奥·斯基亚帕雷利的启发而研究火星的。斯基亚帕雷利观察到火星表面上有网状的暗线，于 1878 年发表了他的发现，并绘制了一幅火星地图。他的地图只是当时绘制的几幅火星地图之一，但是，他用蓝色阴影表现行星上被水环绕的大陆，描绘方式有着革命性的突破。他将这些深色的线命名为"canali"，既可以指天然河流，也可以表示人工运河。

---

[i] 露西·加勒特（Lucy Garrett），英国英博夏尔大学律师培训课程学生。此前，她曾在伦敦古历图珍本书店担任古董地图和书籍专家。

[ii] 珀西瓦尔·罗威尔（Percival Lowell），美国天文学家、数学家，曾经将火星上的沟槽描述成运河，并在美国亚利桑那州的弗拉格斯塔夫建立了罗威尔天文台。根据他的推测，在他去世 14 年后，人们最终发现了冥王星。

起初，斯基亚帕雷利没有从观察中推断出什么结论，不过，一些同时代的人热情地肯定了他的地图和"canali"这一模棱两可的命名。有些人认为这些暗线构成了火星的人工运河网，而罗威尔是其中最有声望的人。他比斯基亚帕雷利走得更远，根据观察创造了关于整个行星的历史和政治理论。罗威尔规定了行星演化的六个阶段：太阳阶段、炽热阶段、固化阶段、水陆阶段、陆地阶段和死亡阶段。他认为地球处于水陆阶段，当所有的水最终消失后，地球就会走向陆地阶段。他论证说，火星正在进入陆地阶段，并逐渐变成沙漠。运河网是火星上的居民建造的，在行星逐渐干涸时，他们从极地冰盖上把水引下来。由于人们对火星表面的环境知之甚少，罗威尔的理论颇有争议，但他是位有说服力的作家，这种理论不算难以置信。从1895年到1908年，他就这一主题出版了三本书，进一步激发了人们对这颗红色行星本来就存在的兴趣。从《自然》等学术期刊上的科学讨论，到埃德加·赖斯·巴勒斯的早期作品《火星公主》（1912）等奇幻文学，火星文明的概念出现在当时流行文化的方方面面。

人们对火星的兴趣并不纯粹是天方夜谭，还跟当时的社会政治思想交织在一起，他们假想火星是建立社会主义或共产主义社会的潜在场所。这类思想通常以小说的形式出现，比如亚历山大·波格丹诺夫的小说《红星》（1908），但也出现在科学理论中。斯基亚帕雷利本人也在1895年的一篇文章中推测火星社会可能是什么样子，尽管他强调自己的想法纯粹是幻想。他提议建立"集体社会主义制度，这样每个山谷都可以成为一个傅立叶主义公社，火星也可以成为社会主义者的天堂！"[1]斯基亚帕雷利认为，人们在火星上可以集中力量征服自然，而不是彼此尔虞我诈。然而，罗威尔拒绝接受火星是一个平等主义乌托邦的观点。在他看来，运河网说明火星社会的文化和技术都非常发达，而这两方面的成就以商业经济的支持为基础，即使这种经济的发展动机是"绝望，而不是文明思想"²。在 1911 年的一次演讲中，他告诉矿工，火星由乐善好施的技术专家实行独断统治。斯基亚帕雷利和罗威尔迥然不同的态度说明一个事实：人们往往会把自己的身份投射到未知的事物上。罗威尔是棉花产业的继承人，他认为社会是依靠资本主义发展而生存的。斯基亚帕雷利是专业的土木工程师，他假想了一个人人有能力建造房子的社会，一个"水管工"和社会主义者的"天堂"。

关于火星气候和文明的争论是当代天文学的重要组成部分，布伦对此感兴趣不足为奇。她研究了罗威尔的作品，根据他出版的火星地图制作了火星仪。留存下来的火星仪样品有 12 个，应该是在 1903 年至 1915 年之间制作的。她把这些火星仪提供给一些机构，并在 1915 年送给罗威尔本人一个火星仪。一开始，火星仪在海关受到了检查，因为它看起来像一枚炸弹，但在它最终到达罗威尔手中时，罗威尔的反应非常热情，称赞它是"一件了不起的作品"。然而，火星仪底座上的铭文说明，布伦对运河网的解释与罗威尔完全不同。其中一句铭文是"自由之地，自由贸易，自由人"；另一句铭文是"愿你的旨意行在地上，如同行在天上"。第一句是社会主义口号，灵感来自政治经济学家亨利·乔治ⁱ的著作《进步与贫困》。乔治反对通过出租土地或房地产获利而不缴纳费用的制度，主张单独征收地价税。布伦对乔治的著作很感兴趣，并跟乔治协会丹麦分会通信，把她的一个火星仪送给了该协会的主席索弗斯·贝特尔森。第二句来自基督教主祷文，表达了布伦对火星的宗教希望。她写了一本关于查尔斯·达尔文进化论的宗教方面的书，并在书中复制了罗威尔的地图，指出火星运河文明可能是一种"自在"（ishvara，来自印度教的神智学术语，印度教认为人类个体可以与神性合一）文

---

i 亨利·乔治（Henry George, 1839—1897），美国 19 世纪末知名社会活动家和经济学家，他认为土地占有是不平等的主要根源，主张土地国有，征收地价税归公共所有，从而协调经济效率与社会正义。乔治创立的土地改革制度和经济意识形态常被称为乔治主义。

明。因此，对布伦来说，火星可能是基督教社会主义乌托邦的所在地。

布伦的火星仪对罗威尔来说肯定是一件可心的礼物，因为当时的科学潮流已经开始反对他的理论。当科学技术允许人类对火星进行更近距离的勘探时，人们慢慢不再认为火星上可能有一个人类可以效仿的、全星球整体合作的地外文明。通过观察绘制的地图不再被认为是最权威的，摄影取代地图绘制成为新的天文观测证明，而照片没有显示出罗威尔声称通过望远镜看到的几何网络细节。1910年，罗威尔为斯基亚帕雷利写了一篇讣文，最后一次公开为自己的理论辩护。

因此，在布伦制作火星仪的过程中，它们展现的知识在不断变化。越来越清楚的是，火星文明并不存在，无论是社会主义文明，还是资本主义文明。布伦支持的乔治主义的单独地价税仅在中国胶州湾德租界实施过一次，并于1914年结束。然而，无论过去还是现在，尽管火星仪本身已经过时了，火星仍被视为一块可以投射人类未来的空白画布。在雷·布拉德伯里的小说《火星编年史》（1950）中，火星为地球上遭遇灾难的人们提供了一个避难所。现在，这种观念已经从科幻小说领域转变为真正的备选方案，以解决地球人口增长和环境破坏的问题，尽管它在很大程度上仍是理论上的。无论动机如何，人类可以在另一个星球上重新开始的想法仍然很有感染力。

液压管道
阿德里安·福蒂 [i]

失效

在伦敦市中心的人行道和马路上，到处都铺着印有"LHP"字样的小铸铁板。现在，很多铁板已经严重腐蚀了，铁板下面是管道的旋塞阀门，这是伦敦液压动力公司从1883年开始安装的伦敦街道地下液压管道（High-pressure Water Mains）现存唯一可见的痕迹。差不多同一时期，格拉斯哥、利物浦、曼彻斯特、伯明翰、安特卫普、悉尼、墨尔本、布宜诺斯艾利斯等其他城市也装配了液压系统，但是，伦敦的液压系统是最大的，在1930年伦敦液压系统覆盖面达到其最大范围时，将近300公里的街道都铺设了管道。管道输送的是加压水，这是一种适用于多种功能的动力源，但主要用于间歇性地缓慢释放巨大动力。液压动力最适合升降和压制功能。

液压动力作为一种公共服务比电力更早出现（但只是巧合），它从未摆脱电力的阴影，并最终在跟电力的竞争中失败：伦敦液压系统在1977年被切断，其他城市液压系统终止的时间更早。虽然自19世纪初以来城市中就有天然气供应，但天然气不容易转化为动力；液压管道出现在电力线路之前，是最早提供公共动力来源的城市基础设施。尽管不是全世界通用的，加压水率先为消费者带来可靠且持续可用的本地动力

---

[i] 阿德里安·福蒂（Adrian Forty），伦敦大学学院巴特莱特建筑学院建筑史荣誉教授。著有《欲求之物：1750年以来的设计与社会》（1986）和《混凝土：一部文化史》（2012）。2010年至2014年，他担任欧洲建筑史网站主席。

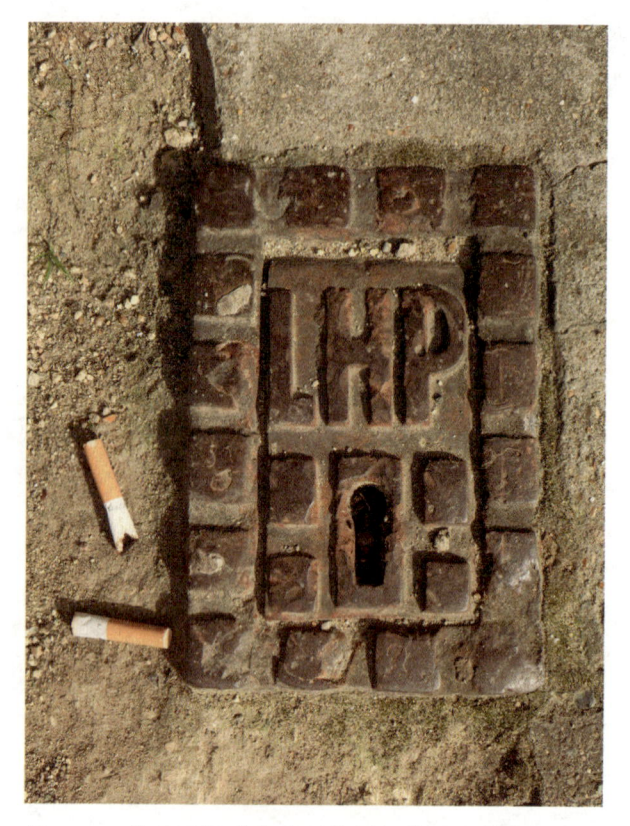

图 31-1：伦敦液压动力公司的阀门盖，20 世纪初。

（现在人们已经普遍接受了这样的便利设施），让人们真正有机会享受到资源的便利。然而，公共电力供应几乎同时出现了：托马斯·爱迪生从 1882 年开始在纽约供电，塞巴斯蒂安·齐亚尼·德·费兰蒂[i]从 1889 年开始在伦敦东南部的德特福德供电。

起初，伦敦液压动力公司更有优势，因为它在英国首都的业务比供电早了 6 年；1887 年，该公司已拥有 43.5 千米液压管道和 650 家客户，

---

i 塞巴斯蒂安·齐亚尼·德·费兰蒂（Sebastian Ziani de Ferranti），英国电机工程师、电工企业家，1882 年制成交流发电机。

并且该公司直到19世纪90年代还能宣称液压动力的单位价格比电力便宜。1910年，该公司仍然相信电力不是威胁，但在那一年，独立的电力公司开始合并，电力价格逐步下降。20世纪30年代时，液压动力成本是电力的2.5倍；到了70年代，液压动力成本是电力的10.5倍。

加压水最早应用于码头起重机和货物升降机，以及各种码头设备、绞盘、闸门、摆式大桥和吊桥。该技术早在19世纪50年代就在英国发展起来了，到了70年代，它已经在英国港口广泛应用。跟地区性的蒸汽动力相比，它的优势是火灾风险较小，操作更简便，更不容易被粗心大意地使用（这在英国码头劳动力市场充斥着临时工的环境中是一个重要问题）。每个码头都有自己的液压系统，配备自己的蒸汽泵和蓄能器——装有巨型压缩机来维持压力的塔。仅在伦敦就有至少29个独立的液压系统在塔桥[i]下游运行。[1]19世纪70年代，液压机制造商、工程师爱德华·B.埃林顿突发奇想，提出建立一个所有人都可以使用的公共液压系统，以代替许多独立运行的私人液压系统。他首先在英国港口城市赫尔的各个码头进行试运行，然后转向伦敦开展计划。1881年他成立了一家公司，1884年改名为伦敦液压动力公司，该公司拥有在城市路面下铺设水管的法定许可。伦敦液压动力公司的一家子公司在利物浦也运营了类似的系统。公司通过直径15厘米的特制铸铁管道提供略高于48巴[ii]的水压，并通过泵站维持压力，最初在班克赛德设有一个泵站，最后，从伦敦东部的沃平到伦敦西部的皮姆利科等区域分布了5个泵站。公司向单独的用户计量供水，并按用水量收费。

最初，伦敦液压动力公司最大的市场是升降机。1887年，该公司为办公室、酒店和仓库的400多台货物和乘客升降机提供动力，当时伦敦的大部分升降机都是液压操作的。[2]对于较短的距离，升降机由轿厢

---

i 英国伦敦一座横跨泰晤士河的上开悬索桥，因在伦敦塔附近而得名。
ii 巴为压力单位，指单位面积受的压力，1巴等于100千帕，约等于10牛顿/平方厘米。

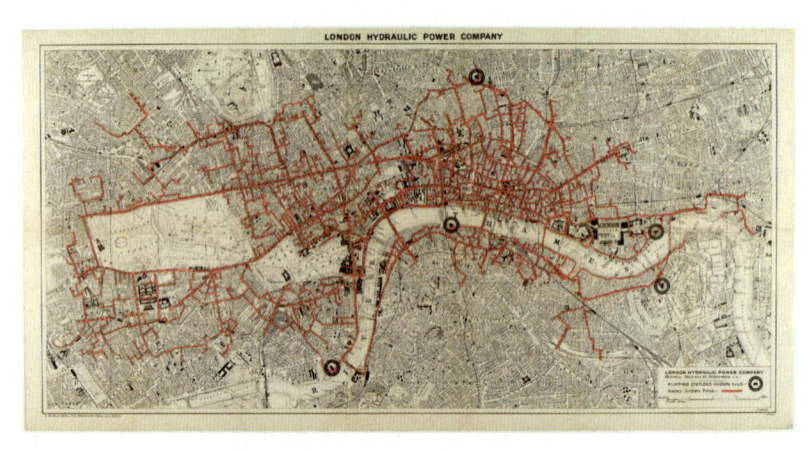

图 31-2：伦敦液压动力公司的管道和泵站地图，1924 年。

下方的液压缸提供动力；对于更高的距离或没办法在升降机下面钻孔的情况，人们把轿厢悬挂在液压驱动的缆索上。缸式升降机能够承载巨大的负荷，载重达 40—50 吨，因此特别适合运输货物。后来，人们开发出更专业的升降机，应用于汽车展厅、剧院舞台、电影院管风琴和伯爵宫展览中心游泳池上方的可伸缩地板。其他应用还包括旋转舞台、舞台布景起重机、消防龙头和洒水系统，以及压捆原材料、纺织品和废金属或者锻造金属的压力机，最不可思议的是建筑物内安装的真空吸尘器系统。尽管面临着来自电力的竞争，液压动力在 20 世纪前 30 年方兴未艾，部分原因是它发挥了自身的优势：操作安静、简单、可靠、维护成本低，而且，伦敦液压动力公司逐步覆盖了伦敦码头的动力供应，在 20 世纪 30 年代，这部分业务占到了该公司业务的三分之二。

伦敦液压动力公司经历的第一个重大打击是二战，轰炸破坏了液压管网和设备，伦敦和利物浦的用户总数从 1938 年的 7887 家下跌至 1945 年的 5577 家。然而，该公司仍然表现出强大的韧性，继续提供新的服务，并在 20 世纪 50 年代将泵站从使用蒸汽改为使用电力，以降低运营成本。到了 20 世纪 50 年代末时，伦敦的液压管道甚至仍在扩建，给国王十字车站和布罗德盖特车站的铁路货场[i]提供额外服务。1961年，史密斯菲尔德禽类市场修建新建筑的时候，伦敦液压动力公司受邀投标连接市场地面和地下仓储空间的电梯。20世纪70年代，伦敦码头接连关闭，最终导致伦敦液压动力公司关门大吉。该公司在1977年清盘时，只剩下500家用户，所有的设备都改成了电力驱动。20世纪80年代初，液压管道网被水星通讯公司收购，后来又被大东电报局接管，后者将这些管道用于在伦敦市中心铺设光纤电缆。如今，在一种废弃基础设施的动脉中，另一种基础设施蓬勃发展。

---

i　铁路货运站办理货物承运、保管、装卸和交付作业的生产车间。

图 32-1：可移动、可组装的环境模块，小埃托雷·索特萨斯，纽约现代艺术博物馆"意大利：新家庭景观"展览的装置，1972 年。

"住宅环境"
埃斯特·施泰尔霍费尔[i]

空想

1972年，小埃托雷·索特萨斯[ii]的"住宅环境"在纽约现代艺术博物馆对未来有重大影响的展览"意大利：新家庭景观"上首次展出，提出了一种优化家庭空间的新模块化系统。展览介绍了意大利工业设计的最新全景，分为物体和环境两个主题区。策展人埃米利奥·安柏兹[iii]邀请设计师在环境展区中创作空间和工艺品，精心安排日常家庭生活，并提出全新的微环境和微事件来定义当代的日常生活，挑战传统的生活理想。根据这个任务，索特萨斯展示了实际尺寸的生活环境，试图摈弃当时主流的生活方式，或者至少揭示出当代家庭生活的物质框架和社会结构并不恰当。

索特萨斯的装置把家具和基础设施结合在一起，由一组带轮子的灰色立方体单元组成。这些单元设计成便携式，每个单元都配有480厘米×480厘米的网格模块，为家庭生活的安排提供了最大的自由。索特萨斯在装置配备的详细图纸中，展示了积木单元的各种可能性，其中包括移动厨房、淋浴、厕所、书架、衣柜、自动点唱机，以及起

---

[i] 埃斯特·施泰尔霍费尔（Eszter Steierhoffer），伦敦设计博物馆的高级策展人。此前，她曾在蒙特利尔的加拿大建筑中心担任当代建筑策展人。她拥有伦敦皇家艺术学院的批评和历史研究博士学位，研究重点是建筑展览的现当代史。

[ii] 小埃托雷·索特萨斯（Ettore Sottsass Jr., 1917—2007），意大利著名建筑设计师，后现代主义设计大师，孟菲斯小组创始人之一。

[iii] 埃米利奥·安柏兹（Emilio Ambasz, 1943—），阿根廷建筑师，绿色建筑先驱，1969年至1976年担任纽约现代艺术博物馆策展人。

居室和卧室中的其他元素。根据他的黑白卡通式故事图板，这些单元（他经常称之为"蛇形家具"）可以根据新的家庭需求轻松移动和重新配置。跟当前有限且封闭的室内家具不同，模块无穷的组合意味着空间的流动性和无限性。

索特萨斯的设计结合了他长期关注的两方面问题：模块化和计算机。前者源于1956年和1957年他在美国与设计师乔治·尼尔森[i]合作的那段经历。尼尔森在实验屋（1951—1957）中使用的模块化预制系统成为索特萨斯的重要参考。20世纪60年代末，索特萨斯从事临时建筑结构设计时重新对模块化产生兴趣。尽管他为企业客户（包括意大利家具生产商波尔特洛诺瓦和奥利韦蒂）设计的很多工业产品的特点是便携性（比如"情人节"打字机），但是，"住宅环境"使他能够以实际尺寸探索模块化家具。

模块化内在地符合索特萨斯对信息时代家庭生活的设想。他在为奥利韦蒂公司设计第一台大型计算机 Elea 9003 时研究了相关的信息系统（这台计算机生产于1957年至1959年之间）。后来，他将存放计算机的室内建筑概念化为理想的家庭空间；开放而不确定的空间，可以把家庭环境从传统、习惯以及现有的道德和社会规范中解放出来。索特萨斯直接借鉴了计算机的形态，把他的"住宅环境"想象成当代电子和数字景观，人们的体验将由关系（运动、空间和信息的复杂组合）决定，而不是拘泥于预先放置的物品。这需要一种游牧民族般的更加灵活的方式。

最后，索特萨斯用"住宅环境"对消费主义和商业设计进行了批判。纽约现代艺术博物馆的展览标志着索特萨斯职业生涯新时代的开始，也标志着他近十年来与波尔特洛诺瓦公司和奥利韦蒂公司硕果累累的合作的结束。然而，他依然离不开跟这几家公司合作期间形成的一些

---

[i] 乔治·尼尔森（George Nelson，1908—1986），波普艺术先驱，美国极具影响力的建筑师、家具设计师和产品设计师。

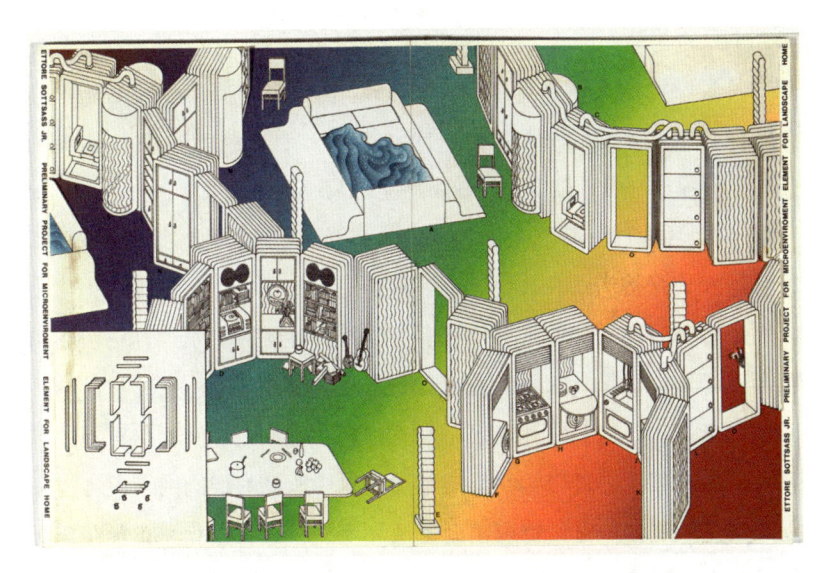

图32-2：小埃托雷·索特萨斯，微环境的初步项目"景观家居元素"，约1971年，水粉和油墨混合丙烯印刷。

理念和美学思想。特别是"住宅环境"跟他1969年在米兰艺术宫推出的"灰色家具"系列密切相关。这套组合家具由深灰色玻璃纤维的双人床、椅子、墙上的镜子和阅读灯组成，索特萨斯把它描述成一个"悲伤的"环境，努力营造出一种不真实的氛围。阿尔贝托·菲奥拉万蒂为波尔特洛诺瓦产品目录拍摄的"灰色家具"系列宣传照片，与其说是商业活动，不如说是一场存在主义灾难。波尔特洛诺瓦公司只在市场上投放了这个系列的少量品种，部分原因是该产品实验性地使用了玻璃纤维，使得生产成本非常高，但也可能是因为它对消费者明显缺乏吸引力。

后来，索特萨斯决定不再开发具体的商品。1968年之后，意大利发生了更广泛的社会变革，人们产生了普遍的政治幻灭感，他受此影响，采取了"文化罢工"，仅致力于提出更多概念性和实验性的主张。因此，在纽约现代艺术博物馆的展览中，他进一步推进了"灰色家具"

系列的反常策略。他通过简单的形式、柔和的色彩和便宜的材料，故意把家具表现为一种工具，而不是消费品或私人财产。他选择灰色塑料作为中性媒介，防止人们对物品本身产生情感；通过创造出反时尚潮流的抽象、冷漠的环境，刻意使居住者产生疏离感。

"住宅环境"可以说是一个悖论。一方面，它大胆地宣布当下的家庭生活模式将被淘汰，并提供了一种创造性的网络式替代方案；另一方面，它对商业文化的批评意味着，作为一种实际的设计，它在刚出现时就已经消亡了。它肯定从未计划进行大规模生产；它的技术细节问题仍未解决，这些单元仅仅是对其预期功能的说明。不出意外，该设计从未在展览之外以实物形式呈现。尽管所谓的智能网络设备逐渐进入现代家庭，但是，传统家庭生活环境的模式、经验和布置在今天仍然基本延续着。

"蜂鸟"出租车
露辛达·霍克斯利[i]

失败

1897年夏天,一种新型汽车在伦敦街头首次问世,它最初名为"伯西",但人们很快就给它起了"蜂鸟"的绰号,因为它有醒目的黄黑色车身,还有电池发出的嗡嗡声。

"蜂鸟"是由伦敦电动出租车公司总经理沃尔特·查尔斯·伯西设计的,起初似乎对大获成功踌躇满志。这家新出租车公司有一些显赫的赞助人,其中包括伊夫林·埃利斯,他是呼吁终止《红旗法案》的重要人物之一,该法案将公路汽车的最高速度限制为每小时4英里。1896年《红旗法案》的废止意味着公路限速提高到每小时14英里,正好迎接"蜂鸟"的到来。该公司的另一位赞助人是雷金纳德·布鲁厄姆,标志性的布鲁厄姆马车就是以他的家族命名的。

1896年,"蜂鸟"在南肯辛顿帝国研究院举行的第一届汽车展上向公众展示。据说,这款新汽车的最高速度可达每小时12英里,媒体对这个消息激动不已,他们热切地等待着它的出现。翌年8月20日,《工程师》杂志报道:"电动出租车的公共服务……将在伦敦街头提供,与普通的出租马车竞争……这些出租车中有13辆已经准备就绪,一个司机团队已经在学习如何驾驶它们……据我们所知,'出租车司机们'对这种新汽车充满了热情。"同一天,《伦敦旗帜晚报》的一位记者兴奋地说:

---

[i] 作者简介参见第35页的脚注。

> 它们铺上皮革软垫,比现在的公共交通工具提供了更多的小奢侈……驾驶出租车本身很简单,不需要任何熟练的知识……每位司机都配有一个特殊的栓子或钥匙;没有它,任何人都不可能开动汽车。司机离开座位时,只需将其放在口袋里。

前一天的《每日电讯报》宣称"蜂鸟"是一种受欢迎的、环境友好的变革:

> 跟不卫生的出租马车相比,从各个角度来看,新出租车都无疑是一个巨大的进步。没有比马更容易生病的动物了,每一阵风都从肮脏的街道上刮起无数病菌,这主要是因为马出现在城市的木道上。

图33:"蜂鸟"电动出租车,沃尔特·查尔斯·伯西设计,英国伦敦电动出租车公司制造,约1897年。

在《圣詹姆斯公报》的一次采访中,伯西解释说,"一个聪明人"两天内就可能成为一名熟练的"蜂鸟"司机;他还谈到出租车司机已经挣了很多钱,据说比马车夫挣得更多。当被问及"蜂鸟"的出现是否意味着出租马车的终结时,伯西回答说:"如果出租马车消失我会很难过。在伦敦这样的大都市,这两种车辆都有通行的空间。"

虽然司机们充满热情,但是,伦敦电动出租车公司要说服老板们投资这种新型交通工具却困难很多。在英国,很少有人真正了解电的概念。这个国家的第一盏电路灯刚出现才不到20年,家庭用电几乎是天方夜谭。对伯西来说,幸运的是伦敦警察局局长爱德华·布拉德福德是新式汽车的狂热爱好者,而负责发放出租车许可证的正是这位布拉德福德。

乘坐"蜂鸟"出租车和出租马车的费用是一样的,但"蜂鸟"比竞争对手明亮得多,因为它们是电气照明的,通过出租车的电池供电。蓄电池充一次电,"蜂鸟"可以行驶大约56千米,但是,司机需要谨慎地规划行驶路线,因为伦敦只有一个充电站,在该公司位于兰贝斯的营业场所。

媒体起初兴奋地连篇累牍进行报道,但是,他们很快就开始吹毛求疵。出租车刚投入使用几周后,一名出租车司机就因酒驾被捕,伯西和伦敦电动出租车公司非常愤怒。出租车司机乔治·史密斯醉醺醺地驾驶"蜂鸟"驰骋在时髦的邦德街上,为此他被罚款1英镑。出租车本身也出了问题。虽然人们曾经期望电动出租车更便宜,但电力的成本使得它们比出租马车更贵。此外,当时的技术和工程领域还无法支持伯西精巧的设计;对于伦敦糟糕的路况来说,出租车的轮胎太脆弱了,出租车驶过鹅卵石和其他障碍物时,精美的玻璃窗有时会碎掉。"蜂鸟"也因为频繁出现故障而声名狼藉。

1897年秋天传来了最坏的消息,一个名叫斯蒂芬·肯普顿的小男孩成为英国第一个死于汽车的孩子。在哈克尼区[i]的斯托克马路上，他从后面跳上了一辆行驶中的出租车。不幸的是，他的外套卡在了机器零件里——他被轧死了，凶手正是一辆"蜂鸟"出租车。

1898年，该公司发布了一款新的"蜂鸟"，但它被认为比原来的型号性能更不稳定，公众和媒体都失去了兴趣。第二年，一位出租车司机在海德公园门口附近失去了对汽车的控制，在众目睽睽之下出了车祸，"蜂鸟"因此受到了致命的打击。1899年"蜂鸟"就退出了市场，它仅仅运营了两年。

沃尔特·伯西是一位热切的先行者，他看到了电动汽车的光辉前景，他有一句名言："人们对电气创造者的希望和期盼似乎是无限的……简而言之，它是一种自然的力量，是与人关系最密切和最有效的资源。"不幸的是，伯西的思想比他的时代超前了一个多世纪。

---

i 哈克尼区位于内伦敦东北部，是一处人群聚集地。

白炽灯泡
马瑞·赫瓦图姆 [i]

停用

灯泡是典型的"好主意"(bright idea),所以,它成了"好主意"的象征。迪士尼虚构城市鸭堡的天才发明家吉罗·吉尔鲁斯[ii]有一位缪斯和助手,它是一个长腿的灯泡——头顶亮着的灯泡已经成为顿悟的通用象征。"电灯泡时刻"(a light-bulb moment)这个短语甚至被收入了《剑桥词典》,意思是"你突然意识到什么或者想到一个好主意的时刻"。然而,灯泡并不是突然出现的;它是近一个世纪反复实验试错的产物。而且,虽然白炽灯泡是天才和发明的恒久象征,但它本身却很短命。

1800年左右,人们开始进行发明电灯的实验,出现了一系列不怎么实用的电灯和灯泡,很少有在商业上成功的。1802年,英国化学家汉弗莱·戴维将一根铂丝连接到电池上,铂丝加热时产生了光。尽管铂燃烧得很快,但他基本上已经制造出了白炽灯的原型。1809年,他研发了电弧灯,当电流在两根碳棒之间"跳跃"而产生火花时,灯就会发光。弧光灯[iii]经过各种改进,成为未来几十年的首选技术。1878年,巴黎安装的第一批电路灯就是弧光灯——人们称之为"亚布洛奇科夫蜡烛",以其发明者、俄罗斯工程师帕维尔·亚布洛奇科夫命名,沿着

---

i 马瑞·赫瓦图姆(Mari Hvattum),奥斯陆建筑与设计学院的建筑史教授。
ii 吉罗·吉尔鲁斯(Gyro Gearloose),卡通动画、漫画作品《米老鼠和唐老鸭》系列中的山雀发明家,和小助手生活在鸭堡的一间实验室里。
iii 用碳质电极产生的电弧做光源的照明用具,光线极强,接近日光。

图 34:"新年前夜"白炽灯,托马斯·爱迪生,美国,1879 年。

歌剧院大街排列成行。当时的游客回忆说，耀眼的蓝光下，新歌剧院像阴森森的黑色庞然大物，浮现在灯火通明的大街上。[1]

巴黎安装弧光灯的时候，一些发明家正在研发一种更柔和、更可靠的照明系统。白炽灯泡通过加热灯丝至发光来照明，似乎是最可行的替代方案。1878年12月，英国化学家约瑟夫·斯旺[i]向纽卡斯尔化学学会展示了一种灯丝灯，但是，这种灯直到几年后才被实际应用，并在商业上获得成功。与此同时，海勒姆·S.马克沁[ii]、圣乔治·莱恩·福克斯-皮特等工程师已经就灯丝灯的一些零件申请了专利。然而，斯旺最激烈的竞争对手是美国发明家托马斯·爱迪生。1879年12月31日晚，爱迪生发明的白炽灯在新泽西州的门洛帕克发布，几个月后投入生产。1881年巴黎电气展览会上，爱迪生在"最有效率的白炽灯"竞赛中获胜，以几个"烛光"（1860年英国《城市天然气法》规定的光强测量单位）的优势击败了福克斯-皮特、马克沁和斯旺。

爱迪生的灯泡由一个梨形玻璃容器和两根金属棒组成，金属棒从一端伸进来，另一端有一个抽出空气后留下的"核"。白炽灯泡依赖真空，爱迪生对早期方案最重要的改进是新的抽真空和密封方法。金属棒由竹炭纤维制成的灯丝连接，这是不断寻找稳定、耐用的灯丝材料的结果。后来，大多数制造商都改用一种熔点很高的金属：钨。

白炽灯泡在商业上取得了巨大的成功，很快就淘汰了弧光灯。1882年2月，一位纽约钢琴制造商热情地证实了爱迪生系统的优点："光线很强烈，但同时也很柔和，不会让眼睛不舒服，对眼睛没有任何伤害；它使工人能够清楚地分辨材料最细微的颜色深浅。"[2] 跟刺眼的弧光灯相比，白炽灯泡发出柔和均匀的光线，适合家庭室内环境。随

---

i 约瑟夫·斯旺（Joseph Swan，1828—1914），英国物理学家，化学家和发明家，1878年获得第一个白炽灯专利。
ii 海勒姆·S.马克沁（Hiram S. Maxim，1840—1916），美国发明家，后移居英国，著名枪械设计师、自动武器之父，曾发明照明用煤气发生器和机车车头灯。

着纽约当地（后来是全美国）电网的发展，白炽灯泡出现在家家户户。1910 年，通用电气的一则广告甚至宣称太阳是白炽灯泡"唯一的竞争对手"。

然而，白炽灯泡的竞争对手不止太阳。灯丝系统的基本原理是加热灯丝直到它发光。因此，灯泡除了发光还产生热量，它产生的热量比光更多；输入标准白炽灯泡的能量中 90% 都以热量散发出来。这显然是一种浪费，自世纪之交以来，越来越多的国家禁止或限制销售白炽灯泡。2007 年，英国政府承诺在 5 年内逐步淘汰白炽灯泡，这一举措很快受到了欧盟各国的效仿。现在，淘汰的过程仍在继续，尽管拖拖拉拉、迂回曲折（包括一家德国公司将传统灯泡作为"迷你取暖器"进行销售的失败尝试）。美国并没有完全禁止这种灯泡，但要求 40 瓦至 100 瓦的家用灯泡使用效率提高 25%。2012 年，中国禁止进口和销售某些白炽灯泡，并逐步扩大禁令范围。除了少数例外，世界上大多数国家都已采取措施淘汰白炽灯泡，并推广发光二极管（LED）灯取而代之，LED 是一种通电时会发光的半导体系统。LED 灯使用寿命长，产生的热量很少，而且不含汞，这使它们不仅比白炽灯有优势，而且胜过了另一个竞争对手——节能灯（紧凑型荧光灯）。要击败白炽灯泡还有个比较棘手的问题，白炽灯泡的色彩呈现能力是无与伦比的，正是这种品质使那位纽约钢琴制造商非常激动。节能灯和早期 LED 灯的色彩范围较窄，导致颜色更加失真；唐纳德·特朗普声称"新灯泡"把他变成了橙色，这种说法可能有一定的真实性。但也仅仅有几分可信：最新的 LED 灯可以产生整个可见光光谱的色彩，大体上消除了早期 LED 灯的冷光（或橙光）。很长一段时间内，白炽灯泡可能仍然是"好主意"的象征，然而，好主意不一定会永远存在。

广播电视柜
安德斯·V. 蒙克[i]

失效

20世纪中叶以来,电视机一直是室内家居设计中的主要器物。20世纪60年代时,它的重要地位达到了"全盛时期"。电视机本身就是家具的一部分,通常跟收音机、留声机、唱片柜和扬声器组合在一起,形成一件漂亮的家具——比如 B&O(Bang & Olufsen 的缩写)公司从1965年开始生产的 BeoVision 2000。这是该丹麦制造商最后一次进行这种组合,也是设计师伊布·法比安森为该公司设计的最后一款产品。作为 B&O 的第一位设计师,他的任务是把现代电器和现代家具组合在一起。

正如哥本哈根橱柜制造商协会展览中的许多展品所示,丹麦现代家具之所以如此成功,是因为它促成了设计师和家具制造商的合作。B&O 遵循这个模式,聘请了一位家具设计师。1958年,法比安森在哥本哈根夏洛滕堡的丹麦工艺艺术协会展览上展出了他的首批设计作品:遵循功能主义理念设计的一系列灵活模块家具,可以容纳 B&O 产品。但是,公司的目标是将电器和家具完全融合在一起。法比安森后来继续把纤薄的木柜和遵循德国乌尔姆学派朴素的极简主义设计的电器结合在一起,他最著名的作品是博朗电器公司的产品。法比安森的工作

---

i 安德斯·V. 蒙克(Anders V. Munch),南丹麦大学设计与传播系教授,设计史学家,在丹麦奥胡斯大学接受过思想史和艺术史的教育。他近期出版的一本书是《设计与建筑的综合艺术:从拜罗伊特到包豪斯》(2021)。

图 35-1：B&O 公司的 BeoVision 2000，伊布·法比安森设计，丹麦，1965—1968 年；在推拉门后面，右边是留声机、录音机和收音机，两端是立体声扬声器。

奠定了 B&O 产品风格的基础。

虽然 BeoVision 2000 不像美国或德国的一些竞争对手的产品那样美观，但它拥有广播电视柜（Integrated Radio/TV Cabinet）的许多典型特征。它修长且低矮，形状跟世纪中期现代主义餐具柜（另一种已经消亡的物品）一样，两端设置了相隔一定距离的扬声器，实现了良好的立体声效果。推拉门后面，电视机位于左侧；右边的两个架子上，上面是留声机，下面是盘式磁带录音机，旁边的架子上有一台收音机。其他制造商设计的柜型都是从顶上打开的，而 BeoVision 2000 里面的留声机和录音机可以平稳地滑出。国际市场上广播电视柜的各种风格层出不穷，消费者可以选择适合他们装修风格的柜子（美国的米罗华"太空-音速"系列提供了从"爱琴海经典风格""早期美国风格""当代风格"到"斯堪的纳维亚现代风格"等 40 多种不同的风格）。与此相反，B&O 没有提供其他的风格选择。

这种电器和家具综合体的命名方式令人费解。今天的收藏家似乎一致同意称之为"电视立体声控制台"(tv/stereo console),但是,二十世纪五六十年代的市场营销中用了很多不同的名称。美国米罗华称之为"立体声剧院",而欧洲最杰出的设计、德国制造商 Kuba 生产的 Komet(1957)名为"电视立体声",基本上是个"音乐会柜"。这些林林总总的产品名都是昙花一现的新奇表达,而不是一种新的产品类型。"电视广播留声机"是当时使用的最朴素的描述性名称,是两次世界大战之间出现的广播留声机的扩展版本。二战刚结束,它们就随着电视机进入美国市场。举个例子,杜蒙特公司于 1947 年推出的"汉普郡"电视广播留声机是该公司的豪华型电器,是新消费社会梦寐以求的产品。

然而,20 世纪 60 年代末技术的飞速发展和生活方式的改变,使这种整体性的家庭娱乐器具被淘汰。比如 BeoVision 2000,它的消亡有着不同的轨迹,我们将之解释为跟家居装修和生活方式的变化有关,也跟高保真音响的新潮流有关。1970 年,B&O 总裁延斯·邦支持公司在设计中主要运用木料:"红木的魅力是家具行业强加给我们的,因为它在全世界代表着某种形象,这意味着我们必须坚持这些符号,来贴合大众认同的斯堪的纳维亚设计理念。"[1] 然而,当时斯堪的纳维亚现代设计的受欢迎程度在下降,电器消费市场在向高科技风格发展。

法比安森在 B&O 实现的整体化很快被瓦解了。单独的组件和设计分道扬镳;电视机由亨宁·莫尔登哈韦尔接管,收音机和高保真音响由雅各布·延森接管。[2] 约从 1970 年起,高保真音响的时尚潮流使得集成、内置的设备被淘汰,人们如今喜欢随处可以看到扬声器和操纵按钮的客厅。焦点转向了分散在家里的"系统",而不是家庭"中央的陈列品",遥控器成为重要的组件——1974 年,戴维·刘易斯设计了 B&O 公司的第一个遥控器,公司称之为"指挥官"。与此同时,人们对家庭空间的态度变化带来了一种更流动的居住方式,"室内装修"变

图 35-2：飞利浦组合电视柜 Leonardo 21RD153A 的广告，组合部分有收音机和录音机，1957 年。

成了"室内景观"。³ 收音机和录音机越来越小，电视屏幕和扬声器越来越大，以获得更加沉浸式的体验。电器的微型化改变了媒体消费方式，音响不再局限于客厅，可以分布在厨房和青少年的房间，并通过便携式电视机和收音机等无线设备延伸到公共空间。这些发展意味着广播电视柜的终结，它的消亡是家庭居住、收听和观看习惯变化的结果，也是技术淘汰的结果。

技术功能的一体化，以及零部件不断地微型化和媒体体验的扩展仍然是电器发展的驱动力。20世纪90年代出现综合了电视机、收音机和CD播放器的视听中心，可以满足小型住宅需要，但这种组合设备没有装在木制家具中。如今，广播电视柜曾经拥有的大多数技术功能以及其他许多功能，都内置到了作为媒体中心的智能手机中。然而，二十世纪五六十年代独创的电视立体声控制台却被复古高保真音响爱好者和古董爱好者珍藏，他们在技术上过时了，在家庭文化中也被淘汰了，表现了一个早已逝去的时代；但高保真技术的发烧友们在操作设备的挑战中找到了乐趣，尤其是显像管——但大多数情况下，它们只是作为优雅的酒水柜存在着。

图 36-1：AC70 型因瓦卡残疾车，英国，1976 年。

因瓦卡汽车：残疾人专用车
伊丽莎白·古费[i]

"残疾车、机动三轮车、笨笨车、傻瓜汽车、小蓝车、残疾巡逻车"，这些绰号都是指二战之后几十年里英国马路上很常见的一种三轮单人汽车——因瓦卡汽车（Invacar）。因瓦卡汽车是专门为帮助残疾人更好地融入社会而设计的，可以说是在公路上行驶的轮椅。20世纪50年代至70年代，英国政府免费向残疾人提供这种汽车，最后一辆因瓦卡汽车于2003年正式退役。很难说清英国到底生产了多少辆因瓦卡汽车，但在1976年的使用高峰期，估计有21000辆因瓦卡汽车在路上行驶。这种小型汽车从概念到淘汰的发展过程，反映了英国作为福利国家在政策方面的变迁。在这个故事中，人们对残疾和设计的态度转变与人权和严峻的政治现实发生了冲突。

"残疾三轮车"诞生于一种信念：政府运营的医疗项目可以消除或弥补人身体的缺陷。它的特点是只有一个座位，并可以根据驾驶者个人的特殊要求改装操作设备。因瓦卡汽车的两款车型是为不同用途设计的。车型较小的单前灯"残疾车"只能沿着乡间小路和地方街道缓慢行驶，速度无法超过每小时32千米。小巧舒适的车厢设计得很窄，可以穿过花园大门甚至标准的住宅门道（它们可以停在走廊上）。另外

---

[i] 伊丽莎白·古费（Elizabeth Guffey），纽约州立大学帕切斯分校艺术与设计史教授、艺术史硕士项目负责人。她著有《回潮：复古的文化》（2006）、《海报：全球历史》（2015）和《残疾设计》（2018）。她还与贝丝·威廉森共同编著了《使残疾现代化》（2020）。

一种车型"残疾三轮车"据说最高速度接近每小时130千米，并被允许在高速公路和城市街道上行驶。[1]这两款车型都有独特的锥形车头和冰蓝色的车身，在道路上显得与众不同，而后置发动机使得车厢底板平整，在仪表盘下留下出乎意料的空间，并简化了生产制造过程。

因瓦卡汽车的极简主义源自一种可贵的（尽管很大程度上不为人所知）残疾人"权宜之计"的传统。比如，1685年，德国阿尔特多夫的半身不遂的钟表匠斯特凡·法弗勒制造了一辆手摇三轮车，是近代家用"残疾车"的前身。接下来的两个世纪里，这种三轮车和其他自驱车辆经常跟各种轿子和手推车混淆，后者以19世纪晚期的巴斯轮椅[i]（一种经常出现在维多利亚时期的温泉浴场和度假胜地的三轮车）为顶峰。关键是巴斯轮椅和同类车辆需要仆人或"车夫"来推车。法弗勒车的真正后裔是一战浩劫之后发放给欧洲各地残疾老兵的独立手动三轮车。也许并不令人意外的是，欧洲很多有创造力的人在轮椅车上安装了小型发动机。一位名叫伯特·格里夫斯的工程师和摩托车爱好者为了帮助瘫痪的表弟，用割草机的发动机改装了一辆轮椅车。1946年，他创立了因瓦卡汽车公司，这家公司后来在英国市场上独领风骚。这是个非常好的时机。格里夫斯的慢吞吞的小车不仅满足了成千上万从前线归来的伤兵的需要，还顺应了1945年工党新政府开创的新福利国家的全国性热潮。

英国实现"从摇篮到坟墓"的福利国家的历史早期充满了乐观主义，深刻地影响了因瓦卡汽车的设计和使用。英国国民医疗服务体系（NHS）承诺未来社会将照顾所有公民。在NHS的行政文化中，这些机动三轮车被归类为"护理用品"，类似于拐杖或义肢；它们由政府采购并持有，免费租赁给任何有行动障碍的人。NHS不仅免费为残疾

---

[i] 巴斯轮椅（Bath Chair），1783年由英国巴斯的约翰·道森发明的三轮手推车，后部有两个大轮子，前部有一个小轮子，是现代轮椅的雏形，但当时并非残疾人士专用。

人提供这些汽车，还提供了50多种驾驶方式，为每辆汽车配备手动刹车或形状像船舵的方向盘，允许每位用户定制一辆汽车以满足他们的特殊需求。在汽车上路后，政府还会免费提供保养和维修。一些热情的用户混淆了汽车的颜色与监督其生产、分发和维修的政府机构，把NHS发放的汽车称为"行政蓝"。对更多的人来说，这类汽车带来了前所未有的自由和灵活性，体现了福利国家最令人信服的承诺。

然而，到了20世纪70年代初，现实的困难开始让因瓦卡汽车的繁荣前景蒙上阴影。英国陷入了经济衰退，通货膨胀严重，失业率急剧上升。人们不断地意识到因瓦卡汽车动力不足、性能不稳定，甚至非常危险，便给它起了一个新的绰号——"移动路障"。后来用玻璃纤维制造的车型重量很轻，遇到侧风容易翻车。也许更令人担忧的是，它的发动机很容易着火。人们也开始抱怨独立设计本身；虽然这些汽车似乎使残疾人的生活更加独立，但也让驾驶着它的司机感到孤立无援。他们看起来与福利国家的整个社会格格不入。实际上，司机驾驶因瓦卡汽车载客是违法的，哪怕乘坐的是护工或家庭成员。有一次发生了一件奇闻，一位残疾人母亲因为驾驶因瓦卡汽车送孩子上学被送上了法庭。[2]因瓦卡汽车独特的外观和色彩曾经令人骄傲，后来却越来越被人们当成耻辱。

此外，针对残疾政策的政治争议也是导致因瓦卡汽车衰落的原因之一。虽然有一些残疾人欢迎政府补助的汽车，但是，还有一些人反对政府提供这类个人交通工具。20世纪70年代，在经济挫折、愤怒和衰退的背景下，历届保守党和工党政府对国家社会保障体系进行了一系列改革，最终也允许政府对购买汽车进行补贴。政府在越来越大的压力下开始逐步结束该计划。1976年，因瓦卡汽车停产。70年代末，玛格丽特·撒切尔的保守党政府推行私有化之后，NHS发放的因瓦卡汽车逐步被政府领导的另一个项目所取代，该项目旨在帮助残疾人购

图 36-2：英国朴次茅斯大街上的 AC70 型因瓦卡汽车，1993 年。

买和驾驶经过改装的商业生产汽车。新项目标志着现在和未来人们对残疾人及其社会地位的看法发生了转变。这种态度说明，在晚期资本主义经济中，残疾人只是另一种类型的消费者，而不是受福利国家关照的公民。

  虽然因瓦卡汽车已经被列为淘汰车型，但一直到 2003 年 3 月 31 日，英国才正式禁止因瓦卡汽车在道路上行驶。如今因瓦卡汽车最大的收藏家不是 NHS（该组织在迈入 21 世纪之后就开始大规模销毁这些汽车），而是一位美国百万富翁。他被这种汽车不寻常的外表所吸引而在网上购买了第一辆因瓦卡汽车，此后，他就开始不断地收藏它们。也许这是因瓦卡汽车消亡最确凿的证据；它现在的价值是可爱，而激进的社会议题几乎被完全遗忘了。

柯达克罗姆胶卷
塔奇塔·迪安[i]

失效

1973年，保罗·西蒙在歌曲《柯达克罗姆》中叹息失去了这种产品，而最后柯达克罗姆胶卷确实停产了。2009年，柯达公司最终停止生产柯达克罗姆胶卷，并在一年后停止冲洗胶卷。之后的10年里，新的管理层曾经希望让它重新投入生产，并开始研究如何发明一种适应21世纪的无毒配方。但当时生产柯达克罗姆胶卷的基础设备已经被淘汰了，不可能再产。要重新生产柯达克罗姆胶卷，需要强大的意志和对化学制品的持续投资，柯达公司没有这样做。没有产品，就不可能有市场生存能力——没有投资，就没有收益；没有收益，就没有投资。人们热爱的柯达胶卷似乎真的消失了。

柯达克罗姆胶卷是一种彩色反转片。反转片是指没有底片，直接曝光在胶片上的正片。1935年，柯达公司最初生产的是16毫米柯达克罗姆胶片，后来销售的是用于静物摄影的35毫米幻灯片胶片。这种一卷36张的柯达胶卷，使柯达这个品牌家喻户晓，也使柯达克罗姆成为彩色摄影的代名词。它也被制成超8毫米胶片，两种胶卷都是付费冲洗的，这意味着柯达及其授权的工作室负责冲洗胶卷。消费者将胶卷罐和超8毫米胶片盒邮寄到世界各地的冲洗室，然后等待它们以一盒幻灯片或一卷影片的形式返回。柯达幻灯片和超8毫米胶卷创造了一

---

[i] 塔奇塔·迪安（Tacita Dean），1965年出生于英国坎特伯雷，现在柏林和洛杉矶生活和工作。她在作品中使用多种材料，但主要以光化学胶片作品闻名。

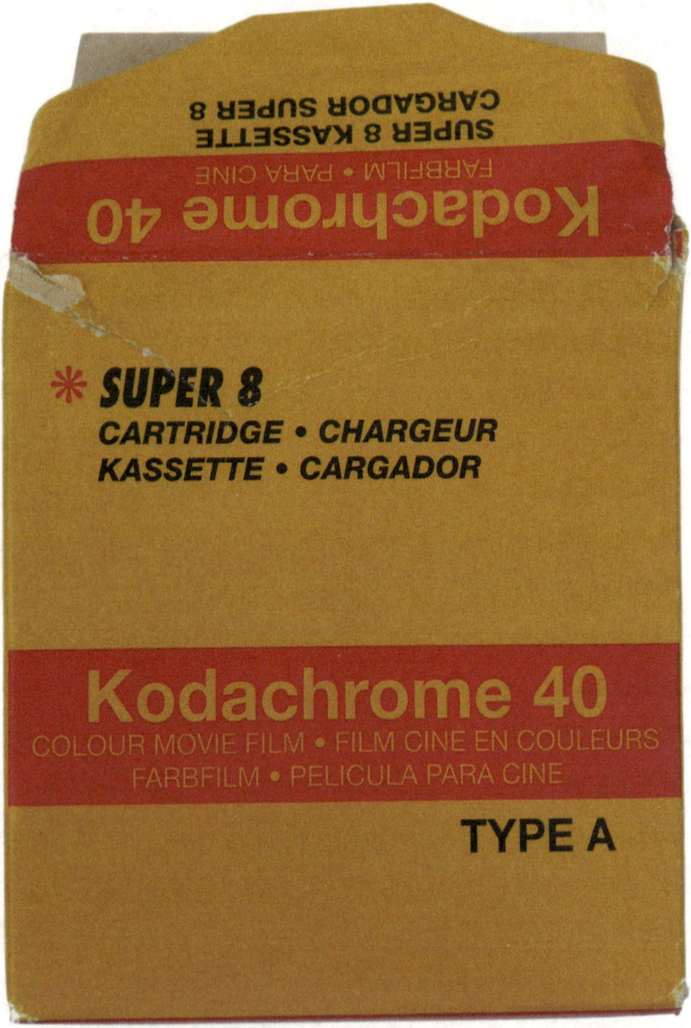

图 37：柯达克罗姆 40 型超 8 毫米彩色电影胶片包装盒。

个业余摄影爱好者市场，它鼓励每个家庭拥有一台照相机，用来拍照和拍摄家庭电影。柯达克罗姆胶卷只能用于投影；一家人围坐在幻灯机或超8毫米影片放映机旁，观看他们的度假照片或电影。

我的第一部电影就是用16毫米柯达克罗姆胶卷拍摄的。我从一家照相馆买了装在独特的黄色纸盒里的胶卷，然后一卷一卷送去冲洗，既简单又方便。20世纪80年代中期，我在康沃尔制作鲜艳的彩色粉笔动画片，每次曝光都要改变画面，以创造画面运动的错觉。这既费力又耗时，我一帧一帧地拍摄那卷3分钟的电影——然后等了一个多星期才发现曝光错误，不得不重新开始整个过程。这就是当时摄影的情感轨迹：耐心和期待，然后是兴奋和喜悦，或者失望和沮丧。单从行为的角度来说，摄影的社会文化习俗已经发生了巨大的变化。后来我开始使用柯达超8毫米胶卷：完美的短片形式，就像胶片俳句，它是时间、地点和经验的综合，浓缩成3分钟转瞬即逝的魔法。柯达超8毫米胶片是20世纪70年代成长起来的新一代电影导演的入门材料。

柯达克罗姆胶卷以色彩馥郁而闻名：它是色调丰富、独特且纯粹的模拟色彩，不是完美的逼真色彩，而是另外一种东西，几乎是现实的抽象或总结。色彩的纯度、深度和强度，以及胶片独特的清晰度和更强烈的对比度，都植根于复合乳剂涂层和内行才懂的冲洗技术等化学手段。事实上，正是乳剂和显影之间的关系使柯达克罗姆胶卷与众不同，最重要的化学反应发生在冲洗过程中，而不是曝光过程中。底片从未达到柯达克罗姆胶卷的清晰色彩范围。数字图像也无法与之媲美，那是另一种平面和标准的图像范畴。从档案保存的角度来看，保存在暗室中的柯达克罗姆胶卷在时间的流逝中可以继续保持色彩的鲜艳，这是其他乳剂无法做到的。

色彩是光的反射，这是我们小时候学到的最神奇的功课之一：没有任何物体真正有颜色，而只是反射出色彩。物体表面接收某种波长的光线，使其呈现出一种颜色，而不是另一种颜色。因此，色彩是感觉，是虚幻的。摄影刚发明出来的时候，很少有人相信可以通过光化学的方法捕捉到色彩。那些坚持这种观点的人被贬称为"中世纪炼金术士"。假如你了解彩色摄影是如何发展的，就会明白半个世纪以来的科学、发明和竞争性专利背后是一个奇迹。

寻找摄影色彩之旅是一个通过化学感知光线的故事，也是一个利用互补色从白光中减去色散[i]光线的故事。人们最初的尝试包括叠加颜色，名为"加色法"，比染色明显进了一步。通过棱镜的使用，人们知道白光是由彩虹的七种颜色组成的，所以，最初他们拍摄后用红色和绿色的混合滤光片曝光黑白底片，创造出了一些色彩的幻影。色彩明显可见，但暗淡、残缺不全，而且画面很暗，因为滤光片吸收了大量的光线。活动图像还带有光晕，今天有些录像仍然采用类似的RGB（红绿蓝）叠加法，放映显示不佳的时候也会有这种光晕。

人们研发出"减色法"系统时，真正的实验才刚刚开始。通过这种方法，颜色被过滤掉或利用互补色从白光中减去，所以一束光经过红色过滤就变成了青色（在当时正在形成的一种色彩理论中，蓝色和绿色可以这样被识别出来，现在名为"CMYK"〔青、品红、黄、黑〕模式），经过品红过滤就变成了绿色，通过蓝色滤镜就变成了黄色。利用颜料和染料吸收相应的光线，可以制造出三个独立的染色图像，当它们与黑白图像相互叠加时，就会产生全彩图像。

可以说，这种盲目的实验主要是有奉献精神的业余化学家和无畏的摄影爱好者的专属。这种实验既令人筋疲力尽、疲惫不堪，又令人兴奋不已，最终变成了在单一表面上的几层感光乳剂中固着分离的三原色的竞赛。1935年，两位受过科学教育的音乐家——小利奥波德·戈多斯基和利奥波德·曼内斯——最终成功了，柯达公司在实验

---

[i] 复色光分解为单色光而形成光谱的现象。

期间给他们提供了特殊待遇和赞助。这是把对世界的记忆变成色彩的20世纪化学奇迹，也是努力的结果。

在停止生产柯达克罗姆胶卷后，柯达公司失去了历史最悠久的品牌，也失去了一些独特的东西。柯达是一家有远见卓识、拥有自己的合成化学实验室的公司，本可以努力重新生产并保留这些东西。然而，时代环境并不有利。柯达开始生产埃克塔克罗姆胶卷，从而削弱了柯达克罗姆胶卷的市场。埃克塔克罗姆不依赖柯达授权的冲洗技术，因此是一种更容易使用的幻灯片胶片。但是，真正的威胁来自数码摄影的迅速崛起。柯达公司的资金已经快速流失，迫不及待地迅速舍弃这些光化学遗产，将一个多世纪以来自己发明的图像制造技术付诸东流。由于柯达冲洗胶卷的化学制品毒性太大，它很快就放弃了自己心爱的标志性产品。几乎全世界的摄影师都表示反对，但世界正处于从模拟技术转向数字技术的重大转变之中，反对是没有用的。

然而，柯达克罗姆胶卷从未被完全遗忘。2017年，柯达公司在更开明的管理下，对光化学图像和数字图像之间的区别以及这种区别的重要性进行了更深入的思考和讨论，随后，柯达开始考虑重新推出柯达克罗姆胶卷。这个消息宣布之后，立即引起了一阵兴奋，但它来得太晚了。10年前，在基础设备还保留着的情况下，人们或许找得到解决方案——但当时，在数字媒体声势浩大的营销之下，光化学胶片的未来几乎失去了所有的希望。幸运的是，现在这种情况正在改变，胶片的使用量又在增加。但要让柯达克罗姆胶卷再次投入生产，需要拓荒者的力量与坚持来反对市场怀疑者。至于现在，它只能在记忆中继续存在，无论是在现实的记忆中，还是在我们对20世纪的想象中。

图 38：拉突雷塞印字片，38.2 厘米 ×25.6 厘米。

拉突雷塞印字
罗宾·金罗斯[i]

过时

金属活字印刷技术一直没有得到广泛应用，原因包括技术困难、设备成本高和行业协会保护限制等。从15世纪德国发明金属活字印刷术开始，一直到现代，人们总认为印刷是一种"黑魔法"——在一个油墨染黑的神秘行业中，镜像字母神奇地变成可读的文字。20世纪60年代，西方社会的金属活字及其相关的凸版印刷法开始衰落，被照相排版和平版胶印取而代之。我们现在的印刷技术是从20世纪80年代末开始应用的：通过小型计算机进行文字排版，生成用于胶版印刷的印版。在金属排版及相关的凸版印刷衰落和个人电脑兴起之间的空白时代，一些简单的印刷排字技术得以蓬勃发展。现在，金属排字和凸版印刷仍然存在于与主流生产没有关系的小圈子里，但是中间时期（1960—1990）的机器和工艺大部分已经消亡了。

干式转印[ii]字是这些失传的绝技之一。它的主要制造商是英国的拉突雷塞（Letraset）国际有限公司。[1]它也有竞争对手，特别是法国的麦坎诺玛公司，但是拉突雷塞公司的产品应用最广泛。它的名字成为这项技术的代名词，有时还变成了单词中的动词（"你能帮我拉突雷塞那个标题的字体吗？"）。

---

i 罗宾·金罗斯（Robin Kinross），版面设计师和编辑，在伦敦经营连字符出版社。他的著作包括《现代版式》（1992；2004）和《未对齐的文本》（2002）。

ii 一种无需用水或者其他溶剂就能印刷的转印贴片技术。

1959 年，拉突雷塞公司在英国成立。最初的几年里，用湿刷子蘸湿背衬纸上的字母，然后取走背衬纸就会留下"转印"字——这是一项缓慢的工作，只适用于较大的字母。1961 年，干式转印技术问世，带来了突破性的发展。产品很简单：将字母形状印在有聚合物涂层的转印版背面，并盖上一块带有硅化涂层的空白板保护。这些字母可以用钝器（该公司自己的抛光器，或者圆珠笔和软铅笔）在需要印刷的表面上摩擦，印出单词和整行文字。除了字母，该公司还生产和销售其他各种各样的标记、图案、色块和图像。

拉突雷塞印字的革命在于应用的广泛。突然之间，在小镇上的艺术材料商店或文具店里都可以花不高的价钱买到拉突雷塞印字（的转印片）。它的使用几乎不需要任何说明。廉价胶印创作的艺术品可以直接被生产出来（或许还需要再加上电动打字机打出的小字和照相印刷的图像）。拉突雷塞公司在宣传材料方面很慷慨。花不了几个钱就可以在当地商店买到该公司精心设计的目录，为精美的排版印刷打开前景。拉突雷塞公司的用户包括善解人意的印刷商（他们为低预算的客户提供良好服务）、为教堂或教区委员会制作告示的人，以及未受过教育的孩子（他们需要以鸡毛信的方式传递十万火急的消息）。

拉突雷塞公司获得了两项出口商品女王奖。取得这样的成功，部分原因是对字形设计高标准的承诺，他们的生产团队在切割模板生成最终字形方面拥有高超的技巧。他们向字体生产商支付了适当的授权费来使用他们的产品，并开始发行自己精心制作的字体。第一种字体是 Compacta，这是一种醒目、紧凑的标题字体，发行于 1963 年，准确地抓住了时代的现代化精神。从 1970 年开始，该公司推出了拉突雷塞系列新字体，由来自欧美的著名设计师组成的评审团遴选而出。

尽管拉突雷塞印字大受欢迎，设计水准也很高，但是它始终没有摆脱廉价代替品的"光环"。如果预算允许，人们会使用高质量的金属活字印刷。在这一时期，随着照相排版技术质量的提高和成本的降低，这种新技术成为胶印排版的最佳来源。用拉突雷塞印字制作文字始终是尴尬而笨拙的工艺，需要各种各样的"技巧"。字母越大，越难整块拓印；如果印出的字母上有裂缝和缺失（可能是后来又上了墨水），就说明手艺不精。转印片老化后变硬，变得更难操作；有些转印片可能会粘上工作者家里的猫毛。人们最常遇到的问题是字母数量有限；有些人会发现字母不够，不得不冲回商店，希望他们有库存的转印片，只是为了那些额外的 E 或 B。

干式转印字最基本的局限性在于它的材料结构。整块转印片版面上的字母是精确排列的，但是，拉突雷塞转印片版面跟应用平面没有固定的关系。所以，字母可能以彼此略微不同的角度被拓印，字母之间的间距也明显不一致。在这个意义上，拉突雷塞印字属于印字的范畴，而不是字体或文字。它们可能看起来像字体，但它们没有字体所具有的固定空间系统，字体是建立在物理（如金属）实体上，或者内置于排版机器（如照相排版机器）的统一系统中的。跟干式转印字最接近的可能是镂空模版印字，字母图案标记在印刷平面绘制的基线上，但干式转印字印刷图案没有物理基线的限制，印刷的位置完全取决于操作者的技艺和眼力。

拉突雷塞公司很早就清楚地意识到这种缺陷。1968 年，该公司推出了自己的字间距系统，每个字母的下方、左右都有基线。操作者先根据右边的基线拓印字母，接着根据左边的基线拓印下一个字母，正好跟前面一个字母右边的基线相邻。印完一行文字后，要用橡皮擦去所有的基线，或者撕下基线胶带。但是，即使用了基线，单词之间的空格也没有标志。自信的使用者（很可能是大部分使用者）不会使用字距基线，目测就可以了。字间距系统是一种提示，暗示间距确实使排版所有不同。

通过查阅拉突雷塞国际有限公司的专利申请，我们发现该公司在不断尝试解决字间距的问题。1979年，该公司申请了一项"将标记应用于受体的设备"的专利：载体纸张固定在一个平行运动的装置中，可以上下移动或沿着画板移动；垂直臂是竖起来的，可以画出稳定的基线。该设备从未投入生产。但这是拉突雷塞公司最接近正确的排版方法，单独的字母井然有序，间距系统内置于字母的生成之中。这将是一件笨重而昂贵的设备，跟干式转印字的即时、自助的特点相矛盾。

拉突雷塞印字很快走向了终点。1981年，拉突雷塞国际有限公司被瑞典办公设备公司易达收购。1984年，第一台苹果电脑问世；20世纪80年代末，平面设计师开始使用苹果麦金托什电脑。跟小型计算机关联的激光打印机已经内置了字体。设计师们很快认识到，个人电脑可以用来绘制和生产新的字体，也可以用激光打印机安装的"内置"字体进行排版。1990年，易达拉突雷塞公司收购了德国数字字体公司URW。但是，当时干式转印字已经逐渐退出舞台。它在晦涩的背景下延续到了新千禧年，但在2012年，拉突雷塞公司再次被出售，并在2016年结束了业务，该公司的名字也随之消失。

脑白质切断器
卡斯滕·蒂默曼[i]

失效

不再有人使用的医疗器械会怎么样?它们可能最终会被收藏起来,比如,成为曼彻斯特大学医学与健康博物馆等地的藏品,偶尔作为旧日医疗的实物展出。我们博物馆收藏了一些过去的医疗器械,比如洗胃泵、内窥镜和产钳,像自然历史博物馆里的动物标本一样分类摆放,贴上了发明它们的内外科医生的名字。更新换代后的洗胃泵、内窥镜和产钳至今仍在使用。但是,博物馆里的脑白质切断器与此不同,这种手术器械是跟一种真正绝迹了的外科手术联系在一起的:脑白质切断术——一种以治疗精神疾病为目标的精神(脑)外科手术。

20世纪30年代,葡萄牙神经病学家安东尼奥·埃加斯·莫尼斯发明了脑白质切断术。埃加斯·莫尼斯认为,精神疾病是器质性功能障碍引起的,应该进行相应的物理治疗或药物治疗。他对心理解释和西格蒙德·弗洛伊德等人发展的精神分析法嗤之以鼻。埃加斯·莫尼斯认为,精神错乱是由大脑额叶前部依赖于"异常稳定"的神经连接的"固执想法"引起的。他因此得出结论,可以通过破坏该区域的神经细胞来治疗患者。他和外科医生佩德罗·阿尔梅达·利马在精神病院的病人身上进行了一项外科手术实验,首先要在病人头骨上钻孔向脑组织注射酒精。

---

[i] 卡斯滕·蒂默曼(Carsten Timmermann)就职于曼彻斯特大学科学史、技术史和医学史中心。他发表了大量关于癌症和其他非传染性疾病史的文章,并教授精神病学史、生物学史和医学史课程。他是曼彻斯特大学医学与健康博物馆的学术带头人。

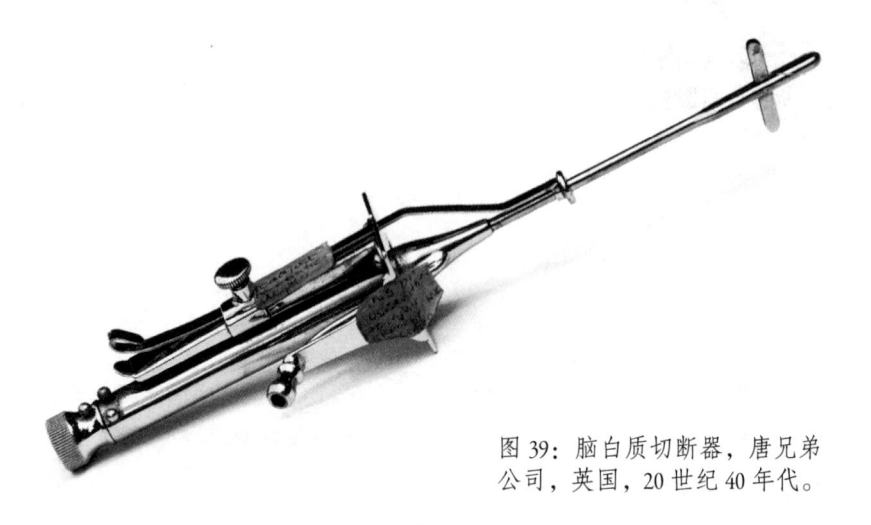

图 39：脑白质切断器，唐兄弟公司，英国，20 世纪 40 年代。

后来，埃加斯·莫尼斯改良了从巴黎订购的一种仪器：第一台脑白质切断器。仪器的尖端通过头骨上的孔插入病人的大脑，然后旋转。1936年，他在一篇论文中描述了 20 个病例，声称治愈了 7 位病人，另外 7 位病人情况好转，还有 6 位病人病情没有变化。[1]

人们在各种语言的会议上讨论埃加斯·莫尼斯发表的论文，并在医学期刊上提出批评。神经病学家和精神病学家一直对精神疾病的生物学基础感兴趣。两次世界大战之间，人们越来越相信物理治疗即使不能治愈疯癫，也有助于减轻病情，从而减少不断增多的精神病人。人们已经清楚，有一种经常被诊断为"麻痹性痴呆"（GPI）的疾病是由梅毒引起的，现在可以用撒尔佛散（砷凡纳明，一种新药）来治疗，而且没有理由认为生物疗法对其他失调症无效。精神科医生实验了新的疗法，比如给病人注射胰岛素引发昏迷，或者施加电流引发抽搐，这些都被认为可以重置大脑，从而缓解精神疾病的症状。人们对激进的疗法产生了更广泛的热情，对精神外科的日益关注是其中的一个方面。

莫尼斯的论文发表几年后，各个国家的神经病学家和外科医生团队研究了各种不同的手术方案,并使用了自己的医疗器械。在美国,神经病学家沃尔特·弗里曼和神经外科医生詹姆斯·沃茨发明了经眼眶额叶切除术(一种改良版的脑白质切断术)并热情地推广开来。1949年,埃加斯·莫尼斯获得诺贝尔奖,进一步提高了脑白质切断术的可信度。虽然,脑白质切断术的医疗器械和手术没有按照今天的标准进行评估,但以报告外科手术结果的常见方式发表了系列病例。这种手术的副作用可能是极端和不可逆的;假如破坏了过多的脑组织,病人可能会变成植物人或死亡。然而,这些风险被认为是让病人走出疯人院可接受的代价。对手术有效性的信念表达了医学中的工程思维模式,也表达了一种狂热的现代主义;切断一些神经连接相当于按下开关,把受疾病折磨的病人变成对社会有用的人,他们也许不能再创作伟大的艺术作品,但是,他们能过上满意的生活——最重要的是,他们还可以工作。

在二十世纪四五十年代的英国,对于患有特别严重或持续性精神疾病的病人来说,脑白质切断术经常是最后采用的治疗手段。在这个时期,精神病学发生了巨大的变化。现在,精神病院成了英国国民医疗服务体系的一部分,英国卫生部门鼓励以科研为基础的针对性干预措施,其中包括脑白质切断术。历史学家大卫·克罗斯利估计,到1954年为止,有超过1.2万名英国人接受了脑白质切断手术。1957年开始的英国广播公司电视节目《受伤的大脑》中,一位经历过脑白质切断术的患者和他的妻子与主持人兼精神病学家威廉·萨金特进行了轻松的对话,萨金特是精神疾病的生物和外科治疗的热心支持者。他们表达的主题很清楚:这种外科手术通过消除痛苦的根源——大脑的紊乱——使病人摆脱了痛苦。

我们收藏的脑白质切断器是20世纪40年代初由詹姆斯·麦格雷

戈设计的，他是克罗伊登的沃灵厄姆公园医院（前萨里郡精神病院）的高级精神病医生，也是一位训练有素的工程师。脑白质切断器的产品原型是该医院的助理工作人员 J. W. 皮尔逊制作的，来自附近的克罗伊登综合医院的客座外科医生约翰·克伦比在一系列手术中对器械进行了测试。脑白质切断器旨在使手术更精确、更可控。然而，旋转的刀片碰到并切断了小血管，导致两人死于脑出血，以至于当时有人把这种器械比作打蛋器。据说，沃灵厄姆的脑白质切断器使用起来很麻烦，它在20世纪50年代中期就已经消亡，从商品目录中消失了。

然而，脑白质切断术本身并不是突然消失的，而是随着精神病学生态系统的变化，经历了复杂而漫长的消亡过程。20世纪60年代，弗里曼还在开着露营车穿梭于北美，参观精神病院，看望以前的病人，推广改良版的脑白质切断术。但是，脑白质切断手术的数量总体上在下降。对脑白质切断术的批评一直都存在，但在这个时代，批评的声音越来越高。英国和美国的知识分子文化越来越推崇反权威主义，这也影响了"反精神病学"运动的兴起。由于肯·克西的小说《飞越疯人院》（1962年，米洛斯·福尔曼在1975年将其拍成一部成功的电影）等流行文学作品的推动，脑白质切断术开始被视为对桀骜不驯的终极惩罚，它摧毁了人格，把病人变成机器上容易控制的齿轮。氯丙嗪等新的药物取代外科手术和物理治疗成为首选疗法，尽管它们有明显的副作用且缺乏证据证明它们更有效。但是，脑科学新范式关注神经末梢的作用，药物是其核心，更适合主导临床医学研究的临床试验，还经常能得到制药公司的资助。

这种医疗器械在刚发明时代表着医学的进步和治愈的希望，如今它代表着惨无人道、不合道德和完全无法接受的外科手术。作为一家小型医学博物馆，我们应该如何对待它？这不是一个微不足道的问题。几乎可以肯定的是，一些可能被诊断患有精神疾病的展览参观者，在二十世纪四五十年代，在极端情况下，可能会接受脑白质切断术的治疗。然而，脑白质切断术是医疗科学技术与时俱进的标志，需要在特定的背景下理解它的兴衰。我们生活在一个不再常规实施脑白质切断术的时代，感到欣慰是可以理解的。但是，这种医疗器械的消亡提醒我们，我们也要谨慎和批判地对待今天的常规治疗方法。它们可能最终在未来会成为消亡的脑白质切断术。

图 40-1：粪车，曼彻斯特市议会清洁部门，约 1910 年。

曼彻斯特便桶系统："多莉·瓦登"
芭芭拉·彭纳[i]

这张照片展示的是一辆粉刷了鲜艳色彩的马车，车里面装满了桶，实物放在曼彻斯特科学与工业博物馆的陈列柜里。文字说明显示，这是一辆专门制造的粪车，在维多利亚时代晚期曼彻斯特大街小巷中曾随处可见。这些神气活现的马车名为"多莉·瓦登"，与查尔斯·狄更斯的《巴纳比·鲁吉》（1841）中时髦的风骚女子同名。由于外观花哨，现代人很难明白它的实际用途：它是现代市政卫生系统的一部分。然而，在19世纪60年代末到90年代之间，曼彻斯特的"便桶系统"不仅被使用，而且被宣传为解决工业城市化的最大问题之一——如何安全管理水和废弃物——的有效方法。

在很早的时候，曼彻斯特就不可避免地出现了水和废弃物的问题。19世纪30年代，曼彻斯特是世界领先的制造业城市，也是第一座暴露出资本主义发展问题的城市。纺织厂等新工厂虽然创造了巨大的财富，但也破坏了环境，造成了天空污浊和河流壅塞的景象。1835年，法国历史学家亚历西斯·德·托克维尔在沉思世界末日场景时宣称："人类最伟大的工业之河从这条臭水沟里流出来，浇灌了整个世界。"[1]成千上万名工人涌进市中心人口密集的贫民窟，狼藉的垃圾和横流的污水渗入土壤，污染水源。托克维尔笔下的"臭水沟"变成了现实，婴儿死亡率飙升，霍乱等疾病大肆流行。

---

i 作者简介见105页脚注。

公共卫生危机最终迫使市政府承认只有协调一致的行动才能缓和环境问题。19世纪50年代，伦敦政府面对着同样糟糕的环境问题，他们认为最好的解决办法是用连接到下水道系统的抽水马桶把人类的排泄物冲走。为了管理不断增加的污水，伦敦市政府授权建造了一个新的大型总排水系统，在污水到达泰晤士河之前拦截下来，并输送到下游，从而改善水质，减少了市中心霍乱的爆发。10年后的曼彻斯特在采取行动应对环境危机时，虽然已经了解伦敦的先例，却选择了一条不同的"干燥"路线，即从1869年开始实施"便桶系统"。

曼彻斯特的"便桶系统"在工程上没有伦敦的方案那么复杂，但它也是一种集中化的技术解决方案，需要专门的设备、空间和人力来操作。1877年，该系统覆盖了6000所房屋，大约是全市房屋的十分之一，正准备向更多的房屋推广。作为该计划的一部分，市政府在每户人家的院子里安装了一个干厕所，并为居民提供了两个镀锌铁桶：一个用来收集粪便，另一个用来收集干垃圾。市政工人每周用有橡胶内衬的盖子密封装满的便桶，把它们装上马车，然后换上新的便桶。马车驶回沃特街的巨大化粪池，桶里的粪便成为商业级肥料的基本原料。肥料由粪便、屠宰场下水、腐烂的鱼和细灰制成，以每吨12先令6便士的价格卖给农民，他们对此十分高兴。

如今我们已经习惯于自动冲走粪便，曼彻斯特市政当局费力地收集居民的粪便混合成肥料的想法似乎是天方夜谭。此外，市政的收集行动不是悄无声息的：与晚上拾荒的人不同，便桶是在白天收集的，这使得曼彻斯特的街道上不断有臭气熏天的"多莉·瓦登"马车经过，轰隆隆地驶向化粪池。人们为什么给粪车起了这么个浑名仍然是个谜。不过，这个时代出现了一系列名为"多莉·瓦登"的物品，包括帽子、香水、紧身上衣和鳟鱼。无论是对恶臭的讽刺（"多莉·瓦登"香水）还是视觉上的双关（"多莉·瓦登"帽子像便桶盖），"多莉·瓦登"的绰号暗示了曼彻斯特人带着嘲讽地接受了便桶系统,证实便桶系统是他们日常生活中一项鲜明特色。[2]

事实上,不难解释为什么人们最初认为便桶系统是处理粪便问题的可行方案。虽然伦敦的污水系统在对抗霍乱方面取得了成功,却仍然引起了人们的强烈反对,理由是它稀释了人类粪便,使其作为肥料变得毫无价值,并增加了英国对海鸟粪等"外来"粪便的依赖。曼彻斯特的便桶系统通过获取当地的免费粪肥,维持着经济的有机运行,并从中获利。此外,在用生物方法处理污水之前的时代,完全阻止粪便进入河流仍然是防止污染和疾病最万无一失的手段。1877年,一篇关于便桶系统的报道称:"在过去的一年里,大约有300万加仑(约1136万升)混合着粪便的尿液从城市的排水沟和下水道排走;据说,在曼彻斯特,跟河流污染有关的问题得到了部分解决。"[3]

然而,在这背后却没有什么值得得意的理由。便桶系统的明显缺点是只服务于市中心的居民。大规模的污染源(比如工厂主和拥有室内排污管道的郊区中产阶级居民)仍被允许直接把污水排入曼彻斯特的河流。正如历史学家哈罗德·普拉特记载的那样,统治阶级——20%拥有选举权的男性——极度维护这种两极分化的水资源管理模式,阶级不仅决定了公共资源的使用权,还决定了污染权。这无疑是市政府官员拒绝放弃便桶系统的原因,即使有证据表明便桶系统管理不善,肥料永远不会盈利。普拉特令人信服地指出,虽然工人阶级也缴纳税款,分摊了自来水系统的费用,理应平等地拥有使用室内排水系统的权利,但议会被储存水供给工厂和郊区别墅使用的欲望驱使,所以不愿意放弃便桶系统。[4]

最终暴露真相的是一桩老套的丑闻。1889年,人们发现便桶里的粪料没有被加工成肥料,而是在晚上直接倒入梅德洛克河,政府夸夸其谈的城市管理和维护公共卫生变成了一桩笑话。这件丑闻,加

图 40-2：威廉·鲍威尔·弗里斯，《多莉·瓦登》，1863 年，布面油画。

上政治改革使更多工人阶级选民获得选举权，以及医疗改革家们直言不讳的批评，使得已经备受诟病的"多莉·瓦登"系统再也维持不下去了。[5]1890 年发生了戏剧性的逆转，市议会颁布法令，要求所有的新住宅都安装室内排水管道，并批准建造一个下水道截流系统，防止大量的废水流入城市河流——同样的系统 30 多年前就在伦敦实施了。1917 年，"多莉·瓦登"马车完全停用。

虽然从社会公平的角度来说，"多莉·瓦登"的消亡是一种积极的进步，但我们不应该简单地为此欢欣鼓舞，或者认为高级的基础设施"胜过"了明显低级的解决方案。事实上，从我们今天面对的环境危机来看，保护环境的原则不仅无可厚非，而且还揭示出现在无处不在的排水系统的荒谬之处：在这个系统中，我们最宝贵的资源之一（清洁水源）被污染，然后被冲走。然而，无论曼彻斯特的便桶系统在理论上多么值得称赞，它在实践中却令人沮丧地失败了，不仅是实施和管理不善，而且还打上了城市阶级歧视的烙印。著名政治家和女权主义者谢娜·西蒙在回顾"多莉·瓦登"的整个故事后得出结论："财产所有者和纳税人协会目光短浅的热忱只是为了省钱和填充自己的腰包，他们甚至不能对自身利益做出最佳判断，当然更不能判断整个社会的利益，这个案例就是一个明证。"当我们进入资源越来越匮乏的时代时，"多莉·瓦登"适时地提醒我们，基础设施系统的可持续与公平合理依赖于设计和运营机构的可持续与公平合理。

图 41：57 号霍金斯和皮尔专利复写器，托马斯·杰斐逊从 1806 年开始到逝世前一直使用。

机械复写器
丹妮尔·S. 维尔肯斯 [i]

失效

1786年10月初,托马斯·杰斐逊花了一个星期的时间,以痛苦的方式给心上人玛丽亚·哈德菲尔德·科斯韦写了一封关于"头脑和心灵"的信(后来这封信很出名)。这封长达12页的信件展现了一段生动的对话,以一个理性的头脑责备一颗火热的心,然而,信却是杰斐逊用左手笨拙地握着一支笔写的。他的右手因为摔伤手腕脱臼而无法动弹,这次摔伤留下的后遗症对他产生了终生的影响。

杰斐逊是一位多产的记者、律师和政治家,他说自己经常"被拴在写字台前""埋头苦干"。[1]他专心致志地写作,精心保存自己的作品,最后留下来的信件有近19000封。1770年,杰斐逊的家里发生火灾,失去了"我在世界上拥有的每一张纸",这是他很早使用复印设备的原因。[2]1784年,他得到了第一台复印机,是另一位技术爱好者本杰明·富兰克林赠送给他的礼物。富兰克林认为复印机作为外交工具具有保存记录的价值,因此在他把美国驻法公使的接力棒交给杰斐逊后,也把这台复印机送给了他。这台复印机是詹姆斯·瓦特在4年前发明的,瓦特的发明有几个专有要素:创作原件的特殊墨水、薄而无尺寸规制的纸,以及螺杆或印刷滚筒。原件的墨迹干燥以后,作者会把印纸弄湿,直接压在原件上。墨水会渗透进湿润的印纸,从而制造出复印件。这个过程会使

---

[i] 丹妮尔·S.维尔肯斯(Danielle S. Willkens),亚特兰大佐治亚理工学院建筑学院助理教授。2015年,她获得了建筑史学家协会的H.艾伦·布鲁克斯旅行奖学金。

原件的部分墨水消失，成品也很脆弱，常常出现模糊字迹，但它为作者提供了一份复印件。杰斐逊可能就是用瓦特的复印机复制了那封关于"头脑和心灵"的信；要不是杰斐逊连最私人的信件也一丝不苟地复印下来，这封不同寻常的亲密信件就会消失在历史长河里，因为科斯韦收到的原件已经不知所终了。

对杰斐逊和其他一丝不苟的记录者来说，复印机方便而且相对便携，但它还有很多需要改进的地方。"复写器式的"书写机器似乎更有前景，因为它们可以立刻制造出摹本，而不使用可能破坏原件的方法。复写器（polygraph）最早出现在1794年，准确反映了它的希腊语词源"polygraphos"，最初是一种用来制作几份摹本的机械装置。马克·伊桑巴德·布鲁内尔等18、19世纪的发明家，在17世纪的比例绘图仪的基础上，研制了使用一系列平行的金属条和黄铜配件的书写机器，配有能储存墨水的特殊鹅毛笔，可以摹写两三份甚至五份作者的手稿。

在人们发明的大量机械誊写机器中，最有前途的是生于英国的约翰·艾萨克·霍金斯发明的复写器，它在1803年获得了美国和英国的专利。从1804年起，美国画家兼发明家查尔斯·威尔森·皮尔与霍金斯合作，在美国销售"霍金斯和皮尔专利复写器"。皮尔以钟表匠的精确修整、改进了复写器，甚至在美国制造了第一批与设备配套的钢笔。他对复写器的潜力深信不疑，相信它可以成为非常重要的人体延伸物，提高全国各地法律和政府部门的自然生产力和效率。皮尔热切地想要推广这款设备，他把复写器和出土的乳齿象骨架一起放在著名的费城博物馆的同一个展厅里，而这几乎预言了这种设备将来消亡的命运。

起初，皮尔的复写器似乎注定前途光明，因为它得到了美国早期共和国时期重要人物的热情支持。杰斐逊是一位热心的主顾；在他连任总统的第二天，《波尔森美国广告日报》报道了他对复写器的热情推荐，将之称为"最珍贵的发明"，总统感叹复写器没有"早30年"发明出来。他认为复写器是行政办公室的必需品,他在总统府(1812年战争[i]之后改称"白宫")放了一台复写器,另外一台放在蒙蒂塞洛[ii],这样他就可以在监督种植园和房屋建筑的同时做好记录。建筑设计师本杰明·亨利·拉特罗布等其他创新家也使用复写器。拉特罗布在给杰斐逊的一封信中说,他只需要一小时就能熟练使用复写器;他在1804年和1805年的出版物中推荐了这种装置,并常常使用它来给事务所记账,直到他在1817年破产。正是通过复写器,拉特罗布的信件才得以保存。

虽然有这些溢美之词,19世纪的前几十年里,皮尔制造机械复印机的理想却踌躇不前。他的装置比过去的复印机更耐用,但仍然容易损坏,性能不稳定。它也很昂贵,皮尔的客户只愿意花50—60美元购买一台机器,但它的制造成本超过了100美元,因为组件是由琴钢丝制成的,需要用定做的工具组装。即使是他最坚定的支持者,那些对技术有兴趣、愿意尝试不同的笔和书写表面的自学者,最终也在为他制造障碍。杰斐逊和拉特罗布为他们的同事委托制造了几台机器,但他们也要求皮尔承担进行改装和更换零件的费用。最后,皮尔的小团队只完成了80台机器。对霍金斯来说,英国和欧洲大陆的市场稍微好一些,他在那里生产的机器数量是在美国的三倍之多,但还是不足以维持业务。到了1807年,由于拉尔夫·韦奇伍德的"高级改良"碳式复写纸投入使用,复写器的生产基本上停止了。

尽管霍金斯和皮尔的专利复写器在商业上并不成功,但它仍然很重要,因为它通过方便获取的复印档案在大西洋两岸构想了一个新世界,并促进了无数其他机械复印机的发展,比如韦奇伍德的钢笔复写器(约1808年)。20世纪早期,人们对工作合理化的兴趣推动了签名机器的发明,比如"签名机",美国财政部使用多达10支笔的"签名机"来签署

---

i 指美国第二次独立战争。
ii 蒙蒂塞洛,托马斯·杰斐逊的故居,由他本人设计建筑。

支票。无论是用来签署一份文件还是十份文件，这些机器产生的副本都是作者亲手写下的，因为原件和副本是同时产生的，并且在物理上彼此相邻，这样的时空距离保证了副本的真实性。

后来的机械复制模式彻底改变了作者和复制品之间的亲近关系。1881年，戴维·格斯特特纳发明了"誊写式复印机"档案印版工艺；19世纪80年代末出现了油印机；20世纪50年代，施乐公司的商业"干式复印"技术获得专利，人们可以随时复印，不需要原作者亲自在场。这种机器更具便利性和灵活性，难怪后来成为占主导地位的复印模式，人们也不再使用复写器了。如今，复写器的原文"polygraph"通常指的是测谎仪，通过监测受试者的血压、呼吸频率、脉搏和排汗来检测真相。具有讽刺意味的是，这些机器仍然坚持将身体作为真实和准确的指标，即使它们试图找出的是谎言。

医学蜡模
托马斯·卡多 [i]

过时

物品可以作为媒介，创造个人意义，这是它们的一大力量。它们使人联想起历史事件，也能触发更加私人的记忆。图 42-1 所示的物品使我想起小时候在一个小农场度过的许多暑假，那时我偶尔有机会尝试亲手挤牛奶。现在看来这是非常遥远的记忆，但是，我仍能回忆起触摸奶牛乳房的感觉，以及需要通过混合了按摩、拉扯和挤压的动作，才能让一股温润的牛奶喷射进桶里。

然而，图 42-1 中的乳房几乎不能被任何手触摸，尤其是没有戴手套的手。这是一个蜡制模型，可能是 19 世纪早期设计的医学教辅工具。当时，蜡模是欧洲医学教育的主要用具，以真人大小和逼真的方式描绘重要的疾病和症状，帮助敬业的医生诊断病患。总体而言，图示的模型具有十分普通的奶牛乳房的外观，但它展示了一种特殊皮疹，展现出牛痘的症状。

医学蜡模起源于中世纪之后的意大利。15 世纪的意大利雕塑家认识到蜡的多种用途，17 世纪出现了第一个用于医学教育的解剖模型。跟人体解剖相比，它们的最大优点是可以在很长一段时间内重复使用。从 19 世纪早期开始，蜡模的使用传遍了整个欧洲，变得越来越专业化，

---

[i] 托马斯·卡多（Thomas Kador），具有化学工程和考古学交叉领域的专业背景，目前主管伦敦大学学院的多个一流本科生学习团队。他的兴趣包括物质文化以及在学习和生活中使用物品。

图 42-1：感染牛痘的牛乳房蜡模，约 1800 年。

它们可以展现特殊的疾病（症状），而不仅仅是普通的解剖构造。直到 20 世纪初，生产医疗和教育蜡模一直是利润丰厚且要求高超技巧的家庭手工业项目。许多医院雇佣了自己的蜡模师，比如维也纳的卡尔和特奥多尔·亨宁父子（活跃于 1893 年至 1946 年）和伦敦盖伊医院超过 50 年的官方蜡模师约瑟夫·汤（1806—1879）。

这幅插图说明，在精确而廉价的印刷复制品出现之前，蜡模技术是多么重要，它在消灭天花的过程中发挥了作用——这是人类历史上消灭病毒最成功的行动之一，也是唯一有历史记录的对人类传染病的根除。

18 世纪 90 年代，在英国西部的格洛斯特郡，当地医生爱德华·詹纳（1749—1823）发现，奶牛场女工在用手给携带病毒的奶牛挤奶而感染牛痘之后，似乎对更严重的人类天花病毒具有免疫力，后者会危及生命。因此，詹纳设法分离出牛痘，用低剂量的牛痘感染病人——疫苗（vaccinate）一词源自拉丁语 vacca，意为"产奶的母牛"——然后让他们暴露在天花病毒之下，这在当时几乎是致死的行为。令人惊讶的是，这些人没有患上天花，感染牛痘发的皮疹也相当迅速地消失了。

牛乳房蜡模的用途显然是帮助医生识别牛痘病例，从而获得疫苗。这种模型被广泛使用，在帕多瓦、米兰、帕维亚和博洛尼亚的医学博物馆中可以找到几乎相同的复制品。它们似乎源自路易吉·萨科（1769—1836）写于1809年的一篇论文的插图，萨科是意大利北部天花疫苗接种运动的先驱。詹纳、萨科和其他地方的同行通过小规模的地方性运动挽救了许多人的生命。然而，直到20世纪下半叶，人们才成功根除了这种疾病。经过几乎全球协同的大规模免疫接种，疫苗接种率达到所需

图 42-2：《疫苗的起源》，版画中的医生正在检查一名挤奶女工感染牛痘的手，而一名农民或外科医生正在给一个盛装华服的男人接种从奶牛身上提取的牛痘，巴黎，约1800年。

的 86%，从而超过群体免疫的阈值，确保消灭该病毒。1980 年，世界卫生组织正式宣布天花灭绝。

因此，我们可以说，奶牛乳房的蜡模经历了双重消亡。20 世纪上半叶，随着价格实惠的彩色摄影的出现和教科书印刷技术的发展，蜡模本身像天花一样变得多余，尽管数字技术的出现促进了模型制作的复兴。用蜡精心手工制作和绘制的病人器官模型已经成为过去，但是，随着三维成像和 3D 打印技术的不断进步，为医学教学和研究制作的三维模型已经重新出现。这包括 3D 打印的特殊患者心脏，外科医生在对真实器官进行手术之前，可以详细研究它们。现在已经不需要 3D 打印被天花感染的奶牛乳房了，因为即使天花病毒没有被消灭，现在的医生也会使用合成血清，而不是从奶牛的乳房中提取疫苗。然而，虽然有 200 多年历史的奶牛乳房模型对 21 世纪的流行病学家来说几乎没什么用处了，但詹纳在这个模型的帮助下发现并由他、萨科和其他人普及开来的疗法，直到今天仍然是对抗传染病的基础。

备忘录
阿德里安·福蒂[i]

过时

20世纪90年代以前在办公室工作过的人都记得备忘录（Memo）。这是一种印在标准尺寸纸张上的表格，上面标有"收件人""发件人""日期"和"主题"等字样，有时还会有更多内容。在电子邮件出现之前，备忘录是各种企业和组织之间最常见的书面交流形式。图43所示的样品是20世纪50年代英国行政部门的备忘录，它反映了官僚机构的等级制度以及保存记录的重要性。打字员根据口述或手写的草稿打出备忘录，在编号的名单中列出收件人姓名，备忘录贴在相关文档的文件夹上，依次传阅，每位收件人阅读后签上姓名首字母，有时还会附上手写的评论，然后传给下一位收件人。所有收件人都看过之后，备忘录就被送回档案室，如果需要的话，会在指定日期的会议上"提交"（"B/F"）备忘录。最后，备忘录会送回档案部门，将来随时可以检索。其他机构使用不同风格的备忘录，比如，在扁平化组织中，不是按收件人的名字排列顺序，而是使用碳式复写纸抄送（碳式复写纸原文为carbon copy，缩写为c.c.），这样备忘录可以同时递送给几个不同的人。这就是电子邮件采用的格式，现在"抄送"（c.c.）是一个拟物化的时代错误，而"密送"（b.c.c.）则是一种新增的通信方式，在数字革命之前没有出现过。

乍一看，备忘录似乎是一种历史悠久的交流方式，但它的历史仅

---

i 作者简介参见第159页脚注。

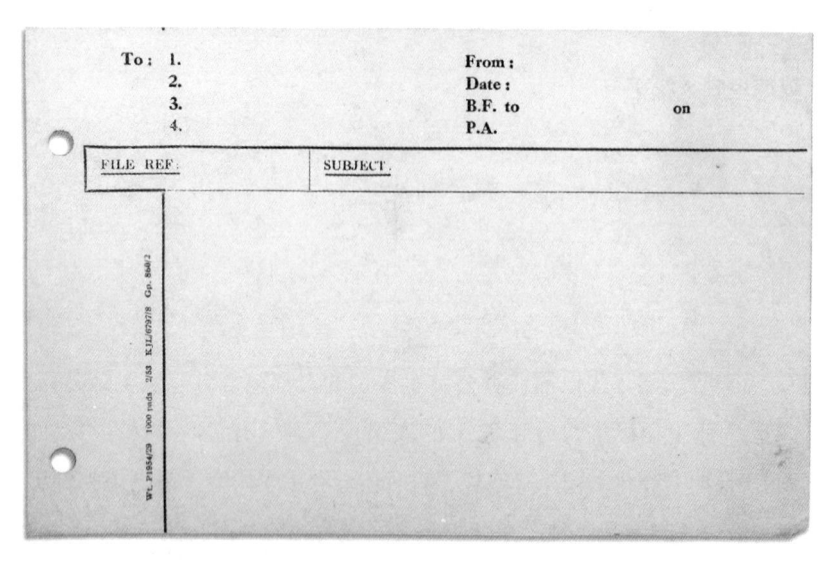

图 43：印刷的备忘录表格，英国行政部门，20 世纪 50 年代。

可追溯至 19 世纪的最后几年，当时它是作为商业和政府实践中的一系列创新措施之一出现的，是一场被称为"系统化管理"的新运动的特色。从前，备忘录（memorandum）指的是"需要记住的事情"，通常只是写给自己看的。直到世纪之交，它才发展成具有独特格式和文风的办公室内部交流方式。备忘录的重要特点在于它跟信函的区别。它摒弃了信函中常用的称呼和礼貌用语，语言简洁，内容仅限于一个主题。这是一种新奇的形式。然而，信函主要用于组织外部的交流，而备忘录专门用于组织内部的交流。随着企业和政府规模的增长，信息流量和通信距离也不断增加而难以追踪，这推动了此类创新的出现。与此同时，各类组织越来越认为业务知识应该转移到公司的资料库，让其他人和后辈都能获得，而当时的业务知识主要由个人掌握——这种变化类似于科学管理的目标是把手工劳动知识从技工手中转移到管理层（见 105 页"灯光轨迹摄影"）。

备忘录省略了信函的许多繁文缛节，特别是冗长、累赘的问候和寒暄："我刚刚收到阁下 14 日的来函，恳切地建议您……"。这种文风在 19 世纪的商业往来中很常见。虽然，外部信件仍然需要寒暄一番，省略掉可能会得罪收件人，但在内部通信中，所有繁文缛节都可以省去。备忘录的倡导者意识到这种省略可能会遇到一些抵触。1913 年，杜邦公司的效率部门对他们希望推行的新文风评价道：

> ……改变长期以来恪守的传统语言形式和用法习惯可能很难，但是，我们只要树立了正确的态度，就不会有什么困难，而且，收信人收到简洁或直率的信件也越来越不会感到"恼火"。[1]

备忘录的发明跟公司和机构业务中另外两项当代创新多少有些关系：档案管理，以及打字机问世后文件复制方式发生的变化。那时，办公室档案保管有两种不同的方式。外发信函的副本保存在装订好的、按时间顺序排列的书信抄件存档簿中。在较大的机构中，书信抄件存档簿可能分派给特定的通讯员保管，但在较小的机构中，所有副本都按日期顺序装订在一册中。收到的信件通常由收信人保存，不是捆起来就是装在盒子里。在这种体系中，除非知道某封信发出的日期，否则很难找到它的副本，更难将它与相关的来信匹配起来。系统管理的目的是将往来信函按主题或通信对象排列，合并在一个档案盒或竖式档案系统中（见第 403 页"竖式档案柜"）。系统的成功取决于每一次交流都尽可能地限制在一个话题；虽然这在外部通信中确实无法做到，但在内部通信中是能办得到的。为了使备忘录充分发挥成为档案文件的潜力，它必须被限制在一个主题中，因此，印刷的"主题"栏规定了话题的逻辑。

在 19 世纪，复制书信大部分时候都是用一张潮湿的薄纸压在手稿原件的表面，手稿是用含有苯胺染料的墨水写的，染料足够多就可以转印到薄纸上，留下清晰的抄件。标准的书信抄件存档簿是把薄纸页抄件直接装订成册，相邻的纸页用油布保护，防止潮湿纸张上的湿气渗入其他纸页。打字机和复写纸的使用彻底改变了这个耗时费力的过程，使用葱皮纸可以复制多达10份清晰的副本。这是第一次可以在创作原件的同时制作多份副本，这些单独的纸张可以分别传阅和存档（尽管在实际操作中，书信抄件存档簿使用了更长的一段时间，因为打字机色带墨水中含有苯胺染料，所以原件可以用潮湿的纸张拓印）。用复写本存档和用打字机写信这两项创新是备忘录诞生的必要前提，但备忘录诞生的原因是人们渴望改变内部交流的文字风格。

备忘录带来了一种新的文字风格。近年来使用电子邮件、短信和社交媒体的经验使我们习惯于新的通信技术带来的语言和称呼方式的变化。这并不是什么新鲜事：备忘录发明之前，电报就已经产生了类似的效果。但是，备忘录与众不同，因为它是有意改变旧文字风格，而其他媒介只是不经意间形成了新文字风格。备忘录的部分目的就是改变商业和政府机构的文字风格，使之简洁明了。备忘录的尺寸本身就限制了冗言赘述。从古典学的衰落到专业科学语言的兴起，备忘录和其他新气象一起终结了当时主导语言的"修辞帝国"。虽然语言保持了传统的说服功能，但它更多地受到信息的影响，不再像过去那样更多受到修辞的影响。备忘录的语言风格表现了一种新的特征，有时被称为"信息体"，它已经成为我们这个时代的标准语言。它既不是修辞的，也不是科学的，而是表格、说明书、报告、文件和大部分互联网语言的风格。备忘录可能已经消失了，但它的遗产依然存在，不仅表现在电子邮件的格式上，而且表现在信息作为主要语言模式的普遍性上。

牛奶勺
雨果·帕尔马罗拉 [i]

停用

智利曾经推行过一个旨在改善营养不良和降低婴儿死亡率的计划，分发了成千上万个白色塑料小勺，图 44 中的勺子是现存最后一个样品。20 世纪 70 年代早期，这些用来量奶粉的勺子是向全国儿童免费配发牛奶的高效工具，是萨尔瓦多·阿连德总统的优异政绩之一。这些牛奶勺具有重大的政治、社会和经济意义，它们是由智利技术研究所工业设计部门设计的，受到乌尔姆设计学院的影响。

阿连德政府最早出台的 40 项政治举措中，有一项是为全国所有 16 岁以下儿童提供"每天半升牛奶"的定量配给。这项特别针对贫困阶层的措施，被作为新政府的形象工程广泛宣传。自 1924 年起，智利政府就开始发放免费牛奶，但在阿连德的"人民团结联盟"政府领导下，牛奶配给量大大增加了。新政府在执政的第一年分配了 4800 万千克奶粉，是上届政府年分配量的 4 倍；由于国内生产不足，智利进口了额外的奶粉。[1]

智利食物匮乏使其成为世界上婴儿死亡率最高的国家之一。1970 年，约有 20% 的智利儿童营养不良。在这种情况下，牛奶配给计划成为一件关乎生死的大事。人民团结联盟的首要任务就是培养营养良好的新儿童。

---

[i] 作者简介参见第 101 页脚注。

图 44：5 克奶粉量勺。

  国家补充食品计划旨在促进儿童正常的生长发育，防止营养不良，提高人口的营养和健康标准。分配奶粉是重要手段，因为奶粉富含蛋白质、维生素 A、维生素 B2、钙和磷。每月的基本配给定额是：6 个月以下的儿童每月 3 千克奶粉，6 个月至 2 岁的儿童每月 2 千克奶粉，2 岁至 6 岁的儿童每月 1.5 千克奶粉，6 岁至 15 岁的儿童每月 1 千克奶粉，孕妇每月 2 千克奶粉。配制牛奶需要将规定重量的奶粉与规定体积的开水混合，该计划起初制定了一个表格，列出了不同年龄组的奶粉供应量，用中号平勺量奶粉。该计划启动后不久，卫生部门发现，国家奶粉计划的 360 万受益者中，约 12% 的人没有领到足量奶粉。由于人们使用不同形状和大小的勺子，牛奶经常不是太稀就是太浓。

  该计划并非没有争议。人们普遍认为牛奶会导致腹泻，因此不应该喝牛奶，尽管事实上腹泻的部分原因是营养失调的儿童的胃不习惯牛奶。为了解决这个问题，政府供应脂肪含量 1.9% 的脱脂奶粉，低于 3.1% 的国际标准，但是，脱脂奶粉口味不佳，有些人不愿意饮用。有报道称，这些牛奶的质量非常差，只能用来在足球场上画白线。这些事情激起了反对派的抨击。国家补充食品计划还特别强调牛奶的卫生配制，因为他们意识到不良的卫生状况是儿童腹泻的另一个原因。在国际舞台上向发展中国家销售的配方奶粉曝出丑闻之前，改善奶粉生产条件就已经是智利营养专家的主要关切之一。这些国家的卫生标准不高，增加了婴儿得传染病和死亡的风险，而且奶粉还剥夺了他们从母乳中获得天然抗体的机会。

除了这些问题之外，奶粉成分配比不稳定也影响了该计划的成功，因此，卫生部门委托新成立的智利技术研究所寻找解决办法。人们开始设计一种塑料勺子，用来精确地计量奶粉。乌尔姆设计学院的德国设计师居伊·邦西佩领导下的智利技术研究所（包括乌尔姆设计学院的留学毕业生和智利大学工业设计专业的一群学生）设计了20多个勺子，可以量出5克和20克奶粉。这些设计原型中有几件在机械调平系统的复杂性方面表现出近乎偏执的精确。最终结果是大量生产了两种白色单件塑料小勺，上面凸显出"Medida rasa 5 g SNS"（平勺量5克；SNS指国家医疗卫生系统）的字样，另一个字样是"Medida rasa 20 g SNS"（平勺量20克）。这两种大小的勺子可以根据孩子的年龄，更快、更准确地配制少量或大量牛奶。据估计，6个月以下的儿童每天消耗1升牛奶，6个月至2岁的儿童每天消耗0.67升牛奶，2岁至15岁的儿童每天消耗0.5升牛奶，孕妇每天消耗0.67升牛奶。这项计划表明智利期望通过设计实现人们在20世纪70年代初向往的乌托邦。

在阿连德政府的领导下，智利技术研究所工业设计部门发展了约22个工业设计研究项目，目的是通过进口替代[i]和国有及混合经济产业的生产合理化来干预经济。只有农业机械、金属加工、电器、学校用品、住房和食品等行业制定了产品标准化方案。然而，由于经济和政

---

[i] 指发展中国家采取严格限制进口的措施，选择进口需求大的产品作为民族工业发展的重点，逐步以国内生产代替进口，从而带动经济增长。

治两方面的不确定，智利几乎没有生产其中的任何产品。牛奶勺是少数投入生产的产品之一，但是，后来在奥古斯托·皮诺切特的独裁统治下，阿连德时代有关奶粉供应的数据被篡改了，牛奶勺和整个计划一起被遗忘。目前，尚存于世的仅有一个 5 克勺子，以及一些备选的设计图样。

迷你光碟
普里亚·坎赞丹尼 [i]

过时

所有购买过迷你光碟（MiniDisc，1992年索尼推出的一种音频储存介质）的人都会记得，它意在改变人们聆听音乐的方式。当时人们还在使用厚厚的盒式磁带，迷你光碟的光亮外观很时尚，而且很实用，因为它既能录音又能播放音乐，不像CD功能单一，这个神奇而袖珍的盒子似乎解决了听音乐方面的所有问题。

20世纪80年代初，在索尼和飞利浦发明CD后不久，索尼就开始研究一种使用更小光盘的录音和播放设备。磁带容易缠结，销量已经在下降。索尼公司想要研发一种CD的替代品，音质清晰，并且能录音和重录。

1991年，迷你光碟诞生了。它是一个装在方形塑料外壳里的64毫米光盘，可以录制74分钟，大小是CD的四分之一，但有跟CD一样的容量和高音质。在使用便携设备播放迷你光碟时，它不会像CD一样弹出来，在运动时也不会跳跃。这种新介质不仅可能取代磁带，而且可能成为CD的有力竞争对手。索尼的工程师夜以继日地工作，为迷你光碟能及时进入市场做好准备，以便赶上飞利浦公司同期研发的竞争产品。

---

[i] 普里亚·坎赞丹尼（Priya Khanchandani），设计博物馆的策展负责人，曾是 *Icon* 杂志的主编。她以优异的成绩毕业于伦敦皇家艺术学院，此前曾在维多利亚和阿尔伯特博物馆从事设计收购工作，并在英国文化教育协会从事文化项目工作。

图 45：MDR-74 可录音迷你光碟，1999 年。

1992 年，索尼准备量产迷你光碟，甫一上市就风靡一时。从当时的广告可以看出，迷你光碟的市场前景一片光明：1997 年英国播出的一则电视广告中，主人公在用迷你光碟播放快节奏的泰克诺音乐[i]时设法让太阳落下，说明此物可以赋予用户特殊能力。当时，另一则推广迷你光碟的电视广告打出了"音乐自由"的口号。一组快速的蒙太奇画面表现出人们在跑步或进行其他活动的过程中，用便携式迷你光碟播放器听音乐。

然而，无论这些故事多么引人入胜，都不足以吸引消费者。迷你光碟上市的第一年，销量不到 5 万张。虽然迷你光碟是一款实用的产品，

---

i　一种电子舞曲，又名"科技舞曲"，20 世纪 80 年代诞生于美国工业之城底特律，由反复的快节奏旋律构成。

但售价 500 英镑——性能没比 CD 改进多少，价格却高得多。此外，它的主要目标人群是青少年，这有些令人吃惊，因为，实际上不能指望他们消费得起。因此，尽管索尼进行了大规模的市场营销，但大部分唱片公司仍坚持使用 CD，从未转向新介质。

到了 1995 年，迷你光碟的销量增长到 120 万张，1996 年增长到 290 万张。该产品在日本的销售相对成功，据说，1997 年，日本的迷你光碟销量占据了全球市场的 60%。受此销量鼓舞，1998 年，索尼推出了一系列新的迷你光碟播放器，其中包括价格较低的型号，最便宜的播放器售价在 154 英镑左右。

这种价格便宜的迷你光碟播放器有着长期的潜力，但跟 MP3（另一种新音乐储存介质）相比，几乎没有什么胜算，MP3 不久就成了音乐的代名词。2001 年，苹果公司推出了 iPod，这是一种可以拿在手里的便携设备，能够播放数小时音乐，完全不需要有形的光盘。虽然 iPod 不是最早的 MP3 播放器，但它在设计上是一个飞跃：比竞争产品更小、更容易使用，有一个滚轮可以翻动播放列表。随着 MP3 的普及，无论迷你光碟最初多么有新鲜感，现在也陷入了困境。2013 年，索尼完全停产迷你光碟，它的命运也就此尘埃落定。

每分钟 33 转的黑胶唱片、每分钟 45 转的单曲唱片和盒式磁带等音乐媒介也是这一产品创新的牺牲品。迷你光碟刚刚被人们接受就被淘汰了，它从未定义过一个音乐时代。它在数码革命的迅速发展期进入市场，当时许多产品在坏掉之前就过时了，今天的情况仍然如此。不同于如今的是，在迷你光碟问世的时代，人们还没有对家用电器的频繁更迭习以为常。它并非第一种昙花一现的音乐媒介，但在 20 世纪 90 年代末，许多消费者购买它时都以为它会经久不衰，他们不像今天的消费者在购物时会考虑到过时的因素。然而，不仅迷你光碟被淘汰了，花大价钱买来的迷你光碟播放器也被淘汰了。

如今的消费者已经习惯不断有更新颖的产品出现，刺激着人们购买它们，以至于出现这样的情况：即使数以百万计的手机、音乐设备和电脑产品仍然可以使用，它们还是不断地被更好的型号取代。但是，上一代人不一样，他们几十年来一直使用磁带和黑胶唱片，收藏了一架子又一架子。

回首往事，迷你光碟的昙花一现不应归咎于技术缺陷。实际上，直到 21 世纪初，人们仍在生产迷你光碟，这说明即使在 MP3 成为行业标准之后，迷你光碟至少仍然以某种方式存在着。尽管索尼不愿意具体透露为什么没有更早停产（迷你光碟没有达到销售预期，可能让索尼进退两难），但是，索尼继续投资该产品，可能是希望它能在 CD 的流行日渐式微时异军突起。

迷你光碟的长寿也反映了这样一个事实：它的音质比磁带好，跟 CD 差不多，同时有录音功能，拥有小巧并能带来良好保护效果的外壳，因此，它在坚持实体唱片品质的人群中仍然拥有商机。跟之前的 CD 相比，它是一种技术进步；它过早地退出市场，与其说是由于缺乏创新，不如说是由于风险过高、变化开始得太快，创新家们几乎不可能与时俱进。

iPod 使我们不再需要购买光盘，既省了钱，又节省了存储空间，使我们不再那么依赖储存单元，迷你光碟无法跟 iPod 之类的设备竞争。虽然对消费者来说，这可能是最好的结局，但对音乐人来说，MP3 意味着专辑销量下降。流媒体服务开始免费提供音乐下载，这引起了泰勒·斯威夫特等艺人的反对。2014 年，泰勒·斯威夫特在《华尔街日报》的一篇文章中提出"有价值的东西应该付费购买"的著名言论。最终，MP3 成功超越了迷你光碟和 CD，目前可能是音乐技术竞赛的冠军。但是，我们明白，没有任何数字媒体会久盛不衰，随着时间的流逝，我们将会见证多久之后什么会超越它。

迷你终端
沙希德·萨利姆[i]

停用

20世纪70年代，法国的电话网络一片混乱。实际上，人们需要等待三年才能安装一条新电话线，它被称为工业化世界中最糟糕的电话系统。这要求政府必须采取行动，法国总统瓦莱里·吉斯卡尔·德斯坦正着手通过新的基础设施建设实现国家的现代化，他下令撰写一份关于国家电信行业状况的报告。

1978年，法国内阁成员西蒙·诺拉与商人兼政治顾问阿兰·孟克合著的《社会的信息化》出版，并成为畅销书。该书预见到，在新兴的后工业社会中，获取信息是权力的来源，信息网络的发展将带来一个更加去中心化的社会，让传统意识形态分崩离析。假如国家不承担起责任，法国将失去控制自己命运的能力，因此，他们提议通过在每个家庭中设置的终端将交互式服务叠加在电话网络中，以利用和推进电脑和电信之间与日俱增的相互联通。

结果，法国发展出了迷你终端（Minitel），这是一种整合了键盘和屏幕的先锋设计，属于用户主导的交互式数字设计的新兴领域。迷你终端的早期机型有一个黑白显示器，可以显示简单的图形，独特的键盘可以折叠到屏幕上方或下方（它是早期苹果台式电脑革命性设计的前身）。

---

[i] 沙希德·萨利姆（Shahed Saleem），伦敦建筑师、威斯敏斯特大学建筑学院设计工作室负责人、伦敦大学学院巴特莱特建筑学院荣誉研究员。他特别感兴趣的是以用户为导向的设计，以及如何塑造新的建筑形式和城市主义，特别是在移民社区和散居社区中。他著有《英国的清真寺：一部建筑与社会史》（2018）。

图46：阿尔卡特公司的迷你通信终端，法国，1983年。

迷你终端的目标是成为家庭不可或缺的一部分，小巧玲珑和使用方便是关键因素。迷你终端后来的型号采取曲线更加优美的造型，符合当代的流行趋势，并保持小屏幕和键盘合为一体的原则。在停产之前，它已经具备了插入支付卡的功能。

在问世之初，迷你终端是电话簿的免费电子替代品。然而，在30年的运营期间，它扩展到了法国的700万个家庭，数以千计的商家提供了从购买火车票、查询考试结果到玩游戏、成人聊天等各种服务。实际上，迷你终端就是法国的互联网，是我们今天的互联网的前身。但是，它是如何产生的，又将如何发展？

迷你终端雄心勃勃的扩张必须放在20世纪70年代各国发展国家电信和数据服务的竞争背景下来看。英国有提供可视图文服务的普利斯特和图文电视公司，而法国对任何带有美国化味道的东西都很敏感，对美国的 IBM 及其计算机网络占据的优势忧心忡忡，担心它渗透到法国文化中。因此，在法国家家户户都安装数据终端的理想，是一项使法国在电信竞赛中占上风的革命性战略。

最初的挑战是说服公众在家中安装终端。为了鼓励用户使用，法国电信服务部门想出了一个聪明的办法，即用数字电话簿取代印刷版本，而这些数字电话簿只能通过迷你终端系统访问。1982 年年末，第一部电子电话簿在法兰西岛地区推出，并于 1983 年至 1987 年间逐步推广到全国。邮局免费发放迷你终端。用户只要把终端插到家里的电话线上，就可以直接拨入邮政目录并获取数据。对于许多用户来说，这是他们唯一直接接触交互式计算的体验，他们每个月都按上网时间付费。[1]

但是，电信服务需要收入来支付网络数字化的费用，迷你终端需要增加网络的使用量以支撑下去。电子电话簿为新的私人经营的可视图文服务创造了消费者基础。为了使其资本化，国家给通过网络提供服务的商家颁发了许可证。每个供应商的网站都有独一无二的四位数号码，可以在终端上拨号访问。除了购买火车票、度假预订或使用电话簿之外，迷你终端还最早实现了在线食品配送服务。用户按照在线时间缴费，网站服务供应商获得三分之二的收入，国家电信服务公司获得剩下三分之一的收入。

20 世纪 90 年代，迷你终端服务达到巅峰时期，拥有 2500 万名用户，与当时全球互联网的使用水平相当。据报道，当时法国国家铁路公司每年通过迷你终端获得 2000 万美元的收入。虽然我们目前不清楚法国电信是否从迷你终端系统中赚到了钱，但肯定有企业家发了财。比如，成人聊天服务行业通过迷你终端蓬勃发展，成为法国电信的主要收入来源。

然而，随着 20 世纪 90 年代万维网的兴起，迷你终端未来的日子所剩无几。1993年，总部设在日内瓦的欧洲核子研究组织——万维网的研发之地——将软件发布到公共领域，并授予开放许可证，确保了万维网被广泛使用。跟万维网的开放式平台不同，迷你终端是一个封闭的系统，只有注册的商家才能提供服务。虽然迷你终端在存在期间进行了设计上的改进，但技术最终停止了发展。再加上迷你终端未能出口到其他国家，该系统失去了竞争力。到了2011年，只有81万台迷你终端仍在使用；2012年6月，法国电信决定永久关闭迷你终端。[2]

从20世纪80年代到90年代初，从数字技术和外观设计的角度而言，迷你终端可能是世界上最具创新性和最先进的大规模电信系统。它使法国社会计算机化，并赋予其技术独立性。它引入了许多后来互联网的服务和系统，比如银行业务、天气预报、股票价格和成人内容。人们通过迷你终端发明出新的服务类型，把各行各业联系在一起，还探索了各种新的通信方式。它展望了一个数字互联的未来，并在国家范围内表现出未来万维网在全球的发展潜力。

月亮塔

布里约尼·奎因[i]

失效

19世纪后期，街头电灯的出现使得世界各地的夜晚都亮如白昼。煤气灯和各种暗淡的化石灯始终不够亮堂，但人造光还是越来越明亮，能够照亮更大的面积。光一直是真理和知识的同义词，然而，19世纪（有史以来技术最先进的世纪之一）最后几年电灯的出现则意味着不间断的工业和生产力。

刚开始，城市的各种电力照明之间还存在着竞争，到了19世纪末，白炽灯明显胜出了。接下来的百余年里，我们生活在现代灯泡稳定而标准化的光线下，忘记了那些已经淘汰的照亮黑暗的巧妙方法，人们曾经设想并制造了这些灯泡，照亮了整座城市，其中包括人造月亮。

第一座月亮塔（或称月光塔）建于19世纪70年代，塔上安装了弧光灯——弧光灯是最早、当时最受欢迎的照明方式之一。1801年，汉弗莱·戴维发明了弧光灯；1877年，查尔斯·F. 布拉什开始大规模生产和安装弧光灯为街道照明。弧光灯确实是那个时代最成功的发明之一，有些型号的弧光灯甚至可以达到6000"烛光"的亮度。它不但明亮，而且运营和保险都比煤气灯便宜。市政府的这种照明方式节省了费用，因此在人工照明领域取得了最初的成功，商业中心、公共空间和郊区到处都安装着弧光灯。对于安装弧光灯的私人企业来说，比如P. T. 巴纳姆的马戏团，这种新奇的明亮灯光吸引了更多顾客到从前过于阴暗的空

---

[i] 作者简介参见第13页脚注。

图 47：第九大街和瓜达卢佩街的工人们正在修理或更换月光塔上的灯泡，得克萨斯州奥斯汀市，20 世纪 30 年代。

间里参加活动。

然而,对于部分人群和人之外的生物来说,弧光灯的亮光与煤气灯相比显得很可怕(煤气灯光相当于16支蜡烛)。这样的亮度不适合家庭空间,在剧院等较大的公共室内环境中也几乎令人无法忍受。制造商提议,弧光灯最好安装在户外距人较远的地方,在75米高的铁塔顶部安装4到8盏灯。从地面上看,这个高度分散了光的强度,并且能投射出更大范围的光辉。

由于弧光灯惊人的亮度,很多人反对在城市里安装弧光灯,理由包括干扰睡眠、灯光下人的脸色很难看,以及无法区分昼夜带来的"现象学"焦虑。对于弧光灯的批评者,尤其是那些冀求继续使用煤气灯作为城市主要光源的人来说,清晨在街上读报或看表的新鲜感不值一提。然而,对于倡导者来说,弧光灯是一种浪漫,美国的每座新城镇都拥有自己的月亮是一种富有诗意的奇思妙想。

为了使月亮塔得以存在,各种独立研发的技术必须融合在一起。在1800年亚历山德罗·伏特宣布电池的诞生之后,戴维设计的弧光灯原型是有记录的第一步,多年来他一直在测试各种材料,以匹配新电池不断提高的性能。在戴维首次观察到连接早期电源元件的两个碳电极之间闪现的火花之后,他的实验搁置了半个世纪,因为这种光没有任何规律,还要耗费巨大的成本。50年后,更稳定、维护成本更低的新蒸汽驱动发电机开始为弧光灯的连续照明供电,并使其规范化。几年后,布拉什也跟上了这一发展趋势,他在1877年发明了一种使用弧光灯的单光源发电机,并成功扩展成一系列带有多盏灯和开关的灯塔。

布拉什系统马上进入了许多公司竞争的领域,这些公司把各种弧光灯安装在很高的地方(很多公司后来合并了)。很快,月亮塔作为一种照明设备,像岗哨一般矗立在美国各大城市上空,其中包括奥斯汀、旧金山、丹佛和纽约等,报道称明尼阿波利斯出现了"电月亮"。在洛杉矶有36座月亮塔。除了弧光灯，这些城市还使用其他照明设备，但当时的底特律把月亮塔作为唯一的照明方案。

底特律月亮塔的建造和拆除过程清晰地体现了该设计的成功，以及最终的失败。底特律城市各处总共有122座月亮塔，市中心的月亮塔高53米，间隔305—365米；住宅区街道之间的月亮塔高46米，间隔762米。市政府认为月亮塔的合理之处在于100座灯塔的维护成本低于1000盏灯，且视觉效果很好。

虽然规模庞大，但这片人造灯光天空有一个根本缺陷。月亮塔在开阔地带或低矮的建筑区效果不错，下面的建筑不会挡住灯塔的光线而产生阴影。然而，当时的底特律被称为"树木之城"（由于许多树木被砍伐，20世纪时这种景观消失了），这意味着在春季和夏季，特别是在居民区，月亮塔的光线会被树冠遮蔽。解决了树叶的问题后，雾又成了问题。与此同时，19世纪末，高层建筑开始改变美国的城市景观，底特律的商业区也出现了高层建筑，这种现代建筑完全挡住了月亮塔的光线。

底特律的月亮塔照明系统建成不到10年就拆除了。在屋顶、云层和树冠之上，在城市规划者高瞻远瞩的想象中，月亮塔光彩夺目，然而，地面上却是一片黑暗和斑驳，而且这是对税收的滥用。当时，白炽灯已经发展成熟，可以轻松安装在街道上，不太昂贵，也不会引人反感。20世纪初，美国其他地方仍然矗立着一些月亮塔，它们作为独特的景观被保留了下来。

这并不意味着月亮塔在人工街道照明领域没有任何后续。比如，20世纪90年代，俄罗斯在"旗帜"实验中发射了卫星，目标是偏转太阳光产生定向光束，亮度"相当于几个满月"。最终虽然失败了，但它代表了月亮塔的传承。无论是弧光灯技术的失败，还是高空街道照明系统的明显缺陷，显然都没有让月亮塔真正终结。

此时此刻，我们很容易对这些发明的作用感到惊叹，或者质疑地嘲笑那些声称能驾驭、媲美和改进月光等太空力量的人。可以说，月亮塔更恰当和令人深思的继承者是泛光灯，伴随它而来的城市环境更加刺眼（而非明亮），也更令人心烦意乱（而非迷人）。自然界所熟悉的夜晚终结了，弧光灯带来了无休止的资本主义和不断被监视的潜在可能。然而，生活在人造"月"光照耀之下的浪漫想象——这是一种技术幻想——将月亮塔的梦想延续了下去。

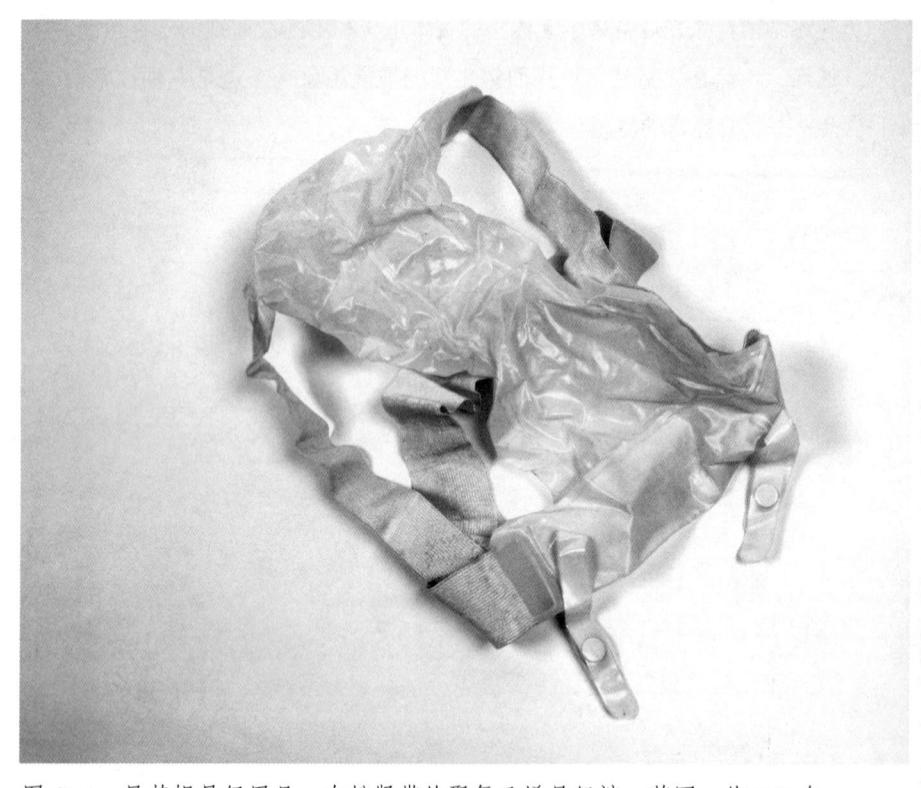

图 48-1：尼基妮月经用品，有松紧带的聚氯乙烯月经裤，英国，约 1970 年。

尼基妮
蕾切尔·西沃恩·泰勒 [i]

过时

在童年时代，公共厕所里的那些禁止往抽水马桶内扔"卫生纸巾""卫生垃圾"或"女性卫生用品"的标语对我来说是一个谜。妈妈解释说，它们指的是卫生棉条和卫生巾，这些东西应该扔到抽水马桶旁边的垃圾桶里，而不是用水冲走。

事实上，人们提起月经相关产品的很多方式都让我感到困惑。在20世纪90年代的电视广告中，人们把蓝色的水——拘谨而虚假的血液替代品——倒在各种月经用品上，这让我迷惑不解。我也不明白为什么这些广告中还经常出现滑冰和足球。[1] 我无法理解这些广告，可能因为我不属于对月经带记忆犹新的一代人。月经带是在现代卫生巾出现之前的主要月经用品，戴上这个玩意儿，确实很难轻松地运动和处理其他日常琐事。

关于月经用品的历史记载寥寥无几，它们甚至比月经的实际感受及随之而来的疼痛和各种身体不适更少被人提及。不同辈分的女性之间往往也不会聊到这个话题。这是一段被隐藏起来的历史，这种隐藏有时是无意的，但更多时候是故意避而不谈。我最终了解到月经带是通过文学作品中一笔带过的片段，比如朱迪·布卢姆在1970年出版的小说《上

---

[i] 蕾切尔·西沃恩·泰勒（Rachel Siobhán Tyler），艺术家和文化研究者。目前，她在伦敦大学皇家霍洛威学院的地理人文中心，从事关于伦敦东区时尚产业的博士研究工作，该研究由英国艺术与人文研究理事会资助。

帝你在吗？我是玛格丽特》。

尼基妮（Nikini）是英国切斯特菲尔德的罗宾逊父子公司生产的"一次性卫生用品"。罗宾逊公司从1880年开始生产卫生巾，还生产各种医用敷料。1895年，它成为英国第一家引进纤维素敷料的工厂，这种材料很快就被用来制造卫生巾。1957年，发明家瓦莱丽·亨特·戈登申请了第一个"防水月经裤"专利，两年后，尼基妮投入生产。（顺便说一句，戈登还发明了另一种如今已经消失的革命性产品"PADDI"，它是首款一次性婴儿尿布。）1963年，罗宾逊公司称，他们的新产品"在短时间内占领了稳固的市场，而且需求量很大"。[2] 产品由防水内裤和专门吸收液体的衬垫组成，这样的设计可以吸收经血。这种可重复使用的内裤在市场推广时名为"尼基妮"，跟一次性的"尼基妮护垫"一起销售。尼基妮由聚氯乙烯面料制成，两侧有较宽的松紧带，可以舒适地紧贴臀部，防止移动或侧漏。护垫由纤维素制成，用揿纽固定在裤裆前面的两个小布条上。

该设计标志着工业生产的月经用品往舒适性和实用性的方向迈进了一大步，在此之前主导市场的是月经带和环形卫生巾。环形卫生巾将多层纤维素两端扎成开口的环形，并用别针之类固定在两根布条上。布条系在腰带正面和背面的中间位置。腰带是用棉绳或新式的松紧带制作的。使用传统月经带的女性不能穿比基尼，更别提紧身牛仔裤、迷你裙或者20世纪60年代的任何时装了。这些衣服会让月经带露出来，非常不舒服，而且还很可能让月经带偏离而不起作用。

相比之下，尼基妮月经裤尺寸小，并且是低腰的，这个设计特征在产品名称中得到了强化，它将英语单词"knicker"（短裤）和"bikini"（比基尼）在发音上融合在一起。广告的亮点在于直截了当，并强调了产品是由女性设计的。广告直接提到了"月经"一词，这在20世纪50年代也很不寻常。（实际上，现在的英国广告中使用确切的语言也只比过去稍微常见一点;直到 2010 年,"阴道"这个词才出现在广告宣传中。)尼基妮的品牌推广相当坦率,这种创新为二十世纪六七十年代的女权主义社会革命铺平了道路。在那个时代,单身女性的贷款申请通常会被拒绝,女性薪水低于男同事是公认的事实,那些使女性能够解放自己身体的创新,比如自行车、裤子、避孕药,以及尼基妮,成为追求社会公平而不断斗争的重要工具。尼基妮广告的目标客户是"现代女孩",广告中的女性穿着紧身衣,摆出各种倒立的瑜伽姿势、骑自行车、穿合身的裤子。它拒绝对身体感到羞耻,驳斥了把月经看作"诅咒"的观念。其中一则广告说:"尼基妮给你安全感,月经不再是一种诅咒。"

20 世纪 70 年代初,尼基妮被背胶式卫生巾取代,从此销声匿迹。背胶式卫生巾不需要专门的短裤来托住,而是粘在使用者自己的内裤上。丹碧丝卫生棉条的兴起给尼基妮带来了致命的打击。新一代背胶式月经用品袖珍的特点,以及使用卫生棉条羞耻感的减弱,意味着尼基妮不再是现代社会的最新词汇;相反,它很快显得烦琐而陈旧,沦为另一种形式的月经带。

如今,曾经风靡一时的尼基妮多半被人们遗忘了。更确切地说,基

图 48-2:尼基妮包装盒,英国,约 1970 年。

本上没有关于它们的历史记载。我联系了罗宾逊公司，他们没有关于尼基妮何时停产的记录。此外，虽然这款产品无疑是革命性的，但人们很少自然而然地回忆起它。尼基妮跟贝克莱特无线电收音机、旧电脑和"偏远地区"的厕所不同，在粘贴式卫生巾、卫生棉条和月经杯出现之前，女人使用怎样的月经用品并不是可以在餐桌上讲给孙辈听的故事。人们讨论它的时候会使用一大堆委婉语，比如诅咒、破布、卫生垃圾、月事，等等。而且，我们谈论月经用品时，很难避开极度女性化的狭隘而理想主义的腔调——20世纪的广告商发明了这种腔调，并不断重复。格伦达·卢因·胡夫纳格尔[i]指出了这些广告的可笑之处，在这些广告中，"女人要有女人味，必须掩盖她们来月经的事实"。[3]

如今，"月经应该被隐藏起来"的看法受到了更积极的挑战。音乐人基兰·甘地在参加伦敦马拉松赛跑时被拍到"随心所欲地流血"，在国际舆论中引起了轩然大波；可重复使用的月经杯重新流行起来；更多的学者发表了关于月经用品史的文章；2019年，伦敦科学博物馆开始收藏月经用品。描述月经用品的语言变得更准确、更无性别歧视、更少性别化。

重要的是，公众对所谓"月经贫困"的讨论越来越多，这是许多人面临的真实处境。她们只能获得少量卫生、安全的月经用品，甚至根本没有这样的月经用品，她们处理月经的正当要求无法得到满足。月经带给她们羞耻感，也影响了她们生活的其他方面。2018年，苏格兰政府通过了一项法案，向中小学、大专院校和大学的学生免费提供月经用品，并于2020年通过立法，在多种指定的公共场所免费提供月经用品。尼基妮使我们第一次体验到了未来的自由——我们不再为月经感到尴尬，甚至欣然接受它——也许终将会实现。

---

i　格伦达·卢因·胡夫纳格尔（Glenda Lewin Hufnagel），美国作家，著有《从古希腊到21世纪的女性月经史》等作品。

"言简意赅"钢笔
皮波·乔拉[i]

过时

　　1969年到1991年，艾奥瓦州麦迪逊堡的犀飞利公司制造了标准的"言简意赅"（No Nonsense）钢笔，笔身用几种色彩的塑料和不锈钢制成。"言简意赅"钢笔有各种款式：有些款式外观稍微不同，有特别版，还有带圆珠笔尖或书法笔尖的款式，直到20世纪90年代末还在生产；标准款式使用墨水囊，用钢装饰，盖上笔帽长13.05厘米。尽管它已经停产很久了，但是，直到几年前，我们仍然可能在文具店邂逅这些幸存的古董，尤其是建筑设计学院附近的文具店。这些古董慢慢消失了，现在必须在eBay上才能搜寻到它们的踪迹。

　　钢笔是否畅销取决于外观和性能。"言简意赅"钢笔是一种价廉物美的笔具，初次出现在市场上时售价不到2美元。它拥有现代主义或装饰艺术风格的外观，灵感源自20世纪20年代的扁头钢笔，完美契合了当时后现代主义的早期潮流。它的性能也很出色，可以媲美更昂贵的产品。然而，"言简意赅"钢笔被用作他途之后，才有了不朽的传奇。这款笔具是为书写而设计的，但它实际上表现出了极大的灵活性和惊人的多功能性，有着各种出人意料的用途，比如，记乐谱或绘制建筑草图。尤其在北美和意大利，建筑师和建筑专业学生特别迷恋这款钢笔，它有

---

[i] 皮波·乔拉（Pippo Ciorra），建筑师、评论家，意大利卡梅里诺大学雅典建筑设计学院和威尼斯建筑大学（博士课程）教授，著有意大利建筑、城市主义和博物馆方面的书籍和论文。他在意大利和其他地方策划过展览，2009年以来，他一直是罗马21世纪国家艺术博物馆的高级策展人。

图 49：犀飞利"言简意赅"钢笔，美国，1969 年至 20 世纪 90 年代。

F（细）和 M（中粗）两种尺寸的笔尖，能流淌出光滑、清晰、灵巧的线条。一般来说，钢笔不适合厚绘图纸，因为墨水会洇开，很难画好线条，但"言简意赅"钢笔表现完美，跟北美的学校和办公室普遍使用的黄色描图纸的材质与颜色非常契合。它也符合后柯布西耶时代建筑师口袋里随身携带小笔记本旅行的习惯。时髦的建筑师乐于让彩色钢笔代替手帕插在外套前口袋里，他们有时甚至会巧妙搭配两三支钢笔，尽管单支钢笔就可以让主人满意地写字和画草图。

没过多久，时代精神和地方精神结合在一起，将钢笔变成了一种时代标志。在二十世纪七八十年代罗马的建筑领域，建筑师极度（有些人会说这是病态）专注于绘图（disegno）的完美无瑕，来防止建筑过程中危险的坏苗头。¹ 格伦·亚当森 [i] 和简·帕维特 [ii] 认为，"对意大利来说，20世纪70年代是战后最萧条的10年，这个时代处于思想危机、国内恐怖主义盛行和严重的经济衰退之中。"² 在这样的环境下，该国最有影响力的建筑家曼弗雷多·塔夫里 [iii] 也找不到任何拯救建筑的方法。他说，事实上，如果不屈服于资本主义攫取利润与权力的过程，就没办法生产建筑。他理论上赞成某种形式的明智"弃权"。这种虚无主义的环境产生的结果是自相矛盾的：在威尼斯（某种程度上米兰也是），人们不断投入研究或设计，创作出成为建筑理论里程碑的计划和文字，但真正运用于建筑实践的却很少。³ 但在罗马这座对理论研究不太感兴趣的城市，塔夫里的虚无主义表现为对绘图方法本身的精益求精。跟北方的同行相比，罗马建筑师绘图不是为了产生理论或政治哲学，而是通过他们笔下"理想"城市图景的力量来吸引观众，把政治转化为形式和欲望。这种潮流后来被命名为"建筑绘图"，在建筑界合法地存在下去。他们由一群绘图建筑师组成，带头人是第一届威尼斯建筑双年展的策展人和后现代主义英雄保罗·波尔托盖西 [iv]。他办的杂志《尤帕里诺》版面中漂亮的大幅图纸通常是用"言简意赅"钢笔在精美的通草纸上绘制的。至少有一家画廊——建筑与现代艺术画廊在不断举办这群建筑师的展览，把他们的作品跟艺术家的作品一起展出。20世纪80年代以后，建筑设计图纸变得越来越有市场价值。

初次接触到"言简意赅"钢笔时我还在读书。当时，我去参观卢多

---

[i] 格伦·亚当森（Glenn Adamson），美国作家和策展人，研究领域为手工艺、设计史和当代艺术之间的关系。

[ii] 简·帕维特（Jane Pavitt），英国设计及建筑史学者和策展人，著有《品牌圣经》等作品。

[iii] 曼弗雷多·塔夫里（Manfredo Tafuri, 1935—1994），意大利建筑师、历史学家，著有《现代建筑》《建筑学的理论和历史》等书。

[iv] 保罗·波尔托盖西（Paolo Portoghesi, 1931—2023），建筑理论家、历史学家和建筑学教授。他曾担任威尼斯双年展建筑部门的主席、*Controspazio* 杂志的主编，以及米兰理工大学建筑学院院长。

维科·夸罗尼教授的工作室，在办公桌前和他谈话时，我看到桌上放着一大堆钢笔，有八种颜色的普通版钢笔，还有一些特别版。我马上购买了一支（我的第一支"言简意赅"钢笔应该是白色笔身、黑墨水的），然后，我就欲罢不能了。我发现在描图纸上用"言简意赅"钢笔画草图有一种魔力，流畅的动作和清晰有力的粗线条给人一种掌控感，让人觉得有能力快速将一个想法描画在纸张上，而这样描画的草图本身就有某种价值。我意识到学校里的每个人（我当时是罗马大学的学生）都在使用同一种钢笔。不仅是夸罗尼和波尔托盖西的众多助教，还包括所有其他人：建筑师、教师、学生。后来我注意到，一些"时髦"的年轻教师正在将钢笔的使用范围扩展到绘制草图之外，把它当作创作大幅绘画图纸的工具，他们经常选择深红褐色的墨水，让人想起文艺复兴时期的草图。

标准款"言简意赅"钢笔的"官方"寿命持续了20年，并于1991年停产（可能是由于该公司的廉价产品跟本公司生产的更昂贵的产品竞争带来的营销问题）。"言简意赅"钢笔的生命周期与后现代主义运动相吻合，这一事实的意义要超过计算机辅助设计的出现和崛起。作为对长期以来的现代主义危机的反应，以及对后乌托邦社会中自主建筑本体论在政治上"无法实现"的回应，意大利确立了建筑绘图至高无上的地位——虚构建筑图纸的一曲挽歌，追求艺术和政治的独立自主——这也许是意大利对后现代主义建筑文化做出的最丰富的贡献之一。在这种叙事中，胸前口袋里醒目的"言简意赅"钢笔既是一份宣言，也是一件随时准备出鞘的武器。

北巴克斯单轨铁路城市
吉莉安·达利 [i]

空想

1960 年，英国交通大臣欧内斯特·马普尔斯委托科林·布坎南教授领导的团队撰写了《城市交通》报告。该报告于 1963 年发表，之后交通大臣指出，由于汽车已经开始威胁城市生活的质量，"交通规划和土地使用规划必须一起进行"。有讽刺意味的是，马普尔斯本人投资了汽车运输行业（他是马普尔斯·里奇韦道路建设公司的创始董事），他被迫突破技术发展的边界，告诉下议院议员们，他不排斥"自动人行道和单轨铁路等新技术的发展"。他可能想到了法国企业管理研究公司的单轨铁路专利，当时该公司正在探索如何将他们的发明推广到遥远的日本和加利福尼亚，最近还参与了连接希思罗机场和伦敦市中心的交通问题的讨论。

与此同时，在中央政府的眼皮底下，一个更高瞻远瞩的单轨铁路项目已经在酝酿之中。1962 年夏天，热情洋溢的白金汉郡议会首席建筑规划师弗雷德·普利要求他的助手比尔·贝雷特考虑"为 25 万人建造一座新城市的可能性"。普利相信贝雷特会想出有意思的解决方案（贝雷特有重新规划考文垂的经验），然后他就去苏格兰度假了。

贝雷特被安置到艾尔斯伯里议会大楼一个紧锁的房间，在那里独

---

[i] 吉莉安·达利（Gillian Darley），作家、播音员和传记作家，对空想的工程特别感兴趣。她的著作包括《想象的村庄》（1975；2007 年修订版）、《伊昂·奈恩：地方的话语》（与大卫·麦凯合著，2013）和《卓越的埃塞克斯》（2019）。

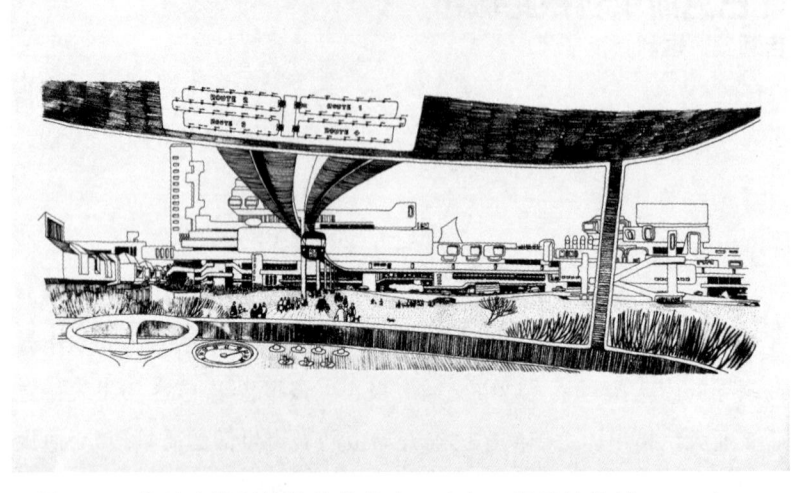

图50-1：北巴克斯新城的单轨铁路，比尔·贝雷特绘制，1964年。

自工作了几个星期。该项目非常机密，因此，所有的材料都得手写。度假回来工作后，精神焕发的普利对研究结果非常满意，他把材料拿给地方议会的重要人物看，他们同意进一步讨论。贝雷特的铅笔手稿被打印出来，他的主要办公地点搬到了白金汉郡议会总部的地下室。（保密是为了防止走漏消息，因为当时政府的外聘顾问伯纳德·恩格尔起草了在布莱奇利周围进行大规模扩建的规划。）该地区规划中有一点是可以肯定的，北巴克斯新城将以某种形式出现在某个地方。当时竞争很激烈。

1964年底，艾尔斯伯里的秘密办公室敞开了大门，展示了"单轨铁路城市"的详细规划。富有影响力的评论家伊恩·奈恩在《观察家报》的建筑专栏中，以近乎夸张的语气称："这是一座绝无仅有的未来城市，它不仅仅是抽象的图画或者思想的火花。"[1] 奈恩告诉读者，白金汉郡议会打算购买布莱奇利和沃尔弗顿之间9300公顷土地。根据各选区议会的意见和一系列"可行性研究"，一切似乎水到渠成。

以首席建筑师的名字命名的普利维尔似乎是一个完全可以实现的梦想。正如奈恩所言，在普利"深不可测的蓝眼睛背后……许多令人惊讶的想法诞生了"。贝雷特绘制了精美的效果图和大量规划组织的细节，部分信息和灵感来自两人在国外机场和世界博览会上（比如1964年的洛桑世博会）看到的单轨铁路系统。它们的鼻祖是德国西部伍珀塔尔的悬挂列车——一条从1901年开始运行（至今仍在运行）的电动悬挂铁路系统，铁路的车厢在高架下面来来往往，就像树枝上活动的果蝠。

回过头来说白金汉郡，规划的关键就是单轨铁路，它强调了该项目作为富有想象力的城市化建设的合理性。新城将摆脱汽车拥堵的麻烦，为英格兰中部带来迷人的都市生活。汽车交通将从视野中消失，安置在较低层次的路面上，或者城市外围区域——这种想法仍然只是国际城市规划先锋派的理论假想。规划中的北巴克斯单轨铁路城市就像蝴蝶的翅膀，四片蝶翼连接着5000户住宅"单元"（这些单元由不同的设计师设计）。居民最多步行7分钟就可以到达单轨铁路车站，然后免费坐火车，前往工作场所、学校、医院、商店或休闲中心，10分钟内就可以达到新城的市中心。在普利维尔，汽车停在城市之外，高架的单轨铁路是蜿蜒的脊椎，是市政规划实施的依托，也是这座城市的基本框架。城市"像链条上的珠子一样串起来"，点缀着开阔的乡村。这跟美国的网格城市规划截然相反，更不用说美国的郊区了，它们是在完全由汽车控制和支配的道路上扩展开来的。

然而，自20世纪60年代初以来，美国记者和社会活动家简·雅各布斯[i]严厉批评了这两种模式，她尖锐地谴责说，"新的城市化建设

---

[i] 简·雅各布斯（Jane Jacobs, 1916—2006），新城市主义的代表人物之一，著有《美国大城市的死与生》，她反对建造大规模的高层建筑群，也抵制高速公路的兴建，重视城市社区的构建。

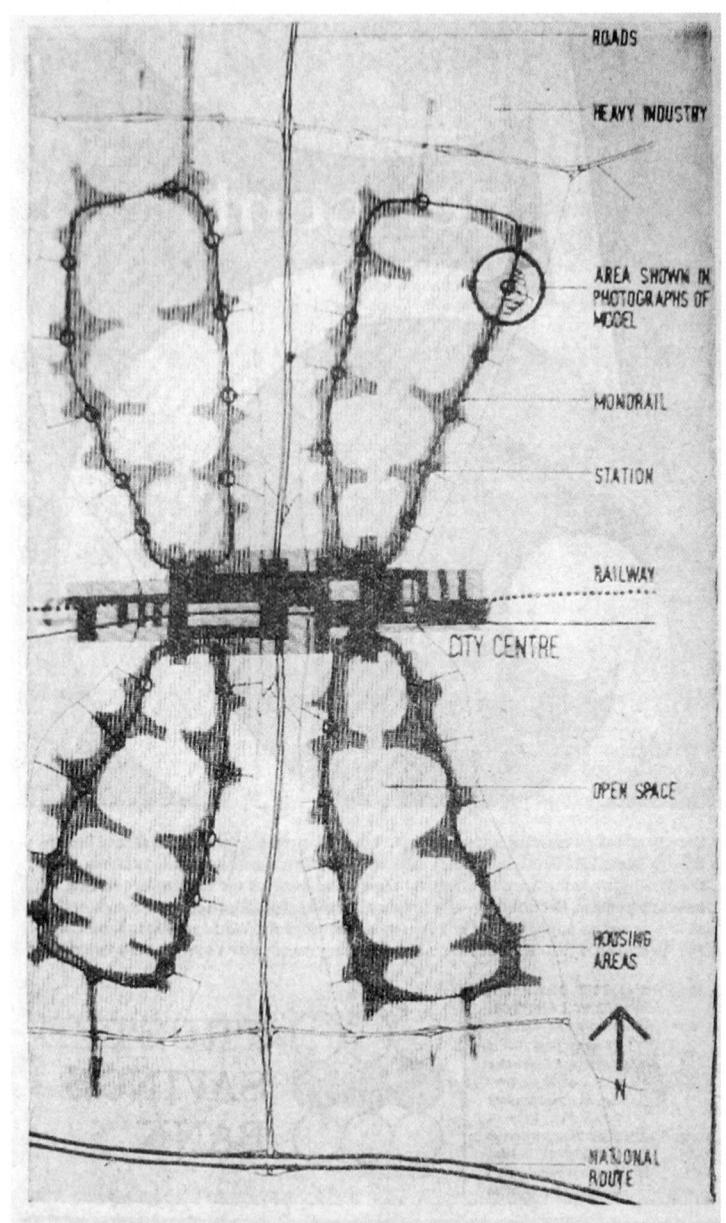

DIAGRAMMATIC LAYOUT OF NEW CITY, with four "lungs" impinging on the City Centre, each "lung" including central open space, housing and light industry served by the free monorail, and with heavy industry at the extremes.

图 50-2：北巴克斯新城的设计图纸，1964 年。

把城市搞得不像城市,是一种新鲜出炉的堕落",这使她和其他人把注意力转向了旧城市中心的更新。她写道,城市规划者"对如何使城市和汽车和谐共处茫然无措"[2],她强烈反对一切调和两者的尝试,因此赢得了许多追随者。舆论反对现代主义城市实验,给普利维尔带来了不利影响,尽管这不是它销声匿迹的直接原因。

在举行公开奠基典礼仅 6 个月后,据报道,白金汉郡议会放弃了建造一座大胆而富有想象力的单轨铁路城市的"完全落实的计划"。农民们对提供的补偿感到不满,没有获得分红的政府也不愿意出资建造公共住房。中央政府,特别是住房和地方政府事务大臣理查德·克罗斯曼和他的"小猎犬"(难搞的文职人员伊夫琳·夏普)对普利维尔进行了猛烈的抨击。现在,他们支持建造一座较小的城市,能够在他们的预算范围内,符合《新城镇法案》的条款,并且能够响应当时的政治要求。但普利和他的团队继续奔波、游说四方,希望至少有一些创新思想能保留下来。他们已经建立了模型,完成了可行性研究。普利没有掩饰自己的言辞,也没有淡化自己的偏见。他认为应对汽车难题和每周 30 小时工作制带来的新闲暇,就意味着"巨型的城市中心将会胜出,而不是像哈洛或斯蒂夫尼奇之类的简陋小社区"。哈洛和斯蒂夫尼奇是 20 世纪 50 年代初政府规划的"第一代"新城中最著名的两座城市,规划的重点是围绕当地的基础设施、小商店和小学校而建的小型住宅社区。[3]

尽管北巴克斯单轨铁路城市很快消亡了,但在外界看来,它仍是英国的一项伟大成就。历史学家盖伊·奥尔托拉诺在论述米尔顿凯恩斯[i]的重要新著中,将其描述为"一个拥有全球坐标的英国公共住宅区"。[4]

---

[i] 米尔顿凯恩斯(Milton Keynes)是 20 世纪 60 年代规划的一座新城,位于英格兰中部,采用网格布局的方形街区,每个街区由不同的建筑师进行设计,是英国新城建设的成功典范。

单轨铁路城市不仅仅是另一座新城,而是一个综合的社会愿景,它"承诺让父亲不再为交通烦恼,让母亲不再被家庭琐事牵绊,让孩子不再在街头玩耍"。普利自豪地把普利维尔称为"一座为90年代的人们而建的70年代城市",通过他为这座城市所做的国际宣传,人们对20世纪60年代中期的英国有了新的认知,它是一个面向未来的社会,英国自己的"巴西利亚"[i],预示着轻松应对现代化和对创新的渴望。

北白金汉郡最终建成的新城叫米尔顿凯恩斯,这个名称是在1967年确定的,它是一座网格规划、低密度的城市,为汽车和围绕着城市的生机勃勃的工业区唱了一首赞歌。直到1968年10月,普利才承认失败,政府对一家由地方行政人员推动、技术在相当程度上未经测试的企业缺乏兴趣,但是,他继续以令人钦佩的执着和勇敢面对这种情况。与此不同,贝雷特已经接受了现实,当时他正在为米尔顿凯恩斯开发公司工作,担任新城初期的首席建筑规划师。与此同时,那座计划搁浅的单轨铁路城市,尘封在艾尔斯伯里的46个文件箱里,它的魅力和名字几乎被遗忘了。

---

[i] 巴西利亚,巴西首都,1956—1960年兴建的现代化新城,城市规划采用了现代主义设计理念,建筑布局对称,形状像一架喷气式飞机,被联合国教科文组织列为世界文化遗产。

德国紧急状态币
汤姆·威尔金森 [i]

空想

第一次世界大战结束后,自战争爆发以来一直困扰德国的通货膨胀问题变得愈发严重。与此同时,由于民众囤积、政府回收,硬币变得越来越稀缺,很多商家为了找零采取了印刷小面额代币的办法。这些代币是通货膨胀时期紧急状态币（*Notgeld*）的最早例子。后来,各地市政府也开始印刷紧急状态币,试图维持当地的经济运转。起初,中央政府批准了这个政策,而当人们明白它加剧了通货膨胀压力时,紧急状态币的发行已经失控。据估计,到1923年,德国大约有4000个紧急状态币发行点。[1]

这导致大量货币看起来跟传统的纸币截然不同。纸币上通常装饰着国徽和古典纹饰,而德国紧急状态币经常绘有当地的地标建筑和风景,以及当地历史和民间传说的插图。地方风格的图画反映了该货币的使用范围有限,只能在其发行的地方使用。另外一些货币则更加令人毛骨悚然,描绘了女巫和魔鬼,反映出人们认为神秘力量掌控着国家命运;还有一些货币更直接地描绘了这场危机,比如成堆燃烧的钱、围着金牛犊跳舞,或者显示婴儿死亡率上升的图表。

除了地理上的限制之外,德国紧急状态币通常还标上了有效日

---

i 汤姆·威尔金森（Tom Wilkinson）,考陶尔德艺术学院艺术史讲师,此前,他获得过沃伯格研究所利弗休姆基金会的职业生涯早期奖学金。他是《建筑评论》杂志的历史编辑。

图51：库尔特·图赫设计的德国紧急状态币系列之一，德国，1921年；"新马格德堡"紧急状态币的中间一枚，水晶般的建筑使人联想起该市首席建筑师布鲁诺·陶特设计的玻璃展馆。

期，部分目的是防止货币囤积。人们可能会认为，货币价值每天都在暴跌，囤积货币的现象将极为罕见，然而，存钱的现象显然很普遍，以至于官方需要采取对策。虽然货币通常有价值储存的功能，但这些紧急状态币故意设置了期限，面向一个不再需要它们的未来。它们是向死而生的。

由于票面价值变幻莫测而被囤积是德国紧急状态币消亡的原因之一。除此之外，还有一些原因也促使其退出流通领域。紧急状态币很快成为收藏家的猎物，他们在全国各地的定期展会上见面，创办了至少三种《德国紧急状态币》杂志。在通货膨胀的最后几年，市政府和其他组织通过发行可收藏的紧急状态币来回应日益增长的市场需求。这些纸币比以前更加精致，色彩鲜艳，画面引人入胜，有时风格非常怪诞（反犹主义的纸币并不少见）。它们经常成系列发行，有些系列用几张连续的纸币讲述简单的故事。这种系列币特别明显的特点是，它们的有效日期通常在实际发行之前。这样的纸币是真正的货币，还是像当时的钱币收藏家所说的"假币"和"伪钞"？[2]

收藏版的德国紧急状态币是否属于货币值得怀疑，但是，有些藏品的艺术品质令人印象深刻。当地一些有名望的艺术家参与了它们的设计。比如，在魏玛，当时还是包豪斯学院学生的赫伯特·拜耶[i]设计了一套优雅简约的紧急状态币；马格德堡应用艺术学院教授库尔特·图赫制作了一套四枚色彩鲜艳、明显带有表现主义风格的纸币。图赫的纸币背面表现了葬于马格德堡大教堂的神圣罗马帝国皇帝奥托一世，正面分别描绘了这座城市的历史遗址、18世纪的艾森巴特医生，以及著名的马德堡半球实验（1656年，该实验在市长奥托·冯·居里克的监督下进行，证明了大气的压力）。

图51中展示的是其中第四枚纸币，它跟关注古代文物的前几枚纸币不一样，但保留了表现主义的绘画方式。"有一天，在无拘无束的创造中／新马格德堡将成为世界上最美丽的城市。"这段说明文字告诉我们，纸币画面上是城市的未来图景，城市的过去和未来之间表现出连续性。天空中到处是异想天开的飞行器，画面概括了人们期待中的社会变化。纸币的左边，一座大教堂拔地而起，它的两座塔楼跟著名的马格德堡大教堂双塔别无二致。纸币的右边，建筑工人正在建造一座同样高的钢结构新建筑；建筑完工部分的尖拱告诉我们，新马格德堡虽然是用现代方式建造的，但建筑风格将与中世纪传统和谐一致。

纸币中央有锯齿状雉堞的基座上安放着一个水晶结构，它的穹顶

---

i 赫伯特·拜耶（Herbert Bayer，1900—1985），现代主义平面设计先驱，德国理性主义倡导者之一，作品涉及图形创意、版面设计、建筑设计、景观设计及展览设计多个领域。

玻璃面反射着阳光。它与布鲁诺·陶特的玻璃展馆（他在1914年的德意志制造联盟科隆展览会上建造的先锋表现主义建筑）有着惊人的相似之处。这并非巧合：1921年，在这套紧急状态币发行的同一年，陶特被任命为马格德堡的城市建筑规划师，他很快提出了一个新的城市规划方案，其中充满了五彩缤纷的玻璃建筑。他还监督了这些纸币的设计竞赛。

所有的货币都试图在时间维度上进行调节，通过向持有者承诺可以随时赎回其价值（并延伸到劳动价值）来缓解现在和未来之间变幻莫测的压力。最近，建筑史学家克莱尔·齐默尔曼把建筑图纸比作期票，因为这些图像含蓄地向接收者保证，将来有一天他们会收到一幢跟设计图纸相似的完工的建筑。[3] 马格德堡的紧急状态币介入了货币和建筑图纸占据的领域，在危急时刻，调解了城市的过去、现在和未来。金钱失去了未来保障的功能，人们渴望创造一个新世界。然而，这些建筑似乎没有希望建造起来了。在恶性通货膨胀时期，钞票几乎刚印出来就一文不值，资本及其政治代表赖以合法化的经济增长前景开了倒车，而建筑作为依赖资本的、最不稳定的技艺，几乎完全荒废了。战后的岁月里，很少有人委托建造房屋，设计师们被迫"纸上谈建筑"——或者，像本文的案例那样，在纸币上设计建筑。

然而，对收藏家来说，这些藏品有着与众不同的价值，这种价值与货币不同，在于审美的独特性。而且，他们愿意花"真金白银"来获得其审美价值。结果，市政厅通过出售紧急状态币赚得盆满钵满，因为收藏家们从来不会赎回它们（假如票据在发行时已经过期，是无论如何也无法赎回的）。因此，尽管这些货币胎死腹中，却被赋予了繁忙的"来世"，通过交易商和集市的渠道进行流通。如今，它仍在进行类似的流通，尽管主要是通过网络经销商。

然而，这枚特殊的紧急状态币体现的另一个未来期许并没有实现。虽然，陶特对马格德堡的规划已经部分建造起来了，但它从来没有达到画面描绘的戏剧性高度。20世纪20年代初的财政困难刺激了这枚纸币的产生，当然也导致了人们的失望。色彩缤纷的设计预示的未来建筑就像描绘它们的纸币一样消亡了，然而，它也像纸币一样有一个"来世"：在福斯特建筑事务所设计的带表现主义穹顶的保险公司总部——伦敦圣玛莉艾克斯30号大楼等建筑上（尽管只是外观上）重现，它更广为人知的名字是"小黄瓜"（The Gherkin）。

图52：布劳恩科尔·边津的煤成油工厂，德国马格德堡的罗滕湖，约1939年。

煤成油
大卫·埃杰顿 [i]

休眠

从煤中提炼石油的工艺在刚发明时就被废弃了，后来，这种工艺经历了一次复兴，然后又被废弃。在不同环境下，遇到适当的机会，这个循环就不断地往复。"消亡"从来不是绝对或者完全的，尽管有时看起来如此。

如果没有挥发性燃料，20世纪的历史将会大不相同。挥发性燃料主要来自原油精炼之后的石油，但石油绝不是它们唯一的来源。从植物中提炼的乙醇、从木炭中提炼的燃气、从煤中提炼的石油，都为内燃机提供了替代燃料。在每一种情况下，燃料制造的过程都是复杂而昂贵的，选择开发哪种燃料不仅是国家政策的问题，也是全球层面上科学或经济的理性决策。

煤成油的制造始于1910年至1930年间，当时人们认为汽油的需求将超过石油的供应。在寻找替代品的过程中，人们发现可以通过对煤和类似煤的物质进行化学加工来制造汽油。从原理上讲，这个过程很简单：在煤（主要成分是碳）中加入氢，形成所谓的烃类（汽油是由5—12个碳原子组成的烃类混合物，如辛烷有8个碳原子）。然而，煤成油的实际加工极其困难。因此，人们发明了不同的加工工艺，它们都需要复杂的重型工厂设备。

伯吉尤斯法指在极大压力下，直接用氢和催化剂使煤炭氢化。这

---

[i] 作者简介参见第145页脚注。

个过程本身就很难,而大规模制造氢气也很难。氢气的生产是用哈伯-博施法合成氨和制取人造黄油(氢化的植物油和动物油)的关键步骤。煤成油的关键工艺是在德国研发的,德国没有石油,但有高压氢和煤化学方面的经验。20世纪20年代,新的费托法将一氧化碳的氢化过程包含在内(一氧化碳本身是用煤制取的)。两种工艺都在20世纪20年代投入使用,花费巨大。不仅德国使用这两种工艺,同一时期,标准石油公司和英国帝国化学工业集团也在开发加氢工艺,并且获得了法本公司的许可。法本公司、标准石油公司、壳牌公司和ICI公司签订了专利共享协议。

开发这些项目的成本大得惊人。世界上最大的几家公司为此工作多年,再加上政府的支持,它们的规模可以跟战后的民用核项目相媲美。这些技术是否要大规模开发是政治和经济战略问题。比如在英国,奉行国家民族主义的法西斯联盟希望从煤炭中提炼石油,但是,自由主义者对这种民族主义的经济成本和道德成本感到震惊。英国面临两种选择,一种是使用油轮从遥远的油田炼油厂运来汽油,另一种是建造使用当地煤炭生产汽油的工厂,英国选择了更便宜的油轮。不过,20世纪30年代初,英国在达勒姆郡的比灵赫姆建造了一家(政府高额补贴的)加氢工厂,30年代末又在兰开夏郡的希舍姆建造了一家加氢工厂;后者在战争期间投入使用,尽管它最终用于重油加氢,而不是煤炭衍生产品加氢。

然而,煤成油在德国取得了成功。德国当时实行激进的独裁经济政策,推进了煤成油的大多数重要创新。如果爆发战争的话,德国缺乏石油资源,除了大规模进行煤炭液化之外别无选择。纳粹重整军备的计划建造了许多运用伯吉尤斯法和费托法的工厂。伯吉尤斯法加氢工厂(最大的是位于莱比锡附近的洛伊纳的原工厂)生产了德意志第三帝国(纳粹德国,1933—1945)消耗的几乎所有航空燃油,以及大量的汽油、柴油等；费托法工厂生产了较少量的汽油和重油。如果没有合成燃料，德国就无法发动第二次世界大战；但即便如此，跟同盟国相比，德国仍然严重缺乏石油。

战争的结束，以及全球石油产量的扩大——特别是现在中东已经成为重要的世界石油中心——意味着现在煤成油比20世纪30年代更加不经济。只有不出产石油并且由于制裁或意识形态而无法购买石油的地方才会开发煤成油，比如佛朗哥统治下的西班牙和苏联，尽管这两个国家的煤成油生产时间都很短暂。随后，南非出现了煤成油加工，最初是20世纪50年代的小规模生产，后来由于制裁，20世纪80年代的南非开始大规模生产煤成油。种族隔离制度下的南非运用费托法以煤炭制造汽油，规模甚至超过了二战期间的德国，而且生产一直延续到今天。

20世纪70年代的石油危机之后，煤成油有了更广泛地复兴的可能性。尤其是当时美国成为石油进口国，人们重新燃起对煤成油的兴趣，至少建成了一家大型"合成燃料"工厂，以应对未来没有石油的状况。然而，实际情况并非如此，石油价格再次下跌。但是，煤成油工艺仍不断出现。21世纪，在德国首次使用费托法制造石油的80多年后，中国启动了多家费托法煤成油工厂，试图满足日益增长的汽油需求，弥补国内石油供应不足。这也许并不出人意料，中国是世界上最大的煤炭生产国，其产量远远超过了美国和英国的峰值产量。相比之下，美国和巴西现在已经转向通过农产品发酵生产乙醇（这本身就是20世纪30年代酒精能源计划的重现）。

事物在特定的环境下产生、存在和消亡。它们在不同的时代和地方被模仿、复制、运行和完善。煤成油工艺就是一个很好的例子。总之，这是一个关于事物如何产生、几乎消亡，又在非常特殊的领域重现的故事。它还强烈地提醒人们许多工艺和原材料都存在可行的替代方案，展示了民族主义政治经济如何成为技术选择的强大驱动力。

图 53：1793 年，克劳德·沙普展示他的信号机系统，选自《小日报》（增刊），1901 年 12 月 1 日。

视觉信号机
戴维·特罗特[i]

过时

视觉信号机是法国大革命时期的发明。1793年4月，国民公会[ii]同意资助开发克劳德·沙普和他的兄弟设计的新通信系统。

沙普信号机是在很多年实验的基础上设计的，由一系列竖立在显眼位置的通信塔组成，塔与塔之间可以清晰地互相瞭望。通信塔上有一根横木，两端有可调节的臂。操作这种装置产生一系列分散信号，构成一条信息。下一站的观察员仔细记录下每个信号，然后用同样的装置再现整个信息序列，让信息沿着线路传递下去，直到抵达目的地。

该系统成功的关键在于距离的拉近和语言的简化。在适宜的天气条件下，肉眼通过望远镜可以轻松地超越徒步或骑马的信使，看到沿着线路绵延数百英里的通信塔。自然语言分解成有限的抽象元素，组合传播效果更好（使用沙普的装置，编写每个单独的信号只需要半分钟）。视觉信号机是第一个充分利用数字编码的潜力而专门设计的通信系统（数字编码指将连续的数据流转化为一系列离散函数，每个离散函数都只能取有限数值中的一个）。

1793年7月，国民公会批准建立法国国家视觉信号机通信系统，

---

[i] 戴维·特罗特（David Trotter），剑桥大学英国文学名誉教授，撰写了大量关于19世纪和20世纪文学、文化和媒体史的文章。
[ii] 法国大革命时期的最高立法机构，存在于1792—1795年间。

并在 8 月拨款建造了巴黎和里尔之间的第一条线路,该线路有 15 座通信塔,位于奥属尼德兰(今比利时)边境。沙普被授予"信号机工程师"的头衔,还获得了砍伐树木和在教堂塔楼及其他任何高耸的建筑物上安装信号机装置的许可。1794 年 8 月 15 日,第一条官方消息通过这条线路发送,内容涉及从奥地利人手中夺回勒凯努瓦镇。1799 年执政的拿破仑·波拿巴对信号机的军事和外交用途了如指掌。他的军队可能匍匐前进,但他们是按照信号机情报的指示方向行军的。1805 年,该信号机通信系统覆盖了法国大部分地区,并延伸到比利时、德国和意大利,形成了通信网络。

显然,该通信网络的独特亮点是速度。但是,只有大规模投资建造基础设施,才有可能保证速度。邮递服务需要一些骑马的人。数字通信系统需要辽阔而耗资巨大的覆盖区域:沙普信号机的通信塔、电报的海底电缆和无线电发报机,以及今天互联网的卫星和服务器群。但是,沙普系统的公共基础设施意味着它在所有知道何时、何地、如何找到其信息流的人的眼皮底下运作。工程师们安装在法国全境市政厅顶上和教堂塔尖上的木梁活动起来时,看起来仿佛在跳某种奇异的舞蹈。托马斯·卡莱尔写道:"带有肘关节的木臂在空中以飞速而神秘的方式抽搐着'发号施令'。"[1] "发号施令"指发信号或做出发信号的动作。虽然人们在光天化日之下"发号施令",但信息的密码只有视觉通信网络两头的高级官员知道。然而,所有这类系统都可能被窃取机密。因此最重要的事情是加密。视觉信号机仍然表现优异,因为它既在众目睽睽之下,又密不透风。

在军事和外交领域,面对着不断迫近的电报网络,欧洲各国政府的回应是建立起可与之竞争的系统。英国海军部建立了一个类似的系统,将伦敦总部与查塔姆、希尔内斯、迪尔和朴次茅斯的基地连接起来。1805 年,朴次茅斯的一条线路到达了普利茅斯。但是,1815 年拿破仑战争结束后，英国海军部对视觉信号机失去了兴趣。尽管19世纪50年代时仍有一两条当地的军事和商业线路偶尔在使用，但是，大部分视觉信号机很快就被废弃了。电报起步较慢，从19世纪30年代末开始发展，到了1851年，英国建起了通向法国的电报线，1866年，在第一次失败的尝试后，英国建立了与北美之间的电报线。摩尔斯电码将语言转换成一系列信号，比操纵木梁有效得多。这些信号传播得更远、更快。1847年，《笨拙》杂志激动地发现海军部的旧朴次茅斯线路偶尔仍在使用，仿佛是冗余报务员的户外收容所，他们继续来回发送无聊的信息来解闷。然而，这种过时并没有使信号机通信系统消失，反而在语言领域中创造了第二次生命。

视觉信号机的第二次生命诞生于它对秘密与自我展露的特殊混合。根据字典的解释，"信号机"（telegraph）本来的意思是指通过手势、表情或其他符号和信号来传达信息，在某些情况下需要一定程度的夸张。夸张的姿势会无意间引起人们的注意。足球运动员传球的假动作示意对方球要往哪里，却往相反方向踢。而且，我们有时会怀疑，传递信息的动作开始比信息的内容更重要。信号机通信是一种自相矛盾的行为，它模糊了公共和私人之间的界限。它似乎既想要公开隐私，又想要在公共场合保持私密性。

喜欢悖论的作家们很快意识到了这一点。假如讽刺作家的话可信，19世纪30年代，信号机已经成为社会各阶层谈情说爱的基本要素。过去人们会用密码来互诉衷情，现在人们会用偷偷摸摸的夸张姿势，还有一套含有密码的行为举止。查尔斯·狄更斯从信号机的曝光与隐秘之中发现了很多乐趣。在《匹克威克外传》（1837）中，山姆·威勒和他的父亲交换了"信号机式的点头和手势"（"之后，老威勒先生坐在石阶上，笑得满脸通红"）。[3] 视觉信号机的影响不在于技术创新，而在于现代电信系统失败地混淆了公共和私人的表达，并将这种混淆荒诞地戏剧化了。谁没见过老威勒先生那样的行为呢？——把手机贴着一只耳朵，在拥挤的火车车厢里嚷嚷着除了他自己外对任何人都没有意义或乐趣的话语。

纸质飞机票
格克切·居内尔 [i]

停用

1995 年夏天，我和家人去意大利旅游了一周，扫兴地发现我们弄丢了回伊斯坦布尔的机票，不得不中断旅行。我们放弃了到罗马和佛罗伦萨的各大景点打卡，也没能一边谈论各种趣闻逸事，一边品尝意式冰激凌，而是坐火车前往看起来阴郁而令人厌烦的安科纳，找到唯一一家可以补票的旅行社，确保我们可以按时回家——果不其然，在离开旅行社后没过多久，我们就在一个包的深处找到了丢失的机票。

我们不会再像 20 世纪 90 年代那样丢失机票了。现在，大多数机票都收藏在电子邮件收件箱里，在屏幕上以数字形式传送，有时还会打印出来，作为我们行程的凭据，展示给过分热衷于检查的移民官员（他们是当代边境的日常守卫者）。20 世纪 90 年代末，航空公司开始推广电子机票，给愿意选择电子机票的乘客提供额外的福利。从 2004 年开始，航空公司研究了完全取消纸质机票的实施方案细节，主要是为了在油价不断上涨的情况下降低成本。鉴于数字通信在全球日益普及，电子机票也将开创一个乘客便利的新时代。

2008 年，国际航空运输协会在伊斯坦布尔举行年度股东大会之后，正式宣布航空业将全面向电子票务转型。有一张庆典照片（见图 54-2）是这个大胆进步最好的写照，照片中有七位男性行业高管

---

[i] 格克切·居内尔（Gökçe Günel），他的第一本书《沙漠飞船：阿布扎比的能源、气候变化与城市设计》（2019）考察了马斯达尔城的建设。

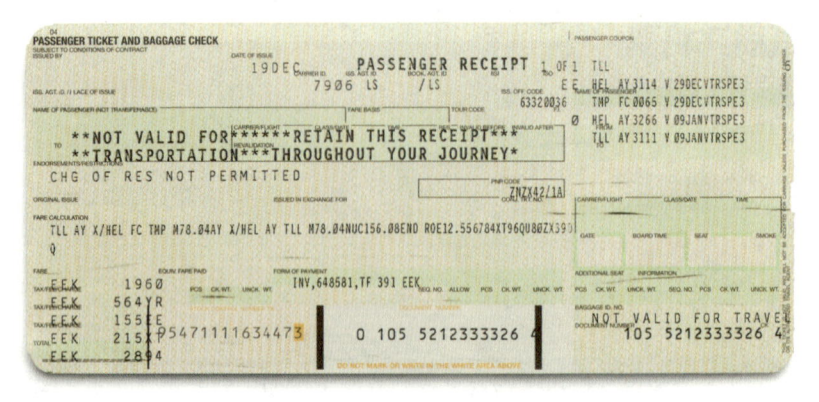

图54-1：21世纪初的飞机票。

和两位身穿土耳其航空制服的不知名字的女乘务员，手里拿着一张巨大的纸板机票。那张现已淘汰的超大机票上盖着红色印章：退役（RETIRED）。这张纸质机票已经"鞠躬尽瘁"，准备搬到乡间小屋去了。"今天，我们要告别一个航空业的标志，"当时的国际航空运输协会理事长兼首席执行官乔瓦尼·比西尼亚尼（照片中的男子之一）说，"纸质机票曾经很有效，但它的时代已经过去了。经过全球航空公司4年的努力，明天将开始一个更便利、更高效的航空新时代。"他高兴地总结道："假如你有纸质机票，现在该捐给博物馆了。"[1]

没有多少物品在淘汰时会举行这样一个明确的仪式。20世纪的各种票据大部分是印在纸上的。根据《华沙公约》标准制定的实体机票在1933年首次投入使用，它们表明乘客已经支付了票款，可以登上机票上标明的航班。那年头，航空旅行不像现在这么普遍，在人们眼中，纸质机票是漫游癖的标志，是渴望去远方旅行的象征；它们由航空公司售票处发行，如今这些售票处几乎从城市景观中消失了。纸质机票也包含了隐私，旅行代理机构会提供唯一一份机票，希望小心谨慎的机票持有者复印一份，跟旅行支票、签证和护照等其他重要文件一起放在皮夹子或包里。作为印刷品，这些机票既牢固又结实，但也可能被弄破、被浸湿或者在洗衣机里被误洗。纸质机票经常会被撕破，来表明用过。航行日期过去几十年之后的某一天，残缺的机票也许会留在二手书店的平装书中，等待着新一代的读者重新发现。在国际航空运输协会官员宣布取消纸质机票后，与机票相关的情感、制度和技术也宣告终结。

电子机票作为数字物品建立了新的关系，并形成了新的特质。它们出现在邮箱里的方式已经改变了。现在，我们不再去航空公司的售票处，而是通过在线旅行社、拥有复杂的全球销售系统的中介机构来搜索行程，这样总能获得最优惠的票价。我们拿定主意预订航班，机

图54-2：2008年，国际航空运输协会告别纸质机票的典礼照片。图中男性人物有沃尔夫冈·麦亚胡伯（汉莎航空公司）、费尔南多·平托（葡萄牙航空公司）、乔瓦尼·比西尼亚尼（国际航空运输协会）、萨米尔·马贾利（约旦皇家航空公司）、戴维·布朗泽克（联邦快递公司）、泰梅尔·科蒂尔（土耳其航空公司）和道格拉斯·斯廷兰（西北航空公司）。

票就会通过电子邮件送达。电子邮件中出现的确认码（关键词）是一串数字和字母的混合码，授予客户使用服务热线和登录在线值机平台的权限。纸质机票的消失并没有完全取消票务，而是显著改变了机票的生产、使用和验证的管理网络。

　　电子机票保留了旅客身份标志的基本功能，这方面仍有赖于现有的基础设施，比如乘客家中和机场航站楼各处的电力和电脑算力。但是，它们是虚拟存在的，可以轻松跨越时空进行发放。猫途鹰上一位评论者指出："电子机票只有1和0，如文所述，只存在于计算机世界里。"同一平台上另一位评论者认为："鉴于电子机票存在于计算机系统中，无论如何，你不可能丢失、损坏它。"然而，跟纸片不同的是，它们在飞行结束后会被完全抹去。

　　前面照片上的"RETIRED"一词意味着纸质机票的终结，它们被描绘成除了博物馆之外无处可去的绝迹之物。然而，在航空业的主流之外，在国际航空运输协会的监管区域之外，纸质机票仍然存在。在经常停电和发生电脑故障的地区机场，它们仍然代表了旅行商品，还能用来授权超过16个航段的旅行。它们偶尔会重新出现：一位田纳西州男子在床下发现一张遗忘已久的纸质机票，航空公司决定同意他的退款申请。现在的电子机票持有者很难得到如此慷慨的待遇。

纸衣服
奥利维娅·霍斯福尔·特纳 [i]

失效

1966 年到 1970 年间，美国和英国涌现了一股名为"纸狂欢"的未来时尚潮流。有些公司本来专门生产卫生纸和一次性餐盘等纸制品，那时却开始销售用高性能纸张制成的裙子。起初，这只是一种营销噱头，后来却在流行时尚圈和高级定制时装界都大受追捧，成为 21 世纪初"快时尚"现象的先驱。

纸衣服体现了现代性，但它在历史上曾被用于多种场合。除纸帽和纸扇等历史悠久的配饰外，从 19 世纪 90 年代绉纸[ii]进入商业领域起，纸衣服就成了奇装异服的特色；第一次世界大战期间羊毛短缺也促使人们进一步实验用纸制作衣服。由于纸衣服适合临时穿着，1917 年美国出现了应急纸雨衣的专利，20 世纪 20 年代人们生产了纸衣领和纸袖口，这样男人在旅行时就可以不用洗衣服了。一次性纸制品不仅便携和方便，还有卫生的优点：20 世纪 20 年代出现了卫生棉条和面巾纸等用品，50 年代出现了一次性尿布。这也反映在最广泛的纸质服装生产应用的发展中——既卫生又节省劳动力的一次性病号服和一次性外科手术服。

在日常生活中穿纸衣服的热潮始于 1966 年，当时美国制造餐巾

---

i 奥利维娅·霍斯福尔·特纳（Olivia Horsfall Turner），建筑史学家和设计史学家。她是维多利亚和阿尔伯特博物馆（V&A）的高级策展人，也是 V&A 与英国皇家建筑师协会建筑合作项目的首席策展人。

ii 一种有多种颜色的轻质皱纹纸，可以用于各种装饰。

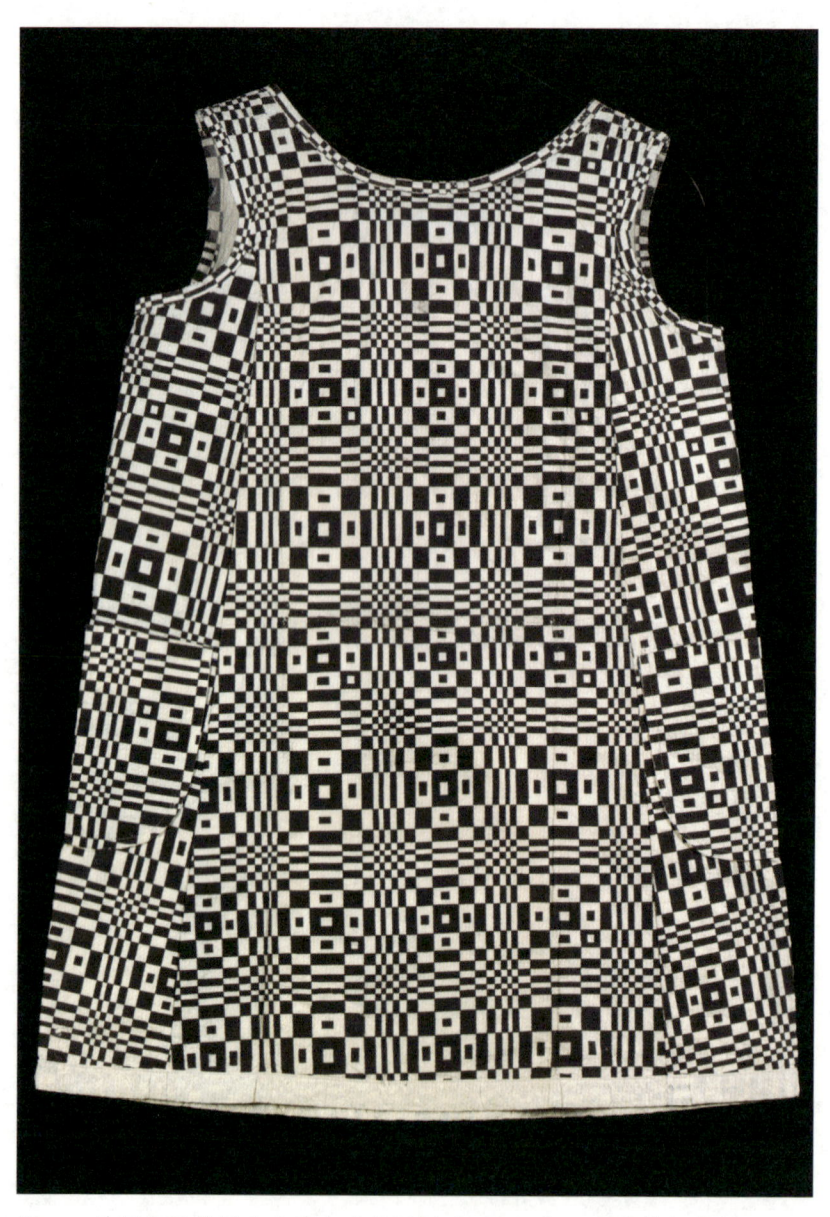

图 55：美国斯科特纸业公司生产的纸裙子，1966 年，印花粘纤维纸。

纸和纸盘的斯科特纸业公司发起了一场营销活动，推广新材料杜拉威（DuraWeve），该材料含有93%的纸和7%的人造丝，最初于1958年研发，用于制造一次性防护服。顾客花1.25美元邮费寄出一张优惠券，就会收到一件杜拉威连衣裙，裙子有两款设计可选：红色涡纹连衣裙或黑白欧普艺术连衣裙。短短8个月内，人们邮购了50万条纸裙，这个销量让公司喜出望外。其他企业受到启发，开始生产自己的纸衣服。比如，贺曼公司扩大了其派对套装的生产线，该系列通常有杯子、盘子、餐垫和请柬，现在还包括女主人的配套礼服。到1966年底，人们购买纸衣服的开销已经超过350万美元；这跟300亿美元的女装整体销售额相比微不足道，但对于一款便宜的新产品来说已经很高了。[1]

严格来说，纸衣服并不是纯粹的纸，制造者通常会将木浆或其纤维素替代品与人造纤维混合，制造出更耐用、不容易撕裂的纸张。纸张还会经过防水、防火处理。这样生产出来的材料很容易印花，可以设置低温档进行熨烫，在某些情况下甚至可以清洗（尽管通常会破坏保护涂层）。比如，凯赛尔公司推出了一款售价12美元的防火纸质男士西装，最多可以洗20次。对于那些喜欢穿不同寻常的衣服、寻求销魂感的人来说，甚至还有纸质的比基尼，它们可以使用3次。

1967年春天，纸衣服流行了起来，《时代》杂志报道了市面上的这类商品；1967年蒙特利尔世博会上，纸浆和纸品类的展厅里展出了纸衣服。纸衣服的吸引力从促销和商品领域迅速扩展到时尚圈。时装设计师埃莉莎·达格斯为环球航空公司的空乘人员设计了4套主题纸制服，英国的奥西·克拉克和西莉亚·伯特韦尔设计了纸质印花一次性直筒连衣裙，由强生公司生产。那一年，纸衣服的需求如此之高，以至于美国出现了纸张短缺。这促进了纸张替代品的发展，从（由带孔隙的人造纤维制成的）菲帛罗（Fibron）等有机材料，到（由高密度聚乙烯纤维制成的）特卫强（Tyvek）等塑料，不可生物降解的一次性塑料制品合乎当时人们的期望。

纸衣服在很多方面有吸引力。新鲜感是关键因素，用富有创造性的设计和鲜艳色彩装饰的纸制品可以迅速生产，纸制品成为各种短期活动（从美容产品、食品的上市到总统竞选）的理想选择，裙子和环境布置都成为人们津津乐道的话题。在大规模生产和提倡消费主义的时代，穿上印有巧克力包装纸图案的连衣裙或一季多次翻新衣柜里的服装符合流行文化的快节奏。由此产生的自我参照性的典范是金宝汤的"汤罐"连衣裙，上面印着蔬菜汤罐头的标签，灵感来自安迪·沃霍尔1962年创作的《金宝汤罐头》。

价廉物美也是优势。《女士》杂志建议读者："从花几个零钱能有多惊艳来看，纸裙是最精打细算的时尚。"纸衣服并不一定便宜；新闻画面表明，有一些套装价格高达60美元。事实上，记者玛丽莲·本德向读者保证说，纸质的"平民服装"并不预示着时尚贵族的消亡："有财富、有一定关系的女性可以委托艺术家为特别活动制作特殊的纸服装，然后捐赠给博物馆，只要礼服没有在舞池的地板上弄坏。"[2] 这则评论说的是1966年10月康涅狄格州沃兹沃思艺术学院举办的纸裙舞会，来宾都穿着著名设计师设计的纸裙。

然而，纸衣服最吸引人的地方是有意识的现代性。纸衣服的款式体现了线条流畅、造型优美的未来美学，通常简单宽松、没有褶子，使用尼龙搭扣或者四合扣（而不是纽扣）。纸不像传统的织物那样优雅地垂下，但它确实形成了充满活力的线条和清晰的轮廓。纸衣服欲言又止的强大吸引力肯定在于冒险性：纸不牢固，因而具有挑逗性。纸衣服挑战了女性必须具备缝纫技能的性别期望，用剪刀、胶水或胶带就很容易改造和裁剪；纸衣服穿过就可以丢掉，穿着者得以从洗涤和护理衣服的忙碌中解放出来，从而过上更精彩的生活。面料设计师朱利安·汤姆钦说："纸衣服生逢其时。毕竟，谁会在太空洗衣服呢？"[3]

为了吸引不愿负责任的年轻人，斯科特纸业公司最初的广告宣传吹嘘道："不会永远穿不坏……谁在乎呢？穿着打扮是为了好玩——然后把它扔掉。"人们认为方便提高了享受，总有一天，人们会在到达旅游地后购买整套的一次性度假套装。

然而，纸衣服最终还是要被扔进废纸篓。点燃香烟引发事故的故事，还有鸡尾酒会上男人故意把饮料洒在女人裙子上的情景，都说明纸衣服仅仅是短暂的实验，人们有足够的理由远离纸衣服。它的材料品质吸引了追求现代太空时代美学的人，但是，20世纪70年代初人们的品味转向了更折中主义的风格，纸衣服也变得不合时宜了。最后，绿色运动[i]和嬉皮士文化的影响力不断上升，这意味着用后即丢弃不再被视为美德。为了生态责任，人们抛弃了一次性文化。

20世纪90年代，赫尔穆特·朗、侯赛因·卡拉扬和萨拉·卡普兰等高级时装设计师短暂复兴过纸质服装，这也许是世纪末未来主义的产物。同样，21世纪初以来，全球化和低成本服装生产导致了"快时尚"的兴起，其中的一个方面是消费者扔掉买来的廉价物品，而不是清洗它们。然而，在气候危机和人们敏锐地认识到资源匮乏的背景下，可持续性再次战胜了可丢弃性。汤姆钦设想纸衣服可以像卷纸一样撕下来卖，但这个设想没有实现，纸衣服仍然是医院病房里的专属品。

---

i 又称生态运动。在20世纪60年代末能源危机、生态失控条件下产生，主张对内恢复生态平衡，实现社会公正，对外反对霸权主义和强权政治。

ACTUALITÉS

Les Escargots non sympathiques.

图 56：奥诺雷·杜米埃，《没有心灵感应的蜗牛》，新闻纸平版印刷，"两种国家中的第二种"，选自"每日新闻"，《喧闹》，1869 年 9 月 25 日。

帕斯拉里尼交感罗盘（蜗牛电报）
理查德·陶斯[i]

空想

如今，蜗牛正处于灭绝的边缘；2019年第一只灭绝的蜗牛名叫乔治，14岁，是夏威夷金顶树蜗的末代遗孤，它在新年那天咽下了最后一口气。乔治的困境并不鲜见，气候变化和物种入侵使得全球无脊椎动物的数量迅速下降。乔治被称为"世界上最孤独的蜗牛"，它作为同类中的最后一只生活了10多年，饲养员一直没能为它找到配偶。它悲惨的孤独处境令人惊讶，因为曾经有一段时间，人们认为未来可以通过缠绵交配的蜗牛实现自由交流——不仅是蜗牛之间的交流，而且是人与人之间的自由交流。这个梦想很快就破灭了，甚至比蜗牛灭绝更早，但它阐明了蜗牛作为一种奇思妙想的媒介（而不仅是物种灭绝焦虑的对象）是如何运作的。

1850年末，巴黎的报纸铺天盖地地宣布了一项奇特的发明。那年10月的两期《新闻报》上发表了朱尔斯·阿利克斯的一篇报道，引起公众对帕斯拉里尼交感罗盘（有时亦称"蜗牛电报"）的注意。阿利克斯曾经是法律系学生，一生坎坷，不走寻常路。在1848年欧洲革命后，他毛遂自荐成为法国制宪议会的候选人，而后因为政治活动遭受了几次监禁和流放。后来，1871年的巴黎公社中也有他的身影，在此期间，他提出了一些倡议，其中包括在女子学校用古希腊摔跤手克顿的米隆吓人的雕像取代耶稣受难像。他因为一头长发、衣着古怪而为

---

[i] 理查德·陶斯（Richard Taws），伦敦大学学院艺术史专业的高级讲师，目前正在创作一本关于19世纪法国艺术和电报的书。

人熟知，他习惯一边不停地说话，一边透过单镜片夹鼻式眼镜审视同僚。1871年5月21日，阿利克斯被送到了查伦顿精神病院，因此，他没有卷入当天开始的"五月流血周"，这场惨案中有数千名巴黎公社成员被杀害。[1]

阿利克斯在《新闻报》报道中描述了蜗牛电报实验，该实验在假神秘学家雅克·图桑·伯努瓦的公司进行，他跟一位（我们只知道）叫比亚特－克雷蒂安先生的"美国人"一起工作，试图获得投资人伊波利特·特里亚的赞助。实验在伯努瓦的公寓里进行，阿利克斯和特里亚是见证者；而比亚特－克雷蒂安扮演了更遥远的角色，据说他在大西洋对岸参与了实验。

帕斯拉里尼交感罗盘的原理是这样一种说法：交配的蜗牛会产生终身的心灵感应，可以跨越遥远的距离，在很长时间内保持联系。大多数陆生腹足类动物都是雌雄同体，这让人们猜测它们拥有某种独特的能力，既能发送信号，又能接收信号。于是很快便出现了这样一种想法：朦胧的蜗牛之爱加上一套简单的编码，就有可能用于人类交流。

在电报的漫长历史中，有几种心灵感应的先例。大约在同一时期，爱尔兰医生兼科学家威廉·布鲁克·奥肖内西实验了通过皮肤接触进行远距离信息交流的技术，他因为在印度建立电报线而被维多利亚女王册封为爵士，也是医用大麻领域的先驱。甚至克劳德·沙普兄弟开发的视觉信号机（18世纪90年代中期到19世纪50年代极为成功地在法国全境运行）也因为拟人化的臂板信号装置而与人体密切相关。然而，伯努瓦的发明跟这些系统不一样，因为，他投资了非人类参与者。我们可以把它看作信息网络谱系的一部分，其中自然现象占了主导地位。学者贾斯廷·E.H.史密斯令人信服地指出，这样一种谱系会认真对待将生物置于自然科学中心的深刻历史，从而使我们能够理解更为近期的系统，尤其是互联网，并把它们看作自然史的另一个篇章。互联网是自然界象征性运作的最新体现,而不是与大自然的彻底割裂,它充满了动物本能,并依赖自然资源。

蜗牛电报的机制非常简单,尽管它的运作被笼罩在神秘之中。一个大型的木架子上放着 24 个锌碗,碗里衬着浸过硫酸铜溶液的布,用铜环固定。每个碗里都有一只蜗牛,用胶水粘住,防止蜗牛(慢慢地)逃跑。每只蜗牛都代表一个字母。线路的另一端,相同的装置装了 24 只蜗牛,它们跟发报装置里的蜗牛互相交配过。操作者触摸一只蜗牛,产生电流刺激,使它活动起来,这将在它的配偶身上引起反应——一种"蜗牛骚动"。铜让蜗牛感到不舒服(人们认为蜗牛会产生强烈的神经电反应),从而加剧它们的躁动。通过这种方法,可以在恋爱的蜗牛之间往来传递信息。

让特里亚生气的是,实验只取得了部分成功,因为大多数发送过来的单词都严重错误,实验装置公然违背了科学方法。尽管如此,阿利克斯对结果欣喜若狂,夸大事实地进行了报道,文中援引了历史上的权威人物路易吉·加尔瓦尼[i]、弗朗茨·梅斯梅尔[ii]和亚历山德罗·伏特的言论,来给这个新发现寻找理论依据。他承认,尺寸仍然是个问题。阿利克斯在专栏报道中再次提及这个装置时,提出了更加令人愉快的预言,将来帕斯拉里尼交感罗盘会做得更小(毕竟世界上有比针头还小的蜗牛),这种装置的微型版本将来会镶入家具,镶入"有趣的"珠宝,甚至"女士们的腰链"。

虽然阿利克斯要求其他报纸全文转载他的报道(自然是出于科学

---

i 路易吉·加尔瓦尼(Luigi Galvani, 1737—1798),意大利医生、物理学家与哲学家,第一批涉足生物电研究领域的人物之一。1780 年,他发现死青蛙的腿部肌肉接触电火花时会颤动,从而发现神经元和肌肉会产生电力。

ii 弗朗茨·梅斯梅尔(Franz Mesmer, 1734—1815),德国心理学家、催眠术科学的奠基人,他相信从星体中流出的磁力会影响人的生命,从而发明了心理治疗方法"梅斯梅尔术"。

的客观性考虑），但实验并未如他所愿受到严肃对待。1850年11月3日，讽刺杂志《喧闹》报道了阿利克斯的文章发表后闹出的笑话，并撰写了一系列"蜗牛爱好者"新发明的荒唐用处。《喧闹》的记者预言了新闻业的衰落，媒体将被一只巨大的蜗牛所取代，并预言许多人类的职能部门、机构和组织将被腹足类霸主所统治。

  阿利克斯本人在新闻中时隐时现。巴黎公社失败后，他再次成为人们关注的焦点。后来过了很多年，这个失败的发明故事仍然广为流传。根据《震旦报》1911年1月28日的报道，"蜗牛感应"（escargot sympathique）已经成为法语中妇孺皆知的成语，人们记不清它的确切起源了，尽管提到罗盘的主人公总是让人想起那个失败的古怪实验。1869年，奥诺雷·杜米埃在一幅版画中描绘了帕斯拉里尼交感罗盘的确切形象，讽刺了法兰西第二帝国毫无生气的社会改革。伯努瓦和比亚特－克雷蒂安的装置早已灰飞烟灭，蜗牛也不复存在。后来，一种早期的交流技术（平版印刷）在世界上建立起一个完整的社交系统，在这一点上，它又被更新的发明（平面媒体和摄影）所取代。20多年前，1850年11月17日，一部轻歌舞剧在凡尔赛宫的蒙塔利尔大剧院首演，剧中历数了技术更迭和进步的漫长历史，顺着类似的脉络提到了这项发明——人类的成就注定会消亡，蜗壳里璀璨的心灵信息机器将取而代之：

> 这就是进步……好！一切都在进步……当时还没有电报，沙普兄弟就发明了电报（信号机）……普通电报之后出现了电传电报，电传电报之后出现了水底电报，水底电报之后出现了蜗牛……蜗牛之后……啊！我的天，在蜗牛之后，离开吧……结束了，没什么可做的了，这个世界是完美的。[2]

  夏威夷树蜗乔治无疑会赞同这些话。

相变化学贮热管
丹尼尔·巴伯[i]

休眠

第二次世界大战之后不久,在建筑和工程方面的讨论中,人们对太阳能的供暖作用产生了普遍的兴趣。费利克斯·特龙布和雅克·米歇尔在法国实验高温太阳能冷凝器[ii];印度和其他地方在实验太阳能烹饪系统;在美国,麻省理工学院的一个小组对太阳能房屋供暖进行了探索。1947年,麻省理工学院太阳能供暖主要提倡者之一、工程师玛丽亚·泰尔凯什发现"太阳能供暖问题实际上是热能储存问题"。[1] 设计一幢房屋让外部的电池板吸收太阳辐射然后把太阳能引入室内是很容易的,对电池板或房屋进行隔热保留一部分热量也相对容易。然而,要使太阳能供暖系统具备可行性(也就是说,比得上各种类型的燃料供暖系统)就必须储存晴天时吸收的太阳辐射,以便在没有阳光时(夜间或云层遮蔽太阳的情况下)使用。从古至今,太阳能面临的挑战主要与热能储存相关。

战后初期出现了许多巧妙的热能储存方法。如何改进被动式太阳能系统,即如何利用太阳能加热存储介质(默认是空气或水)来给空间供暖,是关键问题。战争前夕,麻省理工学院进行了一项设立标准的早期实验,实验装置包括密封且隔热的太阳能电池板以及进行水循

---

i 丹尼尔·巴伯(Daniel Barber),宾夕法尼亚大学建筑学副教授。2020年,他的著作《现代建筑与气候:空调之前的设计》由普林斯顿大学出版社出版。
ii 冷凝器,通过把气体或蒸汽转变成液体将热量转换出去。

图 57-1：多弗太阳屋系统图示，《大众科学》封面，1949 年 3 月。

环的铜管；加热后的水储存在一个高度隔热的地下水箱中。需要热量的时候，就让空气经过水箱里的热水吹进房间。这个方法很有效，但是成本高昂——水箱的隔热材料比需要供暖的建筑还要贵。另外一些实验利用空气或砖石和其他材料的保温性能来储存热量。科罗拉多州的工程师乔治·勒夫使用了河里的卵石：这些卵石由太阳能热增压空气加热，然后堆放在房子内部的一根柱子里，当周围的空气冷却时，它们会向室内辐射热量。

泰尔凯什是使用化学盐作为储热介质的倡导者。1939年，她成为麻省理工学院化学工程系的研究员，当时（上文提到的）该研究所的第一幢太阳能房屋实验刚刚完成。1925年，她从布达佩斯移民到克利夫兰；20世纪30年代，她在西屋电气公司工作，用不同的合金进行通过热电偶直接转换太阳能的实验。在获悉麻省理工学院正在进行实验项目后，她申请去那里工作。她为麻省理工学院的第二幢太阳能实验房屋开发了一套系统，超越了其他所有的方案。她提议使用芒硝——十水硫酸钠溶液。这种化学溶液含有能结合水的晶体。溶液加热到32摄氏度时，晶体融化，吸收热量。热量被化合物以液态形式储存起来。当温度下降时，化合物重新结晶并释放热量。在理想条件下，这种相变化学贮热系统可以储热好几天。不幸的是，麻省理工学院的第二幢太阳能房屋存在许多问题，包括漏水、隔热不佳和研究生缺乏经验，这些都影响了实验。

1945年，泰尔凯什找到了另一个机会：她开始跟建筑师埃莉诺·雷蒙德合作在波士顿郊外设计一幢基于相变系统的房子，名为"多弗太阳屋"。此时，泰尔凯什已经被排挤出了麻省理工学院。这幢房子由波士顿艺术家、社交名媛和雷蒙德的常客艾米莉亚·皮博迪出资建造，被媒体誉为"全女性住宅"。泰尔凯什和雷蒙德在多次实验电池板和存储元件的位置后，决定安装一个巨大的太阳能电池板，使房子看起来像两层楼。这个电池板将热量吸入封闭的内部"热箱",热箱里装有化学溶液,储存在金属桶里。热箱是根据供暖需求分布的:卧室里有一个大热箱,厨房和客厅里有小热箱。贮热桶被隐藏起来,通过墙上的标准通风口将辐射热量散发到室内。

  这幢房子的效果不太好。较大的集电板背后有一层涂有碳黑漆的金属衬垫,以最大限度地吸收太阳能。然而,吸收太阳能后这种材料变得非常热,用于密封电池板系统的填充物会开裂并渗漏,导致水渗进去、热量流失。在房屋使用期间,每个夏天必须重新建造整套电池板。热桶本身在盐的压力以及相变过程的膨胀和收缩下发生泄漏。事态恶化的原因是这些桶是麻省理工学院早期的太阳房里的,经过重新改装使用,许多桶已经损坏了。另外一些偶然的因素提高了这幢房子的可居住性:房屋居住者是泰尔凯什的表亲,他们脾气很好,在寒冷的冬夜,他们经常打开炉子,睡在厨房附近。但这种情况没有持续多

图 57-2:美国马萨诸塞州波士顿附近的多弗太阳屋相变贮热箱,由埃莉诺·雷蒙德和玛丽亚·泰尔凯什设计,1947—1952 年。

久。1952年，这幢房子放弃了太阳能供暖系统，改造成增压空气系统。

然而，相变贮热的概念却延续了下去。实际上，多弗太阳屋的实验受到了外部因素的影响，跟技术设备没有多大关系；尤其是人们怀疑泰尔凯什作为工程师的能力，更多的是由于性别歧视和一些相关的情绪，而不是由于技术上的失败。假如多弗太阳屋得到更多的资金和维护方面的关注，可能预期的结果会更好。更宏观的地缘政治因素也起到了作用。战后不久，随着石油大量流入美国，人们最初对太阳能供暖的兴趣快速减退了。

相变化学贮热自此成了实质性的研究和发展课题。假如能解决上述问题，太阳屋就能获得成功。泰尔凯什在联合国、纽约大学和柯蒂斯－莱特公司推广了这个项目，她在特拉华大学获得永久教职之后也继续进行了研究。相变贮热系统慢慢地不断成熟起来，但是，该系统没有使用金属贮热桶。现在可以买到嵌入相变材料的石膏板（干墙板）和其他标准建筑材料，增加墙壁贮热和散热能力。然而，在大多数情况下，人们认为相变材料是机械取暖和降温系统的补充，不能取而代之——跟泰尔凯什提出的太阳能取暖愿景相比，这是一个不那么全面和彻底的版本。

历史学家接受的训练是避免反事实推理，然而，面对曲折的技术发展轨迹，我们难免会想象这样一种情况：假如全球石油需求激增之下出现的企业投资、税收补贴和政策转而引导太阳能技术研究和实验会怎么样？我们现在会全部住在太阳能房子里吗？在寒冷的早晨通勤时，太阳能公交车座位里的相变化学物质会为我们提供温暖吗？多弗太阳屋和相变贮热桶的故事帮助我们认识到：（尤其是在当下我们迫切需要能源替代品的情况下，或者更抽象地说，迫切需要另一种生活方式的情况下）我们共同认定为"进步"的概念是多么狭隘和充满意外。

图 58：自动钢琴，约 1910 年。

自动钢琴
哈尔·福斯特[i]

空想

　　自动钢琴是一种通过记录在机械驱动的纸上或金属卷上的乐谱来演奏的乐器，我是通过伟大的美国小说家威廉·加迪斯间接地了解到这种业已消亡的物品的。加迪斯在一份断断续续地写了半个多世纪的手稿中讲述了自动钢琴在美国的短暂历史。为什么要在一种过时的娱乐形式上花费那么长的时间？20世纪60年代初，加迪斯在这本书的提纲中写道："《神之爱·阿加佩》(*Agapē Agape*)是对技术征服、对艺术和艺术家在技术民主中的地位的讽刺性赞颂。本书作为'自动钢琴的秘史'，追溯了1876年至1929年间美国在工业、科学、教育、犯罪、社会学、休闲和艺术的机械化编程和组织方面的发展脉络。"[1]这是一项浩大的工程，加迪斯似乎离题万里。然而，"自动钢琴的秘史"并没有消失，事实上，加迪斯经常借用这个主题：他的小说中经常出现为某个主题狂热写作的人物（在1975年的《JR》中，一位名叫杰克·吉布斯的人辛苦地创作手稿）；多年以来，他还就相关主题写了几篇随笔，这些随笔在他死后收录在《勇争第二名》(2002)一书中。1997年初，加迪斯被诊断为癌症晚期，促使他将大量的笔记、剪报、提纲和草稿提炼成84页的小说稿，也就是一年后他去世时留

---

i 哈尔·福斯特(Hal Foster)，普林斯顿大学汤森·马丁1917班艺术与考古学教授。2020年，他出版了关于艺术和政治的散文集《闹剧之后是什么？》，以及2018年梅隆讲座的汇编《野蛮美学》。

下的《神之爱·阿加佩》。

《神之爱·阿加佩》跟他的其他小说一样几乎都是口述，是一个垂死之人在床上的独白，叙述者是加迪斯，又不是加迪斯。加迪斯在心烦意乱的疯狂状态下，努力拼凑出一本书。他有一个无法延长的截稿期限：

> 不，但是你看，我必须解释这一切，因为我不知道，我们不知道还有多少时间，我必须写作，完成我的这部作品，而我，我为什么带来了这一大堆书、笔记、纸页、剪报和天知道什么玩意，全部分门别类、整理安排……这就是我的工作内容，一切都在崩溃，意义、语言、价值、艺术都在崩溃，你看哪里都是混乱和错位，熵淹没了眼前的一切，娱乐和技术，每个4岁孩子都有一台电脑，每个人都是自己的艺术家，这一切都从哪里来？来自二进制系统和电脑，技术是首要的，明白了吗？[2]

对于临终的主人公来说，这种秩序与熵之间的斗争是个人的，但也是他这本书的哲学症结，以及他那个时代的现实问题。

作为小说由头的秘史的核心，自动钢琴这种颠沛流离的古怪工艺品是通向"现代技术的模式结构和美国艺术成功的民主化"的"芝麻开门"（开门密码）。这种令超现实主义者着迷的旧物也具有丰富的多义性，瓦尔特·本雅明也在寻找这些物品，从中追寻对它们所编织的历史梦想的"世俗阐释"（他写于1929年的关于超现实主义的文章中，列出了"第一批工厂建筑、最早的照片、已经开始淘汰的物品和大钢琴"）。在这种情境下，小说主人公临终时的"执念"——加迪斯透露说，"我的整部小说的主题就是娱乐是技术之父"——很可能会引起本雅明的兴趣，而本雅明在书中客串了一个角色。然而，本雅明认为机械化从外部的工业世界中革新了艺术，而加迪斯小说中提出机械化源于艺术内部，甚至发轫于此，似乎跟本雅明的观点背道而驰。小说里垂死的人物以恶魔的方式悲叹机械化的影响，甚至暗示艺术在这种技术退化中难辞其咎。

对于加迪斯的化身来说，机械化的历史开始于启蒙时代的雅克·德·沃康松发明的自动装置。18世纪30年代，沃康松发明了长笛手[i]和会排泄的机器鸭，后来他成为法国丝绸制造业的监察官。1756年，他通过带孔的圆筒控制机械织布机，彻底改变了丝绸制造业。法国工艺美术学院修复了这台机器。1804年，约瑟夫－玛丽·雅卡尔根据其零件设计出了纹板提花织布机。30年后，查尔斯·巴贝奇以此为灵感发明了分析机，这显然是当代计算机的前身。对于临终的主人公来说，自动钢琴是这两台最终的机器之间一个消失的项，是工业时代和数字时代之间的中介："琴键序列、打孔卡片、IBM和NCR[ii]，以及我们从破旧的自动钢琴打孔纸卷中继承下来的奋进世界的开端。"自动钢琴成为他关于自动化的历史叙事中的神奇密码，这就是对他来说"理顺从1876年到1929年的整个年表"如此重要的原因。

为什么是这些日子？《勇争第二名》中的年表告诉我们，1876年，"钢琴师"（Pianista）自动钢琴在费城世界博览会上首次展出，同时展出的还有一台电子管风琴；1876年也是电话诞生的年份。自动钢琴的衰落发生在1929年，留声机和收音机开始普及（后者在美国从1920年的5000台增加到1924年的250万台），有声电影问世，电视首次公开展示。这段历史被故意尘封了。比如，在1876年这一栏中，加迪斯还加入了基督教科学会，蒙受神恩的创始人玛丽·贝克·埃迪说了这

---

[i] 一种通过风箱吹奏乐曲的长笛手机械装置。
[ii] 全球领先的技术公司，总部设于美国俄亥俄州，以ATM、零售系统、Teradata数据仓库和IT服务为客户提供技术解决方案。

样几句话:"我要永远为基督教加上科学这个词,也要永远把错误归于个人感觉,我要号召全世界为此而战。"³ 对加迪斯来说,"通过分析、测量和预测来消除失败"表现了技术科学的强大力量,但它也会压垮精神上的一切,包括宗教和艺术,"在追求未曾预设的完美的过程中,真理与谬误难舍难分"。此外,加迪斯在提纲中指出:

> 麦考密克(专利)、洛克菲勒(工业)、伍尔沃思(销售)、伊士曼(摄影)、摩根(信贷)、福特(装配线、工厂警察)、普尔曼(模版城镇)、玛丽·贝克·埃迪(实用本体论)、泰勒(时间研究)、沃森(行为主义)、桑格(性)等人为对秩序的热情和对标准化及编程的集体倾向作出了贡献,自动钢琴的发展与之并行。

显然,加迪斯关心的不仅是机械化本身,更是继续统治"自动化和控制论、数学和物理学、社会学、博弈论,最后还有遗传学"的"更普遍的组织原则"。显然,这个课题使他陷入了一种半偏执的"对秩序的狂热",与此同时,他的生活总是在混乱的边缘徘徊。对加迪斯来说,自动钢琴并没有终结,它是一个开始,一个世界的开始,在这个世界里,由于自动化和计算机,机会、不可预测性和失败都将被消灭。在这样一个世界里,艺术发挥不了作用,也没有未来。自动钢琴的历史所预言的消亡——"你按下按钮,剩下的由我们来做"——是艺术家的消亡。然而,不知何故,世界上仍然存在许多杂乱无章的事情,自动钢琴成为明日黄花,而包括加迪斯在内的艺术家们却以智慧战胜了系统。

气动邮政系统
雅各布·帕斯金斯 [i]

过时

在电子邮件和短信出现的很久之前,气动邮政是传递吊唁、爱情告白,甚至索要赎金等书面信息最快捷的方式。这种利用压缩空气通过管道传递信息的系统起源于乔治·梅德赫斯特和威廉·默多克在19世纪初进行的实验。1853年,乔赛亚·拉蒂默·克拉克在伦敦城市范围内建立了第一个气动邮政系统,将航运信息送达证券交易所。随后,汉堡(1864年)、柏林(1865年)、维也纳(1875年)和纽约(1898年)也建立了大规模的气动邮政网络,而阿尔及尔、伯明翰和马赛等其他城市的气动邮政系统则规模比较小。巴黎气动邮政系统始于1866年,以其密集程度、悠久历史和文化积淀而举世瞩目。

巴黎气动邮政最初用于在证券交易所和中央电报局之间快速传送电报。该系统一直是邮政服务部门的电报(以及后来的电信)分支。1879年,巴黎气动邮政向公众开放,人们在城市现有的下水道网络中安装了地下传送管道,气动邮政由此迅速扩张。20世纪30年代,约427千米的气动管道把巴黎城内的130个邮局连接起来。塞纳省的所有地址都可以使用该邮政系统,通过邮递员将郊区城镇跟市区的气动网络联系起来。最初,只有写在特殊信纸上的小信笺可以寄出,但从1898年开始,寄件人可以在巴黎或郊区邮寄任何重量小于30克的信

---

[i] 雅各布·帕斯金斯(Jacob Paskins),在伦敦大学学院艺术史系教授建筑史,著有《建设中的巴黎:20世纪60年代的建筑工地和城市转型》(2016)。

图 59：气动邮政系统，巴黎，1956 年。

件。莫泊桑和普鲁斯特的小说描写过情人之间互寄"气递信件",而在德雷福斯事件[i]中,关键证据是一封被撕毁的未寄出信件——历史上臭名昭著的"小信笺"。

弗朗索瓦·特吕弗的电影《偷吻》(1968)让我们看到气动邮件是如何运作的。当一封信投进气动信箱,操作员会在邮票上盖注销章,把最多5封信卷进一个圆柱形的金属容器。一名机械师会把邮筒插入传送机,发送到一望无际的地下铁管网络中。(在特吕弗的电影中,几个镜头拍摄了下水道里百年沧桑、锈迹斑斑的邮件输送管道。)邮筒通过蒸汽泵(后来改为电泵)压缩后释放的空气推动着穿越管道。邮筒在邮局通过人工转换管道,直到20世纪30年代采用自动分拣系统,才使邮筒更直接地到达目的地。信件一旦装入邮筒,大约25分钟就能穿越巴黎。在旅程的最后一段,邮递员会骑着自行车或摩托车送信,从20世纪20年代开始,人们通常称之为"气传信"。标准的送达时间是投递后的2小时内,平均只有45分钟。据说,一些女性互相发送"气传信",仅仅是为了享受跟年轻的邮递员男孩打招呼的快乐。

电话问世后很长一段时间里,气动邮筒仍然很受欢迎,因为法国电信网络的扩张相对缓慢。20世纪60年代,新用户常常要等上几个月才能接入超负荷扩张的电话系统。比起站在冷风飕飕的电话亭里,气传信是一种很有吸引力的选择。尤其是气传信的邮递有保障、费用固定,并且能够传送文档原件。即使在计算机和卫星出现之后,珍贵的"气传信"仍然长期保持着令人熟悉的城市文化面貌。下午出版的《世界报》有时会收到读者回应当天发表的一篇文章的气传信,甚至赶在了当天晚上的第二版报纸发售之前。气传信和电报一样快,而

---

i 德雷福斯事件(Dreyfus affair),19世纪90年代法国军事当局对军官阿尔弗雷德·德雷福斯的诬告案。

且，它更经济，因为整封信可以用一张气传邮票的价格寄出，而不是按字收费。关键的是，气传信是寄件人写的原件，不像电报是电子编码信息的转录。手写签署的气传信具有良好的行政和法律的权威性，通过气传信可以授权银行转账。政府各部门之间有独立的气动网络，国家机密文件可以安全通信。

尽管气动邮政与电话长期共存，但是，随着电信投资的增加，它的受欢迎程度开始下降。1945年，人们发送了3000万件气传信，达到最高峰；1964年，气传信的邮递量下降到390万件，是19世纪90年代以来的最低水平。20世纪70年代，随着基础设施老化和劳动力成本上升，气动邮政系统开始衰落和亏损。跟其他通信方式相比，气传信变得越来越没有竞争力：20世纪初，气传信的价格是普通信件的3倍；到了50年代，它的价格涨到了普通信件的5倍多。1976年，一封气传信的价格上升到8.40法郎，而电话的月租费为39法郎，加上0.39法郎的通话连接费用。随着技术故障的增加，比如，管道锈蚀后空气压力降低，气传信传送的时间变长，可靠性也变低了。现有的气动邮政基础设施越来越疏于照管，逐渐让位于电信；邮政服务部门更愿意投资电传、传真和迷你终端，而不是许多人认为技术已经过时的机械系统。1982年，人们只发送了64.8万件气传信，该系统比较冷清的部分率先关闭。最后，1984年3月30日下午5点，该系统正式终止服务。

气传信最终被更即时的通信方式所取代，但是，这项服务确实预见了粗心大意的派送和快速投递带来的风险，这是今天电子邮件和短信用户所熟悉的情景。假如说《偷吻》展现了发送气传信的速度，让-吕克·戈达尔的短片《蒙帕尔纳斯和立瓦勒》（1965年《……眼中的巴黎》短片合集中的一部）则表现了匆忙之间寄错信的危险。莫妮卡从蒙帕尔纳斯邮局寄了两封情书给伊万和罗歇，但寄出后不久，她发现自己把信弄错了，却没能从信箱里取回信件。她跑到伊万在附近的雕塑工作室，赶在气传信到达之前解释信发错了，并坦白她有另一个情人。伊万把她赶出去后，她匆忙从蒙帕尔纳斯坐通往郊区的94路公共汽车，赶到罗歇在立瓦勒－佩雷的汽车修理厂。莫妮卡赶路没有邮件快，罗歇已经收到了气传信。她同样吐露了真相，但是，她相信罗歇已经原谅她了。然而，罗歇告诉她，她根本没有装错信封；在气传信速度的压力下，她毫无必要地两次透露自己的不忠。

气动邮政虽然已经过时了，但它也是超前于时代的，它是如今拥堵的城市只能梦想的可持续概念：一个可以减少道路交通的节能系统。巴黎气动邮政管道网的关闭并不意味着气传信的最终消亡；布拉格的气动邮政服务一直持续到2002年，法国政府的气动邮政系统比公共气动邮政系统多维持了20年。如今，全市范围的气动邮政服务已经宣告消亡了，但是，在医院、银行、机场和图书馆内，气动管道系统仍在小范围内兴盛，起到传送信息或小物品的作用。美国正在开发超级高铁（Hyperloop）项目，可见人们又重新开始对长途气动管道运输产生兴趣。该系统的目标是通过以每小时1200千米的速度在加压管道内推进的客舱运送乘客。假如超级高铁建成，这种奇思妙想将成为公路和航空旅行的快捷替代方案，但是，超级高铁是否会跟空气铁路以及19世纪连接巴黎和伦敦的失败的气动邮政管道项目遭遇同样的命运，时间会告诉我们答案。

图 60：宝丽来 SX-70 相机和外壳，亨利·德赖弗斯设计，宝丽来公司制造，约 1972 年

宝丽来 SX-70
德扬·萨迪奇 [i]

休眠

在马萨诸塞州波士顿远郊一家专门建造的工厂的生产线出产了最后一台宝丽来 SX-70 的 40 年后,埃德温·兰德 [ii] 的瞬间成像相机(拍立得)依然是一台美丽而具有现代感的物品。它采用了拉丝金属饰面和皮革镶嵌面板,具有雪茄盒的材质。拉开精巧的折叠机械装置,取景器"喀"地卡入位置,内置的镜子会显示出(平放在相机底座上的)宝丽来胶片拍摄到的图像。1948 年,兰德制造了他的第一台相机——笨重的宝丽来 95,当时他就下定决心将摄影从暗房中解放出来,这一构想在 1972 年推出的宝丽来 SX-70 中达到了巅峰。宝丽来 95 使用起来比较烦琐,需要装两卷不同的胶卷,一卷是感光底片,另一卷是正片纸。拍摄一张照片后,需要转动机械装置,使化学涂料纸与底片接触。图像显影的同时,照片纸张经过切割器修整。最后,出来的是纸、乳液和化学物质组成的三层夹纸,用户必须剥开它才能看到最终的照片。

---

i 德扬·萨迪奇(Deyan Sudjic),兰卡斯特大学建筑与设计研究教授,2006 年至 2020 年担任伦敦设计博物馆馆长。他曾任教于伦敦皇家艺术学院和维也纳应用艺术大学,并曾在伊斯坦布尔、格拉斯哥和哥本哈根策展。他是《蓝图》杂志的创始主编,也是 *Domus* 杂志的主编。他是 2002 年威尼斯建筑双年展的总监。他的著作《城市的语言》(2017)由企鹅出版集团出版。
ii 埃德温·兰德(Edwin Land, 1909—1991),美国科学家、发明家,宝丽来公司的创始人之一。他发明了便宜的偏振滤光片、实用的机内即时摄影系统和色彩视觉的视网膜理论。

1947年，当兰德将他的公司从战争工作中解脱出来时，摄影仍然是一个令人痛苦的漫长过程。首先要打开一个纸箱，里面装着一卷赛璐珞[i]胶卷，为了防止阳光直射，胶卷还用铝箔纸包裹着。然后将胶卷穿到相机内的卷轴上。只有当整卷胶片用完之后（一卷胶片最多可曝光36次，用完可能需要几天时间，节俭的用户甚至需要几周时间），胶片才会被取出来，在暗房中进行冲洗。在冲洗之前，胶片必须经过显影、定影、水洗和烘干，然后才能进行拷贝，而拷贝又必须经过显影、定影、水洗和烘干。即使是最快的暗房，也无法在几个小时内完成黑白冲洗，彩色冲洗所需时间更长。相比之下，宝丽来95相机只需不到一分钟的时间就能完成图像处理。

在接下来的几十年里，兰德进行了多次更新，简化了基本概念，然后推出了宝丽来SX-70，摒弃了所有复杂的功能。它将纸张、底片和化学药剂都装进一个10张胶片的胶卷盒里，使彩色照片印制的过程自动化。按下机器前面的按钮，快门就会打开，透进精确测量的光线，然后再次关闭。几秒钟后，胶片通过微型电池释放的电流推动机械装置输出。当它通过照相机时，宝丽来暗盒底部薄膜袋中的化学药剂会涂抹在胶片表面，从而在不到一分钟的时间内显影和定影。伴随着令人满意的"嗖"的一声，一片长方形薄纸被吐到空气中。使这一切成为可能的是装入照相机壳的200个晶体管和复杂的机械系统，包括活动镜、光传感器、齿轮和螺线管，以及宝丽来内部人员称为"黏糊"的化学物质。

美国设计评论家菲尔·巴顿曾形容，按下宝丽来SX-70的按钮，会"激起惊人的机械隆隆声，就像飞机起落架突然放下一样；当照相机压在眼睛上时，这种隆隆声会传遍颧骨。拍好照后，相机会'砰'的一声关上，就像高级跑车的关门声一样令人心满意足"。他甚至诗

---

[i] 由低氮含量的硝酸纤维素、增塑剂、润滑剂、染料等加工成的塑料，透明坚韧。

意地描述了塑化纸表面如何从不透明的乳白色变成非常清晰的全彩："亚得里亚海的乳绿色慢慢变成了加勒比海的蓝色和玫瑰红色，这是宝丽来 SX-70 调色板的特点。"[1]

1972 年至 1981 年之间生产的宝丽来 SX-70 可能是模拟技术[i]中最接近数字图像制作"非物质"即时性技术的一种，当时数字图像制作已经在日本移动电话公司的实验室进行研发。面对数码摄影的威胁，宝丽来试图创造出更便宜且受大众喜爱的即时摄影技术。宝丽来拍摄身份证和驾驶执照的即时照片的业务利润丰厚，它深信这项业务可以使自己免受更深远变革的影响。正是这一策略导致该公司在 2001 年经历了第一次破产。宝丽来 SX-70 貌似是 iPhone 的鼻祖。兰德认为他的照相机会像智能手机一样无处不在，可以随手捕捉想法或画面。在宝丽来 1970 年委托拍摄的电影《漫漫长路》（*The Long Walk*）中，他谈到要制造一种像铅笔一样遍及各处的工具。

宝丽来相机不仅是一种魔术，还很容易让人上瘾。按下按钮，听到"嗖"的声音、看到图像成形，会让人产生一种想要看到和听到魔法重现的强烈冲动。在这种冲动的驱使下，人们会越来越多地使用昂贵的瞬时成像胶片。兰德跟史蒂夫·乔布斯一样擅长营销。为了保证他的产品被当作严肃的摄影器材，他给了摄影师安塞尔·亚当斯[ii]一笔聘金，并委托查尔斯·埃姆斯和雷·埃姆斯夫妇[iii]为这款相机拍摄一

---

[i] 模拟技术（analogue technology）利用电压等物理量来测量、存储或记录无限变化的信息。模拟技术不同于数字技术，后者需要将信息转化成数字并记录到数字设备中。
[ii] 安塞尔·亚当斯（Ansel Adams，1902—1984），美国风光摄影家、摄影教育家、自然环境保护者，是美国生态环境保护的一个象征人物。
[iii] 查尔斯·埃姆斯（Charles Eames）和雷·埃姆斯（Ray Eames）夫妇，20 世纪著名设计师组合，他们的设计领域涵盖了家具、建筑、影像和平面设计。

部电影。他还给罗伯特·劳森伯格[i]和安迪·沃霍尔等艺术家提供了大量产品。讽刺画家拉尔夫·斯特德曼[ii]等艺术家会在冲洗照片的过程中通过高温和加压进行处理。大卫·霍克尼[iii]可能是最著名的使用者,他用多张图像创造了一种摄影立体主义。意大利建筑师卡洛·莫利诺也是一位狂热的宝丽来摄影师,他的一系列情色人像摄影预示了这种不再需要经过冲洗实验室细看和审查的媒介的发展潜力。

宝丽来是跟高雅文化联系在一起的,宝丽来 SX-70 对胶片永远无法满足的需求帮助该公司销售了大量主要的消耗性产品。在 20 世纪 80 年代末的鼎盛时期,宝丽来的营业额达到了 30 亿美元,拥有 21000 名员工。然而,在兰德去世 10 年后的 1991 年,该公司被迫申请破产。在很大程度上,跟柯达一样,将宝丽来逼入死路的原因是无法迅速而令人信服地进行自我重塑,也无法以其他方式获取胶片销售的巨大利润。在连续两次申请破产后(第一次是 2001 年,然后是 2008 年),宝丽来停止生产胶片,使得宝丽来照相机失去了用处。最近,一个众筹项目重新开始生产宝丽来胶片,后来变成了商业销售。它再次满足了人们对可以触摸感受的物品的渴望,而不是难以捉摸、飘忽不定的像素。与此同时,制造商们重新进入瞬间成像相机市场,推出的型号明显缺乏原来的宝丽来 SX-70 的坚定信念,被视为自拍一代的怀旧小玩意儿。然而,怀旧并不是兰德当初设想的目标,留给我们的是一件失去了最初的前瞻性宏图的物品。

---

i 罗伯特·劳森伯格(Robert Rauschenberg,1925—2008),战后美国波普艺术的代表人物,以抽象表现主义风格进行摄影、设计与绘画的实验,逐渐发展出个人独特的艺术风格,利用生活上的实物与新闻图片组成抽象的画面。

ii 拉尔夫·斯特德曼(Ralph Steadman),英国插画家,以与美国作家亨特·汤普森的合作著称,创作了诸多讽刺政治、社会的漫画和绘本。

iii 大卫·霍克尼(David Hockney,1937—),英国画家、版画家、舞台设计师及摄影师。

公共长度标准
戴维·鲁尼 [i]

1834年,威斯敏斯特宫在一场大火中烧毁,保存在那里的英国官方度量衡标准(一套标准重量和长度的实物)也随之毁于一旦。四年后,皇家天文学家乔治·艾里被任命为修复标准度量衡和防止它们再次被毁的委员会主席。艾里的策略核心是广泛传播公共标准,以防像1834年那样彻底的损失,但更重要的是使精确的度量衡以看得见的方式融入公共生活。在当时关于公共度量衡的讨论中,反复出现的主题是测量链(一种测量土地的装置,有100英尺和66英尺两种长度,多次使用会变形、拉长)的准确性。1844年的一起案件导致法官宣布全国的每个测量员都必须证明测量链的准确性。生产厂家、商人、建筑师和手工艺人也需要使用更小的测量单位,比如码、英尺和英寸[ii]。但是,怎么才能实现呢?

根据艾里主管的标准委员会的建议,解决办法是在公共场所设立经过政府官员核实的度量衡,安装在每个城镇的墙壁和人行道上,人们可以据此检查他们的测量链和码尺。自18世纪90年代以来,巴黎各处的公共场所都有标准米的展示。艾里在1841年的报告中称,普鲁士法律要求"公共场所的墙面上有固定的长度标准"。这是他在英

---

[i] 戴维·鲁尼(David Rooney),作家和策展人。他曾在伦敦科学博物馆担任技术和工程管理员,并在格林尼治皇家天文台担任计时负责人。
[ii] 英制长度单位,1英寸为2.54厘米。

图 61-1：英国格林尼治皇家天文台正门外的公共长度标准牌（至今还在原处），1859 年 1 月。

国提出的度量衡的模型。[1]

艾里首先在职权范围内行动，于 1859 年 1 月 30 日在格林尼治皇家天文台外设立了公共长度标准。他的标准度量衡是一块金属牌，展示着官方确认的 1 码、2 英尺、1 英尺、6 英寸和 3 英寸的长度。使用者可以把自己的尺子放在两端挡板之间一组挂钉上，长度正确的尺子会正好契合。不久之后，伦敦的其他地方也能找到类似的装置，比如特拉法加广场的国家美术馆和邦希尔街的德拉鲁印钞厂。19 世纪 70 年代，特拉法加广场本身和伦敦城的市政厅也安装了公共度量标准。但是，长度是重要的工业问题，而强大的工业集团都在北方。19 世纪 60 年代末，"棉都"曼彻斯特在市政厅前安装了长度标准来引领潮流。1876 年，政府发公函给各地方行政机构，鼓励他们跟随潮流。

标准化的长度单位至少可以追溯到罗马时代。19 世纪时，准确的度量衡已经被视为一项公共利益。科学史学家西蒙·谢弗指出，在维多利亚时代，"准确的度量衡被宣传为伴随着商业、军事乃至帝国辉煌的重要事物。在计量学的背景下，它的作用表现得最为鲜明，而英国政府正是通过计量学来构建和传播标准的"。[2] 1876 年政府公函发出时，整个英国（尤其是北部工业中心）各地方政府正在兴建风格大胆的新型市政建筑，这些新型建筑彻底改变了城市的景观。

如果说准确的度量衡代表了诚实，那么装在墙上的长度标准则是道德的体现，长度测量装置成为工业化时代的人民"宫殿"中普通建筑的一部分。很多长度标准是在19世纪80年代设立的，到了1914年，伯明翰、布拉德福德、都柏林、爱丁堡、格拉斯哥、格洛斯特、伦敦、曼彻斯特、谢菲尔德和雷丁，以及兰开斯特巴拉丁郡领地[i]辖内兰开夏郡的15个工业城镇，包括奥姆斯柯克、罗奇代尔和威根的市政建筑上都能找到公共长度标准。1877年，曼彻斯特在巡回法庭外设立了新的标准测量牌，郡政府官员自豪地在《曼彻斯特信使报》和《兰开夏通用广告报》上向"建筑商、测量师、工匠和一般公众"宣传这项服务，"旨在向公众提供方便，无需付费便可检验测量链、卷尺、码尺、英尺等的准确性"。对于以棉花、布料、钢铁或羊毛为经济来源的城镇来说，长度至关重要。

然而，这种自豪感很快烟消云散。第一次世界大战[ii]的爆发标志着公共标准测量牌的终结，1914年以后，再也没有新安装的测量牌了。事实上，即使在刚安装时，测量牌也没有被广泛使用的迹象。大部分测量牌在安装后便不再检验校准，使其准确性受到了质疑。这并不奇怪。在特拉法加广场的标准长度测量牌安装仅11年后的1887年，进行重新核准的英国贸易委员会官员遗憾地说，沉重的花岗岩底座上的标准长度测量牌已经变成了"流浪汉的躺椅，他们的言行举止让使用测量牌的人感到不适"。1916年，官员们发现爱丁堡的标准长度"被附近的基督教青年会小屋遮挡起来，实际上人们无法使用，而且……

---

[i] 巴拉丁郡领地（御准特权郡领地），指其领主拥有类似于国王的权力及司法管辖权的领地。在英格兰共有三个巴拉丁郡：切斯特、达勒姆和兰开斯特，其中前两者是基于古老习惯而形成的，兰开斯特则是由爱德华三世创设的。

[ii] 第一次大战的时间是1914年7月28日至1918年11月11日。

图 61-2：格林尼治皇家天文台的公共长度标准，约 1930 年发行的明信片。

上面堆满了包装箱"。[3]

第一次世界大战后的几十年里，英国城镇公共长度标准的消亡也有技术上的原因。到了 20 世纪初，钢卷尺迅速取代了测量链，因为钢卷尺更容易使用，也不容易拉伸变形。随着 1896 年滑规的发明，工程和制造业中的长度测量也变得更容易检验。滑规是一种可以堆叠在一起形成标准长度的精确金属块，既准确又便携。1963 年，重要的计量学家肯尼思·休姆称："世界上所有的精密工程厂家几乎都用滑规作为标准测量仪。"[4] 外省的车间管理者不再需要跑到遥远的市中心核对码尺。标准长度已经传播到每个工具室和车间，这最终实现了艾里广泛传播标准度量衡的愿望。

在这一时期，以实物为标准的度量衡在科学层面也走到了穷途末路。19 世纪 90 年代的实验表明，长度可以根据光的波长来确定，而光的波长是物质的基本属性。不过，实际的标准必须等到第二次世界大战期间原子反应的研究工作产生了适用于确定长度的化学同位素之后才能确定。1957年，一个国际委员会决定用氪86热阴极灯发出的光来解决这一技术问题；3年后，国际标准机构批准采用其作为度量标准。实物长度标准不仅从度量衡等级的顶端跌落，而且成了历史。

然而，公共标准的消亡也源于更广泛的工业变革。维多利亚时代公共建筑上的长度标准允诺了一个未来，在这个未来中，代表公共利益的标准度量衡将随处可见，但这与测量和工程行业的雄心壮志背道而驰——他们希望筑起高墙来保护自己的度量衡文化。20世纪，全球标准测试和验证的基础设施不断发展，远远超越了维多利亚市政厅墙上朴素的牌子。如今，英国各地城镇中心的大多数公共长度标准依然留在约一个半世纪前安装的地方，但很久以前就不再使用了。

图 62：火风琴，弗雷德里克·卡斯特纳制造并获得专利，法国，1876 年。

火风琴
蒂姆·布恩[i]

空想

由于气候变化造成环境的恶化,煤气时代似乎即将结束。近两个世纪以来,英国的城市和小镇已经对煤气管道习以为常,而差不多一个世纪以来,通过标准化电网普及的电力一直威胁着煤气的存在。然而,煤气(不仅作为一种能源,而且是技术文化的重要组成部分)一直保持其地位。今天,除家用锅炉使用煤气外,发电厂的许多大型蒸汽涡轮机也使用煤气。20世纪30年代,煤气灯和焦炭公司聘请了时尚的现代主义建筑师马克斯韦尔·弗赖伊设计伦敦西部的肯萨尔公寓。公寓的显著特点是故意让现代主义能源——电(电力正迅速进入以前由旧燃料主导的市场)——缺席。肯萨尔公寓内所有的照明、空间和水的加热都使用煤气,或者煤气厂的另一种产品焦炭。这听起来违背了现代性,但它确实发生了,1937年,该公司拍了一部电影来宣传它的优点。假如他们知道火风琴(Pyrophone)就好了,他们还可以吹嘘煤气演奏的音乐。20世纪30年代,从拉德布罗克街的公寓向南走一小段路到南肯辛顿的科学博物馆的声学展厅,就能看到这种装置罕见的存世珍品之一。

火风琴利用了一种名为"歌唱火焰"的物理现象:自然哲学家布赖恩·希金斯在1777年观察到,在适当的环境下,位置摆放正确的

---

[i] 蒂姆·布恩(Tim Boon),伦敦科学博物馆集团研究和公共历史负责人,他也是一位历史学家和公共科学文化策展人。

话，管内的气体火焰会产生音符。几十年后，物理学家恩斯特·奇洛德尼证实，（就像管风琴管一样）管子越长，音高越低；并且进一步证明，管子里的两个及以上火焰分开时会发出声音，而合拢时不会发出声音。法国小有名气的物理学家弗雷德里克·卡斯特纳利用这种现象发明了一种乐器，他将其命名为火风琴，并于1873年获得专利。科学博物馆展出的单八度乐器的13个乐管中，每个乐管都有一组装在轴上的微型燃烧器，按相应的琴键，机械就会分开。

有一个令人难以置信的历史细节，如果这是一部二流小说的情节，肯定会引起轰动。卡斯特纳富有的母亲利用红十字会创始人亨利·杜南的手腕，推广她儿子的发明，当时杜南正走背运。因此，1875年1月，伦敦皇家研究院展览了这台乐器，著名物理学家约翰·丁达尔做了演讲。2月，火风琴在伦敦皇家艺术学会进行了第二次演奏。杜南在艺术学会的演讲中滔滔不绝地描述了这种乐器的音质：

> 火风琴的声音真的很像人声，也很像风鸣琴的声音；甜美、有力、风情万种、华丽灿烂，非常圆润、准确、丰满；像人类充满激情的低语，是灵魂内部振动的回声，是某种神秘而暧昧的东西；此外，总的来说，它有一种忧郁的特点，这似乎是所有自然和谐的特征。[1]

第二年，乐器出现了机械故障，杜南把它存放在南肯辛顿博物馆的科学部（后来的科学博物馆）。不久之后的1876年，它被纳入科学仪器特别借阅收藏展的声学展厅，该展览是博物馆有史以来规模最大的短期展览，展出了约20000件展品。跟这个"借"展中的许多仪器一样，这架火风琴在1876年之后从未离开该博物馆，实际上，它继续展出了几十年。它在很多方面象征着科学博物馆收藏乐器的态度：

它被当作古董收藏起来，是一件封存了某种奇异自然现象表面上的音乐效果的珍品。它在那里加入了查尔斯·惠特斯通[i]的"魔法竖琴"（一种声波共振演示）和风鸣琴等乐器的行列。

我们可能会问，是什么原因导致了火风琴的消亡。音乐史上确实有很多"佚失"的乐器，比如中世纪的蛇形管，它是一种低音簧片乐器，有时用于教堂礼拜仪式的伴奏。由于演奏的曲目复兴，这些乐器偶尔会脱离"濒危物种"名单，蛇形管和羽管键琴都是这样。但在没有固定曲目的领域，乐器往往会沦为博物馆的展品。比如，让－巴蒂斯特·维尧姆[ii]的"超低音提琴"（一种3.48米长的低音弓弦乐器，比低音提琴大得多），这是一条人们没有走过而饶有趣味的音乐道路。它和火风琴一样在博物馆展出（超低音提琴在巴黎的音乐城展出），两者都是古董。据说，埃克托尔·柏辽兹[iii]和塞萨尔·弗兰克[iv]都曾在卡斯特纳在巴黎的家中演奏过这架火风琴，博物馆档案中有"小序曲"的散页乐谱，这是泰奥多尔·拉克[v]为这架乐器特别创作的作品。但是，这首曲子还没有重要到足以让火风琴复兴。

在博物馆的馆藏中，有声音的物品可能比没有声音的物品更加保持着"消亡"的状态，因为它们必须演奏才能展现出特色，从而避免被废弃。20世纪50年代初，物理学守护者戴维·福利特（后来成为科学博物馆馆长）对火风琴产生了兴趣，并将其修复到能够正常演奏的水平，这很令人神往；还有他在纪念杜南124周年诞辰的活动上演奏的照片，拍摄地点是英国皇家艺术学会——77年前杜南曾在这里展

---

i 查尔斯·惠特斯通（Charles Wheatstone，1802—1875），19世纪英国著名物理学家、发明家，发明了现代电报机、万声筒、六角手风琴、立体镜、波雷费密码等。
ii 让－巴蒂斯特·维尧姆（Jean-Baptiste Vuillaume，1798—1875），法国制琴师、商人。
iii 埃克托尔·柏辽兹（Hector Berlioz，1803—1869），法国作曲家，法国浪漫乐派的主要人物，代表作有《幻想交响曲》《葬礼与凯旋交响曲》《罗密欧与朱丽叶》等。
iv 塞萨尔·弗兰克（César Franck，1822—1890），法国作曲家、管风琴演奏家、音乐教育家。
v 泰奥多尔·拉克（Théodore Lack，1846—1921），法国钢琴家、作曲家。

示过火风琴。1951 年 11 月 6 日，它甚至在一档新奇的音乐广播节目《请君聆听》(Lend Me your Ears) 中演奏过。一位听过修复版火风琴演奏的见证者对火风琴的音质评价更为冷静（不像 1875 年杜南那么狂热），他说火风琴的声音"忧郁……但是，更让人联想到便秘的母牛的哀鸣，或者，在更低沉的音调中，使人联想到远处雾中的玛丽王后号[i]"。[2] 这很可能是它在 19 世纪 70 年代没有流行起来的真正原因。

20 世纪 30 年代，在现代性的选择中煤气没有获得主导性的胜利，也许对火风琴来说是一种错误。在威廉·吉布森和布鲁斯·斯特林的《差分机》(1990)[ii] 中，查尔斯·巴贝奇的计算机器提前一个多世纪引领了维多利亚信息时代，我们更容易想象火风琴为这个充满投机的蒸汽朋克世界配乐。火风琴也会使人想起现代化之前的时代。有传闻说，法国作曲家夏尔·古诺[iii] 曾计划在歌剧《贞德》(1887) 中加入火风琴。火风琴为中世纪的火刑配乐的突发奇想似乎恰当得可怕。

---

i 英国皇家邮轮，1936 年 5 月首航，曾是世界最大的邮轮。1967 年玛丽王后号由美国加州长滩市政府买下，变成为海岸旅馆，是南加州的标志之一。
ii 世界首部蒸汽朋克类科幻小说。
iii 法国作曲家，代表作有《浮士德》《圣母颂》等。

写实蜡像模特
莫德·巴斯 – 克吕格尔[i]

19 世纪中期，新兴的百货商店和高定时装商店开始考虑应该用怎样的模特展现时尚。一种有说服力的方法是用蜡制成具有逼真的头和四肢的写实人台模型。巴黎时装设计师和生产商认为这是最现代、最艺术、最奢华的陈列方式，跟如今充斥着零售商店橱窗的呆板模特完全不同。

埃及人、希腊人和罗马人曾将动物和植物的蜡浇铸进面具，制作葬礼上的塑像。但是，直到 19 世纪末，蜡像模特才被用于时尚展示。18 世纪末到 19 世纪初，菲利普·库尔提乌斯和管家的女儿玛丽·杜莎普及了蜡像艺术。他们在伦敦和巴黎的蜡像馆吸引了大批游客，热情的参观者对"恐怖屋"中栩栩如生的历史人物和臭名昭著的罪犯蜡像赞叹不已。从 18 世纪开始，裁缝、纺织品生产商和设计师就开始使用小瓷娃娃来推广他们的商品。19 世纪 50 年代的新兴百货公司希望能够利用公众对蜡像馆的迷恋，开始使用蜡像模特来销售成衣。时装设计师们也开始使用高质量的蜡像模特，在世界博览会上展示他们的商品。

这些蜡像模特逼真得令人惊异，不仅被用来展示世纪之交的时装，还用来展示历史服饰。19 世纪 50 年代起，法国、德国和英国开始研究、收藏和展出古董服装及配饰。在世界博览会上百货公司和博

---

i 莫德·巴斯 – 克吕格尔（Maude Bass-Krueger），比利时根特大学艺术史教授。她的研究重点是法国时尚史、19 世纪建筑文化以及博物馆和收藏史。

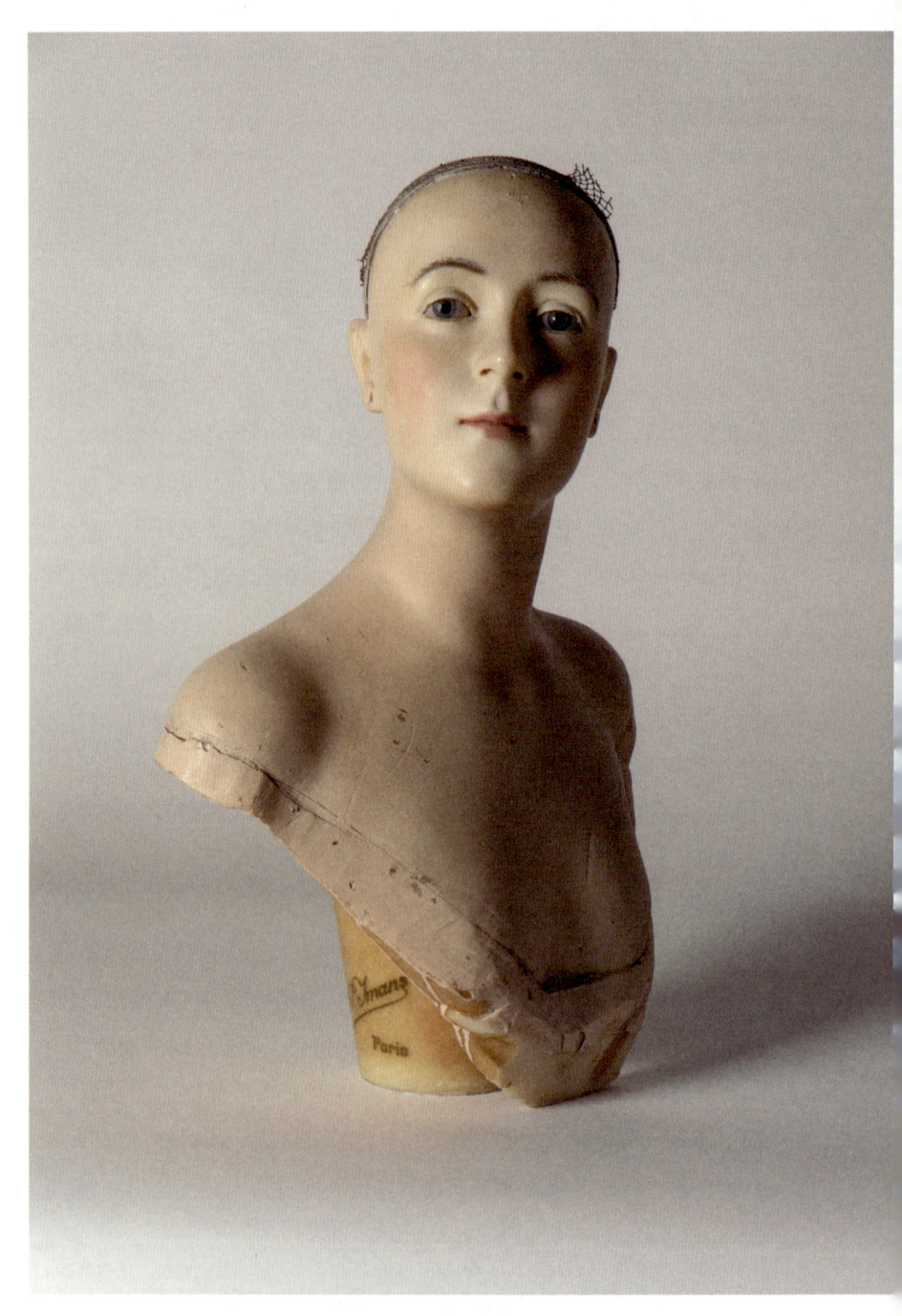

图 63-1：蜡制人台半身像，皮埃尔·伊曼斯设计，法国，约 1910 年，彩绘蜡像，残留头发、丝带、棉网和树脂。

物馆举办的服装史展览中，历史学家、收藏家和策展人为如何妥当地展示历史服饰争论不休。有些人认为，更科学的方法是把服饰平放在玻璃盒里，或者穿在木头和硬麻布制成的无头模特上。另一些人则相信，逼真的蜡像身穿时装、摆出舞台造型，可以更真实地传达历史经验。1900 年的巴黎世界博览会上，两种意见的对立已经根深蒂固。在官方古装宫（Palais du Vêtement）一楼举办的"博物馆回顾展（第 85 和 86 类）：服装及配饰"展览上，组织方使用无支撑的玻璃柜和无头人台展示 18 世纪的服装。在广场对面的时装宫（Palais du Costume）由迈松·费利克斯组织的私人资助的展览上，参观者会经过 34 座栩栩如生的立体模型——逼真的蜡像身穿重新制作的历史服饰。

　　支持用蜡像来展示古装和时装的人胜过了保守的同行，公众显然更喜欢看到栩栩如生的人像。20 世纪，蜡像人台变得越来越精致，蜡像制作者认为自己是艺术家和雕塑家，而不是工业生产者或模型师。1896 年，出生在荷兰的蜡塑工艺师皮埃尔·伊曼斯开始制作一种他认为比普通蜡像馆里陈列的蜡像优质得多的蜡像人台。伊曼斯的"蜡像"（他拒绝称它们为人台）有面部彩绘，眼睛是树脂做的，睫毛和头发都用人的毛发制作。头部是将热蜡倒进模具制成的；眼睛、睫毛和头发都是趁蜡还温热时固定在模型里的。伊曼斯最初把蜡制半身像放在关节僵硬的人台上，但是，到了 1911 年，他也制作了关节灵活的人台。

　　1911 年都灵国际展览会上让娜·帕坎[i]的蜡像栩栩如生，代表了时尚蜡像人台的顶峰。Les Modes 杂志的一名记者在报道伊曼斯为帕坎夫人制作的超级真实的蜡像时说，它"逼真得让人以为它们拥有生命"。然而，第一次世界大战之后，随着人们的品味从现实主义转向

---

i 让娜·帕坎（Jeanne Paquin, 1869—1936），法国著名的时装设计师，也是现代时装业的开创者之一。

现代主义,(用评论家纪尧姆·雅诺[i]的话来说),栩栩如生的人体模型变成了"恐怖的蜡制尸体,令人害怕的复制品"。战后立体主义和未来主义艺术家青睐抽象的人体,他们认为抽象的人体比战前现实主义

图63-2:让娜·帕坎在都灵国际展览会上的展示,照片来自 *Les Modes* 杂志,1911年8月。

---

[i] 纪尧姆·雅诺(Guillaume Janneau,1887—1981),法国艺术评论家,法国国家工艺美术学院应用艺术教授。

的仿真人体更现代，后者让人想起已经逝去的时代。更重要的是，电灯的出现迫使蜡像人台的制造商寻找新的材料——不像蜡那样遇热会融化，能够在新的灯光下保持形状。1922年，伊曼斯开始用"卡内辛"（carnesine，一种石膏和明胶的混合物）制作人台。

  1925年，在巴黎装饰艺术与现代工业国际博览会的高定时装展馆"优雅馆"里，人台制造商维克托-拿破仑·西耶热尔设计了一款反映20世纪20年代女性新现代风格特征的混凝纸人台。西耶热尔跟伊曼斯一样认为自己是一位艺术家，但不同之处在于，他认为人台要达到最大的艺术性，就应该与自然保持距离，而不是试图复制自然。他把人台的面容和身体抽象出来，涂上不自然的颜色，如红色、金色、银色和绿色。商店橱窗不再通过叙事性的"生动景象"重现真实生活的场景，而是让顾客的注意力从人台和布景上转移到服装上，借此吸引消费者。1937年世界博览会上，设计师和百货公司已经不再用逼真的蜡像模特展示时装。年轻的雕塑家罗伯特·库蒂里耶委托制作了用粗糙的石膏和填絮制成的陶俑巨人，他形容说"故意让它们没有任何愉悦的感觉，没有通常与优雅相伴的温柔"。

  尽管有些时装设计师和百货公司仍在使用面容生动的人台，但它们不再是用蜡制成的，而是用石膏，后来是用玻璃纤维制成的。今天的时装设计师、百货公司和博物馆更喜欢越来越抽象、细长的人台，人们用新材料制作这些模特，因为新材料更轻、不容易损坏，也更适合大规模生产。

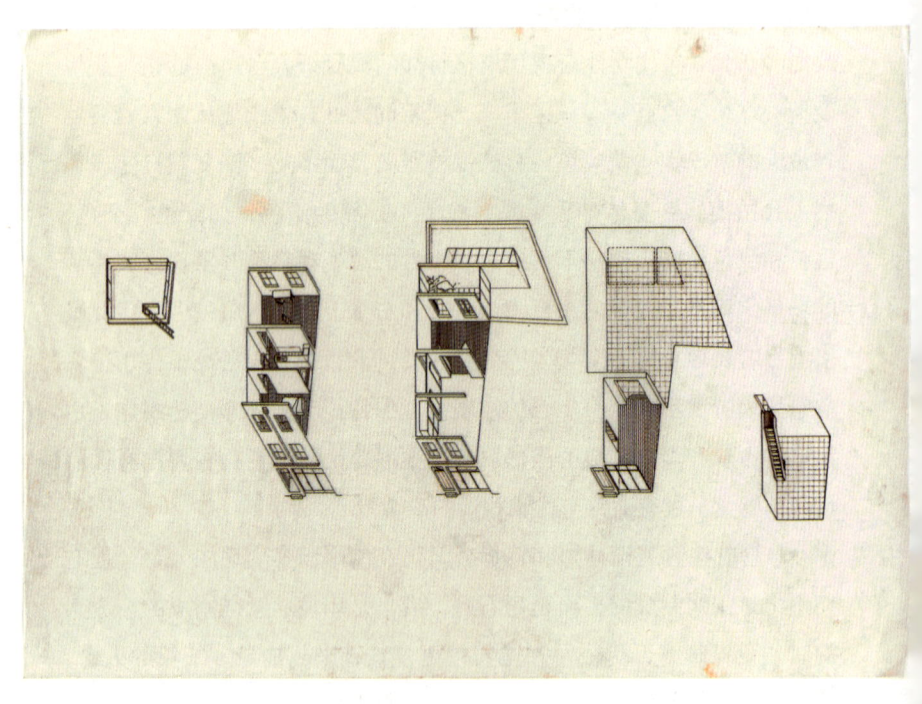

图 64-1：伦敦里森画廊的正等轴测图，建筑师托尼·弗雷顿，1984 年，描图纸墨水画，59.5 厘米 ×84 厘米。

红环、利特通和 CAD 迷你画图软件
托尼·弗雷顿 [i]

过时

每一天，稳定的自然光都会透过奥雅纳工程顾问事务所（位于伦敦菲茨罗伊马厩街）绘图室的北窗照进来——但是，1971 年的某个星期一，光线是从屋顶漏下来的，因为爱尔兰共和军的一颗炸弹爆炸，电信塔的一部分碎片坠落砸坏了事务所的屋顶（那些日子，我们事先得到空袭警告后一直提心吊胆，炸弹在星期天爆炸了）。我们没顾得上这些就开始工作，耐心地用透明胶带把 112 克绘图纸光滑的一面朝上固定在绘图板上，以相似的动作用三角尺、圆规和刻度尺画线。一开始用削笔机磨尖的离合器铅笔[ii]，然后用红环[iii]钢笔，从上面开始，从左往右画，以免留下污渍，最后，用模板印上文字，在需要的地方使用利特通[iv]底纹。需要修改的话，就用剃须刀片刮去一部分图画，用

---

i 托尼·弗雷顿（Tony Fretton），托尼·弗雷顿建筑事务所负责人，荷兰代尔夫特理工大学的室内设计、建筑设计和城市设计荣誉教授。他的事务所设计和建成的建筑包括：里森画廊和切尔西的红屋，两者都在伦敦；入围斯特林奖的丹麦福尔桑美术馆；新建的英国驻华沙大使馆；阿姆斯特丹的多功能建筑 Solid 11 大厦；最近的安特卫普港的两座公寓楼和比利时丹泽市政厅。弗雷顿的速写本收藏于伦敦维多利亚和阿尔伯特博物馆的艺术与设计档案馆，事务所的项目模型和图纸收藏于绘画素材信托。参见 http://www.tonyfretton.com。

ii 一种张开钳口可以自由移动铅芯的自动铅笔。

iii 红环（Rotring）是 1928 年在德国汉堡成立的一家文具公司。20 世纪 90 年代，出现了电脑辅助工业设计的风潮，红环公司便推出一系列专业机械绘图工具来抗衡。

iv 利特通（Letratone）是数字时代之前，商业艺术用品店出售的一种条纹、圆点或其他图案的干式转印贴纸。

离合器铅笔的金属帽抛光绘图纸，然后画上新的。刮痕和绘画风格都体现出绘图师的个性。有些作品极其清晰而准确，还有一些作品的背景过于突出，这是英国的建筑学院更重视自由表达而非技能的结果。英国建筑联盟学院（我暂时逃离了那个地方）的校长阿尔文·博亚尔斯基有一句名言："我们每天用墙上的图纸为建筑奋斗。"尽管他才华横溢，但我猜他从来不会用这样的图纸建造楼宇或应付索赔。相比之下，美国建筑师的工作图纸非常清晰，完全用铅笔绘画，用标准的字体手写，从 SOM 建筑设计事务所到弗兰克·盖里[i]都是如此。

准备发给承包商和顾问的图纸会被送到印刷厂，返回的印刷品被分成相同的一沓沓复印件，装进信封，然后送到办公室的收发室或邮局。绘图室会保存一套印刷品，作为参考文献夹在一个架子上，原始图纸装订在一起，在项目周期内挂在一个密封柜里，然后转到其他地方永久存档。办公室文化围绕着这些物品和流程发展起来——不把自己的绘图板上的灰尘掸到隔壁的绘图板上、不侵犯他人的办公空间、不能未经允许借用他人的办公用具成为行业规矩。办公室着装也有不同的风格：管理人员穿西装打领带，绘图板操作员穿李维斯牌牛仔裤和沙漠靴，在诺曼·福斯特[ii]的事务所也可以穿黑色高翻领毛衣和锥形长裤。办公室里有人恶作剧，有人谈恋爱，有人偷偷看建筑杂志上的招聘广告，有人吸烟达到可参加奥运会竞赛的水平，有人周五下班后喝得酩酊大醉。

我所描述的绘制和邮递图纸的方法现在都已经过时了。就连"红环"和"利特通"这两个词也会引起拼写检查的质疑。但是，过时并

---

[i] 弗兰克·盖里（Frank Gehry, 1929— ），当代著名后现代主义和解构主义建筑师，以设计奇特不规则曲线造型建筑著称，代表作有毕尔巴鄂古根海姆博物馆等，曾获普利兹克奖。

[ii] 诺曼·福斯特（Norman Foster, 1935— ），英国皇家建筑师学会会员，国际上最杰出的建筑大师之一，"高技派"代表人物，第 21 届普利兹克奖得主。

不是成为历史。这是一个持续的过程，一些事物悄悄地消失，另一些事物保留下来并被重新诠释，新事物逐渐变得有价值，一切都被纳入生活和工作实践不断发展的叙事与习惯中。

大约10年后，我自己的办公室设在狭小的公寓客厅里，我们仍然以同样的方式绘制和递送图纸，但方法非常精简，办公室文化也主要是周五晚上喝烈性的血腥玛丽。有一次，某个项目刚好规模合适，加上计算机绘图价格实惠，我们决定转向数字化。考虑到房间的大小，我们不得不把绘图板搬走，给电脑腾出地方。突然之间，我们发现自己看着显示器和键盘，却不知道该怎么办，最后是一位刚毕业的学生耐心地教我们如何使用。

随着时间的推移，我们搬进过一系列不同的工作室，一个崭新的数字世界展现在我们面前。它的互联性和发展速度令人兴奋。你可以在屏幕上同时浏览大量关于工作不同方面的各种绘图和文件，还可以在旅行或离开办公室时查看。人们可以在屏幕前讨论设计，使用可以移动、可以从任何角度观察的三维设计模型。会议可以通过 Skype 进行。工作室可以变得更小，因为所有东西都能储存在手提箱大小的服务器里。后来，服务器变成了公文包大小，现在只有铅笔盒大小。数字图画可以富有表现力、讽刺和趣味——当我胡乱用绘图程序随手画草图、后来在 iPad 上用手指画画的时候，我意识到了这一点。数字制图工作仍然能表现出绘图师的个性，因为数字绘图跟手绘一样，要对线条的粗细和颜色做出判断、确定前景和背景、利用空白的表现力，并在页面边界内构图。

数字化极大地拓展了我们所了解的工作实践，增加了广度、丰富性，带来了出人意料的经历。但是，它也造成了一种意外的糟糕局面。随着操作系统、绘图程序和计算机越来越频繁地更新迭代，甚至5年前的图纸也都只能通过不同程序之间费劲的转换才能打开。也许，在未来，这些图纸根本就打不开了。无法访问使它们面临着被废弃和遗忘的风险。假如类似的事情在数字世界普遍发生，重要的数据将变得难以获取，然后在我们不知道的情况下丢失，进而影响我们对过去的认识以及对现在的感知。对于我们建筑师来说，数字世界的极度简洁和丰富内容是希望的象征，而内藏的淘汰象征则是一批覆盖着出错信息的黑色 exec 文件："没有应用程序可以打开该文档……"。

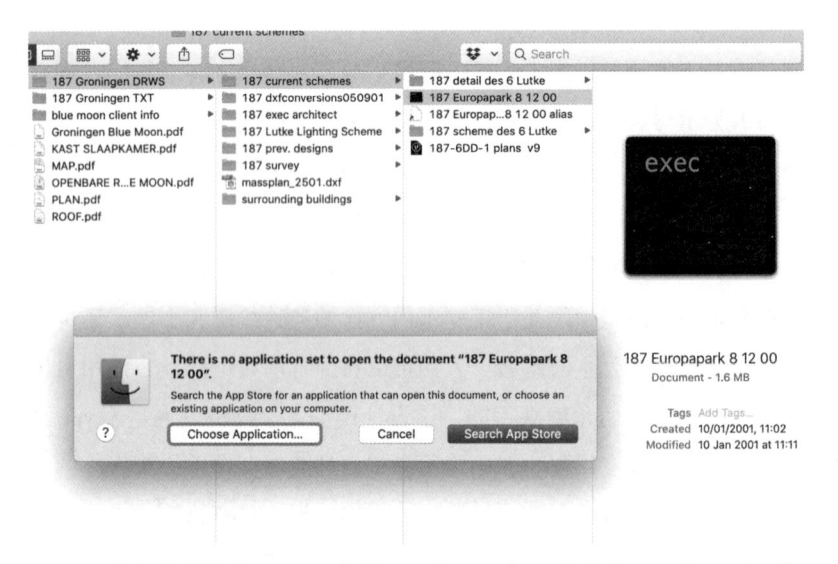

图 64-2：电脑屏幕截图"没有应用程序可以打开该文档……"，2020 年。

游泳服:"人船"
史蒂文·康纳 [i]

空想

让-巴蒂斯特·德·拉沙佩勒神父(1710—1792)是一位数学家,因为撰写关于数学教学的书籍而闻名,他乐观地认为,在所有的知识形式中,数学天然最适合儿童。1747年,他成为伦敦皇家学会会员,并成为里昂学院和鲁昂学院的研究员,同时也是英国皇家审察官。18世纪50年代和60年代,他为德尼·狄德罗和让·勒朗·达朗贝尔的《百科全书》撰写了270篇文章。18世纪60年代,拉沙佩勒的兴趣开始拓展到其他领域,其中之一是腹语术的历史。因此,他在1772年出版了《腹语者或口技表演者》(以下简称《腹语者》),简要记录了历史上的腹语现象和腹语表演。此外,他还发明了一种名为"游泳服"(scaphandre)或"人船"的装置,这个词来源于古希腊语"σκάφος"(船)和"ἀνήρ"(人)。

拉沙佩勒1775年的论文介绍了"人船"的构造和使用,这篇论文长达328页,但仅仅把该装置简洁地描述为"一种紧身衣,哪怕没有学过游泳的人,也可以在穿着之后游泳,让身体完全直立地漂浮在水中,水浸到胸部的高度"。[1] 实际上,这种紧身衣更像将防水裤和有软木衬里的亚麻束腰上衣结合而制成的连体服。拉沙佩勒的研究动机基于这样一种信念:作为直立行走的生物,人类在游泳时采用四足动物的水平姿势是不自然的,特别是脸朝下浸在水里会造成呼吸困难。他

---

[i] 史蒂文·康纳(Steven Connor),剑桥大学艺术、社会科学和人文研究中心教授和主任。

图 65-1：游泳服，J.罗伯特雕刻版画，让－巴蒂斯特·德·拉沙佩勒著，《论游泳服或"人船"的制作、理论和实践》，1775 年。

发现大象跟其他四足动物相比有一个优点——大象的鼻子可以用作呼吸管。实际上，拉沙佩勒认为游泳服能使学习游泳更容易，尽管人们不知道它如何起作用。

实际上，拉沙佩勒似乎也不清楚他的发明是游泳驱动装置还是一种水中生活的设备。1765 年 8 月，他跳进塞纳河，向法兰西皇家科学院演示各种游泳时不可能做的动作，包括吃、喝、写作、吸鼻烟，还出人意料地开了一枪。拉沙佩勒在设计中加入了一种帽子，可以让书写材料和食物保持干燥。开枪可能是为了表现"人船"在捕猎水鸟时的实用性（在设备的图解中，一只受惊的天鹅停在一个人的头顶，这种装备的伪装效果不明显——如果这是目的的话）；或者表现它在军事方面的应用，因为拉沙佩勒设想行进的军队可以用它涉过河流（撤退的军队可以用它水遁）。

1768 年，拉沙佩勒在巴黎南部的塞纳尔森林跃入塞纳河，假如他在路易十五面前再次成功的话，"人船"的军事潜力很可能会崭露头角。然而,这一次,激流飞快地把拉沙佩勒卷走了,痛苦地暴露出"人船"的缺点,即它只能靠踩水的动作像脚划船一样推进。对于他的表演,国王看不出所以然来。发明家靠这件装置名利双收的希望破灭了。

腹语和水上漫步同时吸引着拉沙佩勒,除了古怪之外,如果二者还有什么共同点,将会很有趣。拉沙佩勒显然把两者密切地联系在一起。他在关于腹语的书中插入了"人船"论文即将出版的广告,之后,他又在"人船"论文的开头,以长达 7 页的脚注回答了对于腹语图书的反对意见(包括长脚注妨碍了阅读的反对意见)。拉沙佩勒写《腹语者》是为了说明如何令人满意地用生理机制来解释腹语这种似乎超自然的活动,因此,腹语和水上漫步这两项活动或许可以通过启蒙运动对实践理性的信仰联系在一起。尽管拉沙佩勒声称任何人都能轻松学会制作"人船",但是,他在书中趁机驳斥了一位名叫贝利的竞争对手的说法。这位裁缝曾被拉沙佩勒雇来研发"人船",然后,他就冒充自己是发明者,尽管他"对数学、几何学、物理学、机械学、流体静力学、解剖学等毫无概念"。[2]《百科全书》中对腹语术有大量的讨论,但并不是拉沙佩勒撰写的,"人船"也没有列入众多关于技术设备的词条中。这说明尽管拉沙佩勒热情地推广了该设备,但它似乎从未投入生产,也没有促使任何能工巧匠制造出自己的"人船"。

虽然拉沙佩勒的发明从未在欧洲的河流中投入使用,但他想出的名字却流传了下来。1810 年,软体动物学家和巨型章鱼专家皮埃尔·德尼·德·蒙福尔以"scaphander"命名一类海螺(其中包括被称为"木舟泡螺"的 *Scaphander lignarius*),从而形成了泊螺科(Scaphandridae)。19 世纪早期,"scaphander"一词开始在英语中使用,指软木救生圈;1895 年,它被用来称呼为柏林消防队研制的一种石棉制服。"scaphandre"现在在法语中通常指"潜水服",引申到

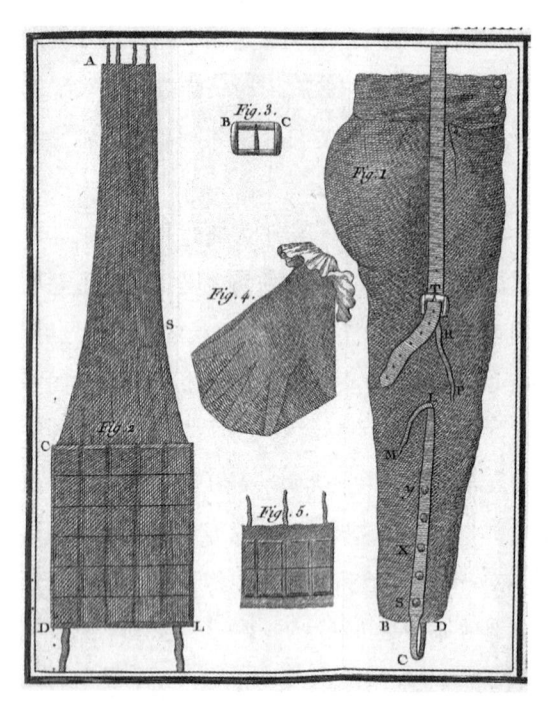

图 65-2：游泳服的下装，J. 罗伯特雕刻版画，让－巴蒂斯特·德·拉沙佩勒著，《论游泳服或"人船"的制作、理论和实践》，1775 年。

"scaphandre autonome"指"水肺式潜水设备"，"scaphandre spatial"指"宇航服"。拉沙佩勒荒谬而乌托邦式的构想——一种既是居住空间、也是运动方式的神奇服装——在动力外骨骼的概念中流传下来，体现在漫威超级英雄"钢铁侠"和阿德曼动画公司的电影《引鹅入室》中的自动机械腿中。也许这就是"人船"曾短暂呈现的梦想：一种技术完美的第二身体，可以同时庇护和推动使用者（居住者），使其在大胆前进的同时安静地栖居。

放血器
托马斯·卡多[i]

失效

这件器具由精心打磨的黄铜制成,外形有棱角,从上方看是一个有八角形轮廓的长方体。它的大小正好适合成年人的手掌,摸上去冰凉,顶部是扳手,中央有一个圆形旋钮,侧面是一个较小的圆形按钮。它显然是某种机械装置。

扳手、旋钮和按钮都得小心操作,这透露出更多关于功能的信息。当我们克服一定阻力扳动扳手,装置底部的 6 个直线凹槽中会瞬时出现 12 片刀刃;然后,随着扳手啪的一声卡到位,刀刃会消失。当我们按下旁边的按钮,装置会发出喀嗒声,就像弹簧嘣地弹开,扳手会迅速弹回原来的位置。与此同时,12 个锋利的刀片以几乎难以觉察的方式从凹槽中重新出现,并迅速缩回最初的位置。任何靠近该装置底部的东西都会被这些刀片切割,产生 12 个小而深的切口。顶部的旋钮可以调节切割的深度。

在初次接触这件器具时,很多人会对它产生无穷的兴趣,大胆地猜测它可能用于加工各种食物,如胡萝卜、土豆、鸡蛋,也可能用于切雪茄,或者裁切纸张和织物。然而,在实际思考该工具的操作方式时,这些猜测往往变得越来越不确定。穷尽其他可能性之后,他们最终通常会猜到,这件器具是用来迅速地临床切割人类或动物皮肤的。它的操作方式类似于针刺验血,即常规地刺出一滴血来检查血红蛋

---

[i] 作者简介参见第 213 页脚注。

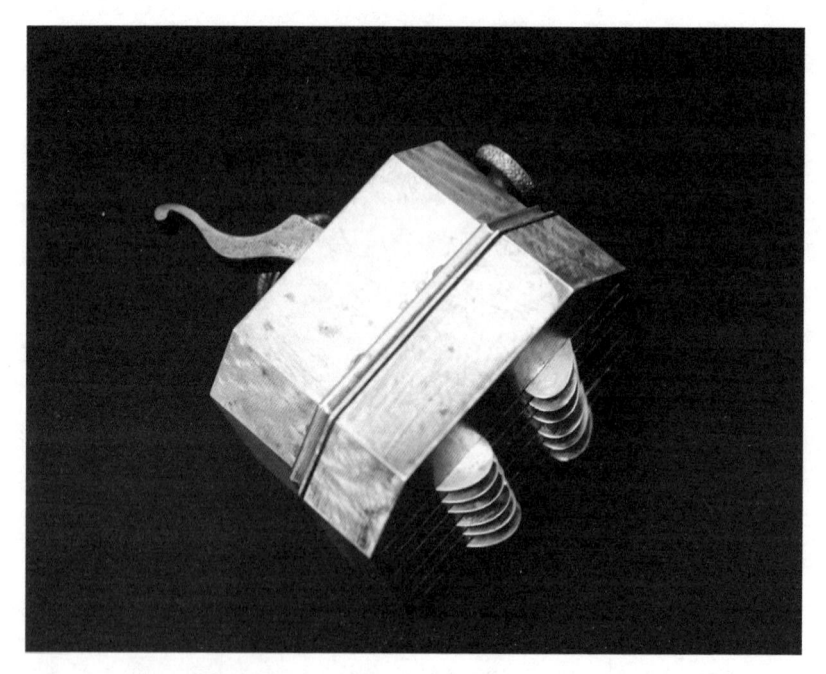

图66：（可能是考克斯特的旋钮式）放血器，英国，19世纪中期。

白、胰岛素水平或检测艾滋病毒，但是，放血器显然适用于更大面积的皮肤。

19世纪下半叶，法国的路易斯·巴斯德[i]、德国的弗里德里希·亨勒和罗伯特·科赫[ii]等科学家提出了一些理论，他们认为人类和其他动物的大多数疾病都是由微生物或病菌引起的（我们现在基本上都知道它们是病毒和细菌）。当时，最流行的理论认为霍乱、肺结核和黑死

---

[i] 路易斯·巴斯德（Louis Pasteur），法国著名微生物学家、化学家，近代微生物学的奠基人，成功地研制出鸡霍乱疫苗、狂犬病疫苗等多种疫苗，他发明的巴氏灭菌法直至现在仍被应用。

[ii] 罗伯特·科赫（Robert Koch），德国医生和细菌学家，世界病原细菌学的奠基人和开拓者，第一个发现传染病是由病原细菌感染造成的。他发现了炭疽杆菌、结核杆菌和霍乱弧菌，1905年获得诺贝尔生理学及医学奖。

病等传染病是由瘴气（不良的空气）引起的。人们还认为，引起其他疾病（现在被归纳为代谢疾病、神经疾病和心理疾病）的原因在于每个人都拥有的四种基本体液：黏液、黑胆汁、黄胆汁和血液。这个理论可以追溯到古希腊西方医学的鼻祖希波克拉底，他进一步提出，各种体液存在于身体的特定器官或部位，人们的性格（黏液质、抑郁质、胆汁质和多血质）是由体液如何平衡决定的。人们相信，大多数疾病都是体液严重失衡导致的。因此，最适宜的治疗方法是减少过多的那种体液，以恢复体液的平衡。

很大程度上，受到已故罗马医学家佩加蒙的盖伦[i]著作的影响，人们认为血液是四种体液中最主要的，因此，放血成为一些疾病的常规治疗方法。静脉切开放血术将一条主要静脉的血排干，是使人流血而不致死（至少不是立刻致死）的最有效方法。一些历史文献和描述表明，人们会选择肘部内侧中间的那根静脉，就像现在献血时一样。为了达到这个目的，用手术刀、柳叶刀或放血针简单切割足矣。然而，还有一种更注重局部的放血方法：通过切割任意部位的皮肤，造成毛细血管出血，操作者还经常用杯吸法（拔罐）来辅助挤压，从而促进更迅速、更大量的出血。实施局部毛细血管切割的方法被称为"划痕放血术"。尤其是在19世纪，人们会选择类似于放血器这样的工具，迅速、精确、持续地应用放血术。

已知最古老的机械放血器似乎可以追溯到17世纪下半叶的中欧和南欧。1663年，包括尼古拉斯·卡尔佩珀[ii]遗著在内的关于"放血、拔罐和划痕"的一系列专著在伦敦出版，讨论了它们的实际应用。在

---

[i] 佩加蒙的盖伦（Galen of Pergamon），希腊解剖学家、内科医生和作家，生于小亚细亚的佩加蒙，公元162年定居罗马，重要著作有《解剖操作论》《论医学经验》《论自然力》等。
[ii] 尼古拉斯·卡尔佩珀（Nicholas Culpeper），英国植物学家、医师和占星家，最大的成就是1653年问世的《草药全书》，现名为《卡尔佩珀氏草药书》。

伦敦科学博物馆可以看到一个装饰精美的放血器，是乔瓦尼·巴蒂斯塔·伯勒于1669年在意大利工作室制作的。但是，图66所示的样品很可能是J.考克斯特于1845年在伦敦获得专利的旋钮放血器。这种特殊型号放血器关键的创新之处在于操作者可以通过旋钮调整刀片切入皮肤的深度。操作者可以根据应用的部位来确定切口的深度，确保引起所需的出血量，但是，切口也不会太深，因为放血的主要风险是失血过多。后来，在20世纪的第一个十年中，改进后的类似器具在欧洲和美国都获得了专利。

自19世纪中期以来，放血作为一种常规治疗手段的有效性就存在争议，欧洲和北美的医生都指出这种疗法会对病人造成伤害。人们发现病原体是许多传染病的真正原因，此外，19世纪后期进行了有大规模患者参与的医学研究实验，证明放血疗法会比其他疗法导致更高的死亡率。然而，直到20世纪，医疗机构仍然相信静脉切开放血术的疗效。一些重要的医学教科书，包括罗伯特·哈钦森的《疗法指南》（1936）和威廉·奥斯勒的《医学规范与实践》（最后一次修订于1942年）都建议将放血术应用于一系列病症。

现在，对于放血等疗法引起的失血会使病人严重虚弱甚至死亡已经没有争议，因此放血不再是当代医学的主要疗法。然而，也有一些例外情况，比如对于血色素沉着症等疾病，放血就有真正的益处。而且，在少数外科手术中（如重建手术），医生仍在使用吸血水蛭。在医疗实践的边缘，偶尔也会提及放血。比如，备受欢迎的辅助医疗工作者黑德维希·彼得罗夫斯基·曼茨在其著作《拔罐的艺术》（2007年首次出版）中，有一个简短的章节是关于湿法拔罐的，该章节明确地讨论了放血器，尽管她建议使用一次性外科手术针放血会更合适，可以降低感染的风险。虽然放血疗法不会完全消失，但是，以后的医生手中不会再有放血器了。

传菜窗
蒂姆·安斯沃思·安斯蒂[i]

失效

　　传菜窗是20世纪20年代出现的新式结构，二战之后，英国家庭普遍拥有这类设施。60年代，家中没有仆人的中产阶级开始接受传菜窗，因为出现了全室地毯[ii]和平视烤架[iii]等技术创新。70年代，随着社会对家庭空间观念的改变，以及循环式油烟机（另一项新发明）的普及，传菜窗的受欢迎程度下降了。带着孩童时代无意识的眼光，我见证着厨房用具的发展对亲戚的家庭生活产生的影响。

　　乔伊斯阿姨住在伦敦布莱克希思区的基普小区，她的房子是20世纪50年代由建筑师设计的。她有一个搁架单元，作为厨房和用餐区之间的屏障，但是，空气和蒸汽会飘过来——这是一种设计特色，但本质上不是传菜窗。从严格意义上说，传菜窗是一种更地方化的开发商标准建筑的特色。约翰叔叔和琼婶婶住在汉普郡的克鲁克姆教区，他们居住的一栋名为"肯尼特"的住宅符合这种类型。这是1965年买的新房子，门厅的后墙上有两扇相邻的门，一扇通向厨房，另一扇通向餐厅。它们在功能和美学上都是分开的，厨房使用粉蓝色的富美家防火胶板，而餐厅铺着阿克斯明斯特地毯，挂着厚窗帘。厨房和餐厅之间的墙上有一个小窗口。在餐厅的一侧，它飘浮在绿色和金色图

---

[i] 蒂姆·安斯沃思·安斯蒂（Tim Ainsworth Anstey），奥斯陆建筑与设计学院形式、理论和历史研究所教授，也是该学院博士项目负责人。

[ii] 也称满铺地毯，指铺满整个房间四面墙之间的地毯。

[iii] 一种与眼睛视线一样高的烤架。

图 67-1：传菜窗，英国汉普郡海滨米尔顿肖尔菲德路 1 号，约 1969 年。

案的墙纸形成的框架中，像一幅挂在低处的画；而在厨房的一侧，它嵌在台面和头顶的碗橱之间。它涂着白色光面珐琅漆，带有小型活动窗，反复出现在英国成千上万家庭中。

这种常见的活动窗有什么魅力呢？战前的英国就有这样的先例：二十世纪二三十年代，带有传菜窗的豪宅出现在《乡村生活》和《笨拙》等社交杂志上。[1] 还有一些国际和现代的传菜窗例子。荷兰建筑师 J. J. P. 奥德设计的斯图加特白院聚落（Weissenhofsiedlung）[i] 住宅的厨

---

[i] 1927 年，由密斯·凡·德·罗主持的以"住宅"为主题的设计展，参与者还有柯布西耶、奥德等人。他们成就了具有非凡意义的新时代建筑聚落，在短短 21 周的时间内构筑了约 21 栋建筑物、63 栋住宅。

房里就有传菜窗,1927年完工后,传菜窗的图片广为流传。然而,这些案例与后来流行的传菜窗之间的联系似乎有些牵强,一方面是因为认知不同(从斯图加特到克鲁克姆教区很遥远,我怀疑约翰或琼是否听说过白院聚落,他们可能连Weissenhofsiedlung这个单词都不会念),另一方面是品味的不同——奥德的厨房根本不是一般英国家庭的普通厨房。

在战后的英国,传菜窗还有另一种平凡而怀旧的用途,或许,这确实说明了它们的魅力所在。20世纪60年代,大多数购买新房的人都曾在战争年代服役。战争使得人们普遍体验过食堂的传菜窗,过去这是跟工厂的喇叭和蓝领工人的单调生活联系在一起的。琼婶婶曾经当过农地女工[i];约翰叔叔在德国被囚禁了5年,然后,他步行回到了英国。他们年轻时恋爱、分离、重聚,而他们生命中的这些重要经历都是在军队食堂排队吃饭和在黑灯瞎火的乡村饭厅传菜窗边的闲言碎语的背景下上演的。即使在25年后,战争的创伤仍然像温柔的薄雾笼罩着我的童年。在肯尼特住宅里,晚餐通过餐厅墙上忠诚的传菜窗端上来,作为军队食堂的代替品,重演了战争中珍贵的仪式。

无论传菜窗确切的起源究竟如何,又有着怎样的历史底蕴,有一种关于传菜窗突然流行起来的解释是可信的:20世纪60年代的家庭采用了各种自相矛盾的技术。约翰和琼有一台带平视烤架的煤气炉,这个设备使厨房上空充满了各种气味和蒸汽,偶尔还会有烟雾。平视烤架是许多尖端实验的结果,它也被称为"高层烤架",口语发音使得它的词源很难确定,它很快成为带有阶级色彩的嘲讽对象。[2]"我快被新炊具配备的'举案齐眉'的烤架弄疯了,"1959年,喜剧演员迈克尔·弗兰德斯在热门乐评节目《不假思索》(*At the Drop of a Hat*)中

---

[i] 指在战争时期(特别是第一次和第二次世界大战期间)参与农业耕种的女性,这些女性被征召或自愿加入,以填补参军男性造成的劳动力缺口。

图 67-2：《家庭：美食家》，格雷厄姆·莱德勒（"庞特"），《家庭中的英国人》，1939 年。

开玩笑说："这意味着我不必弯下腰，热油脂就会直接喷进我的眼睛里。"对于弗兰德斯和他的表演搭档唐纳德·斯旺来说，这样的一些创新组合在一起，在战后的"生活设计"中产生了荒谬的矛盾：

（两人）我们计划进行随心所欲的室内装修！
（斯旺）稻草做的窗帘！
（弗兰德斯）我们已经在地板上贴了墙纸……

他们说的"墙纸"可能是指 20 世纪 50 年代最初在英国家庭中使用的全室地毯。定制的全室地毯是新工业工艺产品，创造出一种全新的舒适感受。但在平视烤架周围，这就是一场灾难。跟约翰和琼的阿克斯明斯特地毯一样，全室地毯对油脂敏感；不同之处在于它是固定在地板上的，所以无法挪走清洗。怎么解决这个问题呢？在餐厅和厨房之间设置一个传菜窗，位于一定的高度，方便递餐盘，但空气流通受到了限制。传菜窗只对窗后油烟较少的区域开放，使得堆满杯盘的餐桌与高科技烹饪相结合的任务变得容易，避免厨房空气干扰用餐的乐趣。

二十世纪七八十年代，传菜窗不再那么普遍了。造成这种现象的社会原因有很多。妇女不喜欢这类分开的厨房；人们开始认为家务劳动跟自由社会中自由人从事的其他工作不同，但把厨房藏在传菜窗后面太像某种形式的掩盖。不过，传菜窗减少的技术原因很明确。1972年，我父母买了一栋房子，它对我们来说是新房子，但却是20世纪30年代建造的。现代化意味着要拆除烹饪和饮食之间的分隔。他们的厨房装修以富美家板材为主，就像约翰和琼家在20世纪60年代中期的厨房一样。但在新的电炉上方，他们没有安装平视烤架，而是安装了一个带有活性炭过滤器的可循环双速抽油烟机。[3]在我们的厨房里，空气中的大部分油烟即使没有被排出，也会在污染其他表面之前被吸走。这使得房间里可以有软装织物。厨房旁边的小餐室里布置了软垫，窗户有与之相配的图案奇特的窗帘。人们不再要求烹饪和用餐区域之间密不透风。

我不能说传菜窗是英国独有的现象（20世纪60年代，比利时和德国也有类似的变体；传菜窗在荷兰语中叫"doorgeefluik"，所以，奥德起码有一个名词来描述他的奇特发明）。但我要说的是，传菜窗需要在微妙的复合环境条件下才能流行起来，而英国的环境比其他地方更适宜。在斯堪的纳维亚半岛，家用全室地毯从未风行，传菜窗也没有流行起来；从20世纪30年代起，瑞典的厨房就有了开放式用餐区。可以肯定的是，在这些文化中，油烟机的出现也使厨房家具变得柔软。1980年瑞典的一则广告展示了铺满了软垫和织物的两人餐桌，前面是一套烟红色、配有油烟机的伊莱克斯"罂粟花"厨房用具。文化开明的瑞典人会喜欢炉灶上的新油烟机，然而，当他们升级厨房的时候，烹饪和饮食之间的基本空间关系并没有改变。在英国，恰恰相反，油烟机的出现确实淘汰了传菜窗。20世纪60年代的建筑中仍然有传菜窗，它们像化石一样，使我们想起另一种生活方式，另一种对油脂的熟悉感。随着油烟机的出现（琼婶婶过去常说这是"妇女解放"），传菜窗失去了主要的调节功能。

辛克莱 C5 单人电动车
西蒙·萨德勒[i]

失败

辛克莱 C5 是一项名副其实的标志性失败产品,很难找到比它消亡得更彻底的工业设计了。这是一款由脚踏板辅助的三轮电池电动车,具有卧式单人座开放式驾驶舱、聚丙烯车身,通过低于车手膝盖的车把驾驶。英国科技企业家克莱夫·辛克莱爵士设想了一系列可以颠覆个人出行方式的电动车,辛克莱 C5 是其中的第一款。1985 年 1 月,44 岁的发明家经过数年的研发,在伦敦亚历山德拉宫高调推出了辛克莱 C5,从此注定了失败的命运。

在此之前,两年前被封为爵士的辛克莱简直就是英国的史蒂夫·乔布斯。二十世纪七八十年代,他推出了一系列优质的热门电子产品,包括 1972 年的辛克莱计算器(首款超薄袖珍电子计算器,曾在纽约现代艺术博物馆展出,并受到英国设计协会的欢迎)。他还生产平价家用电脑,最初是 1980 年的辛克莱 ZX80,这款电脑使英国成为当时全球家庭消费个人电脑最多的国家。辛克莱有能力克服一切困难,这使人们暂时搁置了对辛克莱 C5 前景的怀疑,直到伦敦那个不愉快的严冬。

虽然辛克莱意识到电动车效率较低,但他对电动车有着终生的兴

---

[i] 西蒙·萨德勒(Simon Sadler),加州大学戴维斯分校设计系教授。他的著作探讨了设计如何带来改变,包括《建筑电讯派:没有建筑的建筑》(2005)、(与乔纳森·休斯合编的)《非计划:现代建筑和城市主义中的自由、参与和变化》(2000),以及《情境主义城市》(1998)。

图 68：新品发布会上的辛克莱 C5 电动车，英国，1985 年 1 月 10 日。

趣。随着1980年电动车税的废除，以及1983年交通部门在法律上引入电动辅助脚踏自行车（一种新的车辆类别），电动车的可行性增强了。辛克莱C5是第一辆上市的电动辅助脚踏自行车，任何年龄的用户都可以驾驶，无需保险、执照或头盔。辛克莱避开了用电池更新换代这种昂贵而复杂的方法来提高效率（他太熟悉这个充满风险的领域了），他希望电动车的成功会促使其他公司为他进行创新。他转而专注于空气动力学，这是小型低速汽车经常忽视的领域。著名跑车公司路特斯为辛克莱C5设计了底盘，在政府的促成下，辛克莱C5的组装工作转包给了家电巨头胡佛。辛克莱的目标是每年生产10万台C5，基本价格为399英镑（相当于现在的1000多英镑），不包括配件。但是，辛克莱C5几乎无人问津，投产后的三个月内产量削减了90%，并于1985年8月完全停产。在辛克莱汽车公司破产管理期间，已经生产的14000辆C5中有9000辆仍未售出。

辛克莱C5是一场令人难忘的闹剧，体现了撒切尔时代的创业精神，尽管作为一款价格实惠的电动自行车，它的命运也关乎我们当今的个人出行创新问题。两位科技记者报道说："在单独交流的时候，辛克莱对项目的潜力有着可怕的说服力。"然而，报道亚历山德拉宫发布会的记者们开着演示的电动车上坡时遇到了困难——虽然电池尚未耗尽，车辆也不是无法开动。[1] 这类新型车辆的法定最高速度只有每小时24千米，而C5宣称的32千米续航里程受到了测试者的质疑。车手的脸跟公共汽车和卡车排出废气的高度持平，许多人认为"高能见度杆"对于安全来说是必不可少的，但是厂方为了降低价格只将其作为一种可选配件。

辛克莱发布了一张宣传照，照片上是这辆车的设计师格斯·德巴拉茨（他是通过伦敦皇家艺术学院的辛克莱奖学金招聘来的），他一脸不情愿地坐在辛克莱C5车内，旁边是奥斯汀迷你汽车的纸板模型，以说明C5驾驶员的位置比汽车司机的位置更高。但是，辛克莱C5无法适应道路环境，不像奥斯汀迷你汽车等众多战后生产的袖珍汽车，或者C5的竞争对手轻便摩托车，更别提骑自行车的人了（他们通过成立于1978年的伦敦自行车运动协会等组织，重申了自己的道路行驶权利）。为了提高公众对辛克莱C5的接受度，辛克莱雇用了一群待业的青少年（在撒切尔时代的英国，他们是一种不断增长的资源）骑着C5到处行驶，但无济于事。

真正能引起狂热追捧的创新会塑造自己的环境。福特T型汽车围绕着自身需求重塑了20世纪初的美国，一个世纪后，苹果公司将娱乐产业引入它的硬件和软件中。然而，让新技术依赖于被接纳的特殊时刻是一种异想天开，而赋权和使世界更美好的正当诉求又滋养了这种想象。辛克莱的营销用语让人想起前一年苹果公司针对IBM的著名广告"1984"，他堂皇而晦涩地将他的电动车描述为一种武器，"缩小巨无霸的尺寸，将没有人情味的暴君变成仆人……通过辛克莱C5，辛克莱汽车公司使私人自用的交通工具回归它所属的个人手中。"[2] 就像在他之前的理查德·巴克敏斯特·富勒和在他之后的埃隆·马斯克一样，辛克莱相信世界是为了适应他的设计而存在的，这既是一种祝福，也是一种诅咒。根据心灰意冷的德巴拉茨的说法，辛克莱在"泡沫"中经营，并且"未能理解新兴市场（计算机）和成熟市场（交通运输）之间的区别，后者有更多的基准可供比较"。[3] 辛克莱没有委托进行任何市场调查，正如他的广告公司主管在新品发布会上解释的那样，该项目"纯粹是基于克莱夫爵士的信念"。[4]

异想天开需要神奇的技术。今天，在许多城市中心可以租到电动辅助自行车和踏板车，稍微用点力气踩一下踏板，就能行驶出令人忍不住放声大笑的速度，而辛克莱C5则使《星期日泰晤士报》的作者联想到"一级方程式巴斯轮椅"。[5] 辛克莱C5的体验令人感到有气无力,它要想成功,必须让人有超人的感受,或者具有社交属性,或者产生群聚效应[i];比如,自行车在漫长的历史中具备了这些特性——灵活、欢乐、成群结队。公平地说,新一代电动自行车和踏板车受益于20世纪90年代末以来飞速改进的锂电池技术,正如辛克莱后来承认的那样,C5"对于当时来说太早了"。[6]新一代出行设备也是网络信息技术的后福特主义[ii]受益者,可以在不需要资本支出的情况下轻松租赁,这是一种金融模式,超越了辛克莱无情削减成本的福特主义战略。在汽车之后,人们争相设计各种个人交通设备,理解早些年辛克莱C5消亡的原因要比想起它是一种饱受诟病的电动车先驱对我们更有益处。

---

[i] 群聚效应(critical mass),社会动力学术语,来源于核物理链式反应中的"临界质量",表示在一个社会系统中,有足够多数量的人来形成新模式,并且这些人能够自我维持并进一步增长。

[ii] 指以满足个性化需求为目的,以信息和通信技术为基础,生产过程和劳动关系都具有灵活性的生产模式。

图69：裙夹，约1866年，黄铜，长10厘米。

裙夹
阿米·德·拉·艾[i]

失效

现代人很难一眼看出这件物品的用途。然而，从19世纪中期到20世纪初，大多数时尚女性至少拥有一件，往往是几件此类物品。它有各种各样的名称：裙夹、裙扣、裙握、提裙器、裙摆夹、礼服夹、裙架或衣架。它最常见的名字是"裙夹"，尽管"提裙器"这个术语更具描述性。

设计这些小配饰的目的是让女性可以提起长裙的下摆，防止在户外行走时裙子拖在泥土中或弄湿。贫穷的职业妇女肯定得穿更短的裙子。对社会各阶层来说，纺织品都是高价值商品，而且洗衣服很费劲（洗衣服需要一整天的时间，被称为"洗衣日"），所以，裙夹非常实用。它还能帮助女人更方便地活动，进入马车、上下楼梯、跳舞、骑马或骑自行车。那个时代的时尚通常并不实用，拒绝或偏离主流需要冒着被嘲笑和排斥的风险。裙夹是工业革命的产物，它在19世纪40年代中期问世，不出意料地迅速流行起来。

在这个时期，紧身内衣构造了时尚的轮廓，束腰胸衣塑造了上半身。克里诺林裙撑[ii]中最受欢迎的是笨重的马鬃填料裙撑，直到1856

---

[i] 阿米·德·拉·艾（Amy de la Haye），伦敦艺术大学伦敦时装学院的服装史和策展教授，也是时装策展中心联席主任。

[ii] 裙撑，一种能使外面裙子蓬松鼓起的衬裙，大多用硬挺的衣料裁制，或在制作时通过打很多的褶裥及上浆处理等，把外面的纱裙撑起，显出膨胀的轮廓，主要用于各类晚礼服中的长裙。克里诺林裙撑是一种用马尾、棉布或亚麻布浆硬后做的裙撑。

年出现了轻质钢箍笼式裙撑；1870年至1890年，各种巴斯尔裙撑[i]取代了克里诺林裙撑。按照社交礼仪要求，时髦女性一天要换多达7次服装。她们在白天散步和拜访时穿定制套装，包括定制的外套和配套的裙子；下午、晚餐时，在剧院里或舞会上，她们穿两件套的连衣裙，包括紧身胸衣和裙子。只有最新潮的女性在骑自行车和参加其他体育活动时才会穿裤装。

裙夹扣在或别在腰带上，既可以单独佩戴（通常戴在右手边，因为大多数人都是右撇子），也可以成对佩戴。裙夹上系着细绳（通常是套着丝绸的黄麻绳）或金属链，吊挂在裙摆上方，打开裙夹就可以别住一段织物。金属圆片之间的垫料保护精纺的丝绸、亚麻和棉布不被钩破，而结实的羊毛布料则用锯齿形的裙夹扣紧。穿戴者拉动细绳（有时用滑轮拉动）就可以提起裙夹和裙摆。裙夹用在轻薄的春夏连衣裙上，还会产生迷人的波兰连衫裙（褶皱）效果。

法国、德国和美国都生产裙夹，但是，英国产品占据了主流市场，生产厂家集中在谢菲尔德。裙夹由精心打磨的钢、银或镀银金属、黄铜、镍、青铜制成，偶尔也会（为超级富豪）用黄金制作，主流的构造像钳子或剪刀。然而，从19世纪60年代开始，企业家们注册了一些新颖的设计专利，并给其中一些起了令人难忘的名字，包括"尤里卡""自行车"和"所向披靡"等。为了进一步吸引追逐时尚的消费者，裙夹的设计在形状和饰物上变得更具装饰性。自然界是设计师们丰富的灵感源泉，许多裙夹装饰着类似花朵、昆虫（常常是蝴蝶）、孔雀和贝壳的图案。爱心和马蹄铁等幸运物也很受欢迎。另一种是男人或女人手形的裙夹，手部袖口装饰有古装的褶子、剪裁现代或精致的扇贝形袖口边缘。

维多利亚时代社会对"手"着迷，因为它是社会经济地位、劳

---

[i] 流行于19世纪后期（约1869年至1889年）的裙撑，穿在腰部以下的裙内，使臀部凸起。

动、休闲和性格的标志,也是感官享受的象征。它象征着诚挚、力量、浪漫和忠贞。毫不奇怪,它被应用于各种消费品的流行设计中,特别是餐具、拆信刀、珠宝和门环等。图 69 中的裙夹是黄铜的,缺失了链子和别针。它在簇新时是一种更亮的黄色,表面在酸溶液中浸过,经过抛光和上漆而闪闪发光。英国约克城堡博物馆目前收藏的一个裙夹在设计上跟它非常相似,有保存下来的黑色绳子和别针,烙上了"1876 年 11 月 14 日登记"的印记。对于"男人的手提起女人的裙子",人们的理解会随着时空变化,个人的解释也不尽相同。同样,21 世纪对性别身份的观念更加变幻莫测。但在 19 世纪中后期,社会是严格按照二元对立来构建的。

假如家庭能负担得起女性不工作——这是传统——那么,(尤其是女性的)消费和品味模式会受到(一个极为关注社会地位的)社会的仔细审查。礼仪书籍提供了指导,尤其是那些从制造业和商业中获得"新财富"的暴发户,这类书籍教导他们如何处理微妙的社会规范带来的尴尬。《现代社会的礼仪》(1877)的作者告诫说:"要鉴别真正的贵妇和冒牌货,观察穿衣风格是最容易的方法。无论衣服多么昂贵和时髦,只要违反了某些优雅得体的准则,庸脂俗粉就很容易被看穿。"[1] 选择购买怎样的裙夹,何时及如何佩戴,如何优雅地使用(纤细的足踝只露出一角)是这种洞察的关键。

曾经有大量的裙夹以经久耐用的金属制造,但这些物品在今天却并不常见,这也许有点令人惊讶。许多收藏服装的博物馆都藏有一个或多个裙夹,但我不记得在公共美术馆看到过裙夹展览。如今市场中流传的裙夹经常是不完整的物品,缺少别针、绳子或衬垫,使我们弄不清它们最初是如何使用的。服装史教科书中夹杂着零星的参考文献,还有两本由私人收藏家编撰的篇幅很短、插图丰富的专题书籍。Pinterest 等网站也能用来对比分析。从英国公共档案馆保存的专利文献和女性报纸（时尚杂志的前身）的文章中，可以找到当时人们佩戴裙夹的佐证；仔细翻阅当时的肖像画、时装样片和照片，偶尔也会发现有人佩戴裙夹。

为什么裙夹消失无踪了？随着女性开始过上更加活跃、更加独立的生活（部分是由于她们在第一次世界大战期间的爱国活动），她们的裙子变得更短、更实用，不再过于蓬松，也不再窄到被描述为"蹒跚裙"[i]（1908年至1914年之间的一种服装风格），这使裙夹变得多余。

---

i 又名霍步裙，由法国设计师保罗·波烈设计，是一种裙下摆收窄、裙长及踝、臀部较宽的斜开式裙子。这种款式的裙子不方便行走，但因造型简洁明快且恰好适于南美传来的探戈舞步而风靡一时。

计算尺
阿德里安·福蒂[i]

过时

一个多世纪以来，计算尺（又名"滑尺"）是计算加减之外大部分数学问题的主要工具，直到 20 世纪 70 年代中期突然销声匿迹。计算尺是工程师专业技术的标志，就像听诊器是医生的标志一样。1614 年，约翰·内皮尔发明了对数，埃德蒙·冈特将对数转换为线性刻度；1630 年左右，数学家威廉·奥特雷德在此基础上发明了计算尺；17 世纪后半叶，计算尺在英国普及起来。总是喜欢新奇事物的塞缪尔·佩皮斯[ii]有单独定制的计算尺。此外，还有专门用于测量建筑工程量的科吉歇尔计算尺，以及酿酒师和收税官专用的测量桶等容器体积的埃弗拉德计算尺。

起初，计算尺在欧洲大陆不太常见（可能是因为英国人更早习惯十进制小数，这是使用计算尺的前提），直到法国大革命后各国引入公制。到了 19 世纪 20 年代，法国"大学校"[iii]公共管理学院要求申请者会使用计算尺。1850 年，法国军事工程师阿梅代·马内姆研发了带有对数、三角刻度和滑动游标的标准计算尺，法国军队的工程师和炮兵军官采用了该计算尺并由法国仪器制造商塔韦尼耶－格拉韦特大批

---

[i] 作者简介参见第 159 页脚注。
[ii] 塞缪尔·佩皮斯（Samuel Pepys），17 世纪英国作家和政治家，曾任英国皇家海军部长和皇家学会会长，是英国现代海军的缔造者，著有《佩皮斯日记》等。
[iii] 法国对通过具有选拔性的入学考试来录取学生的国立高等院校的总称，不同于只需申请即可入学的法国普通大学，以培养各类型科研、工程、政治和商业精英而出名。

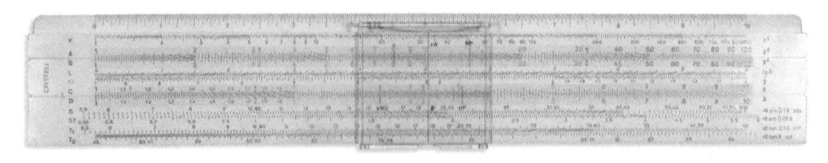

图 70-1：辉柏嘉计算尺 57/88，20 世纪 60 年代末。

量生产。马内姆计算尺成为 19 世纪后期德国、英国和美国大规模生产计算尺的模板。

1886 年，第一批在白色赛璐珞上印数字刻度的直尺问世，赛璐珞代替了黄杨木或金属材质，使标记和数字更容易阅读。从那时起，赛璐珞刻度尺普遍传播。到了 20 世纪中期，计算尺的价格足够便宜，每个工程师、理工科大学生和高中生都至少拥有一把（经常是几把）计算尺。高端、精确的刻度尺仍然由黄杨木或铝制造，但是，标准型号的尺子是塑料的。工程师把计算尺装在特制的皮套里，挂在腰带上。较小的袖珍计算尺和梳子、铅笔刀一样，装在夹克口袋里随身携带。我在 1973 年成为建筑史学家雷纳·班纳姆的助手，我记得他在公文包里放了一把计算尺，用来计算他的文章字数。据估计，在计算尺存在的最后一个世纪，全球生产了约 4000 万把计算尺。

跟印刷的对数表相比，计算尺的优点是计算速度快、错误率低。对数表需要纸和笔进行对数的加减，从对数表中找到对数，然后根据计算结果重新在对数表中找到数值，这个过程中总共有三个阶段可能发生错误。而计算尺的整个工作过程一眼可见。它的缺点是不能做加减法，除了少数几种专门的计算尺之外，其他计算尺的精度仅限于三位有效数字，而且计算尺没有指示小数点的位置——但这个特点也被认为是优点，因为使用者必须心算出大致的答案，这对计算起到了检查作用。有人说，计算尺能让人更接近数字。但是，只能精确到小数点后三位意味着工程师们知道他们的计算是不完美的，他们会在设计

图 70-2：手持计算尺的员工，特拉华州威尔明顿的赫拉克勒斯火药公司实验站，罗伯特·亚纳尔·里奇摄影，1947 年。

时更保守，增加估算量以确保安全，因此也可以说计算尺造成了许多材料和能源的浪费。

  计算尺曾经如此普遍，甚至连 1969 年阿波罗登月计划的飞船上都有计算尺。然而，没过 10 年，它们就被完全淘汰了，袖珍电子计算器取而代之——后者就是通过计算尺进行计算而研发的，这具有某种反讽意味，计算尺本身帮助实现了自身的消亡。1972 年，惠普公司推出了第一台科学电子计算器 HP-35，使用手册将其描述为"高度精确的便携式电子计算尺"。不过，这种比较是不公平的，因为计算器不仅比计算尺精确得多，而且还能做加减法，这让它对普通用户更有吸引力，而不限于一直是计算尺主要购买人群的技术人员。到 1975 年，袖珍计算器已经比大多数计算尺更便宜，1980 年时计算尺几乎完全停产。计算尺在短暂的过渡时期有一些奇怪的遗迹，比如，辉柏嘉TR1/TR3混合式计算器的背面有一把计算尺：这是为不信任计算器或担心电池突然故障的人提供的第二重保障。具有特定功能的专用计算尺存活了更长时间：20世纪30年代末为空中导航研发的E6B圆算尺至今仍在使用，还有可以确定排卵期的"孕周盘"，以及一种用来调整风琴管音阶的计算尺。

有些人对计算尺的消亡感到遗憾，他们认为这种工具能使人们理解数字和计算，而这样的理解在电子计算器不可见的计算中消失了。耐人寻味的是，三个半世纪前，计算尺的发明者威廉·奥特雷德提出过同样的反对意见，解释他为何不愿公布自己的发明。他写道，计算尺属于"奇技淫巧的肤浅糟粕"，只会破坏坚实的数学理论知识。[1]

一字螺丝刀
理查德·温特沃思 [i]

过时

我的工作室里有一抽屉的一字螺丝刀，还有两抽屉的一字槽螺丝。"为什么不扔掉呢？"我儿子说，"你竟然还留着它们，太令人诧异了。"十字槽 H 型螺丝、十字槽 Z 型螺丝和现在的梅花螺丝几乎取代了一字槽螺丝，因为一字槽螺丝无法用电动螺丝刀拧紧——刀头肯定会滑出来。图 71 中展示的螺丝刀大概是我 15 岁的时候获得的，它可能是我拥有的最古老的螺丝刀。木柄上的油漆都掉了，金属箍上刻着带引号的"扬基""10A 号"，然后是"英国谢菲尔德斯坦利工具有限公司"，没有邮政编码，也没有客服电话号码。这句铭文中有一种骄傲和自信——从寥寥数语中读出那么多信息，真是很有趣。1899 年，第一批带有正反两用棘轮装置的"扬基"螺丝刀问世。1946 年，史丹利公司收购了最初生产"扬基"螺丝刀的美国公司，然后继续生产"扬基"螺丝刀，直到 2007 年停产。我应该从来没有给这把螺丝刀上过油，但它非常耐用，也许最后会因为撬开一罐油漆而寿终正寝。

从历史上看，螺丝刀属于较晚出现的工具。古罗马人就有锤子、锯子、钻头和刨子，但是，直到 15 世纪晚期，在出现枪械制造和修理匠使用的第一批螺丝之后，才出现螺丝刀。16 世纪中叶，钟表匠也

---

[i] 理查德·温特沃思（Richard Wentworth），艺术家和教育家。20 世纪 70 年代末以来，他一直是新英国雕塑运动的领军人物。他记录日常生活，关注物品、偶然和无意识的几何形状，以及人们经常忽视的怪诞情境。他在伦敦生活和工作。

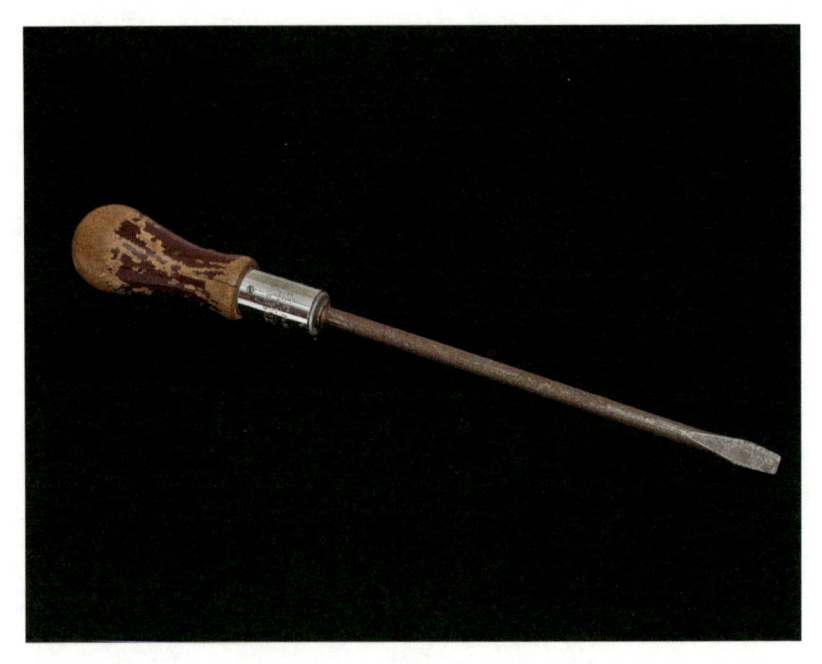

图71:"扬基"一字螺丝刀,10A 号,斯坦利工具有限公司,英国,20世纪 60 年代。

开始使用螺丝刀。但是,这些螺丝都很粗陋,直到 18 世纪中叶,仪器制造商才开始生产精密的螺纹螺丝。这些直螺纹机械螺丝需要合适的螺丝刀。狄德罗在 1765 年编撰的《百科全书》中提到了"改锥"(tournevis),英语直译为"turnscrew",直到 19 世纪,人们一直如此称呼螺丝刀。18 世纪出现了锥形木螺丝,它们用于无法用钉子固定的平接铰链(18 世纪的另一件流行物品)。制作木螺丝肯定极其困难,每一颗都要在车床上手工制作。木螺丝不可能做出尖头,而且也不太好用。直到 19 世纪 30 年代,美国人才制造出理想的尖头螺钉,并实现了自动化生产,此后螺丝的产量迅速增长。与此同时,英国工程师亨利·莫兹利完善了标准化的直螺纹机械螺丝,他设计的螺纹车床大约在 1800 年左右问世。所有这些类型的螺丝都有一字槽的头,因为容易制造，但使用起来很麻烦。你需要双手并用，一只手握住螺丝，引导螺丝刀的尖端，另一只手转动螺丝刀；而且螺丝刀很容易滑出来，损坏螺丝或者螺丝拧进去的物品表面。

1907年，加拿大人彼得·罗伯逊想出了合适的替代方案。他发明的螺丝有一个内方槽头，跟电动螺丝刀配合使用效果很好。亨利·福特等人是新技术的早期应用者。伦敦克勒肯韦尔螺丝专营店曾经的经营者是一位加拿大人，他经常带着爱国主义的骄傲，对我喋喋不休地谈论罗伯逊。但是，亨利·菲利普斯在1937年获得专利的十字槽螺丝才真正取代了一字槽螺丝。菲利普斯作为商人比罗伯逊精明得多，他说服了通用汽车公司使用自己的发明，从此一发而不可收。第二次世界大战确保了该产品在所有大规模生产的金属制品中的应用。但是，十字槽螺丝的螺丝刀需要连接驱动力，可以是压缩空气，也可以是电力。这在工厂里还行，在建筑工地上就行不通了，因此，建筑和木工行业继续应用手动的一字槽木螺丝。直到20世纪80年代出现了无线、电池驱动的可调扭矩电动螺丝刀，才使得十字槽螺丝在任何地方都能使用。

一字螺丝刀漫长而缓慢的消亡，不仅意味着新技术取代旧技术，我们的身体与工具联系的方式也发生了变化。我七八岁的时候就会把东西（很糟糕地）拧在一起。这不符合我的审美，我不喜欢拧得不好，但更不希望看上去很糟糕。我不是一个吹毛求疵的挑剔鬼。但是，到了"我会把它拧起来"的阶段，我已经逐渐熟悉如何安装和嵌入螺丝。眼睛、指尖和工具之间的关系是灵活的。把合适的螺丝刀头插入合适的槽里，插到适当的深度，使用适当的力气，那种完成感完全是身体的体验，而且不会发出任何噪音。在把螺丝拧到正确位置的过程中，你能感觉到它的扭转力一直传达到肩膀，哪怕用的不是一把漂亮的椭圆木柄螺丝刀，而是一把简陋的"扬基"螺丝刀。

我在皇家艺术学院荒唐而短暂的工作经历中，学生们事实上都成了"快速成型技术"的受害者，这令我反感。有一次，在雕塑工作室里，我正在锉削某件用夹具固定在工作台上的东西。好的锉刀发出悦耳的声音，粗劣的锉刀被称为"烂货"。锉削是一种复杂得不可思议的双手动作，涉及平衡、削一下的长度和空间环境意识等问题，以及隐约意识到有另一个希望实现而看不见的平面。这不是无所事事，而是一种极度集中注意力的感觉。一个路过的学生（他是那种爱好"装备"的年轻人，还喜欢把公开表演"制作"当成"艺术"）以一种过分骄傲的方式说："你需要一台角磨机[i]。"我记得自己有点退缩，不知道是该扮演爷爷辈的角色，还是一言不发。这是典型的21世纪快速成型技术用语。你浪费时间寻找延长线，检查工具上的圆盘是否正确，寻找合适的扳手（总是找不到），寻找护耳器和护目镜（假如你已经戴了矫正视力的眼镜，它就是一场灾难），以及准备使用工具时的所有其他无聊琐事。当然，接下来是过去40年来诞生的最令人不愉快的一种噪音。

意识到某些东西已经被淘汰，那一刻是什么感觉？我的儿子是一名工程师，他最近对我说："你知道十字槽螺丝过时了吗？"

"什么意思？"我问。

"我在监督建筑工人修理我的房子，他买了些新螺丝，大约30英镑一盒。"

"见鬼！"我说。

"但是，"他说，"我看到了时间进度达成率，"——典型的工程师用语——"所以我也开始买30英镑一盒的螺丝。它们是用特殊硬化钢制造的，不会折断，还是自攻螺丝（带钻头的螺丝）。"它们可能是

---

[i] 又称研磨机或盘磨机，是一种利用玻璃钢切削和打磨的手提式电动工具，主要用于切割、研磨及刷磨金属与石材等。

梅花螺丝。一开始是一字槽螺丝被淘汰了，现在，十字槽 H 型螺丝、十字槽 Z 型螺丝也处于消失的边缘。我儿子说："我改弦易辙了。"一眨眼的工夫。

不久前，从事家具修缮的一位朋友从萨默塞特郡一家濒临倒闭的细木工企业那里买下了所有的一字槽螺丝。他知道它们会变成罕见的物品。我那满满一抽屉的一字螺丝刀该怎么办？我可能会在抽屉里留一张便条给孙女们，上面写着："亲爱的露西和罗莎，这是我生活中的一段喜剧。"

图 72-1：蒙特利尔生物圈，曾经是第 67 届世博会美国馆。燃烧的树脂玻璃覆盖层，1976 年 5 月 20 日。

空间框架
凯瑟琳·斯莱瑟 [i]

过时

有些事物的消亡伴随着灾难，仿佛世界末日一般。1976年5月20日，焊枪的火花点燃了覆盖蒙特利尔生物圈网格球形穹顶的亚克力板，巨大的球形结构迅速燃烧起来，就像一个火焰版的巨型雪花水晶球。火焰在球体表面蔓延，一团朦胧的烟雾在蒙特利尔市中心升起。幸运的是没有人员伤亡，然而，某种思想和建筑体系却随之逝去了，它曾是现代建筑师的想象力所在。蒙特利尔生物圈曾经是空间框架技术的典范，然而，仅仅10多年后，大火变成了它的火葬堆。改用一下弗兰克·辛纳特拉的歌词——"四月还高耸入云，五月就烧成灰烬"。

理查德·巴克敏斯特·富勒是一名富有想象力的工程师，他曾问过诺曼·福斯特一个著名的问题——"你的建筑有多重？"——让很多高科技建筑师彻夜难眠。富勒创作了蒙特利尔生物圈，它是美国为第67届蒙特利尔世博会建造的戏剧性建筑，旨在展现美国的技术力量和先进性。两年后，美国人踏上了月球。生物圈展望了轻盈、卫生、乌托邦式的未来，使人联想到星际移民，在那样的未来里，科技可以抹去所有的眼泪。富勒把太空时代放进了空间框架中。那么这个空间框架是如何坠落到地面上的呢？

顾名思义，空间框架就是一个建筑结构网络。它的基本几何模块是三角形，通过三角模块可以建造一个高效的三维格架，能够比传统

---

i 作者简介参见第49页脚注。

的柱梁结构跨越更大的距离。由于空间框架具有内在的灵活性，它可以运用于各种外观的建筑物，无论是酒店中庭还是网格球形穹顶、无论是宏伟还是小巧玲珑都能轻松驾驭。空间框架的结构方式是协作和平等，各个构件实质上平均负担重量。在单个构件达到承重极限时，其他构件将承担额外的重量，使整个系统成为一个综合而独立的网络。由于空间和结构合一，空间框架理论上可以无限延伸，将地球包裹在一个行星大小的生物圈中。

空间框架的历史根源可以追溯到许多建筑师的作品中。约瑟夫·帕克斯顿[i]、古斯塔夫·埃菲尔[ii]和安德烈亚·帕拉第奥[iii]在空间框架出现之前都曾有所贡献。然而，空间框架的鼻祖疑似是苏格兰发明家亚历山大·格雷厄姆·贝尔，他在1903年至1909年间做了四面体风筝实验，展示了一种新型轻量结构系统的未来潜力。当时拍了一张有趣的照片，照片上贝尔正在亲吻身上套着风筝框架的妻子梅布尔。

从这幅亲密的画面开始，场景转移到两次世界大战之间和二战后的时代，转移到康拉德·瓦克斯曼更令人生畏而缺乏人情味的设计概念，高耸的空间框架使人类显得无比矮小，让人想起19世纪画家约翰·马丁绘画中可怕的末日景象。1941年，瓦克斯曼移民到美国，在芝加哥设计学院工作，此后他开始相信建筑必须采用工业技术。"机器是我们这个时代的工具，"他宣称，"它是社会秩序得以体现的原因。"[1]

瓦克斯曼受美国空军委托研究和设计飞机库，开发了由高度复杂

---

i 约瑟夫·帕克斯顿（Joseph Paxton），英国建筑设计师，1850年为伦敦世界博览会设计展览厅，采用铸铁预制构件和玻璃建成，有"水晶宫"之称。

ii 古斯塔夫·埃菲尔（Gustave Eiffel），法国著名建筑大师、结构工程师、金属结构专家，因设计巴黎标志性建筑埃菲尔铁塔而闻名于世。

iii 安德烈亚·帕拉第奥（Andrea Palladio），意大利建筑师，设计作品以邸宅和别墅为主，最著名的是位于维琴察的圆厅别墅。

图72-2：亚历山大·格雷厄姆·贝尔亲吻他的妻子梅布尔·加德纳·哈伯德·贝尔，她站在一个四面体风筝里面，加拿大新斯科舍省巴德克，1903年10月16日。

节点连接的三维结构系统。这些巨构建筑 [i] 为空间框架奠定了基础：模块化、工业化、理性和高效，重复的格子精巧剔透，仍然具有视觉上的吸引力。瓦克斯曼参与军工复合体的短暂经历似乎为建筑开辟了新的视野，这个新的地平线上充满了假设可延伸的外框架，激发了日本新陈代谢派 [ii] 和20世纪50年代各种欧洲先锋建筑运动的想象力。然而，在实际操作中，空间框架对节点的高精度要求成本高又难以实现，限制了可以建造的范围。

20世纪60年代开启了一个更加不确定、无拘无束的时代，建筑

---

i 巨构建筑（megastructure）是二战后的一种建筑和城市概念，这种设想认为城市可以包裹在单一或少数巨大的人造结构中。
ii 在日本著名建筑师丹下健三的影响下，以青年建筑师大高正人、槙文彦、菊竹清训、黑川纪章以及评论家川添登为核心，于1960年前后形成的建筑创作组织。新陈代谢派认为城市和建筑不是静止的，它像生物新陈代谢那样是一个动态过程。

可以是卡扣式、插入式[i]和不拘一格的。撇开可建造性不谈，塞德里克·普莱斯[ii]的欢乐宫、尤纳·弗莱德曼[iii]的巨构建筑和康斯坦特·纽文惠斯[iv]的新巴比伦城市幻想中都出现了新颖大胆而规律的空间框架。英国建筑界颠覆性的建筑电讯学派强行把空间框架视作一种工具，用以表达他们的伪迷幻意识，却没有顶着破坏兴致的压力真正建造一座空间框架。在这方面，富勒的生物圈脱颖而出，从图纸变成了现实，并出现在 1967 年的世界博览会上。

第 70 届大阪世博会上，空间框架事实上几乎成为丹下健三设计的节日广场上众人瞩目的焦点。它超越了世博会自我陶醉的狂欢，开始出现在更日常的环境中，如游泳池、展览馆、交通中转站和大型超市。它还吸引了初代高科技巨头的注意，因此空间框架和外露结构在理查德·罗杰斯和伦佐·皮亚诺设计的巴黎蓬皮杜中心（1977）等建筑中占据了突出地位。

1976 年 5 月的焊接火花只是放大了早已存在的危机。1973 年中东地区石油禁运引发的全球危机已经对它造成了冲击，空间框架似乎是一种极度浪费能源的奢侈品，既不实惠，也不吸引人。还有维护保养方面的问题，空间框架有成百上千根单独的柱子，极难保持清洁。后现代主义的兴起也决定了空间框架的命运，外露结构突然显得琐碎和过时，被海啸般的嘲讽和柔和的古典主义挤到一边。

---

i 指英国建筑师彼得·库克（Peter Cook）在 20 世纪 60 年代提出的"插入式城市"（Plug-In City），将可移动的金属舱住宅作为基本构件组成移动社区，再按照不同的需要插接到混凝土的"巨型结构"中从而形成城市。

ii 塞德里克·普莱斯（Cedric Price），英国前卫建筑师，代表作有欢乐宫（Fun Palace）和陶艺思考带（Potteries Thinkbelt）等，对西方建筑界产生了重要影响。

iii 尤纳·弗莱德曼（Yona Friedman），法国建筑师和理论家，以移动建筑理论和"空间城市"等乌托邦方案而闻名。

iv 康斯坦特·纽文惠斯（Constant Nieuwenhuys），荷兰艺术家，和居伊·德波共同提出了总体都市主义（Unitary Urbanism）。他从 1956 年到 1974 年创作了大量模型、草图、拼贴画，试图通过"新巴比伦"计划对日常生活进行城市空间层面的变革。

今天，（相对于它的"裸露"的前身而言）"精心装扮"的空间框架仍然隐藏在许多超级明星建筑的外壳下，但它只是看不见的配角，而非显赫的主角。可以说，空间框架仍然在被用来创造建筑，所以它从技术上并没有消亡。然而，空间框架最初横空出世的时候，本身可以被看作建筑，如今已经不可同日而语了。

火中焚毁的蒙特利尔生物圈有一个哀伤、悠长的来世。虽然大火剥去了它的覆盖层，但空间框架结构基本上保存完好。之前它一直处于部分毁坏的状态，1995年改建之后，它作为自然生态博物馆重新开放。虽然生物圈结构本身不再是控制温度的太空时代的未来先驱，但是，现在使用富勒的结构来探索环境问题（这些环境问题可能会使我们整个星球的生存被淘汰）似乎是理所当然、不可避免的。

图 73-1：史丹利 55 线刨、盒子和包装，美国，20 世纪初。

史丹利 55 组合刨
尼科斯·马古里奥蒂斯 [i]

过时

刨子是一种自古以来就有的工具，它通过将刀片推过木材表面来塑造木材的形状，历史可能跟木匠手艺和木制品一样古老。18 世纪以前的刨子都有一个硬木刨身，其中固定着一片金属刀刃，在沿着木头表面用力地重复推动时，刀片会雕刻木头表面。（直刃）平推刨的主要用途是刨光表面。异形刨有弯曲的刀刃，可以将木头雕刻成不同的轮廓，形成檐口和其他建筑外立面、室内装饰和家具上的装饰细节。

19 世纪时，刨子经历了一次创新热潮。由于冶金技术的进步，英国和美国的制造商得以完全使用铸铁制造刨子，使这种工具更加耐用，并且可以调节。19 世纪 90 年代，美国史丹利测量尺与水平仪公司（一家专门设计和制造手工工具的公司）推出了史丹利 55 组合刨，该工具标志着刨子精密度的顶峰。

这款产品被称为"刨子中的瑞士军刀"，包含一组 55 种不同刀片的套装，以及一个可以安装刀片的金属刨身。史丹利 55 的刨身（或者更确切地说是框架）由各种活动部件组成，这些部件可以调节成不同的角度和宽度，用一件工具几乎可以雕刻出任何造型。这个概念并不新鲜，更早的时候已经有定制的木质可调节刨子。但史丹利 55 的

---

[i] 尼科斯·马古里奥蒂斯（Nikos Magouliotis），苏黎世联邦理工学院建筑史与理论研究所的建筑史学家和博士候选人。他的工作主要集中于 18 世纪中叶到 20 世纪初的建筑史和历史编纂学，特别是"原始""乡土"和"匿名"等作为历史实体和理论结构的概念。

铸铁框架使刨子更耐用、更精确、更容易调节。史丹利55是一件袖珍的复杂工具,它"装在一个整洁而结实的盒子里",就像"自成一体的刨花工坊",当工匠需要雕刻不同的轮廓时,它可以替代无数单一造型的刨子。[1]

虽然史丹利55淘汰了一整套传统的手工工具,但20世纪伊始,它也面临着被淘汰的可能。它富有现代感的外观由许多金属部件、螺栓和螺丝组成,看起来像一台复杂的机器。但本质上,它只是稍微现代化一些却依然依赖人力的传统工具。机器驱动的刨槽机(最初是水平机床,后来是手持工具)发明之后,木制品的线条雕刻变得便宜而快速,使得史丹利55和之前所有的传统线刨都面临着被淘汰的危机。

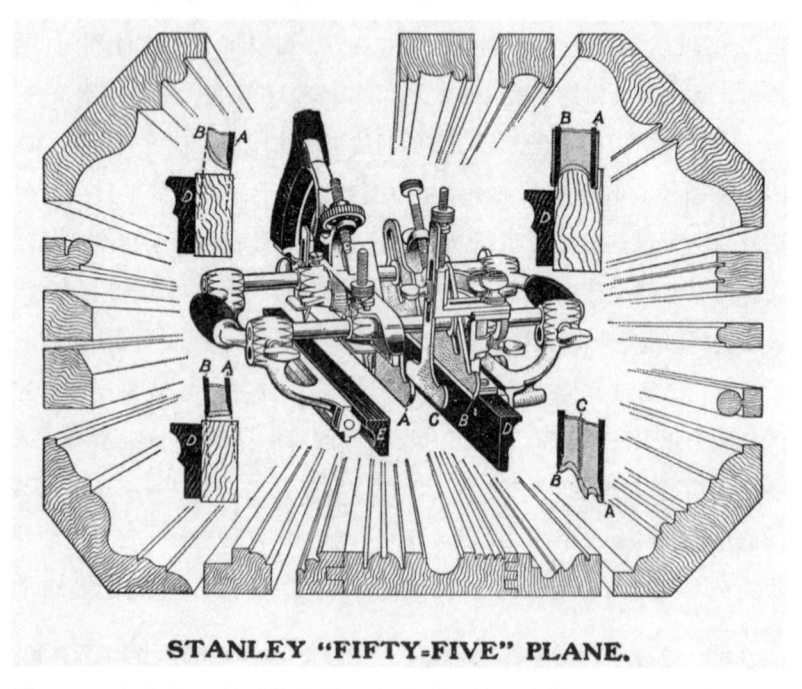

图73-2:史丹利55刨子的图纸,史丹利工具目录第34号,1915年。

尽管史丹利55被宣传为一种实用而经济的产品，但并不是每个工匠都买得起。而且，它还配有22页的说明书，许多人认为它使用起来过于复杂和耗时。从一开始，史丹利55就是小众市场的奢侈品。

除了这些使史丹利55在技术上过时又很难使用的情况外，20世纪初的文化转变也从美学上淘汰了它雕刻出来的造型。在很大程度上，用史丹利55创作的装饰线条跟前卫建筑师和设计师倡导的现代美学格格不入。它的可调节铸铁框架是工业现代化的产物，但是，它制造的装饰图案却是过去的事物：它们来自18世纪和19世纪早期的建筑师和工匠指南，那时的工匠们将早期现代建筑论文中的欧洲古典主义转化为容易复制的传统纹样，以迎合顾客的喜好。20世纪的头几十年，欧洲和北美的现代主义建筑师宣布了装饰的终结，新时代的建筑和日常用品表面平整，没有装饰的花纹。20世纪20年代，史丹利公司在马萨诸塞州和康涅狄格州以南几百英里的地方生产线刨；1930年，弗兰克·劳埃德·赖特[i]在此地给普林斯顿大学的建筑系学生讲课，他宣称"檐口"和其他各种"花哨的附件""已经消亡"，其中包括史丹利55制造的装饰性线条。赖特认为，美国建筑应该抵制所有曲线和雕琢的"包裹"，而应该"展开"：除去线脚、平整表面、简化转角，以创造现代的外立面、室内装饰和家具。[2]

然而，虽然上述原因让史丹利55濒临消亡，但它并没有很快消失。从19世纪末到20世纪末，史丹利公司一直占据手工工具市场的主导地位，生产各种高级和简单的刨子以及其他工具。随着木工装饰线条生产的日益机械化，从经济的角度，手工工具无法与之竞争。该公司继续生产和销售史丹利55，但市场重新定位于手工爱好者，并逐渐降低了刨子的品质和精密度。直到1962年，史丹利55才停产。在

---

[i] 美国建筑师，他的多个建筑作品被联合国教科文组织列入世界遗产名录，代表作包括流水别墅、雅各布别墅、纽约古根海姆博物馆、罗比住宅等。

20世纪中期的现代设计和流畅线条中,一种造型工具自相矛盾地存在着,它似乎与现代主义的发展历史无法兼容。然而,即使先锋派几乎一致反对线条装饰,制造建筑、家具和其他日常用品的商人和工匠也肯定不会马上接受他们的理念。在现代主义者提倡简约形式的同时,装饰线条通过史丹利55这种工具安静地存在了更长时间,但历史记载很大程度上忽视了这一点。

电话桌
埃德温·希思科特 [i]

失效

    电话桌是旧时家用物品、习惯和观念的缩影。它通常不对称,有一个座位,另一边有点像床头柜,下面是一个抽屉。它可能有细长的八字形桌腿,而且很可能是柚木的。最早的家用电话是直接安装在墙上的,20世纪初出现了独立式电话,并且出现了安放电话的高脚桌。约在20世纪50年代初到70年代末,矮电话桌短暂地风行了一段时间。桌子上面是放电话的——通常是一部711标准电话,有卷曲的弹力电话线和旋转拨号盘(当时大部分家庭都只能从邮政局接通一部电话)。抽屉是用来放电话簿的,即记载名字、地址和电话号码的厚册子,也许还有一本黄页,这是一种原始的商业搜索引擎,印在黄色纸张上。这套电话用具安放在客厅里,它们现在已经完全消逝了:坐在客厅里打电话的概念、电话线、电话簿。一切都成了古董。

    现在很难相信,不久以前,人们还经常到走廊里去打电话。走廊是房屋或公寓里最冷风飕飕的地方,也是最公共、最不舒适的地方。十几岁的时候,我在走廊给朋友或女朋友打电话,常常试图说些亲昵的话,但这里恰恰是最不可能的地方。父母会走过身边,对你皱眉头,让你感到羞愧而挂掉电话,这通电话显然是在浪费他们的钱;哥哥或姐姐会在附近走来走去,想跟他们的暧昧对象聊天。一旦他们拿

---

[i] 埃德温·希思科特(Edwin Heathcote),《金融时报》建筑和设计评论家。他是建筑师和设计师,著有十几本书。他也是在线档案 www.readingdesign.org 的创始人和主编。

图74：电话桌，埃尔科有限公司制造，英国，20世纪中期，柚木。

起电话，就不会愿意挂掉。实际上，通过走来走去和皱眉头来表达催促会让人产生负罪感。有趣的是，我们觉得在电话交谈中需要隐私，但是，由于电话放在固定的、明显的公共场所，我们被剥夺了隐私。这是家里的街头电话亭，外面排着队，只是没有亭子来保护隐私。

电话桌属于与科技相关的一类家具，另外还有电视柜、收音机以及后来的电脑桌。电话有了专门的家具，不言而喻等于承认它是一件独立的物品。电话是一种"传送装置"，流行文化抓住了这个概念：《超人》《黑客帝国》和《神秘博士》中的电话亭都促成了变形、瞬间移动和时间旅行。电话通常放在走廊或前厅的大门附近，像门上信箱的投信口一样，它是通往外面世界的窗口。正如建筑历史学家罗宾·埃文斯在《人、门和走廊》一文中解释的那样，走廊作为一种建筑形式，起源于家庭内部对独处和隔离不同房间的渴望，以及房屋的公共和私人功能的区分。[1]因此，电话安置在走廊上是有一定道理的，它被置于公共交际和交流的中间地带。也许，它还暗示着我们在持续的通信中经常不可察觉地受到监视，置放电话的家具和地点也说明在通信中保留隐私是不可能的（目前的情况也是如此）。抽屉里的电话簿就像桌面上的地址簿、笔记本和钢笔一样，也是搜索引擎的前身。

电话桌是20世纪中期新出现的家具。为了布置日益普遍的郊区住宅，市面上新型的家具品种越来越多。战后的经济繁荣和维持发展所需的消费主义创造了对新产品的需求，而新产品也应运而生。房间里有嵌套式咖啡桌、电视餐桌、床上早餐桌和托盘，有低矮的餐具柜，有电视机和鸡尾酒柜，还有大规模生产的由富美家板材制成的台面转角组合吧台桌椅。有定制的成套厨房和浴室用具，有缝纫机台和杂志架，还有兼作储物箱的脚凳。房间里有高保真音响柜、壁挂式置物架、老板办公桌、安乐椅、躺椅和早餐吧台椅。电话桌填补了房子里某个家具太少的空间。走廊里还可以放什么？伞架、衣架？这些太像维多利亚时代的风格了。也许可以放一张玄关桌，这样会让房间看起来富丽堂皇。人们渴望满满当当的房间，于是出现了电话桌，但它变得非常实用——然后，就如此消失了。很难理解它为何彻底消失。也许因为20世纪80年代初出现了无绳电话；当然，移动电话的出现使它老套得可笑。但也许仅仅是因为时代的潮流。它所具有的20世纪中期柚木家具风格，现在看起来可能很时髦，但在20世纪80年代的新维多利亚风格、法国乡村风格或者雅皮士黑铬风格的室内设计中，它看起来就像奶奶辈的家具。它已经消亡了。

我们家从来没有过电话桌。电话桌是为有中央供暖系统的现代住宅设计的家具，它不适合过分拥挤的维多利亚式排屋。孩提时代的我看到它们，对其现代感和难以企及的时髦感到艳羡，这件功能明确的用具看起来如此合用、如此深思熟虑。现在，我们家的每一件家具似乎都是为了满足本来没有的功能临时拼凑起来的。为了摆放最现代的科技产品，维多利亚式边桌上铺着精致的佛罗伦萨绣花桌布，奶油色塑料电话似乎格格不入地煞了风景。

有一天，我在集市上看到一张电话桌，它看起来矮墩墩的，设计现代，优雅又有腔调。我在心里嘀咕，它现在能用来干什么呢？缺少了电话，它显得孤零零的，却有种庄严感。也许它也应该跟20世纪中期的同时代物品一起复兴。重新利用的电话桌会变成其他东西吗？我注意到，Wi-Fi路由器在当代室内家居中闪闪发光，这是一件神圣的物品，但却经常被放在地板上或书架上。它就不能有一件自己的家具吗？电话桌可以成为无处不在的Wi-Fi神坛吗？从一种通信时代来到另一种通信时代，这将是表达敬意的适当方式。

电传打字电报机
詹姆斯·珀登 [i]

过时

在 20 世纪的大部分时间里，电传打字电报机（teletype，下文简称为电传打字机、电传机）承载着全球绝大多数的书面电信通信，在企业、政府机构和个人之间飞速发送文本信息；20 世纪 30 年代初以来，大多数电报都是通过电传机网络传送的。第一台"印字电报机"是 19 世纪由罗亚尔·厄尔·豪斯、戴维·爱德华·休斯和埃米尔·博多发明的。这种复杂的设备通过钢琴式键盘控制，需要经过大量的训练才能操作。操作员将电信号发送给接收的印字电报机，然后印字电报机在一截纸带上打出电报文的代码。到 19 世纪 90 年代末期，很多独立开发的系统使用全键盘打字机取代了钢琴式键盘。虽然各种新型自动电传打字机存在差异，但是，任何熟练的打字员都可以使用所有类型的电传打字机，通过交互网络将信息发送到带式接收打印机上（后来是连续的卷纸式打印机），然后以纯文本的形式打印出来。

1927 年，克里德公司开始向邮政总局供应电传机，首先是唐纳德·默里设计的使用升级代码系统的克里德 3 型电传机，每分钟可以在纸带上打 65.3 个单词，然后是革命性的克里德 7 型电传机，它可以在纸卷上打印带下画线的文本。1933 年，电传机占英国国内电报通信量的 70% 以上。克里德公司还向美联社、路透社和其他新闻机构供应

---

[i] 詹姆斯·珀登（James Purdon），圣安德鲁斯大学现当代文学讲师，著有《现代主义信息学：文学、信息和国家》（2016）。

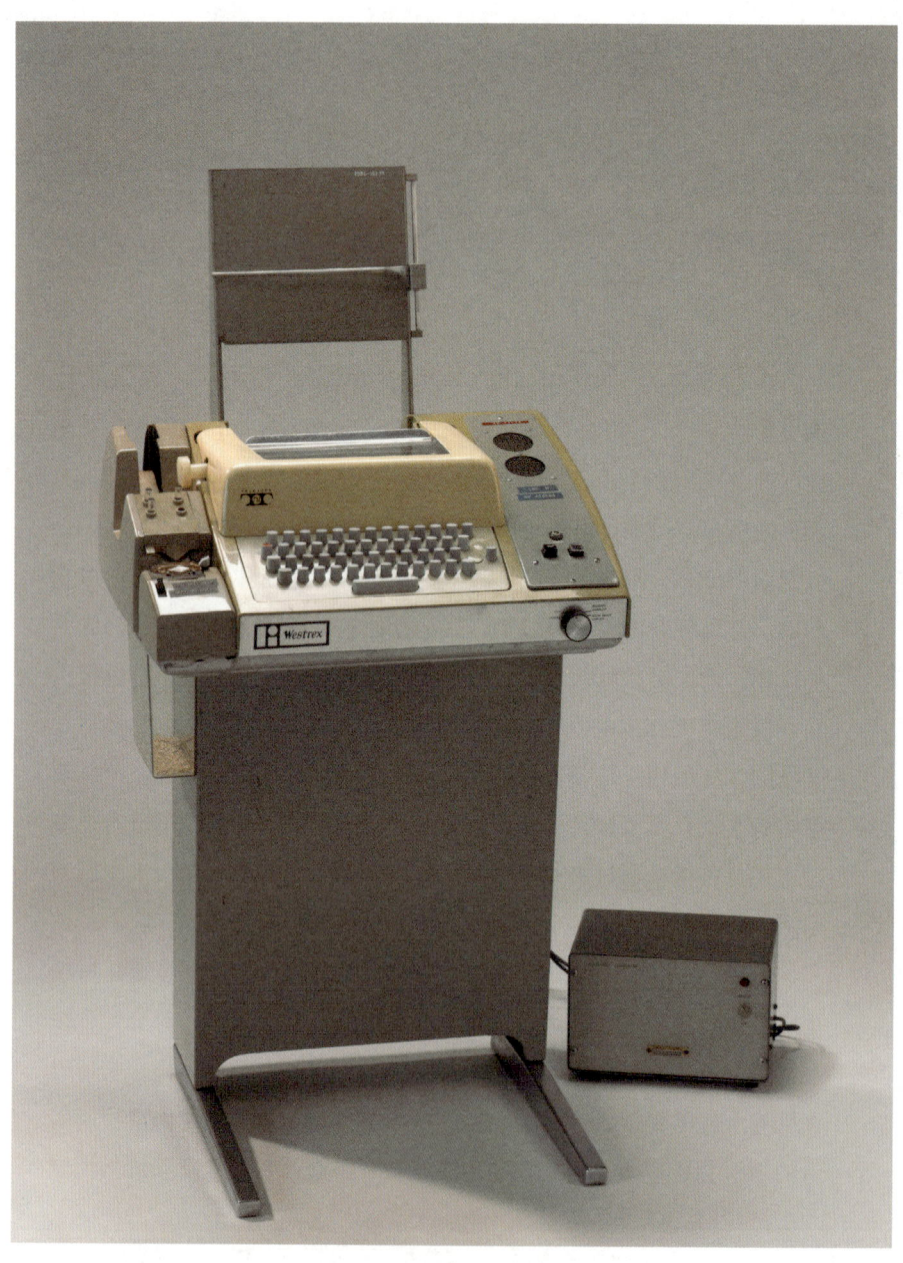

图 75-1：英国西电 ASR/KSR33 型电传终端机，英国，1960—1980 年。

设备，电传机迅速成为向世界各地的报纸、广播电台和电视网络提供新闻和信息的主要工具。20世纪中期，电传机已经成为新闻界的象征，比如在神经质的喜剧电影《小姑居处》（1942）中，凯瑟琳·赫本和斯宾塞·屈赛在新闻编辑室里浪漫邂逅，却不断被狂热的新闻专线打断。电传机的滴答声成为办公室、工厂、政府部门和新闻编辑室熟悉的背景声音，然而，很大程度上电传机仍然是一种机构性的媒介，它是隐形的商业电报基础设施的组件。虽然一般公众也会通过电传机发送电报，但他们并不是系统的主要操作者，而是通过熟练的电传打字员根据放在电报或邮局柜台上的手写便条转发信息。

由于官方机构内部的不同部门或者不同的机构之间用电传机传递信息，所以电影和小说中出现电传机经常标志着官方和非官方世界的界限：在黑匣子打开的时刻或场合，观众可以一睹某个独立组织的隐秘操作。正是由于这种关联，电传的规范和格式蕴含着某种风格或情绪的独特美感，不管这种媒介传递了什么内容。从这个意义上说，媒介就是信息。比如，阿尔弗雷德·希区柯克的《房客》（1927）用电传新闻报道代替默片的字幕，以一种有效的方式向观众介绍了潜伏在伦敦的连环杀手的背景故事。其他人纷纷效仿希区柯克的做法，通过朗读电传内容来传达信息成为好莱坞黑色电影的俗套桥段，就像约瑟夫·H.刘易斯的犯罪惊悚片《枪疯》（1950）中紧张的追逐镜头一样。后来，冷战惊悚片开始利用电传机跟官僚主义的联系，使用电传机代表某种官方历史尘封的真实事件。约翰·斯特奇斯的《大北极》（1968）结尾的画面就是很好的例子，一篇电传新闻稿掩盖了北约和苏联在北极乱搞间谍活动的阴谋，把两个超级政权在北极的秘密对决描绘成一项联合救援任务。

安迪·沃霍尔的《闪——1963年11月22日》是11幅与约翰·F.肯尼迪总统任期和遇刺有关的丝网印刷图像作品集，它巧妙地反映了电传媒介的双重编码，以及它与阴谋的官僚主义和新闻的公众声音之间的联系。"闪"（flash）一词既来源于照相机的闪光（照相胶卷在闪光灯下拍到肯尼迪和刺杀者的脸），也来源于电传的"闪"字协议（新闻通讯社在发出的新闻稿件上标记的最高优先级）。这一系列作品中的每一幅图像都装在"封套"里，模仿新闻电传通讯的方式在上面印着关于刺杀事件报道的摘录。电传记录的线性叙事风格具有档案的严肃性，随着事件的时间发展进行冷峻的新闻性描述，与双重曝光图像的混乱拼贴形成鲜明对比，后者让观众面对一连串符号和名人的脸。沃霍尔从更粗糙的真实新闻记录中挑选和编辑了这些"闪"字号电传文字，他挪用的并不是确切的内容，而是电传这种媒介的文化关联，这跟他挪用其他媒介的方式一样，都是通过"选取、突出和修改"来实现的。电传记录成为对肯尼迪遇刺作为大众媒体特殊事件的实况报道的一部分。

　　沃霍尔使用电传能形成这样的效果，是因为该媒介在文化上被视为历史的初稿。电传记录作为强权机构的内部独白，暗示在背后的渠道中铁证如山的阴谋可以编成密码；它作为新闻通讯的原始声音，暗示在公共论坛上这样的蛛丝马迹可以进入历史记载。在艾伦·帕库拉

```
                    FLASH

FLASH
      KENNEDY SERIOUSLY WOUNDED
                              PERHAPS SERIOUSLY
         PERHAPS FATALLY BY ASSASSINS BULLET
                                        JT1239PCS
```

图 85-2："闪"字电传稿报道了肯尼迪遇刺事件，1963 年 11 月 22 日。

导演的关于尼克松时代的经典政治惊悚片《总统班底》(1976)的结尾，伍德沃德和伯恩斯坦打字报道水门事件的阴谋（前景中一台电视机正在现场直播尼克松的第二次总统就职演说），然后，画面出现了一段电传的蒙太奇，表现了从当时到19个月后总统辞职之间的时间流逝。电传成为将政治无意识中的秘密部分公之于众的媒介。

  电传打字机一直是印刷文本的主要传输媒介，直到20世纪80年代开始被传真机所取代（传真机具有复制图像的优势，而不仅仅是复制文本）。最终，它们都被互联网取而代之。一些传统设施仍在使用电传打字机，主要是航运和航空领域，尽管它们也逐渐被全数字系统所取代。然而，虽然大部分电传设备和基础设施已经成为博物馆的藏品，但它仍然影响着我们在虚拟空间中的交流方式。实时文本通信的节奏和惯例是从电传建立的网络协议演变而来的，现在，它促进了21世纪的电信发展，成为日常生活中普遍的通信方式。电传打字机的影响在技术上仍然很大，比如，1963年美国标准协会引入ASCII字符[i]来规范电传信号，现在，大多数计算机仍然用它来为键盘输入分配字母数字符号。它在文化上也依然具有强大的影响力——比如，好莱坞惊悚片的字幕使用怀旧的电传字体设置日期线。

---

[i] 美国信息交换标准代码，是一种基于拉丁字母开发的标准的单字节字符电脑编码系统，主要用于显示现代英语和其他西欧语言。

图 76：剧院电话的家用听筒，巴黎，1900 年。

剧院电话

卡洛塔·达罗 [i]

失效

"家里的剧院"是剧院电话（théâtrophone）的广告语，从1881年到1936年的半个世纪里，剧院电话一直通过电话网络把巴黎歌剧院和其他剧院的演出声音传送到千家万户。作为一种个人化的听音设备，以及可供全市音响爱好者使用的基础设施，剧院电话从物理上将听众与表演场所分开，也让人对戏剧体验的本质产生怀疑。剧院电话系统的核心是"幻听"[ii]状态——聆听声源隐藏在视线之外的声音。[1] 本质上，该系统结合了远程电台广播的能力和亲临现场观看表演的传统社交愿望，从而导致声音的来源、观看的原因以及由此产生的效果之间出现新的紧张关系。用瓦尔特·本雅明的话来说，剧院电话是现代资产阶级在"资本主义的巅峰时期"的发明；现代人在"大都市的人群中寻求庇护"，但是，他一旦接触到人群，就会发现自己孤立无援。因此，剧院电话如最初设想的那样，成为在大众文化典型的同质化空间内追求个性化的一种症候。

1879年，剧院电话的发明者克莱门特·阿代尔参与建设了巴黎第

---

i 卡洛塔·达罗（Carlotta Darò），巴黎－马拉盖国家高等建筑学院艺术和建筑史学家，也是基础设施、建筑、地域实验室的成员。她的研究探讨了声音技术、电信基础设施和媒体对19世纪及20世纪的建筑和城市文化的影响，著有《前卫建筑之声》（2013）和《声音之墙：飞利浦馆的电子诗歌》（2015）。

ii "幻听"（acousmatic listening）一词源于古希腊哲学家毕达哥拉斯在幕帘后向他的见习门徒授课，门徒只能听到他的声音，却从未见到他本人，引申为只能听到但无法看到声源的声音。

一个私人电话网络。1881年，他在国际电力展览会上首次展示了他的"电话试演"，让人们现场收听巴黎歌剧院和法兰西喜剧院的表演。巴黎工业宫的两个不同的房间里安装了约40个音乐站，它们是电话亭的前身，音乐站里面安装着宝玑公司制造的双耳机装置，听众可以面对吸音墙，沉浸在自己的音乐世界里。整个房间铺满了地毯，四壁挂着帷幔，两扇门被厚厚的织物覆盖，幽暗的光线可以避免视觉分散人的注意力；中央的桌子后有一位管理员，他的工作是每隔5分钟切断声音传输电路，让新的听众进入房间，沉浸在巴黎伟大剧院的声音环境中。

剧院电话属于这样一类现代发明，它们不仅依赖于装置设计本身，而且依赖于网络的建立，比如电报、气动邮政、电话和无线电等。剧院电话的出现要归功于1876年电话的发明。剧院舞台上安装了一系列麦克风传感器，通过地下电线将声音信号传输到工业宫的音乐站（信号也传输到安装了同样设备的爱丽舍宫，法国总统儒勒·格雷维在那里为该系统举行了落成典礼）。

在音乐聆听的历史上，剧院电话具有的独特意义在于它引入了立体声。阿代尔为了"逼真地"重现舞台空间，将设备设计成双耳式样。两个听筒通过电线连接到舞台前部提词箱左右两边的两个麦克风。剧院电话的设计以合成形式复原三维空间的假设为基础，类似于19世纪的立体镜等光学设备。观者的大脑通过立体镜首先对图像进行抽象处理，然后对图像进行知觉重构，从而再现双眼的视觉效果[2]；而在剧院电话中，人们通过从一个听筒移动到另一个听筒的声音来感知舞台活动。此外，正如我们在真正的剧院空间座位上会对表演产生独特的视觉和听觉感知，剧院电话的听众同样经历着这种独特的体验，因为该系统最初的设计是使每个麦克风都跟相应的听筒配对。虽然毋庸置疑听众是在其他地方，但戏剧体验的某些物理条件是原汁原味的，比如，表演者在舞台上的活动和对声音进行的某种形式的空间还原（保留了大厅的环境声音和音响效果），以及为每位听众提供了不同的聆听位置的特殊性。然而，剧院电话的体验是更丰富的剧场体验的简化版本。表演不再被视为整体，因为听众的身体并不在场，听众失去了从到达剧院、等待、幕间休息、终曲、掌声和谢幕到离开大厅的过程中通过其他感官对空间、礼仪和社会规范产生的体验。相反，剧院电话是对表演的部分还原，只是让我们得以一"听"整个活动——从某些方面可以说它是如今人们沉迷于听音乐或不断更换频道的前奏，具有新近出现的媒体（比如电视、MP3 播放器和流媒体播放器）的典型特征。

在 1889 年世界博览会上，贝利赛尔·马里诺维奇和格扎·绍尔沃迪展出了一种便携式投币机（50 生丁[i]听 5 分钟音乐，1 法郎听 10 分钟音乐），后来取代了阿代尔发明的装置。第二年，剧院电话公司成立，开始在巴黎市中心林荫大道边的咖啡馆、餐馆、俱乐部和酒店建立收音设备网络，使人们可以远程收听全城不同场馆举行的几场演出。从 1891 年开始，该公司提供了一项家庭付费服务，人们可以在家里通过该公司运营的机器收听巴黎剧院的音乐，也可以通过电话收听，尽管这样只能简化成单声道收听。从 20 世纪 20 年代开始，该项服务的节目中增加了巴黎圣母院礼拜天的布道。年度订阅主要面向富裕的听众，用户可以选择额外付费延长收听时间，并增加可以"穿越"的剧院数量。用户需要通过剧院电话员（负责连接不同电路的音乐总机接线员）的管理选择自己喜欢的表演。1911 年，一位著名的收听者——马塞尔·普鲁斯特[ii]评论称，该项服务的音质很差——尽管他

---

[i] 法国辅币，等于法郎的百分之一。
[ii] 马塞尔·普鲁斯特（Marcel Proust，1871—1922），法国文学家，代表作有《追忆似水年华》等。

在听瓦格纳的音乐时发现了一种乐趣，因为剧院电话唤起了他对这部作品的记忆，"弥补了它的声音缺陷"。[3]

20世纪20年代，技术的进步自相矛盾地导致了真实体验的贫乏，原先装在舞台上的几个麦克风减为一个能够在几个网络上广播的传感器。这样，多重声音采集系统消失了，取而代之的是集中声音采集系统。听众开始厌倦耳机，尤其是长时间佩戴耳机，他们转而使用扬声器。这样，立体声音乐的空间音质被单声道音乐替代，尽管有缺陷，但单声道音乐直到1930年仍然吸引着新的订户。最终，新的广播和声音再现技术——收音机和留声机的普及导致剧院电话销声匿迹。从这个意义上说，这个早期资产阶级的"还原真实"（聆听者仿佛在剧院里一样）项目被无线电提供的更多与声音的互动，以及留声机提供的更多选择余地所取代。比起通过剧院电话被动地聆听（尽管起初音质更佳），自由调频和物理声音存储媒介更吸引现代公众。剧院电话公司经历许多年的财政危机后，巴黎歌剧院院长雅克·鲁谢在1936年4月6日的一封信中，最终要求该公司从他的歌剧院中拆走剧院电话设备。

"思想城市"电动汽车
谢蒂尔·法兰 [i]

失效

2010年,"思想城市"电动汽车被《福布斯》杂志称作"令人愉悦的斯堪的纳维亚环保设计典范",而仅仅一年后,它就退出了市场。[1]这是一个电动汽车功败垂成、遭遇淘汰的故事:它拥有政治上的支持,却在技术上不稳定;它对环境来说可持续,在经济上却不可持续。

挪威是汽车电气化的先锋,目前,挪威的电动汽车销量已经超过了燃油汽车。这一历史性转变是挪威(作为一个产油国)树立国际环保政策领导者的国家品牌形象的重要组成部分(虽然有些自相矛盾);这不仅得益于政府的免税等政策,也得益于挪威没有自己的传统汽车工业,因此也没有反电动汽车的游说团体。在千禧年前后的几十年里,挪威持续尝试利用千禧年这一特殊的机会窗口,开发"思想城市"电动汽车(一款用于城市驾驶的创新微型双座汽车),但最终以失败告终。开发"思想城市"的思想(Think)公司虽然获得了巨大的政治支持和国际企业的大量投资,但经营状况并不稳定,最终在2011年彻底瓦解——当时正是挪威的电动汽车市场取得突破性进展的风口浪尖,市场先驱是在类型上更传统的日产聆风和特斯拉S型等汽车。回顾最近的这一段汽车设计史,"思想城市"电动汽车意外遭遇淘汰的实际例子,说明了设计如何与结构性的关键因素(比如快速的

---

[i] 谢蒂尔·法兰(Kjetil Fallan),奥斯陆大学设计史教授。他最近的著作是《设计史上的自然文化》(2019)和《现代挪威设计》(2017)。

图77："思想城市"电动汽车，挪威，2008年。

技术发展、复杂的工业基础设施、不稳定的投资计划和强大的政治利益）深刻地交织在一起。

1991年，个人独立汽车公司[i]在挪威成立，目标明确地开发小型电动汽车。到1994年利勒哈默尔冬奥会期间，该公司准备好了10辆原型车进行演示，1995年推出了第一款量产车型"城市蜜蜂"。然而，它当时仍然是一家规模很小的公司，只生产了120辆汽车，其中有45辆受委托用于旧金山湾区捷运系统的站点汽车项目，这里是该新兴汽车制造公司在重要的潜在市场上有价值的测试平台。[2]之后，该公司加快了产品生产和生产线的建设速度，于1998年开始量产"思想城市"的首款车型，并在随后的3年里生产了1005辆汽车。在短短几年的时间里，新车型在设计和开发方面取得很大的进步，但跟大多数人理想中的汽车还是相差甚远。在BBC热播电视节目《巅峰拍档》

---

[i] 挪威电动汽车公司，后改名为思想汽车公司。

(*Top Gear*)中,这款汽车毫不意外地遭到几位自诩"汽油大佬"的车评人的嘲笑,它的性能和操控确实有待改进。

当时,该公司正努力通过设计来消除负面评价。1998年,该公司破产后被福特收购,福特将其更名为北欧思想公司,并投资1.5亿美元用于工程和安全方面的研发。能够利用一家大型汽车制造企业的资源和专业技术,使设计一辆"正规汽车"的梦想变得更加现实。然而,2003年,雄心勃勃的加州零排放汽车法案在底特律遭遇滑铁卢,福特失去了对电动汽车的兴趣,并将该公司出售给总部位于瑞士的卡姆科普微电子公司;2006年,后者又将其出售给了一群挪威投资者,随后,该公司再次破产。持续的财务问题延误了产品的开发,但是,当下一代"思想城市"(也是最终版本)终于在2008年日内瓦车展上亮相时,它确实在各方面都有了很大的进步——尽管设计依然源于2001年的车型,看起来有些过时。斯蒂格·奥拉夫·斯基领导了结构和外观设计,他在该公司创立初期就加入了,并曾参与之前的车型设计,而内饰设计由卡廷卡·冯·德尔·利佩负责。它仍然是微小型的汽车,但从技术上讲,它是一辆正规的汽车。它的动力转向系统、中央门锁系统和电动车窗都值得一提。更重要的是,它符合所有的国际安全要求,配备了防抱死制动系统[i]、安全气囊等,而且,它是第一辆通过碰撞测试并获得高速公路行驶认证的电动汽车。它的最高速度为每小时110千米,续航里程为160—200千米。它已经达到了微型汽车的合格技术指标,但是它小巧的尺寸、相对较高的零售价格(比差不多大小的Smart Fortwo贵了50%,跟大众高尔夫的价格差不多)意味着它将永远是一款小众产品。

然而,即使这类微型汽车永远无法满足大多数人对普通汽车功能的期待(比如有搭载乘客和行李的空间),设计师也希望它在视觉和

---

i Anti-lock Braking System,一种防止刹车失控的安全控制系统。

感受上像一辆普通汽车。冯·德尔·利佩认为,"思想城市"的外观不能跟主流汽车有太大的不同:"必须让消费者放心,这是一辆真正的汽车,你可以信赖它,它的驾驶和操控都很好……所以,我们把它设计成类似于传统汽车的样子。"另一方面,她在谈到这款汽车最标新立异的设计特征(没有上漆而露出本身质地的哑光塑料车身面板)时说:"人们想要表现出他们做出了不同的选择。"[3] 事实证明,各种设计意图之间的冲突很难解决,结果出现了某种令人不满意的折中方案,可能削弱了汽车的销售潜力。然而,人们正在努力解决这些问题,斯基和冯·德尔·利佩与保时捷设计公司合作设计了体积更大、更先进的四座概念车型 OX,该车型于 2008 年首次亮相,并计划于 2012 年投入生产——但它至今仍是一个展览样品,因为没有资金投入将其开发成量产车型。

可以说,"思想城市"汽车最具创新性的特点是环境方面的可持续性,不仅在驾驶过程中,而且在生产过程中和寿命周期结束后,它都是环保的。它有约 95% 的材料是可回收的,包括 ABS 塑料[i]车身和铝合金空间框架。这当然使它不同于其他跟传统汽车更相似的电动汽车,然而,后者最终在市场上占据了主导地位。"思想城市"汽车是一款富有创新精神的设计,但它的创新方式也许是错误的,它要求普通汽车司机在思维方式上做出太大的改变。作为一辆塑料车身的微型汽车,"思想城市"违背了设计师雷蒙德·洛伊[ii]关于产品设计的经典原则——"最先进并且能被接受"。它跟后来居上的竞争车型不同,没有充分模仿传统车型以符合汽车文化的习惯。

---

[i] ABS 塑料全称为丙烯腈-丁二烯-苯乙烯共聚物,是一种常见的工程塑料,具有优异的机械性能、热稳定性和加工性能,对环境友好,能够回收利用,被广泛应用于电子产品、汽车零部件、家具、玩具等多个领域。

[ii] 雷蒙德·洛伊(Raymond Loewy,1893—1986),美国工业设计奠基人,他著名的设计包括壳牌石油标识、灰狗巴士等。

另一个主要问题是该公司缺乏维持稳定经营的资金实力和动力。2009年最后一搏的时候，公司募集了新的资金，生产转移到维美德汽车公司在芬兰尼斯塔德的工厂；2010年，另一条装配线在印第安纳州埃尔克哈特建成。然而，2011年，即该公司成立的20年后，它最后一次破产，生产也停止了。"思想城市"电动汽车有一句过于自信的营销口号——"改变世界，仅需一辆汽车"[i]，它确实是一个过于袖珍、稍纵即逝的经典案例。

---

i 原文为"Changing the World, One Car at a Time"，"at a time"也有只存在一时的意思。

图 78：凯尔博住宅，道格拉斯·凯尔博设计，美国新泽西州普林斯顿，约 1975 年。

特龙布墙（集热墙）
保罗·布埃[i]

失效

图 78 中这幢房子朝南的玻璃立面后面有一堵深色石墙（即集热墙，Trombe wall），墙的底部和顶部都有小通风口。在很大程度上，集热墙的优点是外观简单、功能明确。它就像一层薄薄的温室，让冬天的太阳加热空气，一部分直接输送到后面的房间，另一些能量储存在墙内，晚上释放出来。这项技术只需要基础的知识和常见的元件，所以几乎任何人都能建造自己的太阳能房屋。不出所料，集热墙迅速成为 20 世纪 70 年代最受欢迎（尽管不是最受赞誉）的太阳能技术之一，尤其是在欧洲和北美的反主流文化群体中。对于 E. F. 舒马赫和伊万·伊利赫[ii] 等批判高科技的人士来说，它代表着一种完美的解决方案。它也满足了新兴的环保主义运动诉求，寻求在人与自然之间建立一种更温和的关系：一座利用太阳光的房子，不仅可以自己产生能源、避免污染，而且能让居民更加意识到气候问题，甚至更了解他们在宇宙中的位置。

由于这些优点，集热墙及其运作原理被广泛传播。在《全球概览》（1968—1972）以及《建筑设计》《今日建筑》和《卡萨贝拉》等重要的建筑杂志的引领下，几十种太阳能建筑指南都刊登了集热墙的标准剖面

---

[i] 保罗·布埃（Paul Bouet），巴黎东部国家高等建筑学院（古斯塔夫·埃菲尔大学）的博士候选人和讲师。他的博士研究课题是战后法国和非洲的太阳能建筑塑造的另一种未来。

[ii] 伊万·伊利赫（Ivan Illich），奥地利当代哲学家、社会学家，出生于维也纳，20 世纪 50 年代赴拉丁美洲，著有《非学校化社会》等。

图并加以解释。生活在 20 世纪 70 年代对建筑和环境感兴趣的人几乎都听说过集热墙和它的优点。因此，建筑商开始在房屋中应用集热墙，道格拉斯·凯尔博在新泽西州普林斯顿设计的房屋（1974—1975）是最著名的例子之一，如篇首图所示。当时凯尔博是一位年轻的建筑专业毕业生，他"对集热墙一见钟情"，并将其应用于自己设计的两层楼家庭住宅的南立面。[1] 这座房子 75% 以上的取暖能源是太阳提供的，它很快成为太阳能建筑的代表。但是，凯尔博跟集热墙的大多数热情支持者一样，很少对他所热爱的这项技术的起源提出疑问。它是怎么发明出来的？发明目的是什么？

具有讽刺意味的是，集热墙是后期殖民地和应用技术科学的产物。它是在 20 世纪 50 年代初由法国科学家费利克斯·特龙布发明的，当时法国正在探索撒哈拉沙漠蕴藏的大量石油资源，并试图开采石油。作为太阳能研究的先驱，特龙布提倡在正在建设工业综合体的沙漠偏远地区使用集热墙。在那里，太阳可以直接为石油开采和家庭需求提供能源，而不需要使用传统能源必需的复杂基础设施。特龙布和他的团队在法国南部蒙路易的实验室和阿尔及利亚北部科隆－贝沙尔的军事基地进行了许多太阳能应用实验。其中一项实验利用太阳和地球之间的辐射交换来为住宅提供取暖或降温，因此诞生了后来名为集热墙（特龙布墙）的技术。

1962 年，阿尔及利亚独立战争结束，标志着法国在北非殖民统治的终结，集热墙的发展也许会就此终止。然而，特龙布和他的团队在法国本土继续进行研究，与现代主义建筑师合作开发这项技术。他们与亨利·维卡里奥[i] 合作，将集热墙融入壮观的奥德约太阳能炉（1962—1968，比利牛斯山脉田园风光中一个庞大的人造科技制品）的幕墙中。

---

[i] 亨利·维卡里奥（Henri Vicariot，1910—1986），法国建筑师，代表作包括奥利机场、奥德约太阳能炉等。

他们还跟勒·柯布西耶的弟子雅克·米歇尔合作，把集热墙装进预制房屋，应用于标志性项目来进行推广，并推动了尽可能广泛的宣传。虽然通往撒哈拉沙漠的直接途径被阻断，但特龙布仍然认为需要发展太阳能技术，因为化石能源正在加速枯竭，太阳能代表了整个人类的未来。

1973年爆发了石油危机，再加上人们突然对环境问题产生焦虑，推动了集热墙在媒体中的传播，并使其在反主流文化群体中获得肯定，他们中的许多人对它有争议的起源一无所知。然而，无论是特龙布的应用技术科学项目还是环保主义者的希望最终都没有实现。集热墙仅仅应用于欧洲和北美的数百幢房屋，它从未开启一个新的太阳能时代。事实上，20世纪80年代前期，集热墙受到了双重的强烈反对。首先，集热墙所属的被动式太阳能技术被与之竞争的主动式太阳能技术边缘化了[i]，人们认为主动式太阳能技术更高效，尽管这是以增加系统复杂性为代价的。主动式太阳能技术（比如太阳能电池板等）能够进行工业化生产，得到了政府和企业的大力支持，而被动式太阳能技术则完全靠个人利用自己的资源主动建设。

然而，除了自相矛盾之外，发展太阳能的努力整体上也失败了。20世纪80年代中期，石油价格下跌，为了应对石油危机而大规模开发的其他传统能源（核能、天然气、煤炭）也占据了市场，消除了人们对可再生能源的需求。太阳能供暖成了过时的概念，出版物不再提及集热墙，建筑也不再应用集热墙。它几乎被遗忘了，直到21世纪初，为了应对全球气候变化，人们再次期望太阳能成为解决问题的方案。然而，如今的主流是安装在屋顶上的光伏电池板，它可以发电而不是直接供热，极度简单、能与建筑融为一体的集热墙仍然是一种非主流技术。

---

[i] 被动式太阳能技术利用设计本身储存和分配太阳能，不依赖机械和电气装置；主动式太阳能技术借助电气和机械组件来捕捉和转换太阳能。

图79-1：塑料袋："我们两个不适合在一起"，瑞典，1982年。

背心塑料袋
约翰娜·阿格曼·罗斯[i]

停用

假如瑞典销售经理斯滕·古斯塔夫·图林知道,在他申请某种塑料袋专利的50年后,它将成为无数法律诉讼的对象,被整个国家禁止使用,并被视为人类一次性文化的终极象征,他无疑会感到非常惊讶。

20世纪60年代,图林在瑞典诺尔雪平的塑料制造商赛璐普拉斯特公司工作时,发明了一种塑料行业称为"背心袋"的塑料袋。虽然专利属于图林个人,但是,公司负责人库尔特·林德奎斯特和公司生产经理斯文-埃里克·勒韦福什也密切参与了研发。[1]他们对一根扁平的聚乙烯管进行折叠、熔化和模切,创造出我们今天非常熟悉的、带有一体式提手的塑料袋。专利图纸跟折叠起来的T恤或者背心很像,于是该塑料袋有了"背心袋"这样一个绰号。

聚乙烯是19世纪末在德国发明的,但是,直到20世纪30年代,聚乙烯的工业化生产才开始,英国帝国化学工业公司(更广为人知的名称是ICI)是开创者。[2]第二次世界大战后,适合制作塑料袋的聚乙烯薄膜受到广泛关注。20世纪50年代,人们开始使用塑料包装,背心塑料袋也是其中的一部分。当时,切片面包之类的食品第一次用塑料而不是纸包裹,干洗店开始使用轻质聚乙烯袋装洗干净的衣服,杂货

---

[i] 约翰娜·阿格曼·罗斯(Johanna Agerman Ross),伦敦维多利亚和阿尔伯特博物馆20、21世纪家具和产品设计策展人。她也是2011年创刊的设计季刊《设计》的创始人和总编。

店的新鲜农产品区开始使用卷装的塑料袋。由于赛璐普拉斯特公司的发明，20世纪70年代，在许多国家，塑料袋成为买完东西带回家的默认方式。

我们可以理解为什么塑料袋如此吸引人，尤其是吸引那些想要扩大产品线和开拓市场的石化公司。当时，美孚石油是聚乙烯薄膜在美国的主要生产商，推广该材料在许多方面的应用与其利益密切相关。20世纪70年代，它对零售商开展了使用塑料袋的教育项目，并通过美国软包装协会间接资助了广告宣传，广告口号包括"装在塑料袋结账。它很结实"。[3] 美孚石油公司发现没有提手的牛皮纸购物袋在美国很流行，便在20世纪60年代投入时间和资源开发了一种塑料购物袋。然而，这种塑料袋的制造方法和材料导致它的价格太贵了。

相比之下，赛璐普拉斯特公司并不是简单地模仿现有手提纸袋的设计，而是在外观和功能方面创新，推动了塑料袋的发展。它轻巧耐用，却可以装下大量物品。它能够携带超过自身重量一千倍的东西，而制造成本只是一个纸袋的零头。由于背心塑料袋的巧妙设计，它很快在美国成为日常用品。赛璐普拉斯特公司在初期垄断了塑料袋的生产。

然而，1977年，赛璐普拉斯特公司的专利被取消，市场向其他塑料袋生产商开放。当时，赛璐普拉斯特公司每年生产7.6亿个塑料袋。现在，联合国估计全球每年生产10000亿到50000亿个塑料袋。[4] 既然我们周围有那么多塑料袋，它们怎么能被认为消亡了呢？它们没有消亡——至少现在还没有消亡，但是，最近出台的反对使用塑料袋的政策，肯定已经使它濒临消亡了。

第一次消灭塑料袋的行动发生在塑料袋的历史早期，即20世纪70年代的石油危机时期。当时，塑料袋的生产成本增加了很多，而顾客已经习惯了在购物时免费获取塑料袋，零售商不得不为这项便利支付更多的费用。因此，1974年，瑞典出现了第一家对塑料袋收费的杂货店。

图 79-2：没有装饰的塑料袋，瑞典，1967 年。

为了让顾客愉快接受收费，他们在报纸上刊登广告，鼓励顾客"节约塑料袋。一个塑料袋可以使用 4—5 次"，这意味着使用的次数越多，塑料袋就越便宜。第一家杂货店对购物袋收费之后，瑞典所有的杂货店都对塑料袋定下了固定的价格。

　　第二次真正淘汰塑料袋发生在近期。在塑料袋发明后的 50 年里，塑料给我们生活中许多方面带来了便利，现在，全球的塑料制品中有 40% 是一次性用品。这给自然界带来了毁灭性的后果。塑料袋很容易被垃圾处理站和塑料回收厂遗漏，经常会进入自然生态系统，危害到野生动物和自然本身的生命历程。在印度孟买，人们发现塑料袋堵塞了雨水沟，使得雨季的洪水更加严重。2018 年，国际海滩清洁活动的志愿者在海滩上发现了 964541 个塑料购物袋以及 938929 个其他类型的塑料袋。因此，一些国家已经出台对塑料袋征税的法律来遏制使用或完全禁用塑料袋。截至 2018 年 7 月,据联合国统计,127 个国家实行了塑料袋税或禁令。肯尼亚是一个备受瞩目的例子:2017 年 8 月,该国全面禁止使用塑料袋,违法者将被处以 3.1 万英镑的罚款或最高 4 年的监禁。

英国采取了一项特别成功的措施,对每个塑料袋收取 5 便士的费用,来减少食品店使用塑料袋。2015 年开始收费以来,英国七大超市的塑料袋销量下降了 95%,一次性塑料袋从 76.4 亿个减少到 2.26 亿个。[5] 购物者回归手推车、篮子和可重复使用的购物袋等传统方式,更少使用塑料购物袋。然而,生物可降解塑料的研制催生了一种新型塑料袋,这种塑料袋能够自然降解,不会对环境造成危害,创造出一种可以"继续无罪恶感购物"的模棱两可的氛围。我们似乎依然梦想着充满一次性用品的社会,这样我们的消费不会留下任何痕迹。

然而,塑料袋的消亡却在各处都留下了痕迹。在食品杂货店里,收银台专门用来存放塑料袋的柜台现在空荡荡的。在家里,为了处理越来越多的塑料袋而发明的塑料袋专用架正在慢慢减少。这些新出现的空洞是一种提醒,使人们想起 20 世纪最成功也最有害的发明之一的短暂历史。

超高温烤架
克里斯蒂安·帕雷诺[i]

失效

    超高温烤架（Ultratemp）是一种辅助烹饪的悬空结构。烤架将食物从烤箱底板上抬高，使食物受热均匀，目的是让烘烤更精准。1990年，美国鲁宾逊刀具公司生产了由艺术家、多产的工业设计师威廉·A.普林德尔（他专门为派莱克斯、奥奈达和阳光等客户设计厨房用具和透明表面）设计的这种烤架。超高温烤架的专利申请书中说它可以替代传统烤架，后者用金属丝制成，不适合在非常高的温度下使用，而且难以清洁和存放，看起来像笨重的托盘。[1]这种创新设计不仅改进了特殊的厨房用具，而且主要用于微波炉，使烹饪更迅速、效果更好。

    架子呈现出几何形状。两个梯形网格上有椭圆的孔和圆形的边角，交叉相扣，形成高4厘米、长19厘米的X形格架。这种精确构造看起来像运动轨迹，有种未来主义的感觉，可以灵活使用。架子有高低两种位置，适用于烘烤和解冻。此外，商标名称说明了它的基本特点，即它由Ultem®1000品级的聚醚酰亚胺制成，该材料是一种发明于20世纪80年代初的工业塑料，以前从未用于消费品。这种琥珀色的透明材料不受微波辐射的影响，能够承受204摄氏度的高温，同时摸起来仍然是凉的。这种烤架不粘食物、强度很高，因此便于使用和取出食物；它不吸收气味，也不会生锈；可以承受23公斤的重量，在洗碗机

---

i 克里斯蒂安·帕雷诺（Christian Parreno），厄瓜多尔基多圣弗朗西斯科大学历史与建筑理论助理教授，著有《无聊、建筑和空间体验》（2021）。

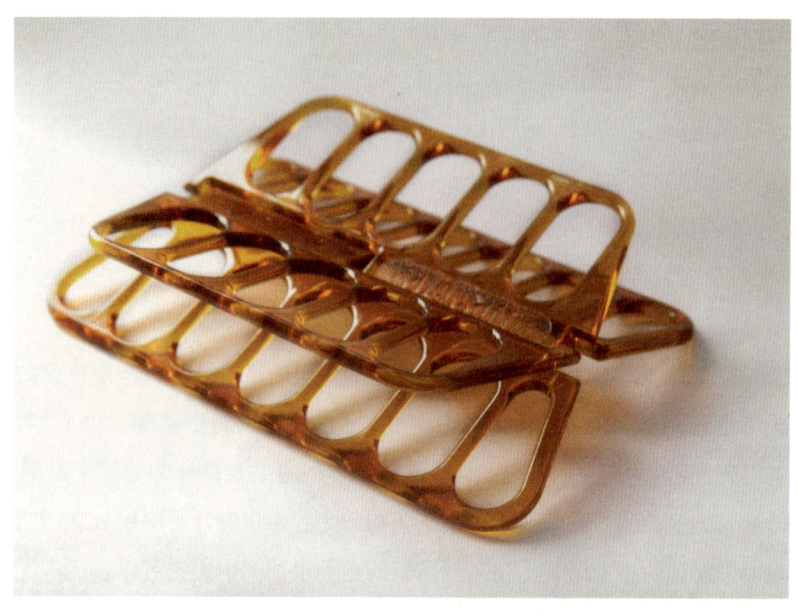

图80：超高温烤架，威廉·A.普林德尔设计，美国鲁宾逊刀具公司制造，1990年。

中使用也很安全。

  烤架需要跟其他厨具一起使用，下面还要放一个烤盘来收集炙烤产生的油脂。烤架包装盒上的文字建议使用康宁锅（1958年在美国生产的玻璃陶瓷厨具）或者晶彩锅（1983年推出的透明厨具系列）作为容器。这些产品的特点是抗热震性[i]和现代主义的设计，与超高温烤架的特性相辅相成，推动了对相关厨具的需求。烤架是专利系列产品之一，该系列的其他9种厨具还包括刮刀、长柄勺、叉子、漏勺、蛋糕刀和意大利面勺，这些工具都是由同一种材料制成的，有一系列鲜明的色彩，比如蔓越莓色、橙色和深灰色，价格便宜，每件3—5美元或每套15—25美元。

---

i 在温度急剧变化的环境中仍能保持稳定、不破损的特性。

除了连续和系列化的营销策略外，包装盒的平面设计还融入了爱国主义元素，并用家长式的语气向顾客保证使用微波炉和这种烤架的好处。包装盒上的照片是烤牛肉和蒸蔬菜，这是美国人最喜欢的菜肴。包装称，该烤架达到或超过了"美国食品药品监督管理局关于食品烹饪用具的所有安全标准"，并宣称该厨具是"美国的骄傲"。当时的人们长期以来普遍认为微波是有毒的，会降低食物的营养价值，该公司强调丰盛、健康的食物和安全是为了直面这种偏见。1970年1月4日，美国卫生教育和福利部公布的辐射测试结果显示，此前销售的微波炉的辐射量可能对人体健康有害，人们的怀疑就源于这份测试。尽管联邦政府制定了新的标准来确保微波炉更安全，但对辐射和营养损失的担忧仍然存在。[2]

虽然超高温烤架有着引人注目的设计、先进的材料和良好的营销方案，但它在更高效、更有营养的烹饪方面还是失败了。烤架改进了烹饪过程，但微波炉无法复制烘烤产生的褐变、质地及香味，只有传统烤箱长时间的烹饪才能达到这些效果。此外，快速的食品生产缺乏烘焙的仪式感，也没有呼唤一家人围坐在餐桌旁的感觉。1992年7月16日的《芝加哥论坛报》评论称，传统玻璃或陶瓷厨具持久耐用、富有效率和吸引力，相比之下这些新式厨具毫无必要，并得出结论："与其用微波炉，还不如用炉子。"此后不久，烤架就停产了，鲁宾逊刀具公司的生产部门也被出售了。

尽管该烧烤架失败的主要原因是未能赢得用户认可，但不可否认的是，它上市的时候，微波炉产品市场已经饱和、行情正在萎缩，因此，它也是更广泛的社会和经济力量的牺牲品。到1990年为止，80%的美国家庭拥有微波炉，但自20世纪70年代以来，相关的厨具购买量一直在下降。在烤架消亡的同时，1990年和1991年的美国经济也出现了衰退。伊拉克入侵科威特后，石油价格受到冲击，商业信心丧失，失业率急剧上升,迫使更大的人群改变饮食习惯,推动了罐头和冷冻食品的消费。因此,微波炉不是用来做饭,而是用于加热和再加热,主要在工作场所使用,或者由空巢老人和自理能力退化的老人使用。至少从最初的设计方式来看,烤架及相关配件已经过时了。它们没有像制造商设想的那样被运用,帮助时间紧张的消费者从零开始快速烘烤食物,而是仅仅用来当容器。然而,微波炉并非一无是处,一些更能发挥其优势的产品(如蒸笼、煮蛋器和微波炉热水壶)方兴未艾。[3] 或许,微波烹饪的未来是蒸,而不是烤。

紫外线人工沙滩
马尔滕·利弗格 [i]

失效

在19世纪末和20世纪初所有被废弃的建筑类型中，建造在比利时海岸上的儿童营地是最引人注目的。这类营地让儿童集体住在海边，目的是预防城市儿童的结核病。营地的名字有格里姆伯格海事医院、阿斯特丽德疗养院以及电报和电话管理之家，说明赞助这些营地的机构五花八门。[1]

如今这样的建筑所剩无几，只有明信片可以唤起过往的记忆。有些明信片展示了沙丘上的营地建筑，图片中偶尔也有邻近的建筑群。这些建筑有从新哥特式到愉悦的现代主义等不同的建筑风格，取决于不同的年代、不同机构的意识形态。还有一些明信片描绘了旨在使内地儿童身体和道德"强健"而进行的严格控制活动：在食堂吃饭、在教室上课、参加体育活动，在沙丘或阳台上晒日光浴以及进行医疗检查和治疗。最后，某一类有点奇怪的明信片描绘了现代设备本身：闪闪发光的工业厨房[ii]、洗衣店、洗浴中心和体育馆等设施以及各种医疗设备的照片。

20世纪30年代末的一张明信片上，德汉海洋防痨疗养院的人工沙滩将活动和设施结合在一起，是一件非凡的消亡之物。一群戴着防护眼镜的白人孩子在由天花板上的紫外线灯照亮的沙坑里玩耍，一名

---

[i] 马尔滕·利弗格（Maarten Liefooghe），比利时根特大学的建筑史和理论助理教授。
[ii] 大规模、机械化加工和生产，为庞大人群供应餐饮的建筑空间。

图 81-1：海洋防痨疗养院/马林防痨疗养院的人工沙滩，比利时德汉/海上营地，明信片，20 世纪 30 年代末。

护士正在监管他们（护士在关于光疗的照片中随处可见）。墙上画着海滩的景色，但是，真正的海岸风光隐藏在有气泡的窗玻璃后面。许多事物在这里联系在一起：慈善机构的预防和治疗疾病的假日营地项目、结核病的日光浴疗法和光线疗法，以及紫外线灯的现代技术。从 20 世纪 30 年代法国类似的儿童人工海滩的相关照片中，可以看出这不是独一无二的现象。[2] 然而，这些设施在短短几年之内就消失了，主要是因为出现了新的抗生素（链霉素）来治疗结核病，这使得预防性治疗过时了。

海滨儿童医院和营地的历史可以追溯到 19 世纪中叶意大利早期的海滨疗养院，后来，国际医学会议和出版物开始交流一系列疾病的治疗方法，促使海滨疗养院很快遍及整个欧洲。很多疗养院专门治疗结核病，许多城市工业劳动力家庭中的儿童感染了这种疾病。1885 年，法国医生亨利·卡赞记录了英国、意大利、奥地利、德国、荷兰、比利时、法国、瑞士、丹麦、西班牙、俄罗斯、美国和乌拉圭的海滨儿童营地。德汉的海洋防痨疗养院是20世纪20年代比利时防治结核病协会建立的防痨疗养院之一。

继海浴（海水）和自然或人工空气疗法（海边或山上的健康空气）之后，阳光疗法成为儿童营地"自然环境疗法"的重点。从20世纪20年代后半期开始，国际辐射研究让开发能够提供精确紫外线剂量的紫外线电辐射器成为可能。这样，即使在日照较少的气候和季节，也可以为肺结核和其他疾病的治疗提供短波辐射，改善缺乏阳光的国家的人口健康状况。20世纪30年代早期的一张明信片照片展示了德汉海洋防痨疗养院旁边的乐居防痨疗养院内的"紫外线辐射"。在顶层的一个房间里，几乎赤身裸体的孩子们沿着地板上标出的环形步行线前行，每隔一段距离就会经过侧面安装的紫外线辐射器，他们行走的动作使人想起儿童聚居地中常见的纪律严明的体操。

海洋防痨疗养院的紫外线治疗室有一个新奇而怪诞的特点：人造阳光跟模拟海滩自然环境和沙滩游乐结合在一起。孩子们在假的室内沙滩上玩耍，而外面却是真实的海滩，这无疑是很奇怪的。我们在这里看到了1928年一个未实现的柏林项目设想。卫生工程师J.戈德梅斯坦和建筑师卡尔·施托迪克发表了一项面向所有发达国家的新型城市游泳池提案：建造一个巨大的"温泉宫殿"，17800名成年人和15000名儿童可以每天花几小时在里面进行运动和日光浴。[3]建筑师汉斯·珀尔齐希随后提出了更具体的设计方案，他设想了一个跨度为150米的穹顶大厅，中央是温暖的人造海滩平台，周围是环形游泳池，由令人愉快的、阳光明媚的全景油画包围起来，而紫外线灯照耀着一切。设计师们甚至描述了如何制造人造云来形成天气错觉。德汉海滩房间里的幻觉艺术不够完善，但它也是为了让通过机构和技术来使现代儿童保持健康的过程更加自然。

今天，我们在这张关于人造沙滩和紫外线日光浴的明信片上，回顾性地看到了半个世纪以来医学进步和改良主义实验的顶峰，以及结核病的预防和治疗将与儿童营地分开的预告。集体居住的建筑及相关的先进技术设备被个体药物治疗所取代。在两次世界大战的间隙，比利时以及其他欧洲国家的假日营地数量激增。二战后，建立假日营地的民间和政府组织机构逐渐解散。在保留下来的营地中，休闲和思想教育开始引领潮流，取代了医疗项目。20世纪60年代，对于越来越庞大的中产阶级来说，家庭度假成为新的社会日常，他们需要一种不同类型的海滨度假村。大部分营地建筑被修葺、重建或拆除，有几个营地成为废墟摄影的圣地。

后来，人们仍然用紫外线灯把皮肤晒黑，但是，自世纪之交以来，随着人们逐渐认识到自然和人工的紫外线会致癌，英国和其他地方开始通过立法和宣传来控制"日晒痴迷症"，人们开始怀疑紫外线灯有危害。然而，用于心理健康的光疗仍然很受欢迎，就像人们普遍相信海滩有益于健康——无论是天然的还是人造的。从迪拜到新加坡，世界

图81-2：汉斯·珀尔齐希，柏林温泉宫的内景，1928年，描图纸木炭画。

各地仍在不断建设人造室内海滩，它们对自然的模仿越来越宏伟，使人们体验到了更完美的"自然"，甚至比人们大胆想象中的现代主义乌托邦更完美。

图 82：布拉格中央社会保险公司，内景，约瑟夫·埃姆摄，1936 年。

竖式档案柜
泽伊内普·切利克·亚历山大[i]

过时

当弗兰茨·卡夫卡的小说《变形记》(1915)中的主人公格里高尔·萨姆沙一天早上醒来时,发现自己变成了一只"巨型昆虫"而不能去上班,他的第一个想法是实际的:

> 要是打电话请病假呢?但是,这样做既难堪,又令人怀疑,因为,格里高尔工作五年来从未生过一次病。老板肯定会带着公司的医生来,责备格里高尔的父母养了这么个懒儿子,让医生堵住他们的嘴,驳回一切争辩,因为在这位医生看来,世界上只有身体健康却不愿意工作的人。[1]

卡夫卡当时是布拉格工人意外伤害保险机构的高级职员,他对波希米亚王国[ii]的保险制度肯定非常熟悉。[2]奥匈帝国[iii]于1888年通过了第一部关于疾病、残疾和养老保险的法律,这与德国首相奥托·冯·俾斯麦发起的欧洲首个强制性社会保险计划仅相隔数年。但1918年后,

---

[i] 泽伊内普·切利克·亚历山大(Zeynep Çelik Alexander),哥伦比亚大学艺术史和考古学系的副教授。她是《动觉认知:美学、认识论、现代设计》(2017)一书的作者。
[ii] 波希米亚王国(1198—1918),曾经的欧洲中部国家,其范围大致相当于现在的捷克和波兰西南部,以捷克语为主要语言。
[iii] 奥匈帝国(1867—1918),欧洲历史上的一个立宪制二元君主国,由内莱塔尼亚(奥地利部分)和外莱塔尼亚(匈牙利部分)共同组成,在第一次世界大战中战败而于1918年解体。

在布拉格休病假必须向新成立的捷克斯洛伐克共和国[i]的中央社会保险公司申请。德国的模式是被保险人在邮局购买凭证票据并贴在保险卡上，由被保险人自己负责管理；而在捷克斯洛伐克的社会保险制度中，保险费是集中收取的，管理的重担全部落在其中央机构身上。[3]因此，到了1926年，位于布拉格史密乐夫区的中央社会保险公司总部已拥有1396万份文件，萨姆沙的申请也许是其中之一。据一份报告称，这些文件的数量庞大，如果叠在一起，将有2000米高。再过10年，公司的737名职员中就会有人负责从这一大堆档案中找出萨姆沙的记录，裁定他因变成虫子而请病假是否正当。[4]

与其他无数无法应付越来越多任务的机构一样，中央社会保险公司开始使用一种新的管理技术来解决这个问题：档案柜。人们很容易忘记，这个不起眼的设备（对于今天正常运转的办公室来说微不足道的设备）是如何彻底改变办公室工作的。在档案柜出现之前，人们会把往来的信件折叠起来，信封上写着内容提要，放置在信箱柜里，这是19世纪办公室文件管理的主要用品。19世纪80年代，美国发明家亨利·布朗推出了横向归档方式，从而省略了其中一些文书步骤；1893年芝加哥世博会之后，竖式存档开始流行，只需将文件垂直放置，就能成倍地提高存储和检索能力。

中央社会保险公司的文件系统将竖式档案柜的技术发挥到了建筑学罕见的极致。1931年，在公司主楼北面增建的一个房间里，档案柜从地面到天花板排满了房间较长的两侧。两面墙安放了8个柜子，每个柜子深3米，包含340个抽屉。使用这些堆积如山的档案柜，需要一个由滑轮、缆绳和平衡重物组成的复杂机械装置。这间办公室里没

---

[i] 捷克斯洛伐克共和国，建于1918年，采取民主共和制度，被德国、波兰、奥地利、匈牙利、罗马尼亚所包围，在经济和对外政策上由捷克为主导、斯洛伐克为辅助，而在政治和对内文化上捷克和斯洛伐克完全平等。

有传统的办公桌。职员们坐在工作台上，而工作台可以通过位于地板和天花板轨道上的活动钢结构进行水平和垂直移动。浮动办公桌的背面装有梯形平衡物，职员可以在需要的时候把那些特别深的抽屉拉出来。职员可以在他的档案柜区域的空中往来，把一排文件推到连接工作台的滑道上，获取他需要的（哪怕是最里面的）文件。后续扩建的大楼建筑也安装了同样的存档设备，直到 2002 年重组后的公司将其记录转移到一个电子数据库，这种存档设备才停止运行。

与取而代之的计算机数据库相比，捷克斯洛伐克中央社会保险公司的文件系统显得庞杂、缓慢和古怪，就像一部讲述永远不会发生的未来的 20 世纪电影中的场景。然而，这种已经消亡的技术所产生的喜剧效果是意识形态的；我们之所以发笑，是因为我们认为今天计算机的二进制代码已经完全取代了机械装置的拉杆、滑轨和导轨。在这背后潜在的假设是，随着我们的世界变得越来越复杂，巧妙的软件已经超越了这种令人羞耻的物理系统设备。而且，把文件转变为电子信号的电缆和电线渐渐地离开了我们的视线，无形似乎已经取代了有形，高效取代了低效，走向一个以电子计算为终点的历史阶段。

然而，我们忘记了，速度和效率并不是档案柜等设备要解决的唯一问题。想想倒霉的萨姆沙。对于负责裁决萨姆沙病假问题的医生来说，从数百份记录中找到萨姆沙的文件并不难，如何处理它才是难题。档案柜是建立在可以进行标准化判断的假设之上的：以捷克斯洛伐克中央社会保险公司为例，保险代理人根据类似的病例和法规中的有关条例来进行判断。然而，正如萨姆沙的异常病症所表明的那样，这只是幻想，而非现实。无论档案柜的构造如何整齐划一，生活中的疾病、交通事故和其他意外仍然五花八门。从这个意义上说，萨姆沙的病情并不像看上去那么离奇。毕竟，每一个保险案例都提出了不同的裁决难题：该以何种疾病申报？适用哪项条款？要考虑哪些情有可原的状况？这些问题更需要政治性的答案，而不是技术性的答案，即使在应用电子计算机之后，人类也不愿意把这些问题交给机器处理。这也许就是如今档案柜没有完全消亡的原因。虽然它在技术上已经被超越了，但它作为一项"以备不时之需的措施"而存在——以防有人需要回溯历史，确定员工变成"巨型昆虫"的怪事是否值得请病假。

水袋
萨拉·贝尔[i]

过时

在澳大利亚农村,假如一位老人告诉你"水袋都110度了",他的意思是天气很热:110度是华氏度(43摄氏度),水袋是一种挂在阳台或"袋鼠保险杠"(装在汽车前格栅上防止车与袋鼠相撞的装置)上的帆布袋。水袋达到110度是特别高的温度,因为水袋本身是凉的。如果水袋温度是110度,空气温度就会高得不可思议。近年来,澳大利亚的气温比有殖民地历史记载以来的任何时候都要高,澳大利亚气象局在气象图上添加了紫色来表示一种新的温度范畴:52—54摄氏度(126—129华氏度)。水袋不再是参照标准了。在20世纪中叶之前,水袋曾经遍及澳大利亚非城市地区,现在却几乎完全消失了。

帆布水袋过去用来储存和运输饮用水。这种袋子的容量约为7升,对工人和旅行者来说特别实用。帆布是半渗透的,能把大部分的水留在里面,但渗水的速度很慢,这样袋子的外面就能保持湿润。湿漉漉的袋子表面的水蒸发,可以使里面的水保持凉爽。新的水袋使用前必须浸泡一夜,这样帆布纤维就会膨胀并充分密封,袋子就不会滴水或漏水。使用中的水袋必须每天晚上加满水,防止它变干和漏水。袋子缝成长方形,顶部一侧角上有个螺旋拧紧的盖子,还有沉甸甸的金属丝把手,可以挂在汽车前面,或者挂在椽子或墙上的挂钩上。凉水通

---

[i] 萨拉·贝尔(Sarah Bell),墨尔本大学城市恢复力和创新方向的教授。她是土木工程师协会和水资源与环境管理特许协会的成员。

图 83-1：帆布水袋，澳大利亚，约 1950 年。

常倒进搪瓷杯里喝,水袋的年代久了,帆布的味道会慢慢减弱。水袋是澳大利亚制造的,主要使用从苏格兰进口的帆布。这些袋子是从农场供应商那里购买的,印有水袋零售商或制造商的商标。羊场主制造的水袋跟他们出售的成包羊毛使用同样的标记。工人们会在自己的水袋上印上名字的首字母,表明物主是谁。

二十世纪七八十年代出现了生产凉水和保持低温的新方法。与电网连接的改善以及效率更高的冰箱意味着农场可以自己生产冰和冷水。塑料冷水壶中加入了新型隔热材料。将冰和水储存在 5 升或 10 升的细颈瓶中,在路上或工作中就可以喝一整天冷水。新容器表面不潮湿,完全密封,水没有异味,也不需要太多注意和照管。冷水壶配有按式出水口,跟滑溜溜的水袋顶部开口相比,倒水的时候更容易控制。大规模生产使得储存食品和水的隔热产品价格降低了,这加速了水袋的

图 83-2:"水袋"或"停下来歇口气",新南威尔士州的马车夫,乔治·贝尔摄,1890—1900 年。

淘汰。有了更稳定的电力、更大功率的家用冰箱和随处可见的塑料容器之后，在可重复使用的塑料瓶中将水冻成冰、白天再让冰融化成水，成了另一种流行的替代水袋的方法。

水袋的衰落也反映了这一时期澳大利亚农村经济的转型。商品贸易关系的恶化、机械化程度的提高和国家对农业支持的减少，导致农村劳动力和家庭农场急剧减少。[1] 水袋等专门为农村工人设计的产品的市场缩小了。新的水容器同样适用于农村和城市市场，并且更体贴消费者的需求，有各种大小、形状和颜色可供选择。它们也更方便携带，而水袋又湿又重，需要汽车才能运载，也不能扔进城市通勤者的背包或手提包里。

面对这些因素，水袋无法与之竞争。今天，它只是一件怀旧的物品，一种失落的经济和社会秩序的象征。实际上，人们已经不再使用它了。然而，对于如今渴望减少能源消耗和物质使用痕迹的工作者和旅行者来说，它很值得借鉴。消耗大量资源和能源的产品与习惯加剧了气候变化。在如今的澳大利亚气象图中，代表极度高温的紫色斑块已经十分常见，而水袋是一种替代方案。水袋是一种可重复使用的容器，在一次性塑料瓶装水的时代很有吸引力。此外，这是一种被动式技术[i]。相比之下，现代冷水需要消耗大量能源；水袋的蒸发冷却不需要输入能量，而冰冻或冷藏水是非常耗能的。帆布水袋由天然纤维制成。然而，现代的水瓶和冷水壶由塑料、玻璃和铝制成，可能还含有石化产品或矿物纤维制成的工业隔热材料。尽管水袋早已消失，但是，被动冷却、可重复使用的容器和使用天然纤维的观念可能会复兴，推动对环境影响较低的产品设计，在一个天气逐渐变暖的世界里，在工作者和旅行者需要的地方，为他们提供凉爽、清洁的水。

---

i 指依靠设计本身来达成使用目的，不依赖于机电等能耗的节能技术。

信笺文具包
巴里·柯蒂斯[i]

过时

　　20 世纪 60 年代初，对渴望某一天能够进行"通信"的爱读书的小孩来说，信笺文具包是一个合适的甚至是梦寐以求的礼物。图中的文具包购买于伦敦南部的一家文具店，它是我 14 岁的生日礼物。这是一件令人渴求的物品，跟外交或军事用途的公文箱和便携式写字台等老物件有某种历史渊源。它带来了一种便携的自我满足感，充满了令人艳羡的亲密。

　　在文具的广泛领域中，信笺文具包属于"综合性"物品。文具包里通常有小地址簿、玻璃纸包装的"万年历"、信封袋和固定便笺簿的皮质带子，带子延长后是个笔圈。"文具商"（stationer）一词源于售卖书籍相关物品的固定摊贩，他们最初由大学许可经营，被无法移动的"印刷品"固定下来。到了 20 世纪 60 年代，我的文具包中的所有物品在主商业街的专业文具店里都有售卖，此外还有墨水瓶、吸墨纸和一些更特殊的物品，比如裁纸刀和封蜡。

　　我获得的这个充满魅力的信笺文具包仿佛是一道通往技艺、规矩和责任之地的大门。19 世纪发明的钢笔是有效打开和激活它的钥匙。在一个等级森严的世界里，钢笔作为贺礼有着重要作用，预示着收礼

---

[i] 巴里·柯蒂斯（Barry Curtis），毕业于剑桥大学英语、建筑和美术专业，并在英国电影学院和威斯敏斯特大学学习电影。他曾任教于密德萨斯大学、开放大学、伦敦联合研究院和皇家艺术学院，目前在伦敦艺术大学任教。他在文化史和理论、设计史、电影和流行文化方面著述颇丰，对物品的今生与来世有着长期的兴趣。

图84：信笺文具包，英国，20世纪60年代初，皮革。

者即将开始拥有白领的工作和地位。我的文具包里笔圈上插着的康威·斯图尔特牌钢笔是在爱德华七世时期（1901—1910）发明的，当时德拉鲁公司（钞票和护照纸张的生产商）的两名雇员从音乐厅喜剧表演中借用了这个响亮的名字。20世纪20年代，他们开始生产价格实惠的自来水钢笔。

20世纪30年代，钢笔变成了华丽的塑料文具，有大理石花纹装饰，有螺旋笔帽和夹子（可以夹在上衣口袋上）。在20世纪50年代末的广告中，搭配自动铅笔的"绅士套装"售价25先令，而不带夹子的"女士型号"售价21先令。半金质的笔尖形状像古代削过的羽毛笔尖端，这是钢笔的重要特色。金子可以抵抗墨水的腐蚀，使钢笔"润湿"而流畅，并且足够柔软，会随着书写者用力的不同而写出不同的字迹。

熟练控制墨水的流淌需要大量训练，并成为技巧和个性的表现。与打字不同，书写由单手操作，人的注意力集中在字母的形状以及笔和纸之间的接触上。在幼儿园时期，我就被教导过笔画有粗有细的斜体字、花体字和奇怪的字母连写规则。写字台上有墨水池[i]和放钢制笔尖的蘸笔凹槽。工艺美术运动以及爱德华·约翰斯顿等有影响力的设计师激发了人们对书法的兴趣，形成一种朦胧而强大的风气。斜体字的"书法艺术"需要兼顾可读性和"字体风格"。

第二重要的因素是纸张。我的文具包里通常放着的巴斯尔登·邦德公司生产的广告称"适合钢笔使用"的纸。它也是在爱德华七世时代诞生的，当时托特纳姆[ii]的米林顿父子公司发明了一种价廉物美的书写纸。公司管理层以伯克郡的一处豪宅"巴斯尔登庄园"命名了这种纸张。报刊广告中，电视主播莱斯莉·米切尔和芭蕾舞演员艾丽西亚·马尔科娃等名人强调一封及时的信件在自己的职业生涯中何等重要。在广告中，他们的笔迹和纸张本身代表了品位、优雅和鉴赏力。每本便笺簿都有一张定位纸，保证每一行字迹都工整、水平，每一张信纸上都有徽章水印。

要成为一名得体的写信人，必须了解邮票：邮票的价值和邮递的速度、邮箱的地点和收信的时间。集邮是一种公认的爱好，尤其是男孩子。1965年出版的一本"快乐瓢虫"入门书讲解了信封地址的正确格式。信纸上的地址写在左边，在日期的上方。写信的时候行距和空格都有规矩，而且，写信人需要知道收信人的社会地位和地理位置，以及如何写信的结尾。签名尤其重要，就像握手一样，它是个性的体现。

关于我的信笺文具包的一切似乎都是永恒的，勾勒着一个规范的社会。然而，那是一个动荡的时代，稳定的秩序正在迅速变化；这个文具包早就有一种过时的迂腐味。我的父亲是一位标牌撰写人和书法

---

i 以玻璃为主要材料制成的文具，一般有两个带盖的圆形小池，用来盛不同颜色的墨水。
ii 伦敦的一个区。

家,他用珊瑚红色的奥利韦蒂·莱泰拉 22 打字机来打印发票,而我用这台打字机学会了盲打。打字需要双手并用,带来一种看着单词出现在白纸上却不是用手写出字迹的独特体验。我开始打字,然后,开始用电脑打字。信笺文具包变成了存储设备。当电子超越了一切"文具"之后,文具包就变得多余了。

今天,文具还没有完全消亡。在数字桌面、空白文档、文件夹和回收站的拟物化世界中,它已经象征性地复活了。而且,尽管私人通信减少了,人们仍在用精美的手写信来宣布出生、婚礼等人生大事,斯迈森和 Paperchase 等现代文具品牌重申了它们的独特性。书面交流现在是一种"感觉"和"付出"的体验。许多网站都在宣传书法的神秘感和文房装备,跟信笺文具包差不多的物品作为奢侈品仍然可以买到,现在被称为"商务文具组合"或"会议文件夹"。

消亡的自然本质使然,活化石继续存在,"拉撒路物种"[i]得以回归。斐来仕记事本契合电子需求,魔力斯奇那笔记本让人想起欧内斯特·海明威和保罗·鲍尔斯[ii]的速记,电子设备装在手感舒适的包里。证书和文件依然跟书法有着千丝万缕的联系。它们跟社会前途的联系已经消失了,如今跟这种前途联系在一起的是一套完全不同的物品。现在,皮具品牌斯托为一款珊瑚红和鸽灰色的豪华文具包做广告——"梅根·马克尔[iii]的选择"。从外表上看,它跟我的信笺文具包很像,但是,打开之后,你会发现里面装的不是纸和笔,而是手机、充电器和存储卡。

---

[i] 即复活的物种,指过去仅在化石记录中出现过,被广泛认为已经灭绝,后来又在自然界中被发现的古老物种。

[ii] 美国小说家、作曲家、旅行家,代表作有《遮蔽的天空》等。

[iii] 美国女演员,英国哈里王子的妻子,代表作有《金装律师》等。

齐柏林飞艇
杰里米·迈尔森[i]

过时

有些东西的消亡会经过很长一段时间,缓慢而悄无声息地从人们的视野中消失,这是一种平静而悲伤的淘汰过程。但与此不同,齐柏林飞艇真的是在一夜之间消失的。1937年5月6日,德国兴登堡号飞艇突然从新泽西州莱克赫斯特的上空坠落,爆炸引起了烟雾和大火。飞艇在不到一分钟的时间里烧成了灰烬,飞艇上有97人,其中62人从几十英尺高的地方跳下并奇迹般幸存。

兴登堡号是有史以来建造的最大、最精良的商业飞艇,长约244米,体积是现代波音747喷气客机的三倍多。爆炸之前,乘客在以每小时130千米(比当时所有的远洋邮轮都要快)的速度不紧不慢地从法兰克福飞往美国。他们享受着美食和美酒,从180米的高空观看地面全景,在装饰着丝绸墙纸的优雅休息室里听钢琴家演奏(钢琴很轻,符合飞艇严格的重量标准,由铝合金制成,表面包裹黄色皮革)。齐柏林飞艇飞越大西洋大约要花4天时间,所以,飞艇上有客房,甚至有双门气闸保护的吸烟室供乘客抽古巴雪茄。

但在高端航空的光鲜外表下,德国兴登堡号飞艇(LZ-129)是一颗定时炸弹。德国飞艇装载的是高度易燃的氢气,而不是氦气——在20世纪30年代,美国垄断了全球氦气供应,并禁止出口到可能将该气体用于军事的国家。兴登堡号的设计者雨果·埃克纳意识到这种危险,

---

[i] 杰里米·迈尔森(Jeremy Myerson),伦敦皇家艺术学院海伦·哈姆林设计中心教授,全球在线知识网络 WORKTECH Academy 负责人。

图85：曼哈顿上空的兴登堡号齐柏林飞艇，1936年4月1日。

并想使用氦气作为升降气体，但美国法律坚决不允许。

　　1937年这场可怕事故的规模和影响之大，足以把齐柏林飞艇掩埋进历史，曾经充满希望的飞艇旅行新时代也未能实现。虽然兴登堡号坠毁并不是最严重的飞艇灾难（1930年，一架英国制造的R101飞艇在法国坠毁，造成48人死亡），齐柏林飞艇还是立即成为国际航行的最次选择。政治环境扩大了兴登堡号坠毁事件的影响：1937年，纳粹德国的技术发展几乎无所不能，这对欧洲其他国家造成了威胁，战争一触即发，权宜之计就是让人们关注这样一个场面狼藉的技术失败。兴登堡号甚至被用在了纳粹的宣传中。就在坠毁前一年，纳粹宣传部部长约瑟夫·戈培尔曾命令这艘飞艇在德国上空进行6500千米的巡回飞行，大声播放爱国歌曲，并空投宣传单。同样重要的是，兴登堡号坠毁是电影最早拍摄到的技术灾难之一，事后关于坠毁原因的猜测也纷纷扬扬。

在20世纪初，齐柏林飞艇的未来看起来要光明得多。这艘飞艇以德国军官斐迪南·冯·齐柏林伯爵的名字命名，他曾在美国内战中研究过热气球的使用。1899年，齐柏林建造了第一艘硬式结构飞艇LZ-1，并于1900年进行了首次飞行，这比莱特兄弟飞上天空早了三年。齐柏林飞艇很快成为一种受欢迎的航空旅行方式，到1914年为止，约10000名乘客付费乘坐了德国飞艇股份公司的1500次商业航班。在飞艇家族（飞艇名"airship"，定义为轻于空气的飞行器）中，齐柏林飞艇被认为功能最佳，因为它的硬式金属框架上覆盖着织物，并包含许多单独的气囊。飞艇体积庞大，制造成本相对实惠，在几个发动机的推动下，可以飞行很长的距离；它们也可以改造为军用飞艇，在第一次世界大战中被用于轰炸敌人。

签署于1919年的《凡尔赛条约》禁止德国建造大型飞艇，德国被迫放弃了德国飞艇股份公司使用的齐柏林飞艇。然而，1926年，这些禁令被解除，由齐柏林创立的德国齐柏林飞艇公司将兴趣转向民用航空，开始研制伯爵号（LZ-127）齐柏林飞艇。1928年，该飞艇进行了首次飞行，第二年进行了冒险的环球飞行表演，后来，它又继续飞行了590次，航程超过160万千米。兴登堡号坠毁后，1937年6月，伯爵号也报废了，后来变成了一个博物馆。

齐柏林飞艇的设计迅速改进，在技术方面超过了软式飞艇（一种带有气囊的飞艇）。飞艇庞大的体积也使水上飞机相形见绌——在长途航空领域，水上飞机是很大的竞争对手，但它没有齐柏林飞艇那么宏伟壮观，乘客也没办法在水上飞机上散步、让钢琴家演奏他们喜欢的歌曲。20世纪30年代中期，有钱的乘客坐着豪华舒适的飞艇，从德国飞越大西洋前往北美和巴西，最初是伯爵号齐柏林飞艇，后来是1936

年首飞的兴登堡号。人们建造了从飞艇机库到系泊塔等庞大的基础设施来为这些飘浮的空中怪物提供空间。如今唯一遗存下来的齐柏林飞艇机库位于距离里约热内卢一小时车程的地方——这个巨大的建筑高58米，有几个足球场那么大，现在被巴西空军使用。

也许有人会说，即使没有兴登堡号的灾难，齐柏林飞艇也注定要淘汰。在飞艇最后一次飞行的三个月前，泛美航空公司的中国快船号（M-130）完成了首次飞越太平洋的定期飞行，展示了固定翼商业飞机彻底改变交通方式的潜力。1939年，第二次世界大战的全面爆发加速了飞机技术的发展和改进，因此，在二战之后的年代，现代飞机飞得更快、效率更高，取代了缓慢、巨大且不合时宜的飞艇。

兴登堡号空难之后的几十年里，操作受齐柏林飞艇启发而制造出来的飞行机器成为一种被遗忘的非主流活动。尽管如此，在齐柏林飞艇不切实际的天性之外，还有某种浪漫和特殊性一直停留在公众的意识中。一次独特的经历点燃了我对这个题材的兴趣。1993年，我认识了设计师、社会活动家和环境活动家维克多·帕帕奈克，他是富有影响力和争议的《为真实的世界设计：人类生态与社会变革》（1971）一书的作者。帕帕奈克在格拉斯哥举行的国际设计大会上发表了演讲，他说自己最早的童年记忆是和父亲一起乘坐齐柏林飞艇从维也纳飞到柏林，当时他曾骑着三轮车从头到尾驶过飞艇。这是一个生动的画面，来自被忘却的世界，它一直萦绕在我的脑海里。帕帕奈克接着畅想飞艇是否可能作为一种环保的长途货运方式复兴，减少飞机货运的航班。这是一种被淘汰的交通方式复兴的希望，但尚未付诸现实。全球氦气成本的上升不利于飞艇的复兴，而且飞艇过去的弊端仍然存在。比如，由于水的重量，我们今天期望的高压淋浴在飞艇上是无法实现的，因此航行数天的豪华空中游轮可能会要求乘客不洗澡。

即便如此，巨大的齐柏林飞艇缓慢而平静地穿过云朵罅隙的壮观景象，还是会使人回忆起更缓慢、更优雅的航空时代。当我们在炎热、拥挤的机场排队通过安检，挤进塞满了人的铝管里，度过几个小时令人四肢麻木的无聊时光时，我们可能会想起兴登堡号上的老饕飘在空中品着红酒，或是孩提时的帕帕奈克在父亲的陪伴下，在飞艇上骑几个小时的三轮车。齐柏林飞艇是不是早就应该归来了？

参考文献和拓展阅读

序

1. Amartya Sen, 'On the Darwinian View of Progress,' *London Review of Books*, xiv/21 (November 1992), www.lrb.co.uk.
2. Beatriz Colomina and Mark Wigley, *Are We Human? Notes on an Archaeology of Design* (Zurich, 2016), p. 10.
3. Lewis Mumford, *Technics and Civilization* (Chicago, IL, 2010), p. 187.
4. All quotations from Charles C. Gillispie, 'Introduction', in *A Diderot Pictorial Encyclopedia of Trades and Industry: 485 Plates Selected from 'L'Encyclopédie' of Denis Diderot*, vol. i (New York, 1959), pp. 9, 24.
5. All quotations from Sigfried Giedion, *Mechanization Takes Command: A Contribution to Anonymous History* (Oxford, 1948), p. 692.
6. Adrian Forty, *Objects of Desire* (London, 1986), p. 8.
7. See, for instance, the contributions to Irene Cheng, Charles L. Davis II and Mabel O. Wilson, eds, *Race and Modern Architecture: A Critical History from the Enlightenment to the Present* (Pittsburgh, PA, 2020).
8. Jill Lepore, 'The Robot Caravan: Automation, AI, and the Coming Invasion', *New Yorker*, 4 March 2019, p. 22.
9. All quotations from David Edgerton, *The Shock of the Old: Technology and Global History Since 1900* (London, 2006), pp. ix, xii.
10. David Farrier, *Footprints: In Search of Future Fossils* (London, 2020), p. 9.
11. Rupert Neate, 'UK Firm Flying High as Eco-friendly Airship Project Gathers Pace: Bedford's HAV Crowdfunds a Further £1.6m to Bring Low-emissions "Zeppelin" Back to the Skies', www.theguardian.com, 29 August 2020.
12. See Emily Orr's contribution, 'ConvAirCar', in this volume, p. 85.

拓展阅读：Beatriz Colomina and Mark Wigley, *Are We Human? Notes on an Archaeology of Design* (Zurich, 2016); Charles Darwin, *On the Origin of Species by Means of Natural Selection or the Preservation of Favoured Races in the Struggle for Life* (London, 2009); *A Diderot Pictorial Encyclopedia of Trades and Industry: 485 Plates Selected from 'L'Encyclopédie' of Denis Diderot*, vol. i (New York, 1959); David Edgerton, *The Shock of the Old: Technology and Global History Since 1900* (London, 2006); Adrian Forty, *Objects of Desire* (London, 1986); Sigfried Giedion,

Mechanization Takes Command: A Contribution to Anonymous History (Oxford, 1948); Lewis Mumford, Technics and Civilization (Chicago, IL, 2010)

声音测位器

拓展阅读：Sir Alfred Rawlinson, The Defence of London, 1915–1918 (London, 1923); Richard N. Scarth, Echoes from the Sky: A Story of Acoustic Defence (Hythe Civic Society, 1999)

动感办公室场所噪声调节器：马思齐特球

1. Conversation between the author and Jack Kelley, May 2019.
2. Quoted in Kristen Gallerneaux, 'Robert Propst', Henry Ford Magazine (Winter 2019), pp. 30–31.
3. Robert Propst, 'Letter to Lyman Blackwell, 25 March 1963', Additive acoustic component for AO2, Box 42, Accession 2010.83, Robert Propst Papers, Benson Ford Research Center, The Henry Ford, Dearborn, Michigan.
4. Robert Propst and Michael Wodka, The Action Office Acoustic Handbook (Ann Arbor, MI, 1972), p. 15.
5. Ibid., p. 7.
6. Conversation between the author and Jack Kelley, May 2019.
7. Herman Miller, Inc., Ideas from Herman Miller (Zeeland, MI, 1976), p. 7.

拓展阅读：John Biguenet, Silence (London, 2015); Mack Hagood, Hush: Media and Sonic Self-control (Durham, NC, 2019); Robert Propst, The Office: A Facility Based on Change (Elmhurst, IL, 1968)

气幕屋顶

1. Werner Ruhnau, 'Von der monumentalen Steinstadt zur flexiblen Struktur in der klimatisierten Stadtlandschaft', Bauen und Wohnen, 19 (1965), pp. v, 20, 22.
2. B. Etkin and P.L.E. Goering, 'Air-curtain Walls and Roofs – "Dynamic" Structures', Philosophical Transactions of the Royal Society of London, Series A: Mathematical and Physical Sciences, CCLXIX/1199: A Discussion on Architectural Aerodynamics (13 May 1971), section V: 'Future Possibilities and Challenges', pp. 541–2; Peter L. E. Goering, 'Intermittent Environments: The Aircurtain as an Adaptive Enclosure', IL 14: Anpassungsfähig bauen/Adaptable Architecture – 10 Jahre IL, 1964–1974, Mitteilungen des Instituts für leichte Flächentragwerke (IL) Universität Stuttgart, 14 (1975), p. 272.
3. See for instance A. A. Haasz and S. Raimondo, 'Performance of Adjacent

Dual-jet Air-curtain Roofs', *Journal of Wind Engineering and Industrial Aerodynamics*, 10 (1982), pp. 79–87; A. A. Haasz and B. Kamen, 'Annular Air-curtain Domes for Sports Stadia', *Journal of Wind Engineering and Industrial Aerodynamics*, 26 (1986), pp. 75–92.

拓展阅读：Valéry Didelon, 'Aire conditionnée – Utopies domestiques: Yves Klein et Werner Ruhnau', *Faces*, 63 (Autumn 2006), pp. 8–11; Kim Förster, 'Air Curtain', *Arch+*, ed. Laurent Stalder, Elke Beyer, Anke Hagemann and Kim Förster, 191/192, special issue of *Schwellenatlas* (2009), pp. 27–8; Cyrille Simonnet, *Brève histoire de l'air* (Versailles, 2014)

全塑料房屋

1. 'President's Report', *Massachusetts Institute of Technology Bulletin* (1956), p. 89.
2. Quoted ibid., p. 129.
3. Meg Neal, 'A Map of the Last Remaining Flying Saucer Homes', 13 September 2016, www.atlasobscura.com; see also www.thefuturohouse.com.
4. All quotations in this paragraph from the Plastics Institute, *Plastics in Building Structures: Proceedings of a Conference Held in London, 14–16 June 1965* (London, 1966), pp. 1–2.

拓展阅读：Elke Genzel and Pamela Voigt, *Kunststoffbauten* (Weimar, 2005); Marko Home and Mika Taanila, eds, *Futuro: Tomorrow's House from Yesterday* (Eastbourne, 2003); Jeffrey L. Meikle, *American Plastic: A Cultural History* (New Brunswick, NJ, 1995); Mika Taanila, *Futuro: A New Stance for Tomorrow* (film), 1998, https://mikataanila.com

阿伦德尔印刷画

1. John Ruskin, *The Works*, ed. E. T. Cook and A. Wedderburn (London, 1903–12), vol. xi, p. 241.
2. Richard Offner, 'An Outline of the Theory of Method', in *Studies in Florentine Painting: The Fourteenth Century* (New York, 1927), p. 136.
3. Ernest William Tristram, *English Medieval Wall Painting: The Twelfth Century* (Oxford, 1944), pp. vi–vii.
4. Christian Barman, 'Printed Pictures', *Penrose Annual*, xliii(1949), p. 56.

拓展阅读：Robyn Cooper, 'The Popularisation of Renaissance Art in Victorian England', *Art History*, i/3 (1978), pp. 263–92; Tanya Ledger [Harrod], 'A Study of the Arundel Society 1848–1897', doctoral thesis, University of Oxford, 1978; Michael Twyman, *A History of Chromolithography: Printed Colour for All* (London, 2013)

石棉水泥圆形屋

1. John Comaroff and Jean Comaroff, *Of Revelation and Revolution*, vol. II: *The Dialectics of Modernity on a South African Frontier* (Chicago, IL, 1997), p. 313.
2. Karel A. Bakker, R. C. De Jong and A. Matlou, 'The "Mamelodi Rondavels" as Place in the Formative Period of Bantu Education and in Vlakfontein (Mamelodi West)', *South African Journal of Cultural History*, xvii/2 (2003), pp. 1–21.
3. Laurie Kazan–Allen, 'Chronology of Asbestos Bans and Restrictions', International Ban Asbestos Secretariat, updated 12 August 2020, www.ibasecretariat.org; and J. C. Wagner, C. A. Sleggs and Paul Marchand, 'Diffuse Pleural Mesothelioma and Asbestos Exposure in the North Western Cape Province', *British Journal of Industrial Medicine*,xvii/4 (1960), pp. 260–71.

拓展阅读：Everite Limited, *Asbestos-cement Rondavel Roofs: Brochure with Comprehensive Erection Instructions* (Johannesburg, 1974), and —, *Everite Rondavel/Everite Rondawel* (Johannesburg, 1974); Brian Gibson, 'Asbestos and Health at Everite: A Review of Critical Milestones' (Johannesburg, 2002); Mauritz Naude, 'A Legacy of Rondavels and Rondaval Houses in the Northern Interior of South Africa', *South African Journal of Art History*,xxii/2 (2007)

出租马车费地图

1. Henry Moore, *Omnibuses and Cabs: Their Origin and History* (London, 1902), pp. 237–8; 'The Cabman's Shelter. Enter Mrs Giacometti Prodgers. Tableau!', *Punch*, 68 (6 March 1875), p. 106.
2. M. Roberts, 'Cabs and Cabmen', *Murray's Magazine*, vii/39 (1890), p. 385.

拓展阅读：Paul Dobraszczyk, 'Useful Reading? Designing Information for London's Victorian Cab Passengers', *Journal of Design History*, xxi/2 (2008), pp. 121–41; Ralph Hyde, 'Maps that Made London's Cabmen Honest', *The Ephemerist*, i/26 (1980), pp. 138–9; Thomas May, *Gondolas and Growlers: The History of the London Horse Cab* (Stroud, 1995)

中央供暖系统

1. Le Corbusier, P*récisions sur un état présent de l'architecture et de l'urbanisme* (Paris, 1930), pp. 64–6. See also Reyner Banham, *The Architecture of the Well–tempered Environment*[1969] (Chicago, IL, 1984), pp. 159–60.
2. Robert Bean, Bjarne W. Olesen and

Kwang Woo Kim, 'History of Radiant Heating and Cooling Systems, Part II', *Journal of the American Society of Heating, Refrigerating, and Air-conditioning Engineers*, liv/2 (February 2010), pp. 51–5.
3. Chamberlin, Powell and Bon, 'Report to the Court of Common Council of the Corporation and City of London on Residential Developments within the Barbican Area', May 1956, Appendix vi, p. ix; and ibid., April 1959, Section 3, pp. 5, 8–9.
4. Ibid., p. 9.
5. Emmanuelle Gallo, 'Jean Simon Bonnemain (1743–1830) and the Origins of Hot Water Central Heating', paper presented at the Second International Congress on Construction History, Queens' College, Cambridge, 29 March – 2 April 2006.

"吸盘车"查帕拉尔 2J

1. Dick Rutherford, 'The Incredible Chaparral 2J: An Entirely New Concept of Downforce Promises to Make this Can–Am Car Stick Like Glue in the Corners', *Corvette News*(August/ September 1970), pp. 4–9.
2. Ibid.
3. Quoted in Marshall Pruett, 'Racer Redux: The Chaparral 2J', www.racer.com, 8 April 2016.
4. Brian Redman, interviewed under free practice at the Targa Florio, Sicily, May 1970, in untitled documentary footage. Collezione Targapedia.
拓展阅读：R. M. Clarke, *Can–Am Racing Cars, 1966–1974* (Little Chalfont, Buckinghamshire, 2001); Blake Z. Rong, 'Jim Hall and the Chaparral 2J: The Story of America's Most Extreme Race Car', *Road & Track*, 23 January 2017; Dick Rutherford, 'The Incredible Chaparral 2J: An Entirely New Concept of Downforce Promises to Make This Can–Am Car Stick Like Glue in the Corners', *Corvette News* (August/September 1970), pp. 4–9

腰链

1.Genevieve E. Cummins and Nerylla D. Taunton, *Chatelaines: Utility to Glorious Extravagance* (Woodbridge, 1994), p. 49.
2. See curatorial note by Clare Vincent, curatorial files, European Sculpture and Decorative Arts, Metropolitan Museum of Art, New York.
拓展阅读：Barbara Burman and Ariane Fennetaux, *The Pocket: A Hidden History of Women's Lives, 1660–1900* (New Haven, CT, and London, 2019); Peter McNeil, *Pretty Gentlemen: Macaroni Men and the Eighteenthcentury Fashion World* (New Haven, CT, and London, 2018)

拍手开关

1. Sidney A. Boguss, *United States Patent no. USD299127S*, 27 December 1988, http://patents.google.com.
2. Abstract, Joe Pedott Oral History Interview, 20 September 2004. Joseph Pedott Papers, Archives Centre, National Museum of American History, Smithsonian Institution, Washington, DC, NMAH.AC.0898.
3. Carlile R. Stevens and Dale E. Reamer, *United States Patent no. US5493618A*, 20 February 1996, http://patents.google.com.
4. Brian M. King et al., *United States Patent no. US20140164562A1*, pending (published 12 June 2014), http://patents.google.com.

拓展阅读：Sigfried Giedion, *Mechanization Takes Command: A Contribution to Anonymous History* (Oxford, 1948)

贯通钥匙

1. Iain Boyd Whyte and David Frisby, eds, *Metropolis Berlin: 1880–1940* (Berkeley and Los Angeles, CA, and London, 2012), pp. 134–5.
2. Werner Sombart, 'Domesticity', ibid., pp. 151–2. First published in Werner Sombart, *Das Proletariat* (Frankfurt am Main, 1906).
3. Hans Kurella, *Wohnungsnot und Wohnungsjammer, ihr Einfluß auf die Sittlichkeit, ihr Ursprung aus dem Bodenwucher und ihre Bekämpfung durch demokratische Städteverwaltung* (Frankfurt am Main, 1900), quoted in Whyte and Frisby, eds, *Metropolis Berlin*, p. 151.
4. Victor Noack, 'Housing and Morality', in Whyte and Frisby, eds, *Metropolis Berlin*, pp. 167, 170. First published as 'Wohnungen und Sittlichkeit', *Die Aktion*, 19/20 (1912), pp. 584–6, 618–20.

拓展阅读：Jens Sethmann, 'Der Siegeszug des Doppelschlüssels. Wider die Säumigen und Vergesslichen', www.berlinermieterverein.de, 28 November 2005, and —, 'Berlins Stille Portiers. Ein hölzerner Diener', www.berliner-mieterverein.de, 28 May 2012; Petra Ullmann, 'Vor fast 90 Jahren erfand ein Weddinger Handwerker den Durchsteckschlüssel', www.tagesspiegel.de, 8 March 2000; Iain Boyd Whyte and David Frisby, eds, *Metropolis Berlin: 1880–1940* (Berkeley and Los Angeles, CA, and London, 2012)

协和式飞机

1. *Flight International*, 10 April 1976, p. 874.
2. Ministère de l'Équipement des Transports et du Logement–bureau

d'Enquêtes et d'Analyses pour la Sécurité de l'Aviation Civile France, 'Accident survenu le 25 juillet 2000 au lieu–dit La Patte d'Oie de Gonesse au Concorde immatriculé F–BTSC exploité par Air France' (Paris, 2002).
拓展阅读：Lawrence Azerrad, *Supersonic: The Design and Lifestyle of Concorde* (Munich, 2018); Frédéric Beniada and Michel Fraile, *Concorde* (London, 2006); Geoffrey Knight, *Concorde: The Inside Story* (London, 1976); Christopher Orlebar, *The Concorde Story* (Oxford, 2011)

飞行汽车

1. Consolidated Vultee Aircraft Corporation, *Preliminary Design Report No. ZP 47 118 001–A* (San Diego, CA, 3 July 1947), n.p., Henry Dreyfuss Archive, Gift of Henry Dreyfuss, Cooper Hewitt, Smithsonian Design Museum, New York.
2. Ibid.
3. Sam McDonald, 'Your Air Taxi Could Be Hovering Just Beyond the Horizon, Industry Leader Says', 15 June 2018, www.nasa.gov.
拓展阅读：Henry Dreyfuss Archive, Gift of Henry Dreyfuss, Cooper Hewitt, Smithsonian Design Museum, New York; Russell Flinchum and Henry Dreyfuss, *Henry Dreyfuss, Industrial Designer: The Man in the Brown Suit* (New York, 1997)

自动拟人机

1. Heinrich Wölfflin, *Renaissance and Baroque*, trans. Kathrin Simon (London, 1964), p. 77.
2. General Electric Company, Corporate Research and Development Report, 'Research and Development Prototype for Machine Augmentation of Human Strength and Endurance', 1 May 1971. In the archives of the Museum of Innovation and Science (MiSci), Schenectady, New York.
3. Ralph S. Mosher, 'Handyman to Hardiman', SAE Technical Paper 670088, 1967, doi: 10.4271/670088. Research and Development Center, General Electric Co., Schenectady, New York.
4. Leo Marx, *The Machine in the Garden: Technology and the Pastoral Ideal in America* (Oxford, 1964), pp. 7–8. Quoting José Ortega y Gasset, *The Revolt of the Masses* [1930] (New York, 1950).
拓展阅读：Beatriz Colomina and Mark Wigley, *Are We Human? Notes on an Archaeology of Design* (Zurich, 2016); Donna Haraway, 'A Cyborg Manifesto: Science, Technology and Socialist–Feminism in the Late Twentieth Century', in *Simians,*

Cyborgs and Women: The Reinvention of Nature (New York, 1991); Leo Marx, *The Machine in the Garden: Technology and the Pastoral Ideal in America* (Oxford, 1964)

赛博协同控制工程

1. Salvador Allende, 'Presentación de la Sala de Operaciones', in speech to be recorded by the President of the Republic Salvador Allende (Cybersyn's Operations Room, Santiago; possibly written by Stafford Beer, 1972 or 1973).
2. Stafford Beer, 'Proyecto SYNCO. Práctica cibernética en el Gobierno', Dirección Informática CORFO (Santiago, 1973), p. 66. Original: Stafford Beer, 'Fanfare for Effective Freedom', Richard Goodman's Third Commemorative Conference, 14 February 1973, Brighton Polytechnic, Moulsecoomb, East Sussex.
3. Eden Medina, 'The Politics of Networking a Nation', *Diseña*, 11 (2017), p. 49.

拓展阅读：'Diseño de una sala de operaciones', INTEC, 4 (June 1973), pp. 19–29; Eden Medina, *Cybernetic Revolutionaries: Technology and Politics in Allende's Chile* (Cambridge, MA, 2011); Hugo Palmarola, 'Productos y Socialismo: Diseño Industrial Estatal en Chile', in *1973: La vida cotidiana de un año crucial*, ed. Claudio Rolle (Santiago, 2003), pp. 225–95

灯光轨迹摄影

1. Sigfried Giedion, *Mechanization Takes Command: A Contribution to Anonymous History* (New York, 1948), pp. 100–108.
2. Quoted in Suren Lalvani, 'Photography and the Industrialization of the Body', *Journal of Communication Inquiry*, xiv/2 (July 1990), p. 99.
3. 'Ironing Procedures', in *America's Housekeeping Book*, ed. New York Herald Tribune Home Institute (New York, 1941), pp. 272–80.
4. 'Easier Housekeeping: Scientific Analysis Simplifies a Housewife's Work', *Life*, 9 September 1946, p. 97.

拓展阅读：Ellen Lupton and J. Abbott Miller, *The Bathroom, the Kitchen and the Aesthetics of Waste* (New York, 1992); Allan Sekula, 'Photography Between Labour and Capital', in *Mining Photographs and Other Pictures 1948–1968: A Selection from the Negative Archives of Shedden Studio, Glace Bay, Cape Breton*, ed. Benjamin H. D. Buchloh and Robert Wilkie (Cape Breton, Nova Scotia, 1983), pp. 193–268

独眼巨人1号

1. 'Dr' Edward Festus Mukuka Nkoloso, 'The Moon and I', *Abercornucopia*, 10 January 1964.
2. Edward Festus Mukuka Nkoloso, 'We're Going to Mars!' (1964), reproduced in Louis de Gouyon Matignon, 'Edward Makuka Nkoloso, The Afronauts and the Zambian Space Program', 4 March 2019, www.spacelegalissues.com; Dennis Lee Royle, 'Zambia Countdown – 10, 9, 3, 8, 1, 5, 0', *Miami News*, 28 October 1964.
3. Ibid.
4. Arthur Hoppe, 'Our Man Hoppe', *Journal Herald*, 3 December 1964.
5. Kabinda Lemba, 'Mukuka Nkoloso the Afronaut', https://vimeo.com, accessed 10 October 2018.
6. Namwali Serpell, 'The Zambian "Afronaut" Who Wanted to Join the Space Race', *New Yorker*, 11 March 2017, www.newyorker.com.
7. 'Zambia's Forgotten Space Program', *Lusaka Times*, 28 January 2011, www.lusakatimes.com.

拓展阅读：Clarence Chongo, 'Decolonising Southern Africa: A History of Zambia's Role in Zimbabwe's Liberation Struggle, 1964–1979', doctoral thesis, University of Pretoria, June 2015, p. 12; Kabinda Lemba, 'Mukuka Nkoloso the Afronaut', https://vimeo.com, accessed 10 October 2018; Namwali Serpell, 'The Zambian "Afronaut" Who Wanted to Join the Space Race', *New Yorker*, 11 March 2017, www.newyorker.com

斗拱

1. Chen Zhanxiang, 'Recent Architecture in China', *Architectural Review*, special China issue (July 1947), p. 28.
2. Tong Jun, 'Architecture Chronicle', *T'ien Hsia*, October 1937, p. 308.

拓展阅读：Edward Denison, *Architecture and the Landscape of Modernity in China before 1949* (London, 2017); Liu Dunzhen, *History of Ancient Chinese Architecture* (Beijing, 1980); Liang Sicheng, *A Pictorial History of Chinese Architecture* (Cambridge, MA, 1984)

戴马克松房屋

拓展阅读：Barry Bergdoll and Peter Christensen, *Home Delivery: Fabricating the Modern Dwelling* (New York, 2008); Joachim Krauss, ed., *Your Private Sky: Buckminster Fuller* (Zurich, 1999)

爱迪生的反重力内衣

1. George Du Maurier, 'Edison's Antigravitation Under-clothing', in *Punch's Almanack for 1879* (London,

1878), p. 2.

2. Ivy Roberts, '"Edison's Telephonoscope": The Visual Telephone and the Satire of Electric Light Mania', *Early Popular Visual Culture*, xv/1 (2017), pp. 1–25.

3. For examples of the Victorian press coverage of Edison, see 'American Affairs', *Birmingham Daily Post*, 6 November 1878, p. 7; 'Edison the Inventor', *[Dundee] Evening Telegraph*, 15 October 1878, p. 4; 'The Inventor of the Phonograph', *Herts & Cambs Reporter*, 2 August 1878, p. 6; 'Mr Edison at Home', *Freeman's Journal*, 11 October 1878, p. 2; 'An Interview with Edison', *Funny Folks*, 30 June 1888, p. 202; 'Our Extra-special and Mr Edison', *Fun*, 8 January 1879, p. 17; and 'An Evening with Edison', *Funny Folks*, 23 November 1878.

拓展阅读：Ivy Roberts, '"Edison's Telephonoscope": The Visual Telephone and the Satire of Electric Light Mania', *Early Popular Visual Culture*, xv/1 (2017), pp. 1–25; Randall Stross, *The Wizard of Menlo Park* (New York, 2007)

电铸母版

1. 'Stayed nearly two hours. Went overall into Photographic & Electrotyping Rooms', *Henry Cole's Diary*, 17 May 1854, National Art Library, 55.AA.17.

2. *Memorandum: P. Flood to Charles Oman*, 23 May 1947, V&A Archive, London, Board of Survey SF710, Disposal of Electrotypes 47/1507.

3. Robert Hunt, 'On the Applications of Science to the Fine and Useful Arts: The Electrotype', *Art Journal*, X (1848), pp. 102–3.

4. Harry Howells Horton, *Birmingham: A Poem – In Two Parts with Appendix* (Birmingham, 1853), Appendix note IV, pp. 124–37. Source supplied by Alistair Grant, who also read and commented on this essay.

拓展阅读：Julius Bryant, ed., *Art and Design for All: The Victoria and Albert Museum*, exh. cat., Kunst- und Ausstellungshalle der Bundesrepublik Deutschland, Bonn, 18 November 2011–15 April 2012 (London, 2011); Moncure Daniel Conway, *Travels in South Kensington with Notes on Decorative Art and Architecture in England* (London, 1882); Alistair Grant and Angus Patterson, *The Museum and the Factory: The V&A, Elkington and the Electrical Revolution* (London, 2018)

费雪木塞玩偶

1. Steven G., 'Thank Goodness for Edward M. Swartz, Esq.!!!', review

of Edward Swartz, *Toys That Kill*, Amazon, 21 December 2018, www.amazon.com.

立方闪光灯

1. Susan Sontag, *On Photography* (New York, 1977), p. 18.
2. Mimi Sheller, *Aluminum Dreams: The Making of Light Modernity* (Cambridge, MA, 2014).
3. Sherry Turkle, ed., *Evocative Objects: Things We Think With* (Cambridge, MA, 2007), p. 4.

水上飞机

1. Robin Higham, *Speedbird: The Complete History of BOAC* (London, 2013), p. 77.
2. Historic England, *Nine Thousand Miles of Concrete: A Review of Second World War Temporary Airfields in England* (2016), p. 7.

拓展阅读：Robin Higham, *Speedbird: The Complete History of BOAC* (London, 2013); Richard K. Smith, 'The Intercontinental Airliner and the Essence of Airplane Performance, 1929–1939', *Technology and Culture*, 24 (1983), pp. 428–49

玻璃幻灯片

1. Theaster Gates, *Theaster Gates*, with contributions by Lisa Lee, Carol Becker and Achim Borchardt–Hume (London and New York, 2015).

拓展阅读：Frederick N. Bohrer, 'Photographic Perspectives: Photography and the Institutional Formation of Art History', in *Art History and Its Institutions: Foundations of a Discipline*, ed. E. Mansfield (London, 2002), pp. 246–59; Steve Humphries, *Victorian Britain Through the Magic Lantern* (London, 1989); Howard B. Leighton, 'The Lantern Slide and Art History', *History of Photography*, viii/2 (1984), pp. 107–18

火星仪

1. A phalanstery was a building for a utopian socialist working community, conceived by the French thinker François–Marie–Charles Fourier (1772–1837).
2. George Basalla, *Civilized Life in the Universe: Scientists on Intelligent Extraterrestrials* (Oxford, 2006), p. 82.
3. Emmy Ingeborg Brun, *Smaa Notitser til Darwinismens Religion* (Copenhagen, 1911), p. 16.

拓展阅读：George Basalla, *Civilized Life in the Universe: Scientists on Intelligent Extraterrestrials* (Oxford, 2006); Maria D. Lane, 'Mapping the Mars Canal Mania: Cartographic Projection and the Creation of a Popular Icon', *Imago Mundi*, lviii/2

(2006), pp. 198–211; Robert Markley, *Dying Planet: Mars in Science and the Imagination* (Durham, NC, 2005)

液压管道

1. T. Smith, 'Hydraulic Power in the Port of London', *Industrial Archaeology Review*, xiv/1 (1991), pp. 64–88.
2. E. B. Ellington, 'The Distribution of Hydraulic Power in London', *Proceedings of the Institution of Civil Engineers*, xciv (1888), pp. 1–31.

拓展阅读：London Metropolitan Archive, records of the General Hydraulic Power Company (of which the London Hydraulic Power Company was a wholly owned subsidiary); Ian McNeil, *Hydraulic Power* (London, 1972); Roger Morgan, 'The Watery Death of Electricity's Rival', *New Scientist*, lxxv/1062 (28 July 1977), pp. 221–3

"住宅环境"

1. Emilio Ambasz, *Italy: The New Domestic Landscape. Achievements and Problems of Italian Design* (New York, 1972).
2. Quoted in Ettore Sottsass, 'Could Anything Be More Ridiculous?', *Design*, 262 (1970), p. 30.
3. Milco Carboni, 'Ettore Sottsass e l'esperienza con Poltronova 1957–1972', in Ettore Sottsass, *Catalogo ragionato dell'archivio 1922–1978*, ed. Francesca Zanella (Parma, Italy, 2018), p. 111.

拓展阅读：Emilio Ambasz, *Italy: The New Domestic Landscape. Achievements and Problems of Italian Design* (New York, 1972); Ettore Sottsass, *Catalogo ragionato dell'archivio 1922–1978*, ed. Francesca Zanella (Parma, Italy, 2018); Deyan Sudjic, *Ettore Sottsass and the Poetry of Things* (London, 2015)

白炽灯泡

1. Edvard Munch, sketchbook notes 1891–2. The Munch Museum, Oslo, MM T 2760.
2. Alfred Dolge, 'Testimonial', 18 February 1882, in *The Edison Light: The Edison System of Incandescent Electric Lighting as Applied in Mills, Steamships, Hotels, Theatres, Residences &c.* (New York, 1883), n.p.
3. Tom Kertscher, 'Donald Trump's Complaints about Light Bulbs, Fact-checked', *Politifact*, 16 September 2019, www.politifact.com.

拓展阅读：Brian Bowers, *Lengthening the Day: A History of Lighting Technology* (Oxford, 1998); Sandy Isenstadt, *Electric Light: An Architectural History* (Cambridge, MA, 2018); David Nye, *Electrifying*

America (Cambridge, MA, 1990); Wolfgang Schivelbusch, *Disenchanted Night: The Industrialization of Light in the Nineteenth Century* (Berkeley, CA, 1995)

广播电视柜

1. Per Arnoldi and Torben Schmidt, 'The Decision-makers: An Interview with Jens Bang', *Mobilia*, 180 (1970), n.p.
2. Jens Bang, *Bang & Olufsen: From Spark to Icon* (n.p., 2005).
3. Raimonda Riccini, 'The Appliance-shaped Home', in *Italy: Contemporary Domestic Landscape 1945–2000,* ed. Giampiero Bosoni (Milan, 2001).

拓展阅读：Jens Bang, *Bang & Olufsen: From Spark to Icon* (n.p., 2005); Raimonda Riccini, 'The Appliance-shaped Home', in *Italy: Contemporary Domestic Landscape 1945–2000*, ed. Giampiero Bosoni (Milan, 2001)

因瓦卡汽车：残疾人专用车

1. HC Deb, 11 June 1959, vol. dcvi, cc1333–6, see https://hansard.parliament.uk.
2. Anonymous, 'Break the Law . . . or Neglect My Children', *Daily Mail*, 3 August 1966, p. 7.

拓展阅读：Stuart Cyphus, *An Introduction to the British Invalid Carriage: 1850–1978* (Buffalo, NY, 2012); Colin Sparrow, *Greeves: The Complete Story* (Ramsgate, 2014)

拉突雷塞印字

1. Tony Brook and Adrian Shaughnessy, *Letraset: The DIY Typography Revolution* (London, n.d.). I have mostly followed this book in the dating of developments, but there are points at which it is still unclear what happened when.

拓展阅读：Tony Brook and Adrian Shaughnessy, *Letraset: The DIY Typography Revolution* (London, n.d.)

脑白质切断器

1. António Egas Moniz, *Tentatives Opératoires dans le Traitement de Certaines Psychoses* (Paris, 1936).
2. David Crossley, 'The Introduction of Leucotomy: A British Case History', *History of Psychiatry*, iv/16 (1 December 1993), pp. 553–64.
3. James S. McGregor and John R. Crumbie, 'Prefrontal Leucotomy', *Journal of Mental Science*, lxxxviii/373 (October 1942), pp. 534–40; Peter Mohr and Julie Mohr, 'The Warlingham Park Hospital Leucotome', *Historical Medical Equipment Society Bulletin*, 17 (February 2007), pp. 2–4.

拓展阅读：Jack El-Hai, *The Lobotomist: A Maverick Medical*

Genius and His Tragic Quest to Rid the World of Mental Illness (Hoboken, NJ, 2005); Jack David Pressman, *Last Resort: Psychosurgery and the Limits of Medicine* (Cambridge, 1998); Elliot S. Valenstein, *Great and Desperate Cures: The Rise and Decline of Psychosurgery and Other Radical Treatments for Mental Illness* (New York, 1986)

曼彻斯特便桶系统："多莉·瓦登"

1. Quoted in Harold L. Platt, *Shock Cities: The Environmental Transformation and Reform of Manchester and Chicago* (Chicago, IL, 2005), p. 7.
2. For the use of the moniker 'Dolly Vardens', see Frank Davy, letter to the editor, *Manchester Courier and Lancashire General Advertiser*, 18 September 1879, p. 7; and William W. Hulse, letter to the editor, *Manchester Courier and Lancashire General Advertiser*, 18 November 1884, p. 3.
3. W. A. Power, 'The Pail Closet System: Progress at Manchester', *Manchester Selected Pamphlets* (1877), p. 2.
4. Platt, *Shock Cities*, pp. 70–74. See also Shena D. Simon, *A Century of City Government: Manchester, 1838–1938* (London, 1938), pp. 182–3.
5. 'Gordon and the Amalgamation Scheme', *Manchester Weekly Times*, 25 January 1890, p. 2.
6. Simon, *A Century of City Government*, p. 183.

拓展阅读：Stephen Graham and Simon Marvin, *Splintering Urbanism: Networked Infrastructures, Technological Mobilities and the Urban Condition* (London, 2001); Stephen Halliday, *The Great Stink of London: Sir Joseph Bazalgette and the Cleansing of the Victorian Metropolis* (London, 1999); Harold L. Platt, *Shock Cities: The Environmental Transformation and Reform of Manchester and Chicago* (Chicago, IL, 2005)

机械复写器

1. Letter to Maria Cosway, 30 July 1788, and letter to John Adams, 11 January 1817, www.founders.archives.gov.
2. Letter to John Page, 21 February 1779, ibid.
3. Letter to Thomas Jefferson, 2 October 1803, ibid.

拓展阅读：Silvio A. Bedini, *Thomas Jefferson and His Copying Machines* (Charlottesville, VA, 1984); Sydney Hart, '"To Increase the Comforts of Life": Charles Willson Peale and the Mechanical Arts', *Pennsylvania Magazine of History and Biography*, cx/3 (1986), pp. 323–57; David Philip Miller, '"Men of Letters" and "Men of Press Copies": The Cultures of James Watt's Copying Machine', *Archimedes*, 52 (2017), pp. 65–80

医学蜡模

拓展阅读：Robin A. Cooke, 'A Moulage Museum Is Not Just a Museum: Wax Models as Teaching Instruments', *Virchows Archiv,* 457 (2010), pp. 513–20; Elena Giulia Milano et al., 'Current and Future Applications of 3D Printing in Congenital Cardiology and Cardiac Surgery', *British Journal of Radiology*, 92 (2019), p. 1094; World Health Organization, 'Smallpox', www.who.int, accessed 22 February 2021; Fabio Zampieri, Alberto Zanatta and Maurizio Rippa Bonati, 'Iconography and Wax Models in Italian Early Smallpox Vaccination', *Medicine Studies*, 2 (2011), pp. 213–27

备忘录

1. Du Pont Company, High Explosive Operating Division, Effiency Division, report on letter–writing, 1913, quoted in JoAnne Yates, *Control Through Communication: The Rise of System in American Management* (Baltimore, MD, and London, 1989), pp. 252–3.
拓展阅读：John Guillory, 'The Memo and Modernity', *Critical Inquiry*, xxxi/1 (2004), pp. 108–32; JoAnne Yates, *Control Through Communication: The Rise of System in American Management* (Baltimore, MD, and London, 1989), and —, 'The Emergence of the Memo as a Managerial Genre', *Management Communication Quarterly*, ii/4 (May 1989), pp. 485–510

牛奶勺

1. Jorge Rojas, *Historia de la infancia en el Chile republicano, 1810–2010* (Santiago, 2010), p. 636.
2. *Programa nacional de leche. Instructivo para personas que participan en labores educativas* (Santiago, 1972), pp. 11–13.
3. 'Diseño de envases', *INTEC*, 4 (June 1973), pp. 41, 42.
拓展阅读：'Diseño de envases', *INTEC*, 4 (June 1973), pp. 41–7; Hugo Palmarola, 'Productos y Socialismo: Diseño Industrial Estatal en Chile', in 1973: *La vida cotidiana de un año crucial*, ed. Claudio Rolle (Santiago, 2003), pp. 225–95

迷你光碟

拓展阅读：Om Malik, 'Back to the Future: The MiniDisc', www.forbes.com, 18 April 1998; Brian Mooar, 'MiniDisc's Second Coming?',

Washington Post, 26 September 1997, www.washingtonpost.com; Sony Archive, www.sony.net, accessed 30 April 2019

迷你终端

1. Julien Mailland and Kevin Driscoll, *Minitel: Welcome to the Internet* (Cambridge, MA, 2017), pp. 9, 28.
2. Angelique Chrisafis, 'France Says Farewell to the Minitel, the Little Box that Connected a Country', www.theguardian.com, 28 June 2012.

拓展阅读：Peter Large, 'Computers in Society – Plus ça change', www.theguardian.com, 12 June 1980; Julien Mailland and Kevin Driscoll, *Minitel: Welcome to the Internet* (Cambridge, MA, 2017); Simon Nora and Alain Minc, *The Computerisation of Society: A Report to the President of France* (Cambridge, MA, 1980), originally published as *L'information de la societe* (Paris, 1978)

月亮塔

拓展阅读：Ernest Freeberg, *The Age of Edison: Electric Light and the Invention of Modern America* (London, 2014); John A. Jakle, *City Lights: Illuminating the American Night* (Baltimore, MD, 2001)

尼基妮

1. *New Tampax Compak*, UK television advertising campaign, 1994, www.youtube.com, accessed September 2020.
2. Robinson & Sons, *Achievement . . . The Story of Robinsons of Chesterfield* (Chesterfield, 1963), published on the occasion of the visit of HRH Princess Margaret and the Earl of Snowdon.
3. Glenda Lewin Hufnagel, *A History of Women's Menstruation from Ancient Greece to the Twenty–first Century: Psychological, Social, Medical, Religious, and Educational Issues* (New York, 2012), pp. 67–8.

拓展阅读：Lara Freidenfelds, *The Modern Period: Menstruation in Twentiethcentury America* (Baltimore, MD, 2009); Chris Bobel et al., eds, *The Palgrave Handbook of Critical Menstruation Studies* (Springer Nature, 2020); Sara Read, *Menstruation and the Female Body in Early–Modern England* (London, 2013)

"言简意赅"钢笔

1. See Francesco Moschini, ed., *Segno, disegno e progetto nell'architettura italiana del dopoguerra*, exh. cat., Hangang Gallery, Seoul (Seoul, 2002).
2. Glenn Adamson and Jane Pavitt, eds, *Postmodernism: Style and Subversion, 1970–1990*, exh. cat., Victoria and

Albert Museum, London (London, 2011), p. 23.

3. See Jean-Louis Cohen, *La Coupure entre architectes et intellectuels: ou les enseignements de l'italophilie* (Brussels, 2015).

4. Francesco Moschini, 'Architettura Disegnata', in *Annisettanta: Il decennio lungo del secolo breve*, ed. M. Belpoliti, S. Chiodi and G. Canova, exh. cat., Milan Triennale (Milan, 2007).

拓展阅读：M. Belpoliti, S. Chiodi and G. Canova, eds, *Annisettanta: Il decennio lungo del secolo breve,* exh. cat., Milan Triennale (Milan, 2007); Pippo Ciorra, 'A Territory Without Conflicts', in *Looking at European Architecture: A Critical View*, ed. Sylvie Lemaire et al. (Brussels, 2008), pp. 269–82; Paolo Portoghesi, *I nuovi architetti Italiani* (Rome and Bari, Italy, 1985); Franco Purini, *Una lezione sul disegno* (Rome, 2008)

北巴克斯单轨铁路城市

1. Ian Nairn, 'The Best in Britain', The *Observer,* 22 November 1964.
2. Jane Jacobs, *The Death and Life of Great American Cities: The Failure of Town Planning* (Harmondsworth, 1965), pp. 16–17.
3. See Fred Pooley, *North Bucks New City* (Aylesbury, 1966).

4. Guy Ortolano, *Thatcher's Progress: From Social Democracy to Market Liberalism Through an English New Town* (Cambridge, 2019), p. 64.

拓展阅读：www.billberrett.info (Berrett died in 2014, but this website includes interesting material on the monorail city); Guy Ortolano, *Thatcher's Progress: From Social Democracy to Market Liberalism Through an English New Town* (Cambridge, 2019); Fred Pooley, papers at the Centre for Buckinghamshire Studies, Aylesbury

德国紧急状态币

1. Eric Rowley, *Hyperinflation in Germany: Perceptions of a Process* (Aldershot, 1994), p. 117.
2. Kurt Biging, *Geldscheine in Halle an der Saale 1916–1922* (Halle, Germany, 2003), p. 11.
3. Claire Zimmerman, 'Promissory Notes of Architecture', talk given at the Warburg Institute, London, on 13 March 2019.

煤成油

拓展阅读：David Edgerton, *Britain's War Machine: Weapons, Experts and Resources in the Second World War* (London, 2011); Anthony Stranges, 'Germany's Synthetic Fuel Industry, 1927–1945', in *The German Chemical*

Industry in the Twentieth Century, ed. John Lesch (Dordrecht, the Netherlands, 2000), pp. 147–216

视觉信号机

1. Thomas Carlyle, *The French Revolution: A History*, ed. K. J. Fielding and David Sorensen (Oxford, 1989), vol. ii, pp. 372–3.
2. Anon., 'Theatres', *The Satirist, or the Censor of the Times,* 752 (13 September 1846), p. 294.
3. Charles Dickens, *The Pickwick Papers*, ed. Robert L. Patten (Harmondsworth, 1972), p. 700.
拓展阅读：Anon., 'Tales of the Telegraph', *Punch*, 29 May 1847, p. 220; Gerard J. Holzmann and Björn Pehrson, *The Early History of Data Networks* (Hoboken, NJ, 2003), pp. 47–96

纸质飞机票

1. Quoted in IATA, 'Industry Bids Farewell to Paper Ticket', press release, 31 May 2008, www.iata.org.
拓展阅读：Chandra D. Bhimull, *Empire in the Air: Airline Travel and the African Diaspora* (New York, 2017); Lisa Gitelman, *Paper Knowledge: Toward a Media History of Documents* (Durham, NC, 2014)

纸衣服

1. Alexandra Palmer, 'Paper Clothes: Not Just a Fad', in *Dress and Popular Culture*, ed. Patricia Anne Cunningham and Susan Voso Lab (Bowling Green, OH, 1991), p. 90.
2. Marylin Bender, *The Beautiful People* (New York, 1967), p. 16.
3. Quoted in Helen Carlton, 'Answer to Laundry in Space', *Life*, 25 November 1966, p. 136.
拓展阅读：Beate Schmuck and Stadtmuseum Nordhorn, *Oneway Runway: Paper Dresses zwischen Marketing und Mode* (Münster, Germany, 2018); Vasilēs Zēdianakēs, Mouseio Benakē and Mouseion Benakē, eds, *Rrripp!! Paper Fashion* (Athens, 2007)

帕斯拉里尼交感罗盘（蜗牛电报）

1. H. D. Justesse, *Histoire de la Commune de Paris* (Zurich, 1879), p. 242; 'Jules Allix', *La Petite Presse*, 21 September 1871.
2. M. Clairville, *Les Escargots sympathiques; à–propos, mêlé de couplets* (Paris, 1850), pp. 4–5.
拓展阅读：Jules Allix, 'Communication universelle de la pensée, à quelque distance que ce soit, à l'aide d'un appareil portatif appelé Boussole pasilalinique sympathique', *La Presse*, 25 and 26 October 1850;

Yves Couturier, ed., *Le Patrimoine des télécommunications françaises* (Paris, 2002); Justin E. H. Smith, 'The Internet of Snails', *Cabinet*, 58 (Summer 2015), www.cabinetmagazine.org

相变化学贮热管
1. Mária Telkes, 'Solar House Heating: A Problem of Heat Storage', *Heating and Ventilating*, xliv/5 (1947), pp. 12–17.
拓展阅读：Daniel A. Barber, *A House in the Sun: Modern Architecture and Solar Energy in the Cold War* (New York, 2016); Mária Telkes and Eleanor Raymond, 'Storing Solar Heat in Chemicals: A Report on the Dover House', *Heating and Ventilating News*, November 1949, pp. 79–86; United Nations Department of Economic and Social Affairs, *New Sources of Energy and Economic Development: Solar Energy, Wind Energy, Tidal Energy, Geothermic Energy, and Thermal Energy of the Seas* (New York, 1957)

自动钢琴
1. William Gaddis, 'Agapē Agape: The Secret History of the Player Piano', in *The Rush for Second Place*, ed. Joseph Tabbi (New York, 2002), p. 142.
2. William Gaddis, *Agapē Agape* (New York, 2002), pp. 1–2; unless otherwise specified, all other quotations are from this work, or from the earlier proposals, in *The Rush for Second Place*, pp. 7–13, 142–4.
3. Quoted in *The Rush for Second Place*, p. 147.

气动邮政系统
拓展阅读：Anne-Laure Cermak and Elisa Le Briand, *Le Réseau avant l'heure: la poste pneumatique à Paris* (Paris, 2006); Thierry Poujol, 'Des Égouts au musée, splendeur et déclin de la poste atmosphérique', *Culture & Technique*, 19 (1989), pp. 143–9; Molly W. Steenson, 'Interfacing with the Subterranean', *Cabinet: A Quarterly of Art and Culture*, 41 (2011), pp. 82–6

宝丽来 SX-70
1. Phil Patton, 'The Polaroid SX-70', *American Heritage*, xliii/7 (November 1992).
拓展阅读：Victor K. McElheny, *Insisting on the Impossible: The Life of Edwin Land. An Inventor Is Born* (New York, 1999)

公共长度标准
1. *Report of the Commissioners Appointed to Consider the Steps to Be Taken for Restoration of the Standards of Weight & Measure* (London, 1841), pp. 16–17.
2. Simon Schaffer, 'Accurate

Measurement Is an English Science', in *The Values of Precision*, ed. M. Norton Wise (Princeton, NJ, 1995), p. 135.

3. Memorandum, 'Results of Re-verification of Public and Mural Standards of Length at Trafalgar Square', 14 June 1887, National Archives BT 101/165; Memorandum, 'Report on Visit to Edinburgh and Inspection of Public Standards of Length', 10 October 1916, National Archives BT 101/818.

4. Kenneth Hume, *Engineering Metrology*, 2nd edn (London, 1963), p. 56.

拓展阅读：M. Norton Wise, ed., *The Values of Precision* (Princeton, NJ, 1995); Michael Wright, 'Length, Measurement Of', in *Instruments of Science: An Historical Encyclopedia*, ed. Robert Bud and Deborah Jean Warner (New York and London, 1998), pp. 97–8.

火风琴

1. Henri Dunant, 'Description of M. Kastner's New Musical Instrument, the Pyrophone', *Journal of the Society of Arts*, xxiii/1161 (1875), pp. 293–7.

2. Anon., 'The Pyrophone: A Scientific and Musical Curiosity', undated but likely 1953, typescript article in Science Museum, London, file T/1876-590.

拓展阅读：Robert Bud, 'Responding to Stories: The 1876 Loan Collection of Scientific Apparatus and the Science Museum', *Science Museum Group Journal*, i/1 (2016), doi: 10.15180/140104; Colin Harding, 'Singing Flames: The Story of the Pyrophone', *Theatrephile Magazine*, ii/5 (1984), pp. 51–3.

写实蜡像模特

拓展阅读：Maude Bass-Krueger, 'Fashion Collections, Collectors, and Exhibitions in France, 1874–1900: Historical Imagination, the Spectacular Past, and the Practice of Restoration', *Fashion Theory*, xxii/4–5 (2018), pp. 405–33; Caroline Evans, *The Mechanical Smile: Modernism and the First Fashion Shows in France* (New Haven, CT, 2013); Jane Munro, *Silent Partners, Artist and Mannequin from Function to Fetish* (New Haven, CT, 2014)

红环、利特通和 CAD 迷你画图软件

我要感谢我的朋友保罗·诺特利对奥雅纳工程顾问事务所的回忆，我们曾在那里一起工作和绘画，还要感谢图恩的英奇·安德里特斯博士敏锐的洞察力。

拓展阅读：Tony Fretton, *AEIOU: Articles Essays Interviews and Out-takes* (Prinsenbeek, the Netherlands, 2017)

游泳服："人船"

1. Jean-Baptiste de La Chapelle, *Traité de la construction théorique et pratique du scaphandre, ou du bateau de l'homme* (Paris, 1775), p. x (my translation).
2. Ibid., p. xxxiv.
3. Pierre Denys de Montfort, *Conchyliologie systématique et classification méthodique des coquilles* (Paris, 1808–10), vol. ii, p. 335.

拓展阅读：Paolo Bertucci, *Artisanal Enlightenment: Science and the Mechanical Arts in Old Regime France* (New Haven, ct, 2018); Jean-Baptiste de La Chapelle, *Le Ventriloque, ou l'engastrimythe* (Paris, 1772), and *Traité de la construction théorique et pratique du scaphandre, ou du bateau de l'homme* (Paris, 1775); Lloyd Mallan, *Suiting Up for Space: The Evolution of the Space Suit* (New York, 1971); Philippe Poulet, *L'odyssée des scaphandres* (Paris, 2010)

放血器

拓展阅读：Gerry Greenstone, 'The History of Bloodletting', *British Columbia Medical Journal*, lii/1 (2010), pp. 12–14; Lawrence Hill, *Blood: A Biography of the Stuff of Life* (London, 2014); Liakat Ali Parapia, 'History of Bloodletting by Phlebotomy', *British Journal of Haematology*, 143 (2008), pp. 490–95; Kuriyama Shigehisa, 'Interpreting the History of Bloodletting', *Journal of the History of Medicine and Allied Sciences*, 50 (1995), pp. 11–46

传菜窗

1. Randal Phillips, *The Book of Bungalows* (London, 1920), pp. 54–5, reviewed and advertised in *Country Life*, xlix/1252 (1 January 1921), p. 28. Pont (Graham Laidler), 'At Home: The Epicure', in *The British at Home* (London, 1939), p. 17.
2. On the experimentation behind, and ubiquitous nature of, the eye-level grill by 1965, see 'Survey: Fifteen Years of Cooker Design', *Design*, cic (July 1965), pp. 52–9. Available from the Online Resource for the Visual Arts, www.vads.ac.uk
3. For examples of the change to the recirculating cooker hood, see J. A. Saltmarsh, 'Design Management: Investigating the Consumer', *Design*, cciii (November 1965), pp. 52–7, and Joan S. Ward, 'Ergonomics in the Kitchen', *Design*, ccliiivi (October 1972), pp. 58–9. Both available from the Online Resource for the Visual Arts, www.vads.ac.uk.

拓展阅读：Michelle Corodi, 'On the Kitchen and Vulgar Odors', in *The Kitchen: Lifeworld, Usage,*

Perspectives, ed. Klaus Spechtenhauser (Berlin, 2006), pp. 30–33; Martina Heßler, 'The Frankfurt Kitchen: The Model of Modernity and the "Madness" of Traditional Users, 1926 to 1933', in *Cold War Kitchen: Americanization, Technology, and European Users*, ed. Ruth Oldenziel and Karin Zachmann (Cambridge, MA, 2009), pp. 163–84; Andrew Higgott, *Mediating Modernism: Architectural Cultures in Britain* (London, 2006)

辛克莱 C5 单人电动车

1. Ian Adamson and Richard Kennedy, *Sinclair and the 'Sunrise' Technology: The Deconstruction of a Myth* (Harmondsworth, 1986), p. 330.
2. 'Sinclair C5 – A New Power in Personal Transport', quoted ibid., p. 332.
3. Quoted in Rob Gray, *Great Brand Blunders* (Bath, 2014), p. 93.
4. A. Klarenberg in *Marketing Magazine*, 31 January 1985, p. 8, quoted in Andrew P. Marks, 'The Sinclair L5: An Investigation into Its Development, Launch, and Subsequent Failure', *European Journal of Marketing*, 1 (1989), p. 62.
5. Stephen Pile, 'It's Not Kid's Stuff, This Formula One Bath-chair', *Sunday Times*, 13 January 1985, p. 5.
6. Quoted in Anon., 'Miles Ahead of Its Time', *The Scotsman*, 10 January 2005.
拓展阅读：Ian Adamson and Richard Kennedy, *Sinclair and the 'Sunrise' Technology: The Deconstruction of a Myth* (Harmondsworth, 1986); Rodney Dale, *The Sinclair Story* (London, 1985); Andrew P. Marks, 'The Sinclair C5: An Investigation into Its Development, Launch, and Subsequent Failure', *European Journal of Marketing*, 1 (1989), pp. 61–71

裙夹

1. Quoted in Mary Sawdon, *A History of Victorian Skirt Grips* (n.p., 1995), p. 77.
拓展阅读：Anon. [Eliza Cheadle], *Manners of Modern Society: Being a Book of Etiquette* (London, Paris and New York, 1877); Barbara Kotzin, *The Art of the Skirt Lifter: A Practical and Passionate Guide* (self-published, 2015); Mary Sawdon, *A History of Victorian Skirt Grips* (n.p., 1995)

计算尺

1. William Oughtred, *To the English Gentrie, and all Other Studious of the Mathematicks which Shall Bee Readers Hereof. The Just Apologie of Wil: Oughtred, against the Slaunderous Insimulations of Richard Delamain, in a Pamphlet Called Grammelogia, or The mathematicall Ring, or Mirifica*

logarithmorum projectio circularis (n.p., 1633).

拓展阅读：Florian Cajori, *A History of the Logarithmic Slide Rule and Allied Instruments* (London, 1909); Cliff Stoll, 'When Slide Rules Ruled', *Scientific American*, ccxciv/5 (May 2006), pp. 80–87; Frances Willmoth, 'William Oughtred', *Oxford Dictionary of National Biography*, published online 23 September 2004, revised 3 January 2008

一字螺丝刀

拓展阅读：Witold Rybczynski, *One Good Turn: A Natural History of the Screwdriver and the Screw* (London, 2000)

空间框架

1. Konrad Wachsmann, 'Vom bauen in unserer Zeit', *Baukunst und Werkform*, January 1957, pp. 26–31. Translated as 'On Building in Our Time', now in Joan Ockman, ed., *Architecture Culture 1943–1968: A Documentary Anthology* (New York, 1993), p. 267.

拓展阅读：Yona Friedman and Manuel Orazi, *The Dilution of Architecture*, ed. Nader Seraj (Chicago, IL, 2015); Joan Ockman, ed., *Architecture Culture 1943–1968: A Documentary Anthology* (New York, 1993); Wendel R. Wendel, 'The Geometry of Space', *World Architecture*, i/4 (1989), pp. 76–83

史丹利 55 组合刨

1. *Stanley Tools Catalogue no. 34* (Harrisburg, PA, 1926), pp. 99–100.
2. Frank Lloyd Wright, *Modern Architecture, Being the Kahn Lectures for 1930* (Princeton, NJ, 1987), pp. 50–59.

拓展阅读：Josef M. Greber, *Die Geschichte des Hobels – Von der Steinzeit bis zum Entstehen der Holzwerkzeugfabriken im frühen 19. Jahrhundert* (Zurich, 1956); David R. Russel, *Antique Woodworking Tools: Their Craftsmanship from the Earliest Times to the Twentieth Century* (Cambridge, 2010); Raphael A. Salaman, *Dictionary of Tools Used in the Working and Allied Trades, c. 1700–1970* (London, 1975)

电话桌

1. Robin Evans, 'Figures, Doors and Passages', in *Translations from Drawing to Building and Other Essays* (London, 1997), pp. 55–92.

剧院电话

1. Brian Kane, *Sound Unseen: Acousmatic Sound in Theory and Practice* (New York, 2014).
2. See Jonathan Crary, *Techniques of the Observer: On Vision and Modernity*

in the Nineteenth Century (Cambridge, MA, 1990).

3. Marcel Proust, *À un ami, correspondance de Marcel Proust avec Georges de Lauris* (Paris, 1948), p. 243.

拓展阅读：Julien Lefèvre, *L'électricité au théâtre* (Paris, 1894), pp. 322–37; Eugène Testavin, 'L'organisation actuelle du théâtrophone', *Annales des Postes, Télégraphes et Téléphones*, xix/1 (1930), pp. 1–24; Melissa van Drie, 'Hearing Through the Théâtrophone: Sonically Constructed Spaces and Embodied Listening in Late Nineteenth–century French Theatre', *Sound Effects: An Interdisciplinary Journal of Sound and Sound Experience*, v/1 (2015), pp. 73–90

"思想城市"电动汽车

1. Jim Motavalli, 'Inside the ink City Electric Car', www.forbes.com, 30 March 2010.

2. Arne Asphjell, Øystein Asphjell and Hans Håvard Kvisle, *Elbil på norsk* (Oslo, 2013), pp. 119–31.

3. Katinka von der Lippe, interviewed in Tony Lewin and Ryan Borroff, *How to Design Cars Like a Pro* (Minneapolis, MN, 2010), p. 92.

拓展阅读：Arne Asphjell, Øystein Asphjell and Hans Håvard Kvisle, *Elbil på norsk* (Oslo, 2013), pp. 119–31; D. Sperling, 'Electric Vehicles: Approaching the Tipping Point', in *Three Revolutions: Steering Automated, Shared, and Electric Vehicles to a Better Future*, ed. D. Sperling (Washington, DC, 2018), pp. 21–54; L. Tillemann, *The Great Race: The Global Quest for the Car of the Future* (New York, 2015)

特龙布墙（集热墙）

1. Douglas Kelbaugh, 'Solar Home in New Jersey', *Architectural Design*, 11 (1976), pp. 653–6.

拓展阅读：Jacques Michel, 'Utilisation de l'énergie solaire', *L'Architecture d'Aujourd'hui*, 167 (May–June 1973), pp. 88–96; Félix Trombe, 'L'utilisation de l'énergie solaire: État actuel et perspectives d'avenir', *Journal des Recherches du CNRS*, 25 (1953), pp. 193–215; Mirko Zardini and Giovanna Borasi, eds, *Sorry, Out of Gas: Architecture's Response to the 1973 Oil Crisis* (Montreal, Québec, and Mantua, Italy, 2007)

背心塑料袋

1. Börje Gavér, '50 år sedan plastpåsen uppfanns', www.nt.se, 22 July 2015.

2. Mateo Kries, ed., *Atlas of Furniture Design* (Weil am Rhein, Germany, 2019), p. 970.

3. Susan Freinkel, *Plastic: A Toxic Love Story* (Boston, MA, and New York, 2011), p. 144.
4. United Nations Environment Programme, 'Single-use Plastics: A Roadmap for Sustainability,' 5 June 2018, p. viii, www.unep.org.
5. United Kingdom Department for Environment, Food and Rural Affairs, 'Single-use Plastic Carrier Bags Charge: Data in England for 2019 to 2020', 30 July 2020, www.gov.uk.

超高温烤架

1. The patent application was filed on 13 March 1990, being approved on 26 February 1991 with the number 4,996,404. See http://patents.google.com and www.uspto.gov.
2. Andrew F. Smith, *Eating History: 30 Turning Points in the Making of American Cuisine* (New York, 2011), p. 207; Anahad O'Connor, 'The Claim: Microwave Ovens Kill Nutrients in Food', *New York Times*, 17 October 2006, www.nytimes.com; Bob Barnett, 'Does Microwaving Food Remove Its Nutritional Value?', https://edition.cnn.com, 7 February 2014.
3. 'Campbell Microwave Institute Studies Reveal Microwave Usage Trend', *Pittsburgh Post-Gazette*, 7 March 1990, p. 122.

拓展阅读： Andrew F. Smith, *Eating History: 30 Turning Points in the Making of American Cuisine* (New York, 2011)

紫外线人工沙滩

1. Martine Vermandere, *We zijn goed aangekomen! Vakantiekolonies aan de Belgische kust [1887–1980]* (Brussels, 2010).
2. Beatriz Colomina, *X-Ray Architecture* (Zurich, 2019), pp. 74–8.
3. J. Goldmerstein and Karl Stodieck, ed., *Thermenpalast: Kur-, Erholungs-, Sport-, Schwimm- und Badeanlage* (Berlin, 1928).

拓展阅读： Valter Balducci and Smaranda Bica, eds, *Architecture and Society of the Holiday Camps: History and Perspectives* (Timişoara, Romania, 2007); Niklaus Ingold, *Lichtduschen: Geschichte einer Gesundheitstechnik, 1890–1975* (Zurich, 2015); Tania Anne Woloshyn, *Soaking Up the Rays: Light Therapy and Visual Culture in Britain, c. 1890–1940* (Manchester, 2017)

竖式档案柜

感谢彼得·西利和克里斯蒂·安德森让我注意到这个系统。
1. Franz Kafka, *The Metamorphosis* [1915], trans. Susan Bernofsky (New York, 2014), p. 25.
2. See Franz Kafka, *The Office Writings*, ed. Stanley Corngold, Jack

Greenberg and Benno Wagner; trans. Eric Patton with Ruth Hein (Princeton, NJ, 2009).

3. Evžen Erban, *Czechoslovak National Insurance: A Contribution to the Pattern of Social Security* (Prague, 1948), and Jan Gallas and Václav Heral, *Social Security in Czechoslovakia* (Prague, 1952), as well as the company periodical *Věstník Ústřední sociální pojišťovny*.

4. *Ústřední sociální pojišťovna 1926–1936* (Prague, 1936).

拓展阅读：Markus Krajewski, *Paper Machines: About Cards and Catalogs, 1548–1929* [2002] (Cambridge, MA, 2011); Cornelia Vismann, *Files: Law and Media Technology*, trans. Geogrey Winthrop-Young (Stanford, CA, 2008); JoAnne Yates, *Control Through Communication: The Rise of System in American Management* (Baltimore, MD, and London, 1989)

水袋

1. Matthew Tonts, Neil Argent and Paul Plummer, 'Evolutionary Perspectives on Rural Australia', *Geographical Research*, 1/3 (2012), pp. 291–303.

拓展阅读：Lenore Layman and Criena Fitzgerald, *110 Degrees in the Waterbag* (Perth, Australia, 2011)

信笺文具包

拓展阅读：Donald Jackson, *The Story of Writing* (London, 1981)

齐柏林飞艇

拓展阅读：Dan Grossman, *Zeppelin Hindenburg: An Illustrated History of LZ–129* (Cheltenham, 2017); Anna von der Goltz, *Hindenburg: Power, Myth, and the Rise of the Nazis* (Oxford, 2009)

致　谢

本书是奥斯陆建筑与设计学院马瑞·赫瓦图姆教授领导的"欧洲研究区"（European Research Area）人文学科项目"印刷过去：建筑、印刷文化，以及现代欧洲如何利用过去"（Printing the Past: Architecture, Print Culture, and Uses of the Past in Modern Europe，简写为 PriArc）的产物。此外，来自莱顿大学、根特大学和伦敦大学学院的研究人员，来自伦敦维多利亚和阿尔伯特博物馆、巴黎奥赛博物馆和"艺术行为"数字媒体实验室的策展人也参与了这本书的创作。PriArc 项目研究了现代欧洲建筑、印刷文化和如何利用过往经验之间的关系。伦敦大学学院的团队由《旧物录》的四位编辑组成，作为该项目的一部分，他们探索了"研究过去"的主题，通过演变的设计史与机构的收藏策略，来解析并挑战流畅的进步叙事。正是从这些讨论中，我们产生了编写《旧物录》的想法。

我们非常感谢"欧洲研究区"人文学科项目和艺术与人文研究委员会为本书的编撰提供了框架和慷慨的资助。我们非常感谢 PriArc 项目的同事们，他们在 2016 年至 2019 年的三年时间里进行了充满新思想并且互相启发的知识交流。这是我们的荣幸。许多参与讨论和活动的同事都参与本书的写作。我们衷心感谢所有人：蒂姆·安斯沃思·安斯蒂、马瑞·赫瓦图姆、玛丽·伦丁、埃里克·A. G. 伯恩、卡罗琳·范埃克、莫德·巴斯－克吕格尔、马尔滕·德尔贝克、马尔滕·利弗格、尼科斯·马古里奥蒂斯、本·范登普特和艾丽斯·托米纳。我们还要感谢经常为活动作出贡献的 PriArc "荣誉"成员：安妮·赫尔奇、阿林娜·佩恩、维克托·普拉特·楚迪和理查德·威特曼。最后,感谢我们的研究助理蕾切尔·泰勒,她从头到尾管理这个复杂的项目直至交稿,表现出极强的能力,还要感谢瑞科图书的维维安·康斯坦丁诺普洛斯和亚历克斯·乔巴努不间断的指导和支持。

图片版权

编辑和出版者谨向以下提供插图材料和/或允许转载插图材料的来源表示感谢。我们已尽力与版权所有者取得联系；如果有我们无法联系到的版权所有者，或对他们的致谢不准确，请与出版商联系，我们将在以后的印刷中进行全面调整。为简明扼要起见，下面还列出了一些作品的位置：

Collection of Daniel M. Abramson (photo Daniel M. Abramson): p. 132; © ADAGP, Paris and DACS, London 2021: pp. 144 (photo The Museum of Modern Art, New York), 146 (photo © The Museum of Modern Art, New York/Scala, Florence); akg-images: p. 224; Albany Institute of History & Art, NY: p. 71; photo Max Anstey Hayes: p. 284; courtesy Architekturmuseum der Technischen Universität Berlin: p. 343; courtesy Austin History Center, Austin Public Library, TX: p. 204; courtesy Bang & Olufsen, Struer: p. 156; photo Bettmann/Getty Images: p. 304; Bibliothèque nationale de France, Paris: p. 186; courtesy Kara K. Bigda: p. 123; © Gui Bonsiepe, 1973: p. 92; photo Brown Eyed Rose: p. 120; courtesy Buckinghamshire Archives, Aylesbury: p. 216; Michael Burrell/Alamy Stock Photo: p. 232; photo Bernard Cahier/Hulton Archive via Getty Images: p. 64; from Chamberlin, Powell and Bon, *Report to the Court of Common Council of the Corporation of the City of London on Residential Development within the Barbican Area Prepared on the Instructions of the Barbican Committee* (London, 1959): p. 60; collection of Pippo Ciorra (photo Stefano Gobbi): p. 212; collection of Marc Constandt, Middelkerke: p. 340; Cooper Hewitt, Smithsonian Design Museum, New York (photos Matt Flynn © Smithsonian Institution): pp. 63 (gift of Honeywell Inc., 1994-37-1), 84, 256 (Art Resource, NY/Scala, Florence); photo Ralph Crane/The LIFE Picture Collection via Getty Images: p. 32; courtesy Culture NL, Coatbridge: pp. 208, 210; collection of Barry Curtis (photo Barry Curtis): p. 352; © Salvador Dalí, Fundació Gala-Salvador Dalí, DACS2021/ photo National Gallery of Victoria, Melbourne (gift of Lady Potter, 2009.170): p. 48; courtesy Daniel Crouch Rare Books, London: p. 136; Open Access Image from the Davison Art Center, Wesleyan University, Middletown, CT (photo M. Johnston): p. 240; collection of Tacita Dean (photo

449

Tacita Dean): p. 164; DeGolyer Library, Southern Methodist University, Dallas, TX: p. 298; photos Edward Denison: pp. 104, 107; courtesy Drawing Matter and Tony Fretton Architects: p. 272; photo Ewald Ehtreiber (CC BY-SA 4.0): p. 126; © Estate of Josef Ehm/ photo Canadian Centre for Architecture, Montreal: p. 344; Martyn Evans/Alamy Stock Photo: p. 163; courtesy Everite Building Products Collection: pp. 44, 47; © Fashion Museum Bath/Bridgeman Images: p. 268; collection of Adrian Forty (photos Adrian Forty): pp. 140, 188, 296; from Peter Goering, 'Energy Structures', in *Canadian Architect*, 16/11 (November 1971): p. 28; from Garrett Hack, *The Handplane Book* (Newtown, CT, 1999), reproduced with permission of the Taunton Press (photo John S. Sheldon): p. 308; collection of Harriet Harriss (photo Harriet Harriss): p. 124; collection of Amy de La Haye (photo Amy de La Haye): p. 292; from the Collections of The Henry Ford (2010.83.834/THF140432): p. 24; from the *Illustrated Exhibitor and Magazine of Art*, vol. i (London, 1852), photo Getty Research Institute, Los Angeles, CA: p. 119; from the *Illustrated London News*, vol. iv/no. 88 (6 January 1844): p. 52; INTERFOTO/Alamy Stock Photo: p. 159; courtesy International Air Transport Association (IATA): p. 234; © IWM (Q 69051): p. 20; courtesy Joseph Enterprises, Inc.: p. 74; © Douglas Kelbaugh, reproduced with permission/ photo Douglas Kelbaugh fonds, Canadian Centre for Architecture, Montreal (gift of Douglas Kelbaugh): p. 328; collection of Robin Kinross (photo Robin Kinross): p. 168; © Kodak Collection/National Science & Media Museum/Science & Society Picture Library: p. 248; from Jean-Baptiste de La Chapelle, *Traité de la construction théorique et pratique du scaphandre, ou du bateau de l'homme* (Paris, 1775), photos courtesy ETH-Bibliothek Zürich: pp. 276, 278; Library of Congress, Prints and Photographs Division, Washington, DC: pp. 128 (Harris & Ewing Collection), 307 (Gilbert H. Grosvenor Collection of Photographs of the Alexander Graham Bell Family); London Metropolitan Archives: pp. 56 (photo Paul Dobraszczyk), 143 (B/ GH/LH/08/001); © Manchester Daily Express/Science & Society Picture Library: p. 80; MARKA/Alamy Stock Photo: p. 252; The Metropolitan Museum of Art, New York: p. 68; photo Gjon Mili/The LTFE Picture Collection via Getty Images: p. 96; from *Les Modes*, no. 128 (August 1911), photo Bibliothèque nationale de France, Paris: p. 271; courtesy Monticello and the Thomas Jefferson Foundation, Charlottesville, VA: p. 180; Motoring Picture Library/Alamy

Stock Photo: p. 160; courtesy Museo Morgagni di Anatomia Patologica, Padua (photo © Giovanni Magno): p. 184; collection of Museum of Applied Arts and Sciences, Ultimo, Sydney (gift of Australian Consolidated Press under the Taxation Incentives for the Arts Scheme, 1985): p. 350; courtesy the archives of the Museum of Innovation and Science (miSci), Schenectady, NY: p. 88; courtesy Museum of Medicine and Health, The University of Manchester: p. 172; © Museum of Science & Industry/ Science & Society Picture Library: p. 176; Patrick Nairne/Alamy Stock Photo: p. 55; National Museum of American History, Division of Work and Industry, Smithsonian Institution, Washington, DC: p. 152; NY Daily News Archive/Getty Images: p. 356; courtesy Orange/DGCI: p. 320; collection of Hugo Palmarola, photo © Hugo Palmarola 2020 (based on a photograph by Gui Bonsiepe, 1973): p. 192; from *Le Petit Journal. Supplément illustré*, xii/576 (1 December 1901), photo Bibliothèque nationale de France, Paris: p. 228; photo Popular Science via Getty Images: p. 244; private collection: p. 179; Punch Cartoon Library/ TopFoto: p. 287; from *Punch, or The London Charivari*, vol. lxviii (January–June 1875), photo Robarts Library, University of Toronto: p. 58; from *Punch's Almanack* for 1879 (9 December 1878), photo Universitätsbibliothek Heidelberg (CC BY-SA 4.0): p. 112; photo Wendy Ribadeneira: p. 336; collection of Charles Rice (photo Charles Rice): p. 72; collection of David Rooney (photos David Rooney): pp. 260, 263; © Science Museum/Science & Society Picture Library: pp. 148, 196, 200, 264, 316; courtesy Systembolaget Archive at Centrum för Näringslivshistoria, Stockholm: pp. 332, 335; courtesy Think City: p. 324; © Thomson Reuters/ ScreenOcean: pp. 100, 102; Marc Tielemans/Alamy Stock Photo: p. 312; courtesy UCL Culture (photo Thomas Kador): p. 280; UPI/Alamy Stock Photo: p. 319; collection of Ben Vandenput (photo Ben Vandenput): p. 76; © Victoria and Albert Museum, London: pp. 36 (E.1243-1937), 40 (E.104-1995, photo Adrian Forty), 116 (REPRO.1854A-18), 236 (T.30-1992); collection of Richard Wentworth (photo Richard Wentworth): p. 300; © Western Australian Museum, Welshpool, Perth: p. 348; Wichita-Sedgwick County Historical Museum, KS: p. 108; collection of Tom Wilkinson (photo Tom Wilkinson): p. 220; World Image Archive/Alamy Stock Photo: p. 288.